D1857221

Jürgen Ebertowski
Unter den Linden
Nummer Eins

Jürgen Ebertowski

Unter den Linden Nummer Eins

DER ROMAN DES HOTEL ADLON

Schwarzkopf & Schwarzkopf

Dieser Roman ist meiner Mutter gewidmet. Ihr Künstlername war Vera Wendura. Die Vera Vendura in *Unter den Linden Nummer Eins* ist eine Phantasiegestalt.

TEIL I

Braune Wolken

1. Kapitel
Nordische Freunde auf Südkurs

Der Wind kam gleichmäßig und schneidend. Eine Reihe rotbeflaggter Markierungsstangen schlängelte sich parallel zur Reichsstraße bis ans Seeufer und schwenkte dann vor einer hölzernen Schranke in elegantem Bogen zurück ins Landesinnere. *Hus Trollhem, privat väg* war in Runen nachempfundenen Schriftzeichen in den hochgestellten Schlagbaum eingeritzt. Die Schneedecke hinter der Schranke war von Reifenspuren zerpflügt, die auf ein großflächig verglastes, riedgedecktes Haus zielten. Aus zwei schlanken Schornsteinen wehten Rauchfetzen in einen stahlblauen Januarhimmel.

Das Haus lag in einiger Entfernung zum Vänernsee. Mit seinen ausladenden Veranden schmiegte es sich an den Abhang der einzigen nennenswerten Anhöhe weit und breit: eine birkenbestandene Erhebung in Form einer gespreizten Bärentatze. Das letzte Licht einer silbrigen Sonnenscheibe beschien die weiße Fläche, die sich zwischen dem Haus und dem Ufersaum des Sees erstreckte wie ein sorgfältig geglättetes, schier endloses Tuch.

Der Pulk chromblitzender Limousinen parkte im Windschatten des Hügels. Die meisten Wagen hatten schwedische Kennzeichen, lediglich ein Horch und ein Adler-Coupé trugen deutsche Nummernschilder. Es waren zwei schwarze, sehr offiziell aussehende Fahrzeuge, denen man die Standartenhalterungen auf den vorderen Kotflügeln abmontiert hatte. Stattdessen steckten Gummistöpsel in der Wagenfarbe in den Öffnungen.

Das Haus war ein langgestrecktes Gebäude im nüchternen Landhausstil Västergötlands und im Besitz der *Göteborg Industri Kreditanstalt.* Die *GIK* war eine neugegründete Tochtergesellschaft der *Stockholm Enskilda Bank*, dem Kernstück des mächtigen Wallenberg-Imperiums.

Direktor Per Wilhelm Holtsen, der Gastgeber in *Hus Trollhem* und oberster Repräsentant der schwedischen *GIK*-Interessen im Deutschen Reich, hatte die Tafel aufgehoben und geleitete seine Gäste zum Raucherzimmer auf der Veranda. Es waren nur Männer.

»Bis wir das Vergnügen haben, dem Vortrag unseres geschätzten Ehrengastes lauschen zu dürfen, wollen wir uns noch für ein halbes Stündchen entspannen.« Holtsen machte eine leichte Verbeugung in die Richtung des weltberühmten Asienforschers Sven Hedin, der sich gerade angeregt mit einem Mitglied der Stockholmer Akademie der Wissenschaften unterhielt, und öffnete die schwere Eichentür zum Rauchersalon.

›Die Deutschen lieben diese kulturellen Veranstaltungen über alles, um ihre Verhandlungen zu tarnen‹, dachte Holtsen. ›Franzosen oder Italiener hätten sich bei einem Bordellbesuch mit mir besprochen, aber nicht hier – bei einem Vortrag über die Karawanenstraßen der Wüste Gobi!‹ Er lächelte in sich hinein. ›Diese intellektuellen Oberarier! Halten sich überall und fortwährend für das einzige Volk der Dichter und Denker auf der Welt. – Selbst ihre gestandensten Militaristen kriegen Tränen in die Augen, wenn jemand »Über allen Wäldern ist Ruh« getragen deklamiert oder die »Lorelei« mit kiloweise triefendem Pathos summt.‹ Sein Blick fiel auf den Horch mit der größten Massierung von imposanten Zusatzscheinwerfern auf der vorderen Stoßstange, die er jemals gesehen hatte. ›Sogar ihre Autos haben etwas von *Götterdämmerung und Nibelungenwürde*.‹

Per Wilhelm Holtsen hatte nichts gegen Deutsche, wenn sie einem lukrativen Geschäft zuträglich waren, nur fand er die meisten Verhandlungspartner, mit denen er in letzter Zeit zu tun gehabt hatte, eine Spur zu witzlos, wenn nicht sogar zu bieder. Aber das mochte daran liegen, daß sie fast ausschließlich Vertreter der Hitler-Partei waren, die es sich nicht nehmen lassen wollten, als geleckte Vorzeige-Deutsche aufzutreten: sauber, ernst und ehrlich. Eben die guten Deutschen im Gegensatz zu den Roten und den Juden, kurzum, den Bolschewisten in allen ihren Spielarten.

Per Wilhelm Holtsen war eine gewichtige Persönlichkeit im wahrsten Sinne des Wortes, ein Drei-Zentner-Koloß mit einer fröhlichen Gesichtsfarbe, einem akkurat gestutzten Kinnbart und auffällig sorgsam polierten Fingernägeln. Bereits seine physische Masse strahlte Würde und Vertrauen aus. Ein Mann, dem man es abnahm, daß er die Annehmlichkeiten des Lebens zu schätzen wußte, jemand, dem man ohne weiteres zutraute, daß er von morgens bis abends gemütlich auf einem bequemen Sofa herumlag und es sich gutgehen ließ. Ein bedächtiger, gesetzter, ein stattlicher Mann mit einer warmen Tenorstimme, der dem Anschein nach jegliche Bewegungsexzesse verabscheute. Aber weit gefehlt. Wer einmal Per Wilhelm Holtsen bei der Herbstjagd beobachtet hatte oder mit ihm im Fjell auf Skiwanderung gewesen war, hatte einen völlig anderen Holtsen kennengelernt, einen, der wie ein Nashorn oder Nilpferd durchaus in der Lage war, sich bei Bedarf überraschend geschmeidig und ausdauernd zu bewegen. In seiner Heimatstadt Laholm gewann er mit großer Regelmäßigkeit den jährlichen Holzfällerwettbewerb. Ein Foto, Holtsen mit einem hochgekrempelten, karierten Wollhemd und in einer derben Arbeitshose zeigend, hing für die, die sehen wollten, deutlich hinter seinem Schreibtischsessel in der Göteborger *GIK*-Zentrale. Der Fleischberg Holtsen war von beachtlichen Muskeln durchsetzt.

Der Bankier P. W. Holtsen trug einen bequem geschnittenen Flanellanzug bester Londoner Provenienz in dezentem Grau. Das Hemd, modischer Button-down-Kragen, war lindgrün und von feinen marineblauen Nadelstreifen durchbrochen. Die Krawatte mit dem aufgestickten Wappen verriet, daß ihr Träger an einer renommierten britischen Universität studiert haben mochte, zumindest aber signalisierte sie, daß er anglophil war.

Die Unterhaltung im Raucherzimmer von *Hus Trollhem* wurde von allen Anwesenden auf Deutsch geführt.

»Meine Herren!« Holtsen ließ sich vorsichtig auf ein zierliches zweisitziges Sofa nieder und füllte es vollständig aus. »Bitte, bedienen Sie sich doch!« Seine Hände machten eine einladende Geste, deuteten auf die wohlbestallte Hausbar mit den geschliffenen Karaffen im Hintergrund. Auf einem niedrigen Glastisch neben dem Sofa stand ein Humidor. »Ich glaube, es wird für jeden etwas dabei sein. – Tron-Herman? Var så god!«

Ein livrierter Hausdiener eilte herbei und reichte die Zigarrenbox auf einem Tablett aus Massivsilber herum. Die Herrenrunde teilte sich in Gruppen auf. Zwei Männer nahmen Holtsen gegenüber Platz. Der Ältere, Hans-Joachim Galgon, hatte sportlich kurz geschnittenes Haar. Die Art, wie er sich in dem lederbezogenen Clubsessel geradehielt, wie er quasi strammsaß, ließ unschwer auf seine Profession schließen. Überdies machte er einen durchtrainierten Eindruck, durchtrainierter zumindest als sein jüngerer, kettenrauchender Begleiter mit dem markigen bayrischen Akzent und dem glänzenden Oberlippenbart.

›Er hat ihn gewachst‹, dachte Holtsen, ›will seinem Chef nacheifern. Sollte dann konsequenterweise auch Abstinenzler werden.‹

Der jüngere Mann war zwar ebenfalls schlank und hochgewachsen, aber seinen Augenlidern konnte man ansehen, daß er einen regelmäßigen Tropfen nicht verachtete, ihn sich häufiger gönnte, als es ihm zuträglich war. Ihm fehlte völlig das Asketische, das der Ältere ausstrahlte – dennoch schien er von beiden das Sagen zu haben, jedenfalls richtete Holtsen das Wort zuerst an ihn: »Tron-Herman hat vorhin den Anruf entgegengenommen, während wir zu Tisch saßen. Die Antwort war, wie auch nicht anders zu erwarten, natürlich durch und durch positiv. Die *Stockholm Enskilda Bank*, und, im Vertrauen gesagt, die Gebrüder Wallenberg höchstpersönlich, haben ab sofort grünes Licht für unsere diversen Unternehmungen gegeben, Herr Doktor.«

»Wunderbar!« sagte Doktor Bruno Randhuber und schlug sich auf die Schenkel. Die Asche seiner Zigarette bepuderte den Teppich um ihn herum. Er bemerkte es nicht. »Das ist ja grandios! Darauf müssen wir unbedingt gleich anstoßen!«

»Grandios!« wiederholte Galgon. »Einfach grandios!«

›Es fehlt nicht viel, und sie führen ein Freudentänzchen auf‹, dachte Holtsen amüsiert.

»Der Führer«, sagte Randhuber feierlich und strich sich mit einem nikotingelben Zeigefinger über den Oberlippenbart, »wenn der Führer erst an der Macht ist, werden wir nicht vergessen, wer von unseren germanischen Brüdern uns in den bitteren Zeiten der Not geholfen hat. Seien Sie dessen versichert, mein lieber Direktor Holtsen!«

Doktor jur. Bruno Randhuber hatte die Angewohnheit, an der goldumrandeten Swastikaplakette im Knopfloch herumzuspielen, während er sprach. Er trug das Haar geringfügig länger als sein älterer Begleiter. Ein messerscharfer Seitenscheitel, auch darin erinnerte er an sein Idol, verlängerte die blasse Mensurnarbe auf der Stirn. Randhuber unterstrich seine Worte gestenreich und hatte eine geschulte, weittragende Stimme. Bevor er als Anwalt für Internationales Wirtschaftsrecht Parteikarriere gemacht hatte, war er in seiner Freizeit begeisterter Laiendarsteller einer Münchner Theatergruppe gewesen, die sich auf völkisch-germanische Stücke schwülstigen Inhalts spezialisiert hatte. Bei einer Aufführung in Nürnberg anläßlich des Reichsparteitags war Goebbels auf ihn aufmerksam geworden und hatte ihn in der Garderobe besucht. Am nächsten Tag war Randhuber in die NSDAP eingetreten, und eine steile Karriere hatte ihren Anfang genommen.

Holtsen schnippte mit den Fingern. Tron-Herman eilte wieder wie durch einen Zauber augenblicklich herbei, kredenzte Champagner und stellte die angebrochene Flasche in einen mit Eissplittern gefüllten Sektkühler auf den Glastisch.

»Auf den Führer!« toastete Holtsen und erhob sich um anzustoßen.

»Heil Hitler!« prostete Randhuber und erhob sich ebenfalls.

»Zum Wohl!« sagte Galgon, sprang auf und schaffte es, dabei die Hacken zusammenzuschlagen. »Und auch ein Hoch auf all die schwedischen Freunde, die es dem Reich durch ihre unbürokratische Hilfe erlauben, eine würdige Luftwaffe aufzubauen.«

Sven Hedin trat zu Holtsen und den Deutschen, in der Hand einen Stoß beschriebener Notizzettel, zusammengehalten von einer überdimensionalen Heftklammer.

»Und natürlich auch ein Hoch auf all diejenigen, die dem deutschen Volk von *jeher* in tiefster Freundschaft verbunden sind.« Holtsen schob dem berühmten Mann sanft seine Pranke auf die Schulter, und Tron-Herman brachte eine Champagnerflöte.

»Hochgeschätzter Doktor Hedin«, Holtsen machte einen Schritt zur Seite und ließ Sven Hedin in den Kreis. »Darf ich Ihnen die Herren Doktor Randhuber und Hauptmann Galgon vorstellen? Sie sind in einer diskreten Mission für Herrn Hitler bei mir zu Gast gewesen.«

Sven Hedin legte die Notizblätter auf den Glastisch, schüttelte Hände und erhob sein Glas. »Skål, die Herren! Hocherfreut!« Er nickte wohlwollend. »Ich bin sehr optimistisch, den Führer noch in Bälde persönlich zu treffen. Einladungen seitens Doktor Goebbels und von Herrn Göring liegen mir schon seit geraumer Zeit vor. – Ja, meine Herren, und wir haben wirklich Glück, daß wir uns hier in *Hus Trollhem* noch begegnet sind. Dieser Vortragsabend wird für längere Zeit nämlich mein letzter auf schwedischem Boden sein. Ich bin quasi *en route* zu einem Sinologentreffen in Berlin – dort werde ich auch endlich die Herren Goebbels und Göring beehren –, und dann geht es für einige Monate weiter in die Neue Welt.«

Randhuber machte eine zackige Verbeugung, Golgons Hacken klackten.

»Aber, ich denke …«, Sven Hedin schaute auf die Armbanduhr und nahm seine Aufzeichnungen wieder an sich, »so langsam sollten wir uns doch …« Er wedelte mit seinen Zetteln.

»Natürlich, *stante pede,* mit dem größten Vergnügen, Herr Doktor«, beeilte sich Holtsen zu versichern, »im Konferenzzimmer ist alles für den, äh, Höhepunkt des Abends vorbereitet – hoffentlich zu Ihrer Zufriedenheit. Sollte dennoch etwas fehlen, bitte scheuen Sie sich nicht, meine Wenigkeit oder Tron-Herman zu bemühen.« Er wandte sich seinen deutschen Gästen zu. »Heute ist es ein bißchen ungünstig, ausgiebig mit Doktor Hedin zu plaudern, aber wir alle werden vielleicht in der nächsten Woche eine bessere Gelegenheit dazu haben.«

»So?« Sven Hedin zog die Augenbrauen hoch.

»Mit Verlaub«, sagte Holtsen. »Doktor Randhuber, Hauptmann Galgon und ich reisen übermorgen ebenfalls nach Berlin.«

»Ach«, sagte Sven Hedin, »wohnen Sie zufällig im *Kaiserhof?* Dort werde ich nämlich mein Quartier aufschlagen.«

»Der Führer steigt auch im *Kaiserhof* ab, wenn er in Berlin ist«, sagte Randhuber. »Der *Kaiserhof* ist, mit Verlaub, das beste Haus, das die Reichshauptstadt zu bieten hat.«

Holtsen musterte Randhuber eine Weile, dann flog über sein Gesicht ein mildes Lächeln. »Mein hochgeschätzter Doktor Randhuber. Wir mögen in vielen Dingen durchaus einer Meinung sein, politisch, weltanschaulich – was Sie wollen! Aber was das beste Hotel in Berlin angeht, da muß ich Ihnen doch vehementestens widersprechen. Ich wohne, wenn ich in Berlin bin, selbstredend immer nur Unter den Linden im *Adlon*. – Wo denn sonst!«

Randhuber gab das Lächeln mit einer angedeuteten Verbeugung zurück. »Ganz wie Sie meinen, lieber Herr Direktor. Die Partei hat natürlich auch im *Adlon Hotel* eine würdige Vertrauensperson. Ein gewisser Kassner ist unser Mann, Otto Kassner, Assistent des Kellermeisters und ein Pg. der ersten Stunde. Wir werden – bei *Glatteis* – über ihn an Sie herantreten.« Randhuber machte ein ernstes Gesicht. *Glatteis* war das vereinbarte Code-Wort, wenn etwas nicht nach Plan zu laufen drohte.

»Gut«, sagte Holtsen. »Kassner. – Ich werde mir diesen Namen merken.«

Tron-Herman stand an der Eichentür und schlug mit einem wattierten Klöppel an eine bronzene Klangscheibe. Sven Hedin ging als erster.

»Aha, es ist soweit!« sagte Holtsen, »Lassen wir uns von dem Herrn Doktor in die entlegensten Regionen Tibets entführen.« Er ließ Randhuber und Galgon den Vortritt. Randhuber benutzte den von Tron-Herman dargebotenen Aschenbecher und drückte seine Zigarette aus.

2. Kapitel
Eine alteingesessene Weingroßhandlung in Berlin-Mitte macht Minus

Eine dicke Suppe, wie der Berliner sagt, kroch mit beginnender Abenddämmerung in die Stadt und zwang die Autoschlangen auf der Charlottenburger Chaussee zu Schrittempo. Am Brandenburger Tor regelten Schupos in weißen Regenumhängen den Verkehr. Gelegentlich riß der Wind Lücken in den Nebelfilm. Wenn man dann den Polizistenarmen beim Handzeichen »Aufpassen!« gen Himmel folgte, konnte man sehen, wie Fragmente der Quadriga auf die Linden zutrabten, erspähte hier ein graues Hufpaar, dort einen verschwommenen Pferdekopf und erahnte die Flügelspitzen der göttlichen Wagenlenkerin mehr, als daß man sie sah.

Ein rostbrauner Opel mit einem Potsdamer Nummernschild fuhr durch das Brandenburger Tor und verlangsamte seine Fahrt auf dem Pariser Platz. Zwei Fußgänger, eng aneinandergeschmiegt, strebten auf das *Adlon Hotel* zu. Der Fahrer des Opel beugte sich nach rechts und wischte einen Sehschlitz in die Scheibe der Beifahrertür. Vor dem blitzenden Haupteingang des Hotels vollführte Pleschke, der *Doorman,* eine Art von verhaltenem Steptanz, um sich zu wärmen. Das »B« in der Leuchtreklame für die Adlon-Bar flackerte. ›Wenn Pleschke das nicht sofort der Technik gemeldet hat‹, dachte der Opelfahrer, ›kriegt der am Montag einen Anranzer von mir, den er so schnell nicht vergessen wird!‹

An einem Laternenmast Unter den Linden –, Ecke Wilhelmstraße hing ein durchweichtes Wahlplakat der NSDAP. Ein endloses Heer abgehärmter Frauen und Männer marschierte an einem imaginären Betrachter vorbei, offenbar Arbeitslose, alle jedenfalls in zerschlissener Kleidung, und über dem Haufen Elender prangte die blutrote Parole: »Uns kann jetzt nur noch der Führer helfen!«

Es war Anfang Januar, und die nasse Kälte kroch nicht nur in die Kleider, sondern auch langsam ins Gemüt, fand der Opelfahrer und setzte den Winker.

Er hatte Hedda am frühen Nachmittag zum Zug nach Potsdam gebracht. Kaum war er wieder in Neufahrland zur Tür herein gewesen, hatte das Telefon geläutet.

»Herr Adlon?« hatte ihn der Anrufer gefragt, und die Stimme hatte verstellt geklungen, als ob sich der Sprecher die Nasenlöcher zugehalten hatte.

»Am Apparat. Mit wem habe ich die Ehre zu sprechen?«

»Das tut im Moment wirklich nichts zur Sache«, hatte der Mann hastig gesagt. »Aber, falls es Sie interessiert: man bereichert sich kräftig an Ihnen – und das nicht erst seit gestern!«

»Ich weiß wirklich nicht, wovon Sie reden«, hatte Louis Adlon geantwortet, »falls Sie nicht auf das Finanzamt anspielen.«

Ein trockenes Lachen kam aus dem Hörer. »Das wäre ja eine noch durchaus legale Art, an Ihr Geld zu kommen. Nein, ich meine etwas ganz und gar Ungesetzliches nach dem Strafgesetzbuch, und das hat ja wohl noch ein klein wenig Gültigkeit.«

»Ich höre!« hatte Louis Adlon gesagt.

Der Anrufer hatte eine kurze Sprechpause eingelegt und sich dann geräuspert. »Vergleichen Sie doch spaßeshalber den Wareneingang an Champagner vom Dezember mit dem Lagerbestand, und meditieren Sie mal ein bißchen über die Differenz – und wie sie zustandegekommen sein mag!«

Louis Adlon hatte daraufhin geschwiegen. Wer immer der Anrufer war, er hatte ein gehöriges Maß an Insiderwissen und seine Finger in eine schwärende Wunde gedrückt. Der beständige Schwund an bestem Champagner in der Adlon'schen Weinhandlung in der Wilhelmstraße war mit herkömmlicher Schlamperei, wie sie in jedem größeren Haus hin und wieder auftreten mag, wirklich kaum mehr zu erklären.

»Hallo? Herr Adlon? – Sind Sie noch dran?«

»Ja, bin ich. – Reden Sie endlich! Was wollen Sie?«

»Sie warnen«, hatte die Stimme genäselt, »und Ihnen einen klitzekleinen Tip geben.«

»Bitte«, hatte Louis Adlon gesagt.

Die Stimme war daraufhin flüsternd aus dem Hörer gekommen. »Verzichten Sie heute ausnahmsweise auf ein paar Stunden Ihres geliebten Wochenendes in ländlicher Abgeschiedenheit. Machen Sie sich schnellstmöglich auf den Weg nach Berlin und beobachten Sie, wer sich nachher so kurz vor Geschäftsschluß alles in der Wilhelmstraße ein Stelldichein geben wird. Volle Überraschung ist garantiert! Nochmals: kurz vor Ladenschluß wäre am besten.«

»Woher haben Sie Ihre Information ...«, hatte Louis Adlon noch fragen wollen, aber der Anrufer hatte bereits aufgelegt.

›Ärgerlich, daß ausgerechnet heute Hedda nicht da ist‹, hatte Louis Adlon gedacht. ›Wenn das eben jemand aus dem Haus war, hätte sie ihn vermutlich erkannt – trotz verstellter Stimme.‹

Er hatte sich den Opel eines Nachbarn geborgt, sein eigener Mercedes war viel zu auffällig, und war umgehend von Neufahrland nach Berlin gefahren. Ab Mitte Avus hatte der Nebel in Richtung Innenstadt beständig zugenommen, und im Tiergarten konnte man dann zeitweilig kaum mehr die Hand vor Augen sehen.

Als Louis Adlon endlich in die Wilhelmstraße einbog, war es kurz vor Ladenschluß. Er bremste vor einem Fußgänger, der aus der Britischen Botschaft kam. Es war einer der Legationssekretäre, dem er bei zahlreichen offiziellen Gelegenheiten begegnet war, eine Bilderbuchgestalt wie aus der Londoner City: dunkler Trenchcoat, Bowler, eingerollter Regenschirm. ›Muß sich ja bei diesem Wetter so richtig heimisch bei uns fühlen‹, dachte Louis Adlon und betätigte die Scheibenwischer. Der Engländer hob den Schirm zum Dank, erkannte aber den höflichen Autofahrer nicht.

Es herrschte kaum noch Verkehr im Regierungsviertel. Die verheirateten Angestellten und Beamten der Ämter und Ministerien saßen längst zu Hause beim Abendbrot, während die Junggesellen und die wenigen ledigen Frauen wahrscheinlich auf ein Feierabendbier in einer Kneipe oder einem Café hockten.

Der Opel fuhr ganz rechts und passierte die Schaufenster der Weinhandlung im Schrittempo. Soweit Louis Adlon das Geschäft einsehen konnte, war keine Kundschaft mehr im Laden.

Er fuhr weiter bis zum Haus des Reichspräsidenten und wendete. An der Einmündung der Behrenstraße in die Wilhelmstraße war Halteverbot. Der Opel rollte weiter. Gegenüber der Englischen Botschaft fand sich eine Parklücke zwischen einem LKW-Anhänger und dem dreirädrigen Kleinlastwagen einer Gärtnerei, die das *Adlon* mit Schnittblumen versorgte und durch den Wirtschaftseingang Wilhelmstraße anlieferte. Louis Adlon stellte den Motor ab und schaltete die Fahrzeugbeleuchtung aus. Dann schlug er den pelzbesetzten Kragen seines wattierten Wintermantels hoch, ließ die Seitenscheibe bis zur Hälfte hinunter und drehte den Innenspiegel so, daß er das Schaufenster der Weinhandlung im Blick hatte, ohne sich umzudrehen. Er mußte nicht lange warten.

Aus der Behrenstraße knatterte ein Motorrad mit Beiwagen und abgeblendetem Scheinwerfer heran und bog in die Wilhelmstraße ein. Das Licht wurde ausgeschaltet, und das Motorrad rollte über die Bordsteinkante vor die Weinhandlung. Der Fahrer stellte das Gefährt direkt neben die Ladentür auf den Bürgersteig. Hinter dem Fahrer saß ein Sozius. Er stieg ab und verschwand im Geschäft. Fahrer und Beifahrer trugen lange dunkelbraune Lederjoppen und Reiterhosen, die in schwarzen Schaftstiefeln steckten, und als Kopfbedeckung glatte Lederkappen. Der Fahrer hatte die Schutzbrille in die Stirn geschoben und rieb sich die Augen. Wenige Minuten später trat der Beifahrer aus der Ladentür. Er hielt eine Holzkiste an die Brust gepreßt, die entweder sehr schwer sein mußte oder sehr zerbrechlich oder beides, denn bevor er sie verstaute, setzte er sie auf dem Trottoir ab und ging auf ein Knie nieder. Dann erst hob er sie vorsichtig in den Beiwagen. Er bedeckte die Kiste mit einer Regenplane, schwang sich auf seinen Sitz und gab dem Fahrer einen Klaps auf die Schulter. Der zog die Schutzbrille hinunter, ließ das Motorrad langsam auf die Fahrbahn rollen und brauste ohne Beleuchtung Richtung Linden davon.

Als sie an ihm vorbeirauschten, sah Louis Adlon die Hakenkreuzbinden am Oberarm. Er preßte die Lippen aufeinander. Ein Zipfel der Plane, mit der die Champagnerkiste abgedeckt war, flatterte im Fahrtwind.

›Wenn es für diesen Vorgang keinen Beleg im Warenbuch gibt, muß hier schleunigst etwas passieren!‹ dachte er und sah dem Motorrad nach. ›Und wenn, dann aber ganz, ganz dezent. – Mein Gott, sich heutzutage mit der SA anzulegen, das kann ungesund werden, oder schlimmer!‹ Er ließ den Motor an. ›Ich muß sofort Hedda anrufen. Wir brauchen jemanden, der sich darum kümmert – und zwar unverzüglich!‹ Er lenkte den Opel aus der Parklücke und sah, daß die Lichter des Motorrads erst aufzuleuchten begannen, als es in die Linden abbog. ›Mist‹, dachte Louis Adlon. ›Es wird schwierig werden. Mit diesen Brüdern ist nicht zu spaßen.‹

3. Kapitel
Kaltes Erwachen in einer Parterrewohnung am Rosenthaler Platz

Als der Wecker rasselte, war es stockfinster, aber Karl fand auf Anhieb den Hebel, der den Klöppel des Marterinstruments blockierte, und knipste die Nachttischlampe an. Er gähnte mürrisch, schob die Bettdecke zur Seite und tastete mit den Füßen nach den Pantoffeln. Es waren modische Lederpantoffel, Relikte aus besseren Tagen, sehr gut verarbeitet, aber leider ohne wärmendes Innenfutter und damit denkbar ungeeignet als Fußbekleidung in einem seit Wochen ungeheizten Parterrezimmer.

Karl zog die Vorhänge zurück. Es regnete. Der Seitenflügel war noch dunkel. Nur im Vorderhaus bei Matuschkes brannte schon Licht. Der dicke Matuschke war einer der wenigen in der Straße, der noch Arbeit hatte, war Wärter im Pergamon-Museum und trug in seiner Freizeit zusätzlich den *Stürmer* aus. Karl griff nach dem Wecker. Mit zwei, drei Schritten hatte er seine Schlafkammer verlassen, stand im Flur und öffnete die Tür zur Küche, stellte den Wecker auf den Tisch neben die Teekanne. Die Taschenuhr, die er vom Vater geerbt hatte, befand sich seit geraumer Zeit im Leihhaus und würde es vermutlich so bald auch nicht verlassen.

In der Kochmaschine hatte ein Glutrest überlebt. Karl legte ein paar Astkloben nach, wartete, bis sie aufflammten, und bedeckte sie mit Eierkohlen, die er mit dem Kehrblech aus einem löchrigen Kohlenkasten schaufelte. Dann ging er zum Spülstein und ließ den Wasserkessel randvoll laufen. Aus dem Hahn kam ein schwacher Strahl. ›Im Bad hat es genau so angefangen‹ dachte Karl. ›Erst hat's nur noch gedrippelt, und dann war plötzlich Schluß.‹ Als der Gasring bläulich unter dem Tee- und Rasierwasser züngelte, schob Karl eine Emailleschüssel auf die sich langsam erhitzende Eisenplatte der Kochmaschine. Wie gesagt, Katzenwäsche war angesagt, seit über Weihnachten der Frost im Bad die Leitungen gesprengt hatte.

Karls Frühstück fiel alles andere als üppig aus. Im Brotkasten befand sich ein trockener Kanten Marke Kommißbrot. Kirschmarmelade und Margarine standen auf der Fensterbank. Karl wickelte eine neue Rasierklinge aus und gab, als der Kessel pfiff, einen kräftigen Schuß Heißwasser in die Waschschüssel. Er füllte den Kessel wieder nach, damit es für den Tee reichte. Mit einem Dachshaarpinsel, der altersschwach Haare verlor, dafür aber einen Griff aus Elfenbein hatte, schlug er sich auf einer Untertasse Schaum. Karl rasierte sich schnell und so sorgfältig, wie es nur ging, denn von anheimelnder Wärme konnte in der Küche kaum die Rede sein. Er zog umständlich das knöchellange Leinennachthemd über den Kopf und wusch sich. Das Handtuch war ungebraucht und wollte nicht richtig trocknen, also funktionierte er das Nachthemd zum Handtuch um. Er überlegte einen Moment, ob er das bläuliche Würgemal neben seinem Kehlkopf mit einem Pflaster bedecken sollte, als hätte er sich beim Rasieren geschnitten, womöglich würde sonst jemand noch auf den Gedanken kommen, es könnte sich um einen Knutschfleck handeln – wahrlich keine gute Referenz bei einem Vorstellungsgespräch in einem seriösen Haus! – aber dann verzichtete er doch auf den Heftpflasterstreifen, den er bereits zurechtgeschnitten hatte. Das Oberhemd, er hielt es sich vor, verdeckte die Blessur am Hals zur Genüge. ›Benno, du verdammter Hund!‹, dachte Karl und zeigte seinem Spiegelbild die geballten Fäuste. ›Das nächste Mal falle ich nicht mehr auf diesen fiesen Würger rein!‹ Aber ehrlich wütend war Karl auf seinen Trainingskameraden Benno nicht, zumal der ihm den Tip mit dem *Adlon* gegeben hatte.

Sie hatten vorgestern nach dem Ju-Jutsu noch zwei, drei kleine Mollen mit Korn getrunken, im *Leuchtturm*, der kleinen Schöneberger Kneipe, wo man sich das noch gelegentlich leisten konnte.

»Hat mir eener von erzählt, der da inner Verwaltung arbeetet. Wär' doch wat für Dich, Karl«, hatte Benno gesagt. *»Die Stelle nennt sich Hausdetektiv, und wat ich jehört habe, sucht der olle Adlon*

jemand, den er dann uff seene Nobeljäste loslassen kann, ohne sich zu blamieren, wenn die edlen Herrschaften mal nen Bejleiter zum Juwelier oder 'n Chauffeur broochn. Jedenfalls eener mit Bildung soll't seen, – un davon haste ja 'ne Hacke voll. So'n simpler Rausschmeißer, wie ikket bin, der kommt da ja nich durch die Drehtür, ohne dasse nich gleich nach'n Bullen schrein, und dann hab' ick jleich wieder die Bescherung.«

›Benno mit seiner zermanschten Boxervisage im *Adlon*!‹ dachte Karl und tupfte einen Tropfen Rasierwasser auf die Handfläche. Er rieb sein Gesicht damit ein und mußte grinsen, als er sich vorstellte, wie das Überfallkommando versuchen würde, Benno – zu dritt oder zu viert – zu bändigen, um sich schließlich mit merklich eingeschränktem oder gänzlich fehlendem Bewußtsein übereinandergestapelt in einer Ecke wiederzufinden. Allerdings hatte Benno auch etwas in Erfahrung gebracht, wo es hieß, auf der Hut zu sein:

»Noch wat, Karl! Die Bewerber müssn übrijens 'ne Art Eichnungstest bestehn. Der olle Adlon hat da so'nen Heini aus'm Kohlenkella, den er uff die Bewerber hetzt. Wie sacht ihr Jebildeten doch, hab' da mal wat uffjeschnappt: meenz Sahne in corpura Sahne, – jedenfalls muß der Bewerber mit dem Kellerluden klarkommen, sonz is Essich mitter Stelle.«

Der Wasserkessel trötete erneut und holte Karl aus seinem Wachtraum. In einem Regal neben der Kochmaschine lag die frische Leibwäsche. Er wählte in Anbetracht der feindlichen Witterungsverhältnisse eine angerauhte lange Unterhose und ein halbärmliges Unterhemd aus. Bei den Strümpfen zögerte er. Schneeregen klatschte gegen das Küchenfenster. Eigentlich waren die geringelten, handgestrickten von Maman angebracht, bloß würden sie kaum zu seinem braunen Anzug passen: also doch die grauen Baumwollsocken. Und den Anzug mußte er heute anziehen, auch wenn er aus einem leichten Stoff und mehr ein Anzug für herbstliche Tage, ein sogenannter Übergangsanzug war. Leichter Stoff hin, leichter Stoff her, es war der einzige Anzug, mit dem er es noch wagen konnte, sich um eine Arbeit zu bewerben – immer gesetzt den Fall, er bewegte sich geschickt und hielt die kunstgestopfte Stelle an der linken Seitennaht verdeckt. Das gelang ganz gut, wenn er es wie Kaiser Wilhelm machte und den Arm in die Seite stemmte. Dann fiel auch nicht auf, daß der Mantel gleichsam das Prädikat *Übergangsmantel* trug und ebenfalls nicht fabrikneu war. Er mußte ihn bloß mit dem noch recht respektablen Futter nach außen nonchalant über den Unterarm drapieren. Das blütenweiße Leinenoberhemd und die Seidenkrawatte konnten sich allerdings sehen lassen. Karl stellte sich vor dem Spiegel auf und band einen klassischen Windsor-Knoten.

Der Tee hatte ausreichend gezogen. Karl goß ihn durch ein Sieb in eine große Henkeltasse um. Er pulte ein Zuckerstück aus der bedruckten Papierhülle und schmunzelte, als er sich an den Abend mit Marita im *Weinhaus Huth* erinnerte. Seine Verflossene, mit der er sich gelegentlich zum Plaudern traf, hatte ihn neulich zu Recht geneckt, als er die nicht gerade niedrige Rechnung beglichen hatte. *»Immer so tun, als hättest du einen Dukatenesel im Keller. Na, Karlchen, bin echt gespannt, wie lange dein Schotter noch reicht! Irgendwann krieg ich dann 'ne Ansichtskarte von dir aus'm Schuldturm.«*

Karls Barschaft, zwei Wochen nach dem Abend im *Weinhaus Huth,* lag neben dem Margarinebecher und war überhaupt nicht mehr beeindruckend. Karl hätte eigentlich weinen müssen, aber im Gegenteil, er summte eine Melodie, die bestimmt kein Trauermarsch war. Zugegeben, es war eine gehörige Portion Zweckoptimismus dabei. Wenn er die Stelle nicht bekommen sollte, würde ein letzter Gang zur Pfandleihe bleiben, und dann wäre endgültig Schluß, aus, finito.

Langsam wurde es in der Küche warm. Karl, noch im Besitz seiner goldenen Manschettenknöpfe mit dazu passender Krawattennadel, schmierte sich ein Brot und kratzte den kümmerlichen Rest Kirschmarmelade aus dem Glas. ›Hausdetektiv im *Adlon*‹, dachte er, ›hört sich nicht schlecht an!‹

4. Kapitel
Karl kauft eine gelbe Nelke

Punkt acht verließ er die Wohnung, *gestiefelt und gespornt,* wie er es nannte, wenn er seine guten Sachen trug. Zwischen halb neun und neun sollte er sich zu dem Vorstellungsgespräch einfinden, das er telefonisch mit einem Herrn Engel, dem Hotelpersonalchef, vereinbart hatte. Er fuhr mit der Elektrischen bis zum Alex und hielt dort ein Taxi an, nicht weil die Zeit drängte, sondern weil es einfach einen besseren Eindruck machte, wenn er mit einer Droschke vorfuhr. Außerdem war ihm der Bus zum Brandenburger Tor vor der Nase weggerauscht, und der Nieselregen hatte sich in ungemütliche, große, pappige Schneeflocken verwandelt. Der Taxichauffeur, von Kundschaft wegen der anhaltenden wirtschaftlichen Flaute nicht gerade verwöhnt, schlug ein Buch zu. Er musterte seinen Fahrgast ausgiebig, als der mit einem Blick auf die Lektüre sagte: »Zum *Adlon*, bitte!« und im Fond Platz nahm.

›Nicht unbedingt das Geschäft meines Lebens‹, dachte der Fahrer, aber dann zuckte er mit den Achseln. ›Was soll's. Immerhin besser als noch ewig hier rumstehen, vielleicht krieg ich ja vom *Adlon* eine Anschlußfuhre.‹ Er fädelte sich in den Verkehr ein.

»Ich lege eine Mark drauf, als Schmalz«, sagte Karl. »Die Strecke lohnt ja sonst kaum den Sprit.«

›Er scheint Gedanken lesen zu können‹, dachte der Taxifahrer. Seine Miene hellte sich auf. »Zum Haupteingang Unter den Linden oder Eingang Wilhelmstraße?«

»Ich denke, Haupteingang«, sagte Karl. Ihm fiel auf, daß der Taxifahrer einen starken Akzent hatte, und er tippte auf einen Baltendeutschen. »Lettland oder Livland?«

»Weder noch.« Der Taxifahrer lachte. »Aber die Richtung stimmt.«

»Weiter nördlich?«

»Ja.«

Sie fuhren über die Schloßbrücke. Im Lustgarten hatte sich eine Menschentraube um einen Redner versammelt. Rote Fahnen waren entrollt worden, wollten aber nicht flattern. Zu naß.

»Reval?« versuchte es Karl noch einmal.

»Fast«, sagte der Mann mit einem verschmitzten Gesichtsausdruck. »Ich komme aus Helsinki.«

Karls Interesse an dem Mann war erwacht. Zufällig kannte er das Buch. Hesses *Siddharta* war nicht unbedingt ein Schmöker für Droschkenkutscher. »Sind Sie Student?«

Der Fahrer nickte. »Im Prinzip schon. Germanistik und Philosophie. Da!« Er zeigte auf die Kaiser-Wilhelm-Universität zur Rechten. »Im Augenblick mehr Philosoph stoischer Prägung, weil ich gezwungen bin, sieben Tage in der Woche auf dem Bock zu sitzen. Ja, im Moment also noch Student, mein Herr, aber Straßenräuber in spe, wenn ich nicht die Semestergebühren und drei Monate rückwirkende Mietschulden bis Ende der Woche zusammenfege – mir also ein mittleres Wunder widerfahren muß.«

Der Redeschwall verebbte, weil der Fahrer gezwungen war, scharf zu bremsen. Ein Bolle-Wagen vor ihnen hatte an der Kreuzung Friedrichstraße eine Milchkanne verloren. Sie rollte scheppernd vor das Taxi. Der Bolle-Fahrer sprang fluchend aus dem Lieferwagen. In der Manteltasche klackerte die Handglocke, mit der er die Kundschaft anlockte und die den Milchfahrern zu ihrem Spitznamen verholfen hatte: *Bimmel-Bolle*.

Karls Taxichauffeur lehnte sich aus dem Fenster und rief: »Bimmelt ihr neuerdings mit Milchkannen?«

»Halt's Maul, du Sack!« brüllte Bimmel-Bolle und knallte die Fahrertür hinter sich zu.

»Wahrlich wenig Philosophen in diesen Zeiten unterwegs«, sagte Karl, »geschweige denn weise Fährmänner und geläuterte Brahmanen à la Vasudeva.« Das Taxi preschte auf der gegenüberliegenden Straßenseite am Haupteingang des *Adlon* vorbei.

»Oh«, sagte der Taxifahrer. »Sie kennen den *Siddharta!*« Er ordnete sich in die linke Spur ein, um zu wenden.

»Ich hoffe«, sagte Karl, »daß ich meinem Gesprächspartner gleich genug von Siddhartas positiver Ausstrahlung vermitteln kann: daß er mich nämlich sofort anstellt – sonst können wir am Wochenende gemeinsam auf Straßenraub gehen.«

Das Taxi stoppte vor dem Hotel unter der Regenbalustrade. Karl zahlte und gab Trinkgeld. Ihm verblieben genau eine Mark und fünfzig Pfennig, als er den Türhebel nach unten drückte.

»Viel Glück!« wünschte der Fahrer und gab ihm noch einen Scherz mit auf den Weg: »Falls es nicht klappen sollte mit der Stelle: Ich schlage vor, Sonntag gegen Mitternacht Treffpunkt *Heiermann*!«

»Einverstanden«, sagte Karl und lachte. Der *Heiermann* hatte den schlechtesten Ruf, den man als Kneipe haben konnte. Im *Heiermann* verkehrten die Schlagetots der Weddinger Unterwelt. Noch im Aussteigen schlüpfte Karl aus seinem Mantel und legte ihn sich, gewendet, über den Arm.

Niemand eilte herbei, um Karl die Wagentür zu öffnen oder vielleicht nach seinem Gepäck zu fragen. Der Portier und zwei Pagen kümmerten sich hingebungsvoll um einen menschlichen Fettkloß in einem Ledermantel, der einem blankgeputzten Horch entstieg, rechts und links den Hotelbediensteten Geldscheine zusteckend. Erst als Karls Taxi zurücksetzte, um an dem Horch vorbeizulenken, trat auf ein Kopfnicken des Portiers einer der Pagen auf ihn zu. »Darf ich Ihnen irgendwie behilflich sein?«

Karl schüttelte den Kopf. Kurz bevor er die gläserne Drehtür erreichte, sah er die Blumenfrau. Sie stand am Straßenrand neben einem Laternenpfahl und hatte auf einer Fußbank drei Eimerchen mit verschiedenfarbigen Nelken und Rosen, als gelte es, für alle politischen Gruppierungen oder Parteien etwas parat zu haben. Sie hielt einen Regenschirm, der dick mit den wattigen Flocken bedeckt war, ein weißer Baldachin, der vermutlich nicht lange halten würde, denn Schnee- und Regenschauer wechselten in diesem Januar unberechenbar miteinander.

Karl fühlte in der Jackettasche nach dem Markstück, ließ die fünf Groschen für die Rückfahrt und für den Kaffee bei *Aschinger* stecken, und kaufte der Frau eine gelbe Nelke ab. Die Frau knickste, als er auf das Wechselgeld verzichtete. Die Schneelast auf ihrem Schirm geriet dabei ins Rutschen. Karl sprang lachend einen Schritt zurück. »Danke, Frau Holle!« Er steckte sich die Nelke ins Knopfloch, zupfte den Krawattenknoten zurecht, betrat die Vorhalle und schob sich durch eine der Drehtüren.

5. Kapitel
Karl macht in der *Adlon*-Lobby eine kurze, aber intensive Zeitreise

Und nach Jahren der Abwesenheit von Berlin, von Deutschland, von Europa tauchte er wieder in die wunderbare Welt dieses Hauses ein. Er sah es mit einem Blick, spürte es, als er die geschäftige Stille der Eingangshalle durchschritt, ja er roch es förmlich, daß dieses Hotel immer noch zu den großen seiner Art gezählt werden mußte, und war wieder gefangengenommen von diesem ganz speziellen Flair aus Eleganz, Luxus und kosmopolitischer Atmosphäre. Es war ein Flair, das sich trotz der einschneidenden Kriegsfolgen, trotz überstandener Inflation und katastrophaler Wirtschaftslage nur unwesentlich verändert hatte. Und er erinnerte sich, wie er das Hotel zum ersten Mal anläßlich seines Leutnantsballs betreten hatte, voller Begeisterung für Kaiser, Volk und Vaterland. Karl erinnerte sich aber auch, als er sich in der großen Eingangshalle umschaute und dann in Richtung Rezeption ging, an seinen letzten Aufenthalt im *Adlon*, kurz bevor der Weltkrieg zu Ende gegangen war; erinnerte sich, wie Maman und der Vater in genau dieser

Halle auf ihn gewartet hatten, als er, einen weiteren Stern auf den Epauletten und das EK I nebst diverser Verwundetenabzeichen an der Brust, auf sie zugehumpelt war, mit einem Bein voller umherwandernder Schrapnellsplitter, von denen einige ihm auch jetzt noch gelegentlich zu schaffen machten – erinnerte sich, wie Maman geweint hatte, als er sie umarmt hatte, erinnerte sich, daß er bereits damals durch die Erfahrung in den flandrischen Schützengräben restlos und nachhaltig und quasi am eigenen Leib kuriert gewesen war von jedweder Art von Hurra-Patriotismus und politischen Verführungskünstlern.

Karl hatte im Schlamm vor Verdun den Glauben verloren, daß es irgend etwas auf der Welt gab, für das es sich mit der Waffe zu kämpfen lohnte. Gardefeldartillerie-Oberleutnant Karl Siegfried Meunier, der vom Temperament eher ein Mann des begütigenden Ausgleichs war, der bei Streitigkeiten stets zu einem Kompromiß riet, der immer etwas zugunsten eines Beschuldigten fand, Karl hatte seine Lektion gelernt. Was ihm vorher nie möglich gewesen war, zumindest nicht in dieser Intensität, hatte er auch gelernt. Karl hatte zu hassen gelernt: Kriege und diejenigen, die sie verherrlichen.

Manchmal, wenn er nicht einschlafen konnte, sah er die französische Batterie in der Talmulde vor Reims, wie sie noch versucht hatten, die Geschütze zu richten. – Sie waren zu langsam gewesen, die Franzosen, er hatte bereits Feuerbefehl erteilt. Am nächsten Morgen war er an den zerfetzten Leichenteilen vorbeigezogen. Er hatte sich wie die meisten seiner Leute übergeben müssen. »Die Franzosen haben rote Hosen, blaue Jacken, verkackte Hacken ...« hatte danach selbst Unteroffizier Kassner, ein ausgemachter Franzmannhasser, nicht mehr gesungen.

Als er vor der Rezeption stand und sich räusperte – der Empfangssekretär hinter der Barriere war über ein Formular gebeugt, das er ausfüllte –, hatte Karl sich wieder in der Gewalt. Er produzierte sein strahlendstes Lächeln. »Pardon, ich habe einen Termin mit Herrn Engel – mit dem Personalchef.«

»Wen darf ich bitte melden?« Der Empfangssekretär griff zum Telefon.

»Meunier, Karl Meunier.« Er reichte ihm eine Visitenkarte.

Der Empfangssekretär betrachtete die Karte, hängte den Hörer wieder ein und murmelte. »Meunier, Meunier – da war doch was?« Er gab ihm die Karte zurück. »Ah ja!« Er griff nach einem Hefter mit der Aufschrift *Wichtig!*, schlug ihn auf, tippte mit dem Finger auf die Seite und sagte: »Es ist wegen der Stelle, nicht wahr?«

Karl bejahte.

»Dann würde ich Sie bitten, gleich dem Pagen zu folgen. Herr Generaldirektor Adlon wünscht mit Ihnen persönlich zu reden. Eine Sekunde, bitte!« Es mußte etwas sehr Ungewöhnliches sein, daß Louis Adlon einen normalsterblichen Stellungssuchenden empfing, denn der Mann von der Rezeption schürzte die Lippen, und Karl vermeinte zu bemerken, daß er unmerklich den Kopf schüttelte. Außerdem hatte er gelernt, daß man Louis Adlon mit *Generaldirektor* titulierte, vermutlich, weil es in einem derart großen Haus, wie es das *Adlon* war, noch andere, untergeordnete Direktoren gab. Der Mann hinter dem Rezeptionstresen las noch einmal, wie um sich zu vergewissern, daß er die Notiz im Hefter nicht falsch verstanden hatte, und betätigte erst dann einen roten Knopf auf dem Empfangspult. Im Nu tauchte ein Junge in Pagenuniform auf. »Bring den Herrn zum Herrn Generaldirektor. Er ist in seinem Büro.«

Der Junge machte einen tiefen Diener. »Bitte, hier entlang.« Er lud Karl mit einer linkischen Handbewegung zum Folgen ein. Eine silberne Plakette zeigte Karl, daß Page Nummer sieben ihn führte. Vor einer eichengetäfelten Flügeltür mit den Initialen L. A. blieb er stehen und klopfte zaghaft an.

»Ja?« schallte es von drinnen.

Der Page drückte die Tür vorsichtig auf, weit genug, daß er seinen Kopf ins Zimmer stecken konnte. »Ein Herr für Sie, Herr Generaldirektor!«

»Rein mit ihm, Fritzchen, und warte draußen!«

6. Kapitel
Ein energischer Fußfall überzeugt Louis Adlon

Louis Adlon bat Karl, Platz zu nehmen. Er selber blieb stehen und begann, als Karl saß, langsam, mit auf den Rücken verschränkten Händen, hinter seinem Schreibtisch auf und ab zu schreiten. Durch die Fenster hinter dem Schreibtisch, das Büro ging auf die Linden hinaus, sah Karl den morgendlichen Verkehr vorbeifluten. Es schneite noch immer dicke Flocken auf die Blumenfrau.

Louis Adlon räusperte sich mehrmals, bevor er sprach. »Eigentlich fallen Einstellungsgespräche in den Aufgabenbereich meiner Frau, Herr Meunier, aber heute müssen Sie mit mir vorliebnehmen. Sie ist auf Reisen.« Er deutete auf einen handbeschriebenen Briefbogen auf der Schreibtischplatte. »Aber im Vertrauen, das ist eine Ausrede. Natürlich hätte sich auch Herr Engel mit Ihnen unterhalten können.« Er griff nach dem Briefbogen, Karls Lebenslauf. »Ehrlich gesagt ist es Ihre Vita, die mich neugierig gemacht hat. Sie scheinen ein interessantes Leben geführt zu haben und viel in der Welt herumgekommen zu sein.«

Karl zuckte mit den Achseln. »Wie man es nimmt, Herr Generaldirektor. Aber es stimmt, meine diversen Tätigkeiten haben mich soweit einigermaßen ernährt und dazu quasi gratis in der Welt herumgebracht, das ist richtig.« Daraus, daß Louis Adlon dem *Generaldirektor* nicht widersprach, schloß Karl, daß es allgemein üblich zu sein schien, ihn so anzureden. Er legte den Mantel, den er noch immer über dem Arm trug, in seinen Schoß.

»Sie schreiben«, Louis Adlon unterbrach sein Auf- und Abgehen und las laut vor: »›Nach meinem Ausscheiden aus der Armee als Oberleutnant belegte ich Anglistik, Romanistik und Philosophie an der Kaiser-Wilhelm-Universität und exmatrikulierte 1923 als Magister‹ – gleich darauf teilen Sie mir mit, daß Sie Anfang 1924 bereits Steward auf der Midmed-Linie zwischen Genua und Istanbul waren. Ja, haben Sie denn nie versucht, etwas aus Ihrem Universitätsabschluß zu machen? – Lektorat in einem Verlag oder von mir aus auch Kundenbetreuer für Ausländer bei einer Bank?«

Karl nickte. »Versucht schon, Herr Generaldirektor, aber außer als Fremdenführer bei einer Stadtrundfahrtgesellschaft, das Unternehmen gibt es längst nicht mehr, war zu dieser Zeit einfach kein Unterkommen. Das mit der Fremdenführerei habe ich ein paar Monate gemacht, und dann habe ich in der *London Times* das Angebot von der Midmed-Reederei gelesen und mich beworben. Denen ging es weniger um Englisch oder Französisch als um jemanden, der auch fließend Deutsch konnte. Das korrekte Alter hatte ich auch, also haben Sie mich genommen. – Bereut habe ich die drei Jahre zur See nicht.«

»Danach steht hier etwas von selbständiger Tätigkeit im Gaststättengewerbe – auf Malta!« Louis Adlon hob fragend die Augenbrauen. »Ich kann dem beim besten Willen nicht entnehmen, was das im Detail bedeutet! – Malta kenne ich übrigens flüchtig. Wir haben bei einer Mittelmeerkreuzfahrt einmal den Grand Harbour angelaufen und sind für ein, zwei Stunden an Land gegangen.«

»Ich habe 1927 meine Ersparnisse in eine kleine Bar in Valletta investiert. Zusammen mit einem schottischen Kollegen, den ich bei der Midmed kennengelernt hatte. Es war eine Bar mit Blick über den Grand Harbour. Wir servierten dort auch kleinere Speisen. Mein Partner war gelernter Koch.«

»Interessant«, sagte Louis Adlon, »und wie weiter?«

»Bis Ende neunundzwanzig lief's ganz passabel.« Karl seufzte und drehte die Handflächen nach oben. »Irgendwann, wenn auch mit geraumer Verspätung, erreichte der Schwarze Freitag auch Malta, und wir mußten den Laden weit unter Wert verkaufen. War kein Einzelschicksal in jenen Tagen. Ein Jahr haben wir noch versucht, etwas Neues auf die Beine zu stellen, hatten aber kein Glück. Ich bin dann nach Deutschland zurück. Mein ehemaliger Partner – wir schreiben uns noch gelegentlich – hat wieder eine kleine Bar aufgemacht.«

Louis Adlon nickte verständnisvoll und lehnte sich gegen den Schreibtisch, spielte mit einem Brieföffner. »Das *Adlon* hat auch diese weltweite Krise bloß einigermaßen überlebt – die andere große für unser Haus war die Inflation – , weil mein Vater die Umsicht besessen hatte, im Keller einen riesigen Vorrat *krisensicheres* Kapital einzulagern.«

In Karls Augen blitzte es auf. »Ihr Weinlager, Herr Generaldirektor, war und ist legendär.« Er erzählte ihm von seinem Leutnantsball anno 1913, und Louis Adlon sagte: »Donnerwetter, Ihr Gedächtnis ist ja vorzüglich!«, als Karl ihm die verschiedenen Weine aufzählen konnte, die damals zum Diner gereicht worden waren. »Eine Sammlung von Weltruf«, sagte Karl.

›Und dabei soll es bleiben‹, dachte Louis Adlon. ›Mich zu ruinieren wird auch dieser verdammten SA nicht gelingen, wenn ich's verhindern kann. Und das werde ich, bei Gott!‹ Er trommelte mit dem Brieföffner auf die Schreibunterlage. »Und dann, Herr Meunier, sind Sie im Januar vor ziemlich genau zwei Jahren nach Berlin zurückgekommen und verdienen seitdem als freier Übersetzer und Ju-Jutsu-Lehrer, Sie schreiben, das sei eine Gattung von Ringkampflehrer, Ihr Geld. – Was übersetzen Sie denn so?«

»Meist Kurzgeschichten aus dem Englischen. Weihnachten hat die *Morgenpost* meine Übersetzung von *Sweet Rita* gedruckt, und davor hat die *Berliner Illustrierte* mein *Maltagold* genommen. Von einem wahnsinnig guten Amerikaner. Kennen Sie ihn? Er heißt George K. Iwertou.«

»Hab' von ihm gehört«, sagte Louis Adlon. »Aber Übersetzer *und* Ringkampflehrer, das ist ja eine schillernde Mischung!«

»Ja«, sagte Karl und lachte. »Das ist kaum zu leugnen. Der Meinung ist meine Mutter übrigens auch. ›Kind, was soll nur aus dir werden!‹ – Sie hat immer gewollt, daß ich nach dem Militär zur Bank gehen sollte, aber die haben, wie gesagt, damals mit einem Anglisten und Romanisten nicht viel anfangen können.«

»Heute wohl auch nicht«, sagte Louis Adlon. »Die Zeiten sind rauh. Wissen Sie was, Meunier, Sie sind mir sympathisch.« Karl registrierte mit Freude, daß Louis Adlon das *Herr* vor seinem Namen fallengelassen hatte. ›Das‹, dachte er, ›macht man doch wohl kaum, wenn man jemanden gleich abwimmeln will.‹

Und Karl sollte sich nicht irren. Louis Adlon richtete die Brieföffnerspitze auf ihn. »Ich hätte Verwendung für Sie. How about your oral English?«

Sie unterhielten sich die nächste Viertelstunde auf Englisch, wechselten gelegentlich ins Französische, und Karl erfuhr in groben Zügen, was Louis Adlon sich unter seinem zukünftigen Aufgabenbereich als Hausdetektiv (und Sekretär zur besonderen Verwendung) vorstellte. Das, wie gesagt, in English et en français. Dann legte Louis Adlon den Brieföffner auf die Schreibunterlage und trat auf Karl zu.

»Ich denke, wir sind uns jetzt einig. Seien Sie morgen Punkt acht hier bei mir im Büro, Meunier. Dunkler Anzug, schwarz oder blau, gedeckte Krawatte, schwarze Schuhe.« Er deutete auf Karls. »Auf keinen Fall natürlich dunkelbraune!«

»Selbstverständlich, Herr Generaldirektor!« beeilte sich Karl zu versichern.

»Ich werde Sie dann den wichtigen Leuten im Haus vorstellen. Mit den Räumlichkeiten und dem übrigen Personal wird sie der Oberpage bekanntmachen. Sie sind also hiermit auf Probe engagiert. Probezeit, darunter verstehe ich sechs Wochen, in denen sich das *Adlon* von Ihnen ohne Angabe von Gründen trennen kann. Es gibt zwar eigentlich noch eine letzte Eignungsprüfung, aber in Ihrem Fall erlasse ich die Ihnen. – Gemacht?« Louis Adlon reichte Karl die Hand. Der erhob sich und schlug ein.

»Mit dem größten Vergnügen, Herr Generaldirektor, allerdings möchte ich Sie bitten, mir die letzte – ominöse – Prüfung doch nicht zu erlassen. Ich hätte da so ein ungutes Gefühl, als ob ich etwas schwänzen würde, wenn Sie verstehen, was ich meine.«

»Wie es Ihnen beliebt«, sagte Louis Adlon. »Einen Augenblick. Ich muß bloß kurz telefonieren.«

Karl hörte, wie Louis Adlon sich mit dem Heizungskeller verbinden ließ und darum bat, einen gewissen Schöffler zu ihm hochzuschicken, der würde schon Bescheid wissen, man möge Schöffler ausrichten, alles wieder wie beim letzten Mal, ja und bitte umgehend.

Als es wenig später an der Bürotür klopfte, hatte Karl von Louis Adlon die Höhe seines Anfangsgehalts erfahren und schlug innerlich Salto. Hundertachtzig Mark während der Probezeit und später dann zweihundertfünfzig. ›Hurra!‹ dachte Karl, ›ich muß doch nicht in den Schuldturm oder Straßenräuber werden!‹

Es klopfte.

»Herein!« sagte Louis Adlon.

Die Tür öffnete sich. »Zu Diensten, Herr Generaldirektor!«

Emil Schöffler, genannt Faß-Rüdiger, der Heizer aus der Frühschicht, trug seinen Spitznamen mit Recht. Er war einen halben Kopf kleiner als Karl, dafür aber annähernd doppelt so breit. Der lange, blaue Arbeitskittel, den die Leute von der Haustechnik außerhalb ihrer Wirkungsstätten tragen mußten, spannte sich über einen tonnenförmigen Brustkasten. ›Ringer‹, überlegte Karl. ›Ich muß ihn schnell wegpacken. Wenn dieser Kerl seinen Gewichtsvorteil nutzt, seh' ich blaß aus!‹

Louis Adlon deutete auf das Kraftpaket im Türrahmen. »Herr Meunier, würden Sie bitte so freundlich sein und den Mann aus meinen Räumen entfernen!«

Dem Grinsen von Faß-Rüdiger konnte Karl unschwer entnehmen, daß alle seine Vorgänger an dieser Prüfungsaufgabe gescheitert waren.

»Wie ich das anstelle, ist egal?« fragte Karl.

»Wie ist egal!« bestätigte Louis Adlon.

»Wirklich egal, wie?« fragte Karl den grinsenden Faß-Rüdiger.

»Wirklich!« antwortete der und marschierte auf Karl los.

Im selben Moment hatte Karl den Brieföffner auf dem Schreibtisch an sich gerissen und Faß-Rüdiger seinen Mantel ins Gesicht geschleudert. Er warf sich seinem Angreifer zusammengekauert vor die Füße. Faß-Rüdiger, der noch immer mit dem Mantel kämpfte, stolperte über ihn, landete bäuchlings. Als er sich aufrappeln wollte, kniete Karl bereits auf ihm und drückte ihm die Spitze des Brieföffners an den Kehlkopf.

»Das wär's denn wohl für heute!« sagte Karl.

Faß-Rüdiger röchelte etwas Unverständliches und wagte nicht, sich zu bewegen. Der Brieföffner war aus massivem Silber und sollte ein japanisches Samurai-Schwert darstellen. Die Spitze kitzelte seinen Adamsapfel allzu bedrohlich.

»Ist der Herr Generaldirektor auch meiner Meinung?« fragte Karl.

»Äh, vortrefflich, mein lieber Meunier, ganz vortrefflich, aber nun lassen Sie den guten Mann bitte los, sonst tun Sie ihm noch ernsthaft weh!«

Karl wollte dem am Boden Liegenden sogar beim Aufstehen helfen, aber Faß-Rüdiger, zornesrot im Gesicht, verschmähte den dargebotenen Arm und schnellte hoch. »Du ... du ...!« stammelte er. »Ich mach' dich alle!« Und eine Sekunde lang dachte Karl, daß er sich erneut auf ihn stürzen wollte.

Louis Adlon schien das gleiche zu denken. Er griff in die Uhrentasche seiner Weste und steckte dem Heizer ein Fünf-Mark-Stück in die Kitteltasche. »Nichts für ungut, Schöffler.«

Der Fünfer ließ Faß-Rüdiger schnell zur Besinnung kommen.

»Oh, danke, Herr Generaldirektor. Jederzeit wieder, wenn ich dem Herrn Generaldirektor von Nutzen sein kann.«

»Sie haben wirklich mehr als ein Bier bei mir gut, Schöffler«, sagte Karl und hob die Nelke auf, die aus dem Knopfloch gefallen war. Er steckte sie sich wieder ans Revers und streckte erneut den Arm aus. Dieses Mal wurde die Hand ergriffen.

»Sie sind echt verdammt schnell«, brummelte der Heizer und schien sich einigermaßen mit seiner Niederlage abgefunden zu haben.

»Es war zugegebenermaßen auch nicht ganz fair, was ich da gemacht habe. Im Ring hätte ich vermutlich keinen leichten Stand gegen Sie«, sagte Karl versöhnlich, denn er mochte sich keinen Feind im Hause schaffen, noch bevor er die Arbeit aufgenommen hatte.

»Herr Meunier ist ab morgen – unter anderem – für die interne Sicherheit im Haus zuständig«, erklärte Louis Adlon und fügte hinzu, als Schöffler ihn mit offenem Munde anstarrte: »Als Hausdetektiv.«

»Oh«, sagte der, langsam begreifend.

Karl nickte und schaute Faß-Rüdiger in die Augen. »Ich zähle da auf Ihre Mithilfe, Schöffler, Sie scheinen mir ein Kerl zu sein, auf den man sich verlassen kann, wenn es mal brenzlig werden sollte. Einverstanden?«

»Einverstanden«, sagte Faß-Rüdiger, nun gänzlich versöhnt. Verschmitzt zu Boden schauend fügte er hinzu: »Als Ihr Assistent bewilligt der Herr Generaldirektor mir dann vielleicht auch eine kleine Lohnerhöhung ...«

»Raus mit Ihnen, Schöffler, aber ein bißchen plötzlich!« Louis Adlon mußte einen Lachanfall unterdrücken und husten. »Augenblicklich ... ab ... in den Keller ... mit Ihnen!«

»Natürlich, Herr Generaldirektor, bin quasi schon weg.« Der Heizer machte eine Verbeugung. Als er aus der Tür ging, drehte er sich noch einmal um. Karls und sein Blick begegneten sich. Louis

Adlon kämpfte noch immer mit dem Hustenreiz. Der Heizer zwinkerte Karl zu. Karl gab das Zwinkern zurück. ›Gut‹, dachte Karl. ›Spaß versteht der Bursche wenigstens!‹

Louis Adlon hatte sich endlich von seinem Hustenanfall erholt. »Alle Achtung, Sie haben Ahnung von Menschenführung, Meunier!« Das Telefon läutete. Louis Adlon hob ab, bedeckte die Sprechmuschel mit der Handfläche und sagte zu Karl: »Wir sehen uns morgen. Der Page wird Sie zum Wirtschaftsausgang führen.«

Karl verstand, daß das Einstellungsgespräch beendet war.

Fritzchen wußte natürlich schon alles von Schöffler, als Karl ihn ansprach. »Ich möchte zum Ausgang Wilhelmstraße.«

»Gerne, mein Herr«, sagte Fritzchen, »bitte, hier entlang!« Er schritt ihm voraus und wiederholte: »Gerne, der Herr!« Aber Fritzchen meinte es nicht ehrlich mit dem doppelten *Gerne*, weil er davon ausging, daß er von dem zukünftigen Hausdetektiv des *Adlon Hotels* bestimmt kein Trinkgeld erhalten würde. Er sollte sich täuschen. Karl drückte ihm am Ausgang Wilhelmstraße die fünf Groschen in die Hand und hatte binnen einer Dreiviertelstunde die dritte Person im Hause *Adlon* positiv für sich eingenommen.

Als Karl auf der Wilhelmstraße stand, wurde Wein angeliefert. Zwei Rollkutscher mit speckigen Lederschürzen entluden eisenbereifte Weinfässer. Karl sah den Glatzköpfigen, der sie herumkommandierte, nur von hinten, aber er erkannte ihn sofort an der Art, wie er mit den Fuhrleuten sprach. Der bornierte Ton seines ehemaligen Unteroffiziers Otto Kassner war Karl selbst nach Jahren noch vertraut im Ohr und zuwider. Die Fuhrleute arbeiteten schweigend weiter und beachteten den Aufseher nicht.

Kassner, im Winter 1917 in der Etappe von Karl wegen Schiebergeschäften angezeigt und dann von Karl als Mitglied des Kriegsgerichts zu vier Wochen verschärftem Arrest verurteilt, ahnte nicht, daß er beobachtet wurde. Er herrschte die Fuhrleute pausenlos an, als wären sie der letzte Dreck. Während er die Leute antrieb, hatte er die Arme in die Seite gestemmt und wippte auf den Schuhspitzen. ›Immer noch das alte Schwein!‹ dachte Karl und mußte sich beherrschen, um ihm nicht sofort einen kräftigen Tritt in den Hintern zu verpassen. Aber jetzt war auch den Kutschern der Geduldsfaden gerissen. Einer rollte ein Weinfaß auf Kassner zu. Kassner schaffte es gerade noch rechtzeitig, zur Seite zu springen. Der Arbeiter oben auf dem Wagen nahm die schwere Eisenklammer, mit der er die Fässer vom Wagen gehoben hatte, sprang von der Ladefläche und schwenkte sie unmißverständlich vor Kassners Gesicht hin und her. Karl konnte leider nicht verstehen, was der Arbeiter Kassner zuzischelte, aber es wird keine Nettigkeit gewesen sein. Kassner verschwand mit hochrotem Kopf in der Weinhandlung, wilde Drohungen gegen die Arbeiter ausstoßend. Karl hatte genug und ging, bevor der unvorbereitete Anblick Kassners ihm gänzlich die Freude an der Anstellung nehmen sollte. Obwohl er auch drei Wohlgesonnene im *Adlon Hotel* gewonnen hatte, wußte er bereits jetzt, daß er zumindest auch mit einem unversöhnlichen Feind rechnen mußte.

Kassner tauchte nicht wieder aus der Ladentür auf, und Karl marschierte schnellen Schritts den Linden entgegen, das Wetter lud kaum zum Flanieren ein.

Karl hatte außer der Tatsache, wahrscheinlich mit Kassner unter einem Dach arbeiten zu müssen, noch zwei Probleme. Das eine hieß: Dunkler Anzug, schwarz oder blau, das andere: Wie sollte er nach Hause kommen?

›Bleibt ja wohl bloß laufen‹, dachte Karl und löste so Problem Nummer zwei zuerst.

Wilhelmstraße, die Linden bis zur Schloßbrücke entlang, dann links durch den Lustgarten und querbeet bis zur Linienstraße 53, zum Pfand- und Leihhaus Schönlein. Dort besprach Karl sein Problem Nummer eins mit Herrn Schönlein. Man einigte sich, daß Karl am Nachmittag den braunen Übergangsanzug und die Manschettenknöpfe vorbeibringen würde, schwarze oder dunkelblaue

Anzüge in Karls Größe wären reichlich vorhanden, sagte Herr Schönlein. Fünf Mark für die Krawattennadel erhielt er gleich, ein Schnäppchen für Herrn Schönlein, falls Karl sie nicht wieder auslösen konnte.

Karl rief Bennos Pension in der Schlüterstraße an. Die Wirtin mußte seinen Trainingskameraden erst aus dem Bett holen.

»Mensch, Karl, bin erst heut früh in die Falle. Wo brennt's?«

»Ich hab' die Stelle!«

»Stelle?«

»Na, auf den Tip von dir, die im *Adlon*!«

»Jratuliere, meen Lieber, daruff müss'n wa natürlich ...«

»Deshalb ruf ich doch an, Benno.«

»Wie? Jetz jleich? Nix drin, ick trink' nie wat am Vormittach.«

»Klaro. Ich lad' dich ja bloß zum Frühstück ein.«

»Hm, darüber könnte man reden. Wo?«

»Oben im KaDeWe? So in einer halben Stunde?«

»Is jebongt. Bis denn.«

7. Kapitel
Karls erster Tag als Hausdetektiv

Die Schuhe schwarz einzufärben hatte einen ganzen Nachmittag gedauert, aber das Ergebnis war annehmbar. Karl hatte außerdem von Benno zwanzig Mark geliehen, um nicht mit völlig leeren Taschen seinen ersten Arbeitstag anzutreten. Von dem geborgten Geld war er nach Pankow gefahren, hatte Maman einen Strauß Teerosen gekauft, ihr von seiner Anstellung berichtet und sich Vaters Krawatten einpacken lassen. »Nimm sie mit, Junge, wirst sie gebrauchen können. Schadet garantiert nichts, wenn du jeden Tag eine andere umbindest. – Papa », sie hatte das Wort französisch betont, »hätte sich gefreut, wenn er das noch hätte erleben können. – *Sein Sohn arbeitet im Adlon!*«

Um Punkt acht Uhr stand er bei Louis Adlon im Büro. Natürlich ohne Blume im Knopfloch, dafür mit einem dunkelblauen, zum Anzug harmonierenden Seidenschlips mit winzigen gelben Sternen.

Louis Adlon entfernte ein unsichtbares Stäubchen von seiner Samtweste. Er zog eine Schreibtischschublade auf und holte einen Schlüssel heraus. Der Generaldirektor steckte den Generalschlüssel in die Hosentasche und sagte: »Dann wollen wir mal, Meunier.« Das Vorstellen dauerte jeweils nur ein paar Minuten: Doorman, Telefonistin, Restaurantchef, Küchenchef, Fuhrparkchef, Oberkellner, Leiter der Technik, Verwaltungsdirektor und Oberpage. Der Oberpage war ein ergrauter Mittfünfziger, dem Generaldirektor in Statur und Haltung nicht unähnlich. Er trug einen Schnauzer. Der Bart und auch das Haupthaar waren wie bei Louis Adlon graumeliert. ›They look colonial, somehow‹, dachte Karl und fühlte sich an einige britische Offiziere auf Malta erinnert, außerdem trugen sowohl der Generaldirektor als auch sein Oberpage Anzüge aus unverkennbar englischem Tuch.

Louis Adlon hatte einen Stammgast erspäht, der im Begriff war, die Halle in Richtung Restaurant-Café zu verlassen. »Ich muß rasch den Baron de Neva willkommen heißen. – Herr Mandelbaum, bitte übernehmen Sie Herrn Meunier, und führen Sie ihn überall herum, damit er das Haus und die Leute richtig kennenlernt.« Er folgte dem Baron mit leicht federndem Gang. Karl erinnerte sich gehört zu haben, daß der Generaldirektor ein geschätzter Tänzer sein sollte. Die Begrüßung zwischen dem Baron und Louis Adlon war südländisch überschwenglich. In diesem Augenblick trat eine gutgekleidete, gutaussehende Frau um die Dreißig aus dem Café, eindeutig eine Dame der Großen Gesellschaft. Der Pelzmantel, den sie trug, war extravagant geschnitten. Karl taxierte ihn auf mindestens 10000 Reichsmark. Louis Adlon machte sie mit de Neva bekannt. Mandelbaum runzelte die Stirn.

»Der Baron de Neva scheint des öfteren im *Adlon* zu weilen?«

Der Generaldirektor, der Hotelgast und die Dame verschwanden im Café.

»Er kommt jeden Winter«, sagte Mandelbaum. »Sie kennen ihn?«

»Nur vom Sehen«, sagte Karl. »Und wenn Wahlen in Malta sind. Dann hängt sein Bild überall.«

»Malta?« Mandelbaum senkte skeptisch das Kinn auf die Brust. »Ich dachte, er ist Italiener. Jedenfalls reist er mit einem italienischen Paß.«

»Vielleicht hat er zwei Pässe.«

»Vielleicht.«

»Wer war die Frau?«

»Frau Goebbels. Als sie noch Quandt hieß, war sie häufiger im *Adlon*. Aber seit sie die Gemahlin des Herrn Gauleiters ist, sieht man sie natürlich mehr im *Kaiserhof*.«

Karl musterte den Oberpagen. Er schien kein großer Bewunderer von Doktor Joseph Goebbels zu sein. Als er das Wort Gauleiter ausgesprochen hatte, hatte ein kaum wahrnehmbarer verächtlicher Unterton mitgeklungen.

Karl blickte sich um. »Die Atmosphäre hier scheint den Herren Nationalsozialisten also nicht sonderlich zu behagen. Vermutlich ist sie ihnen zu – kosmopolitisch?«

»Es wäre zu hoffen«, sagte Mandelbaum, »daß es auch in Zukunft so bleibt.«

»Die nächsten Wahlen werden Klarheit schaffen«, sagte Karl.

»Es wäre wünschenswert.« Erwin Mandelbaum hakte Karl kameradschaftlich unter. Ein Pagenmeister stand in der *Adlon*-Hierarchie auf gleicher Stufe wie ein Detektiv. »Was haben Sie denn eigentlich schon alles vom Haus kennengelernt?«

Karl zählte auf.

»Hm, im Keller waren Sie also noch nicht. Den muß ich Ihnen unbedingt als erstes zeigen. Sie werden staunen!« Der Oberpage führte Karl durch einen Vorsaal in den Lese- und Schreibsaal. In einer Raumecke saß ein Riese von einem Mann hinter einer Zeitung. »Herr Direktor Holtsen aus Göteborg, Bankier«, raunte Mandelbaum Karl ins Ohr. »Ein häufiger Gast bei uns.«

Karl erkannte den Dicken, der gestern die Pagen am Eingang angezogen hatte wie das Licht die Motten.

Der Hotel-Komplex hatte die Form von einem kurzbeinigen *T*; der längere, waagerechte T-Balken war das eigentliche Hotel und zeigte nach Norden, der lotrechte, kürzere erstreckte sich nach Osten, bestand aus dem Haus Wilhelmstraße 70a, dem Wirtschaftstrakt und der Weinhandlung. Es existierten mehrere Zugänge zum Weinkeller. Oberpage Mandelbaum führte Karl über eine Wendeltreppe in der Küche in die unterirdische *Adlon*-Welt.

Der Kellermeister war eine gute Reklame für die Produkte, die er verwaltete. Er sah aus wie einer der Mönche, die auf Plakaten klösterliche Brauerzeugnisse anpriesen: Eine rundliche Gestalt, nicht unförmig, mit rosa Wangen und einer blauen Schürze über dem dunklen Anzug, mit lustig blinzelnden Augen. Um den Hals trug der Kellermeister eine silberne Gliederkette, an der eindrucksvoll die ovale Plakette der *Fraternité des amants de vin* baumelte.

»Der Herr Generaldirektor legt Wert darauf, daß ich Herrn Meunier allen maßgeblichen Leuten im Haus vorstelle«, sagte der Oberpage.

»Meunier? Na, das klingt ja vertraut wenig teutonisch. Nicht wahr, Mandelbaum?« Der Kellermeister schüttelte Karl überschwenglich die Hand zur Begrüßung. »Ich heiße Obier, und meine Vorfahren sind vermutlich mit den Ihrigen an die Spree gekommen. Jedenfalls willkommen im *Adlon*. Und Ihren Namen verhunzt man vermutlich genau so oft wie meinen.« Er lachte aus vollem Halse. »Zum Beispiel: *Oh-Bier*!«

»Oder: *Gallgonn*«, sagte Karl und stimmte in das Lachen ein. Er schaute sich um: Regale mit liegenden Weinflaschen, nach Gebiet und Jahrgang geordnet. Regale mit stehenden Sekt- und Champagnerflaschen. Faß um Faß an losem Wein.

Im Schein einer starken Deckenlampe füllte ein Arbeiter Rotwein in Burgunderflaschen, ein zweiter verkorkte sie mit einer hydraulischen Apparatur, ein dritter Arbeiter etikettierte. Überwacht wurden sie von einem Mann, den Karl am liebsten in Timbuktu oder auf der Osterinsel sehen würde.

»Otto, komm mal kurz her!« rief der Kellermeister, und zu Karl gewandt sagte er: »Mein Assistent, Otto Kassner.«

Während Karl auf das Wiedersehen nicht gänzlich unvorbereitet war, erwischte es Kassner kalt. Er merkte gar nicht, daß Obier scherzte, als er Karl als neue rechte Hand von Louis Adlon vorstellte.

»Wir kennen uns«, sagte Karl, und in seiner Stimme schwang nicht gerade Begeisterung mit.

»Sehr erfreut, Sie nach so langer Zeit wiederzusehen, Herr Meunier«, stotterte Kassner.

»Ganz meinerseits«, sagte Karl eisig.

»Sie kennen sich?« sagte Obier.

»Herr Kassner war Unteroffizier in meinem Regiment«, erklärte Karl.

Kassner nickte. »In Frankreich. Darf ich fragen, was Sie zu uns führt?«

»Hab' ich dir doch eben erklärt, Otto. Herr Meunier ist vom Generaldirektor als Hausdetektiv eingestellt worden«, sagte der Kellermeister.

Kassner gewann langsam die Fassung wieder. »Du hattest was von seiner neuen rechten Hand gemurmelt.«

»Gescherzt, Otto, war gescherzt. Aber nicht nur. Weisungsbefugt im Fall von Herrn Meunier ist einzig der Generaldirektor – und natürlich die Frau Generaldirektor –, falls ich unseren Generalpagen richtig verstanden habe, stimmt doch, oder, Erwin?«

Kassner warf Mandelbaum einen nicht gerade liebevollen Blick zu, als der durch Nicken bestätigte. Mandelbaum schaute daraufhin zur Armbanduhr, fast so, als wäre ihm die Gesellschaft Kassners langsam lästig. »Gleich elf. – Was halten Sie davon, wenn wir jetzt noch auf den Dachboden fahren? Und dann ist auch bald Essenzeit fürs Personal. Wir ...«, und er beschrieb mit dem Finger einen Kreis, der die Arbeiter ausschloß, Kassner aber zögerlich miteinbezog, »wir essen im Zwischengeschoß im Kuriersaal, wo auch die Chauffeure von den Herrschaften essen.«

»Ich richte mich ganz nach Ihnen«, sagte Karl.

»Und wir sollten auch nicht mehr ewig hier schwätzend herumstehen, Otto.«

»Äh, sollten wir nicht«, sagte Kassner. »Ich mach' schon mal weiter.«

Sie gingen durch ein Labyrinth von Weinregalen und Faßgestellen zum Kellerausgang.

»Der Kuriersaal ist im Wirtschaftsflügel«, sagte Mandelbaum und hielt Karl die Tür auf.

8. Kapitel
Per Wilhelm Holtsen trägt Louis Adlon ein Anliegen vor

Ab elf Uhr begann Louis Adlon offiziell mit den *honneurs*. Er informierte sich über die wichtigsten Gäste und fing seinen Rundgang in der Halle an. Er wechselte ein paar Worte mit der Rezeption und begab sich dann in den Lese- und Schreibsaal. Per Wilhelm Holtsen saß, nein, thronte, in einem ausladenden Klubsessel und blickte auf das Schneegestöber im Innenhof. Louis Adlon, der nicht stören wollte, grüßte von weitem und wollte wieder in die Halle zurückgehen, aber Holtsen winkte ihn heran.

»Mein lieber Adlon, haben Sie dieses Wetterspektakel inszeniert, damit ich mich heimisch fühle? Womöglich huschen sogar *adlonitische* Rentiere durch den Goethe-Garten, und ich sehe sie bloß nicht vor lauter Schneesturm.«

»Falls sie darauf bestünden, würde das Haus alles dransetzen, Sie mit einer Rentierherde zu beglücken.«

Der Koloß im Ledersessel lachte dröhnend. »Das bezweifle ich nicht, lieber Adlon, daß Sie das fertigbringen würden.«

»Ich hatte Ihnen wieder Ihre alte Ecksuite reservieren lassen, das war doch wohl korrekt?«

»Korrektestens, mein lieber Adlon. Wenn in Berlin, und wenn im *Adlon*, dann doch bitte ein Zimmer mit Blick auf das Brandenburger Tor und die Linden. – Ach, wo Sie gerade hier sind«, Holtsen beugte sich verschwörerisch zu Louis Adlon vor. »Ich treffe morgen mittag zwei Geschäftsfreunde und hätte am liebsten zum Speisen ein Séparée. Es ist eine vertrauliche Unterredung mit Herren aus der Flugindustrie, Sie verstehen?«

»Überhaupt kein Problem, Herr Holtsen. Der Oberkellner wird das zu arrangieren wissen.«

Holtsen rückte noch näher an Louis Adlon heran. »Ich wäre Ihnen zutiefst verbunden, wenn man unser Treffen mit allergrößter Diskretion behandeln würde. Herr Udet ist eine sehr bekannte Persönlichkeit, und ich möchte nicht, daß die Gerüchteküche zu brodeln beginnt, bloß weil ich mit ihm gesehen worden bin.«

»Das kann ich gut verstehen«, sagte Louis Adlon. »In solchen Fällen schlage ich der besuchenden Partei immer vor, den Eingang Wilhelmstraße zu benutzen. Die Herrschaften werden dann hinter den Speisesälen durch die Serviergänge zu den Séparées geleitet.«

»Trefflich, so wird es gemacht, lieber Adlon!«

»Ein neuer Mitarbeiter des Hauses, Sie kennen ihn noch nicht, wird Herrn Udet und seinen Begleiter – Sie sprachen von *zwei* Besuchern – am Eingang Wilhelmstraße erwarten. Sein Name ist Meunier, Karl Meunier, unser neuer Hausdetektiv. Ehemaliger Offizier, tüchtiger Mann.«

»Ich werde es umgehend Herrn Udet ausrichten.« Holtsen kritzelte eine Nachricht auf einen Schreibblock. »Tron-Herman?«

Der Diener, der an einem der Fenstertische Holtsens Korrespondenz vorsortierte, eilte lautlos herbei, nahm den Zettel in Empfang, überflog die Nachricht und nickte. »Telefonisch oder per Telegramm, Herr Direktor?«

»Besser per Telefon.«

»Sehr wohl«, sagte Tron-Herman und entfernte sich.

»Irgendwelche besonderen Wünsche, was die Speisen anbetrifft?«

»Überlasse ich alles voller Vertrauen Ihnen, lieber Adlon. Hab' bei Ihnen noch nie etwas zurückgehen lassen.«

»Und so soll es bleiben.« Louis Adlon deutete eine Verbeugung an. »Wenn Sie mich jetzt entschuldigen würden ...«

»Gehen Sie nur, mein Lieber! Bis Tron-Herman wieder zurück ist, leiste ich mir den Luxus und träume ein wenig mit offenen Augen.«

»Ich hoffe sehr, unser Ambiente inspiriert Sie zu angenehmen Träumen«, sagte Louis Adlon und ging, um in einer anderen Ecke des Lese- und Schreibsaals die *honneurs* fortzusetzen, nicht ohne vorher durch den Saalpagen eine Botschaft an den Oberkellner zu übermitteln.

Die Wünsche des Generaldirektors bezüglich Holtsens Träume gingen in Erfüllung. Der Schwede sah vor seinem geistigen Auge eine selten gewinnbringende Zukunft, falls die NSDAP in nächster Zeit an die Macht kommen würde.

9. Kapitel
Die Geschwister Vendura mieten einen Übungsraum an

Obgleich, oder gerade weil Karl am Ende seines ersten Arbeitstags der Schädel brummte, entschied er sich, noch ins Training zu gehen. Als er den Übungskeller betrat, waren alle schon auf der Matte. Das Kellergewölbe war außerordentlich hoch, an die fünf

Meter. Die Wirkung des Kanonenofens hielt sich in Grenzen. Karl kleidete sich zügig um und machte sich in einer Mattenecke im Schnelldurchgang warm: Liegestütz, Kniebeuge, Rumpfbeuge, dann wieder ein Liegestütz, eine Rumpf-, eine Kniebeuge, und so fort. Nach fünf Minuten war er naßgeschwitzt und hielt Ausschau nach einem freien Partner. Alle übten gerade Abwehr eines Messerangriffs von oben. Karl stellte sich zu Erich Rahn, dem Meister, der an Benno einen neuen Gelenkhebel ausprobierte.

»Autsch!« Benno verzog das Gesicht.

»Aber, aber, so wild war das doch nicht«, sagte Rahn.

»Von wegen!« Er warf Karl das Holzmesser zu. »Mach' du mal.«

Karl zielte mit nach unten zeigender Messerspitze auf Bennos Halsschlagader. Benno blockte nicht, er wich einen Schritt nach hinten und ergriff den Messerarm von oben, packte mit beiden Händen in Pulshöhe zu, drehte sich nach rechts und hob den Arm, mit Karls Ellenbogenbeuge nach oben zeigend, gestreckt auf seine linke Schulter. Das Ellenbogengelenk war blockiert, um den Schmerz zu lindern, mußte Karl auf die Zehenspitzen. »Autsch!«

»Siehste?« sagte Benno.

Nee«, sagte Karl, »aber merken tu ich's!« Das Messer entglitt ihm.

Benno gab den Arm frei.

»Echt nicht von schlechten Eltern, dieser Hebel, laß' mich mal«, sagte Karl. Er hob das Messer auf und warf es Benno zu. Benno griff an.

Karl verpatzte die Übung, verfehlte Bennos Handgelenk. »Mist, komm noch mal, Benno!«

Wieder stieß Benno zu, wieder packte Karl daneben.

»Wat iss'n los, Karlchen?«

»Ach, bin irgendwie nicht bei der Sache.«

»Kaum jeht der Mensch n' Tag lang eener jeregelten Arbeet nach, versacht'er beim Turnen«, frotzelte Benno. »Mensch, reiß' da zusammen!«

Karl nickte mit zusammengekniffenen Lippen. Beim dritten Versuch klappte der Armhebel endlich. Den Rest des Trainings war Karl konzentrierter und leistete sich keinen groben Patzer mehr.

An der Stirnwand des Übungsraums hing eine große runde Uhr, wie man sie auf Bahnhöfen oder in öffentlichen Gebäuden fand. Erich Rahn beobachtete den Minutenzeiger. Als er die volle Stunde anzeigte, klatschte er in die Hände. »Schluß für heute, Freunde!«

Alle eilten zum Mattenrand und knieten sich hin. Es wurde still im Kellerraum.

Über eine Dusche verfügte die Sportschule Rahn nicht, dafür über mehrere Wasserhähne, aus denen es kalt tröpfelte. Karl gab Benno die zwanzig Mark zurück: »Hab' mir Vorschuß geben lassen.«

»Dann kannste ja jleich im *Turm* eenen ausjeben!«

»Leute, habt ihr gehört, Karl will einen ausgeben!« rief Erich Rahn.

Karl wurde von seinen Sportsfreunden umringt. »Na, da sind wa doch mit vonner Partie!«

»Laßt mir bitte was von Karls Geld übrig, damit er mir nachher auch ein Bier spendieren kann«, sagte Erich Rahn. »Ich muß erst den neuen Untermietern noch erklären, wo sie immer den Schlüssel abholen können, wenn wir kein Training haben. – Ich glaube, da sind sie schon.« Die Eingangstür zum Trainingsraum war ins Schloß gefallen. Erich Rahn verließ den Umkleideraum. Karl steckte neugierig den Kopf durch die Tür. Ein älterer Mann und drei Frauen, alle höchstens Anfang, Mitte zwanzig, zogen ihre Schuhe am Mattenrand aus. Die Frauen, eine schwarzhaarige und zwei blonde, trugen dunkelblaue, baumwollene Trainingshosen unter den Röcken.

»Untermieter?« fragte Karl.

»Artisten«, sagte Benno. »Janz bekannte sojar. Die Jeschwister Vendura, oder so ähnlich. War'n letzte Woche ooch schon da. Sind'n paar schmucke Jören, die drei, kann ick'da flüstern!«

Erich Rahn sprach die Schwarzhaarige an. Der ältere Mann kniete nieder und schien mit der Faust die Konsistenz der Übungsmatte zu prüfen. Die beiden blonden Frauen schleppten eine offenbar sehr schwere Tasche in den Damenumkleideraum. Benno schob sich neben Karl. »Da hamse ihre Jeräte drin. Der Olle is denen ihr Lehrmeester.«

Karl hörte kaum zu. Erich Rahns Gesprächspartnerin machte ein paar Dehnübungen, während sie sich mit ihm unterhielt, fiel in den Spagat, setzte die Handflächen vor sich auf die Matte und drückte sich in Zeitlupe in den Handstand. Plötzlich fiel ihr Blick auf Karl und Benno. Sie streckte ihnen die Zunge heraus.

»Die gefällt mir«, sagte Karl.

»Karlchen, für die biste ville zu oll«, frotzelte Benno, »det könnte jlatt deene Tochter seen.« Er verpaßte Karl einen Rippenstoß und zerrte ihn in den Umkleideraum. »Die wär' eha wat für mir.«

Karl griente ihn an. »Wohl kaum, mein Lieber! Deine Rosi würde dich massakrieren.« Er steckte nochmals den Kopf durch die Tür. Die Frau machte aus dem Handstand einen Salto rückwärts, landete einen Meter vor Karl, knickste wie eine Primaballerina und entfernte sich radschlagend in Richtung Damenumkleide.

»He, Karl, mach' hinne, wir ha'm Durst«, ertönte es vielstimmig aus dem Umkleideraum.

Karl reagierte nicht. Er schaute der Frau nach.

»Mach' hinne, Karlchen«, rief Benno. »Wir verdursten bereits!«

Karl sagte noch immer kein Wort.

»Is wat?« sagte Benno.

»Nee, nee«, sagte Karl. Aber er flunkerte: Ihn hatte es erwischt.

Der *Leuchtturm* in der Bahnstraße war die Stammkneipe der Ju-Jutsu-Truppe. Eine buntgemischte Truppe, die Karl seit dem Malta-Debakel regelmäßig jeden Dienstag traf. Dietrich war Arzt, Günther Müllmann, Bernd reparierte Aufzüge, und Diggi arbeitete bei der Post. Benno war Rausschmeißer, oder vornehmer ausgedrückt: Türsteher in einer Bar am Kudamm, und Paule schraubte an Flugzeugmotoren. War der Meister einmal nicht in Berlin, übernahmen Karl, Diggi und Benno abwechselnd die Trainingsstunden. Die waren durchweg gut besucht, denn viele waren arbeitslos und kamen täglich. Wenn es auch nicht immer nach der Stunde für eine Molle reichte, zumindest hatte man es für einige Zeit warm, und Geselligkeit hatte man auch.

Die Leute um Erich Rahn waren nicht Karls erste Erfahrung mit dem fernöstlichen Kampfsport. Sein Partner auf Malta, Jonny Snyders, hatte jahrelang in Asien gearbeitet, darunter drei Jahre in einem japanischen Luxushotel in Tokio, wo er fanatisch Ju-Jutsu geübt hatte. In Valetta hatte er sich einen Schuppen in der Nähe vom *British Hotel* gemietet, ihn mit einer dicken Lage Strohmatten ausgepolstert und Karl in die Geheimnisse dieser angeblich so sanften Selbstverteidigungskunst eingeführt.

Herta, die Mutter vom Wirt, räumte das Schild *privat* vom großen, runden Tisch am Kachelofen, als Benno mit den ersten Trainingskameraden das Lokal betrat.

»Heute ist Karl dran, Muttchen«, sagte Benno. »Zapf mal schon'ne Runde für alle an.«

»Wieville seita denn heute?«

»Denke so um die zwölf.« Dietrich hängte seinen Turnbeutel an die Stuhllehne. »Kann aber auch einer mehr sein.«

Muttchen schlurfte hinter den Tresen und reihte Biergläser auf.

»Wo bleibt er eigentlich?« fragte Diggi und trug zwei zusätzliche Stühle heran. »Er is doch mit mir raus?«

»Er is nochmal zurück«, sagte Günther, »hat seinen Schal verjessen.«

»So, so!« sagte Benno und dachte sich seinen Teil. Er kannte seinen Freund. Karl hatte den Schal natürlich mit Absicht vergessen.

10. Kapitel
Zur Abwechslung gibt es ein angenehmes Wiedersehen

Ernst Udet und Hans-Joachim Galgon entstiegen einem Taxi und wurden augenblicklich von einem Herrn angesprochen. »Verzeihung, aber Sie sind doch die Gäste von Herrn Direktor Holtsen!«

»So ist es«, sagte Ernst Udet.

»Ja«, sagte auch sein Begleiter. Plötzlich packte er Karl am Oberarm. »Mensch, Karl! Du? Das kann doch nicht wahr sein! – Herr Udet, darf ich Ihnen Oberleutnant Meunier vorstellen? Ich war in Frankreich als Fähnrich Luftbeobachter für das 2. Gardefeldartillerieregiment. Wir haben so manchen Abend im Casino verplaudert.«

»Angenehm«, sagte Ernst Udet.

»Angenehm«, sagte Karl. »Aber Oberleutnant, das ist lange her.«

»Was nicht mehr ist, kann ja wieder werden, Herr Meunier.« Ernst Udet musterte ihn von oben bis unten. »Das Reich wird bald alle guten Leute brauchen.«

»Bin gottlob aus dem Alter raus, Herr Udet«, sagte Karl.

»Quatsch!« sagte Ernst Udet. »Ein Mann in den besten Jahren! Was soll ich denn sagen, bin ja auch keine zwanzig mehr! – Wir sind übrigens etwas zu früh dran.«

»Kein Problem«, sagte Karl. »Sie können in einem Séparée auf Ihren Gastgeber warten.«

Galgon und Udet nahmen Karl in die Mitte.

»Bist also im *Adlon* gelandet.« Galgon schaute sich anerkennend um. »Als was?«

»Als Hausdetektiv«, sagte Karl, »und eine Art Mädchen für alles für den Generaldirektor, wie gerade jetzt zum Beispiel. – Und du, Hajo?«

»Ach, ich bin bei der Fliegerei geblieben.«

Karl führte sie zum Serviergang hinter den Speisesälen. »Hier vermeiden wir jeden Publikumskontakt.«

Ernst Udet grunzte zufrieden etwas, das sich wie »Besser ist es!« anhörte, und betrat das Séparée hinter Karl und Galgon.

Karl schaute auf seine Armbanduhr. »Ihr Gastgeber wird in circa fünf Minuten eintreffen.«

»Gut«, sagte Ernst Udet. Seine Augen tasteten den Servierwagen ab. »Gibt es hier zufällig eine anständige Zigarre? Hab' meine im Wagen gelassen.«

Karl untersuchte den Servierwagen und mußte verneinen.

Ernst Udet schnaubte. »Galgon, vielleicht könnten Sie so freundlich sein, und ...«

»Unverzüglich, Herr Udet«, sagte Galgon und straffte den Rücken.

»Herr Meunier begleitet Sie besser durch das Labyrinth«, sagte Ernst Udet.

»Wo ... ?« fragte Galgon.

»Im Handschuhfach unter dem Stadtplan«, sagte Ernst Udet. »Und machen Sie hinne, daß Sie rechtzeitig wieder hier sind, bevor dieser Holtsen eintrudelt. – Damit Sie mich dann ordentlich vorstellen können!«

Karl geleitete seinen ehemaligen Kriegskameraden zum Ausgang Wilhelmstraße. Galgon holte die Zigarren aus dem Auto. Karl wartete im Hauseingang. Er hielt Galgon die Tür auf, aber der verharrte. »»Moment, bitte, Karl!«

Hinter einer Wand aus Kisten mit Leergut vor dem Ladeneingang der Weinhandlung gab jemand einem Hausarbeiter Anweisung, wie er die Schaufensterscheibe zu putzen hatte. Eine hohntriefende Stimme. »Etwas gründlicher, wenn ich gnädigst bitten darf! Nicht bloß einfach husch, husch! Da ist noch eine Stelle, oder sind Sie blind, junger Freund?«

»Du täuschst dich nicht«, sagte Karl. »Kassner in alter Frische.«

»Meine Fresse«, sagte Galgon. »Das Schwein arbeitet doch nicht etwa auch im *Adlon*?«

»Doch«, sagte Karl. »Er ist Assistent des Kellermeisters und führt sich auf wie damals.«

»Die Sau«, sagte Galgon. »Mit dem habe ich bei Gelegenheit noch ein Hühnchen zu rupfen.« Er spuckte aus.

»Ich bin dir gerne dabei behilflich«, sagte Karl und zog seinen Freund in den Hauseingang. »Es wird sich schon mal eine passende Gelegenheit finden.«

»Die Sau! Weißt du noch, wie er in der Etappe versucht hat, die Leute im Dorf einzuschüchtern? Hat sich aufgeführt, daß man sich fast geschämt hätte, ein Deutscher zu sein.«

»Jetzt sind's nicht die Franzosen, jetzt sind's die Juden«, sagte Karl. »Der Oberpage hat mir erzählt, daß Kassner Mitglied bei den Nazis ist und gegen die jüdischen Arbeiter und Angestellten im Haus hetzt und intrigiert, wo er nur kann.«

Galgon seufzte. »Es gibt ein paar scharfe Hunde in der Partei«, sagte er und dachte an Randhuber und Konsorten. »Aber wenn der Führer erst an der Macht ist, wird sich das ändern. Solche Fanatiker haben in der Bewegung nichts verloren.«

»Na, hoffen wir das Beste«, sagte Karl. »Kassner ist jedenfalls dabei, hier im Hotel eine NSDAP-Zelle zu organisieren.«

»Wenn erst klare Verhältnisse im Reich herrschen, fliegen Gestalten wie Kassner im hohen Bogen aus der Partei.«

»Dein Wort in Ehren, Hajo«, sagte Karl. »Wir sprechen uns nach den Wahlen.«

»Wie ist es denn um deine Zeit bestellt? Meinst du, wir schaffen es mal, uns bei einem Bier zu treffen?« Sie standen vor der Tür zum Séparée. »Damit wir in Ruhe mal quatschen können, ist 'ne Menge passiert, seit ich dich zuletzt gesehen habe.« Galgon legte die Hand auf die Klinke.

»Bei mir auch«, sagte Karl. »Du kannst mir immer hier im Hotel eine Nachricht hinterlassen, wenn es dir paßt. Ich bin ziemlich disponibel mit meiner Zeit. Keine Frau Gemahlin nebst Gören und so weiter, falls du verstehst.«

Galgon grinste. »Dieser Kelch ist bislang auch an mir vorbeigewandert. – Versprochen, Karl, du hörst bald was von mir! Aber sag' mal, gibt es außer diesem Arschloch sonst noch jemanden, zu dem du von früher Kontakt hast?«

»Ich treffe mich ziemlich regelmäßig mit meinem alten Regimentskommandeur, Professor Blum.«

»Dem Anglistikprofessor? – Ich erinnere mich gut an ihn, aber ich hatte nicht sehr viel mit ihm zu tun.«

»Ich habe sogar nach dem Krieg bei ihm studiert.«

Aus dem Séparée drangen abwechselnd Udets Bariton und ein fülliger, angenehmer Tenor.

»Ich geh' mal jetzt lieber rein«, sagte Galgon und öffnete die Tür.

11. Kapitel
Karls Alltag gestaltet sich fortlaufend angenehmer

Zu tun gab es stets reichlich. Karl arbeitete sich schnell zur vollen Zufriedenheit von Louis Adlon ein. Er kümmerte sich darum, daß Madame X sicher ins Theater und ins *Adlon* zurück gelangte, half bei Lord Y als Chauffeur aus, diente den französisch- und englischsprechenden Gästen als Dolmetscher und machte sich überhaupt nützlich. Bald riefen ihn die Amerikaner bloß noch Mister Charly, und die Franzosen verlangten nach Monsieur Charles (»Le jeune homme qui sait tellement bien faire la conversation, cher M. Adlon …«)

Hedda Adlon war weiterhin auf Reisen. Ihr Foto stand goldgerahmt auf dem Schreibtisch von Louis Adlon. Karl sah den Generaldirektor in der Regel zweimal täglich: bei Dienstantritt, wenn Louis Adlon mit ihm die Aufgaben des Tages durchsprach, und bei Dienstschluß, wenn Karl seinem Chef Bericht erstattete.

Karls Arbeit war in drei Schichten gegliedert, Früh- oder Spät- beziehungsweise Nachtdienst. Während seiner Abwesenheit kümmerte sich ein gewisser Herr Schneider um die hausinternen Sicherheitsbelange, ein unscheinbarer Mann mit einer ovalen Hornbrille auf der spitzen Nase. Karl sah ihn immer nur kurz bei der Übergabe des Dienstbuchs. Zwei Kolleginnen existierten auch. Meistens arbeitete Frau Fleischer in Karls Schicht. Aber nur Karl bekam seine Direktiven von Louis Adlon. Die anderen erhielten die Aufgaben von Verwaltungsdirektor Kirchhoff zugeteilt. Das führte anfangs gelegentlich zu Verstimmungen, wohl aus unterschwelligem Neid wegen Karls Sonderstellung, aber da er diese nie ausspielte, normalisierte sich das Verhältnis bald, und man pflegte einen kooperativen Arbeitsstil. Es dauerte ein paar Tage, bis sich Karl auf Anhieb überall im Haus zurechtfand. Er lernte, daß das *Adlon* über eine eigene Wasser- und Stromversorgung verfügte, daß es anstelle von Klingelzeichen dezente Lichtsignale gab, daß jedes Zimmer Telefon hatte und man bemüht war, den Gästen jedweden Wunsch zu erfüllen, der im Bereich des Möglichen lag. Um Mitternacht Thunfischpüree für drei Rauhaardackel? Kein Problem! Einen Norwegischlehrer täglich von neun bis zehn für Zimmer 18? – Aber sicher, gnädiges Fräulein! Herr Koichi Matsutake wünschen einen Rundflug über Potsdam und Umgebung? – In einer zwei- oder dreimotorigen Maschine, Matsutake-san? Herr Doktor wünschen den neuesten Edgar Wallace? Karl konnte dieses Problem umgehend lösen, indem er dem Doktor sein eigenes Exemplar vom *Grünen Bogenschützen* als Nachtlektüre zur Verfügung stellte, denn das Edgar-Wallace-Fieber grassierte immer noch in Berlin, war durch den Tod des Autors zu einer wahren Epidemie angewachsen. Es gab Verfilmungen der Romane, Bühnenfassungen und sogar Vertonungen. Krimifans fragten nach dem Zimmer, in dem der Meister während seines Berlinaufenthalts gewohnt hatte, und waren selig, in denselben Räumen residieren zu dürfen wie ihr verehrter Autor. Karl teilte die Begeisterung dieser Leute schon lange. Seinen ersten Edgar Wallace hatte er bereits auf Malta in die Hände bekommen.

Wenn die Rätsel der *Toten Augen von London* und des *Zinkers* lösbar waren, wieviel unaufwendiger mußte man den Champagnerschwund im Weinkeller klären können.

Karl saß in dem verglasten Büroraum des Küchenchefs, hatte vor sich die Kassenbons und Lieferscheine aus der Wilhelmstraße ausgebreitet und versuchte, einen Überblick über das Ausmaß des Schadens zu gewinnen. »Es verschwindet Champagner«, hatte Louis Adlon gesagt. »Kriegen Sie raus, wer, wie und wieviel.«

Karl hatte mit dem *Wieviel* angefangen. Wie man das machte, hatte er oft genug in Malta geübt, wenn mit den Aushilfskräften in der Bar abzurechnen war.

Nach zwei Stunden intensiven Rechnens hatte Karl ein grobes Ergebnis für den Vormonat. Es fehlten rund einhundert Flaschen im Einkaufswert von eintausend Mark. Außerdem war der Verbleib von mehreren Flaschen Malzwhisky unklar. Die Küche oder die Konditorei hatten sie nicht angefordert, und ein Anruf in der Bar und im Café brachte auch keine befriedigende Antwort.

Bei Dienstschluß präsentierte Karl sein Ergebnis. Louis Adlon sagte kein Wort, sondern starrte nachdenklich aus dem Fenster. Die Verkehrsgeräusche von den Linden drangen gedämpft durch die Glasscheiben. Auf der schneematschnassen Fahrbahn wälzte sich der Feierabendverkehr. Der Generaldirektor begann, vor dem Fenster auf und ab zu wandern, ohne Karl eines Blicks zu würdigen oder dessen Bericht zu kommentieren. Karl befingerte nervös das Notizbuch, in dem er die fehlenden Posten notiert hatte, und räusperte sich.

Louis Adlon atmete tief durch, setzte sich hinter den Schreibtisch und bedeutete Karl, ebenfalls Platz zu nehmen.

»Pardon, Meunier. War in Gedanken versunken. Hat nichts mit Ihnen zu tun. Sie haben Ihre Sache gut erledigt.«

»Wenn Sie mich fragen, dann muß die Schwachstelle in der Weinhandlung liegen.«

»Ich weiß, Meunier, ich weiß.«

»Und zwar muß es jemand sein, der zeichnungsberechtigt ist.«

Louis Adlon griff nach dem Brieföffner und kratzte auf der ledernen Schreibunterlage herum. »Ja?

»Wer, bitte, Herr Generaldirektor, ist dort zeichnungsberechtigt?«

Der Brieföffner kratzte drei Kreuze ins Leder. »Obier, Kassner und in Ausnahmefällen der diensthabende Küchenchef.«

Karl öffnete sein Notizbuch und entnahm einen Quittungsbon. »Ist das die Unterschrift von einem der Küchenchefs?« Er legte den Bon auf die Schreibunterlage. Jemand hatte mit einem unleserlichen Schnörkel die Bezahlung von achtzehn Flaschen Veuve Cliquot bescheinigt.

»Nein. Dieses Kürzel ist mir nicht bekannt. Noch nie gesehen. Kenne auch niemanden im Haus, der grüne Tinte benutzt.« Louis Adlon umklammerte das Miniatursamuraischwert und spießte die Quittung auf. »Gibt es mehr davon?«

Karl bejahte.

Louis Adlon erhob sich aus dem Schreibtischsessel und nahm seine stumme Wanderung vor dem Fenster wieder auf. Plötzlich blieb er stehen. Er sah Karl direkt in die Augen, verschränkte die Hände auf dem Rücken und sagte: »Meunier, was ich Ihnen jetzt erzähle, muß unter uns bleiben, sonst kann es ungemütlich für uns beide werden.« Und er berichtete Karl von den SA-Motorradfahrern in der Wilhelmstraße.

»Ich habe auf den Dienstplan geschaut, bevor Sie kamen, Meunier. Sie haben eigentlich kommenden Dienstag frei. Aber ich würde Sie ausnahmsweise bitten, Überstunden zu machen. – Können Sie Auto fahren?«

12. Kapitel
Bei einem Hüftwurf kommen sich Vera und Karl näher

Karl war gerade im Begriff, Benno in die Beinschere zu nehmen – wahrhaftig kein leichtes Unterfangen –, als die Schwarzhaarige den Kellerraum in der Bahnstraße betrat, sich auf einen der Zuschauerstühle setzte, Erich Rahn am anderen Mattenende freundlich zuwinkte und die Beine übereinanderschlug. Karl versuchte, seinen Übungspartner so zu drehen, daß er die Frau besser sehen konnte und ihr nicht halb den Rücken zukehren mußte. Dabei gelang es Benno, die Fußklammer zu lösen. Gnadenlos nutzte er Karls Nachlässigkeit aus und konterte mit einem Armstreckhebel. Die Frau beobachtete interessiert Karls verzweifelte Befreiungsaktionen und quittierte sein hektisches Abschlagen, als der Hebel wirkte, mit einem Lächeln. Leicht spöttisch, erschien es Karl, als würde sie daran zweifeln, daß die Verrenkungen, die die Männer veranstalteten, tatsächlich wehtaten.

»Besuch für dich«, raunte ihm Benno ins Ohr, als er ihn aus dem Armstrecker entließ und ihn in den Schwitzkasten nehmen wollte. Dieses Mal reagierte Karl besser. Ihm gelang ein Hüftwurf. Benno landete dicht vor der Frau. Karl zog einen imaginären Hut und deutete eine Verbeugung an.

Benno rappelte sich hoch. »Na, Frollein, woll'n Se bei uns mitturnen?«

Karl stellte sich neben seinen Freund und massierte sich den Hals. »Wir bringen Ihnen alles ruck-zuck bei.«

»Ja«, sagte Benno. Er rieb sich das rechte Auge. Karls Ellenbogen hatte es gestreift. »Is janz leicht.«

»Das bezweifle ich nicht«, sagte die Frau. »Aber wohl nicht ganz gesundheitsverträglich.«

»Ooch«, sagte Benno, »allet nur halb so wild.«

»Ach«, sagte Karl, »sieht schlimmer aus, als es ist.« Seine Trainingsjacke war ihm aus dem Gürtel gerutscht. Der Knoten hatte sich geöffnet. Er bot keinen sehr vertrauenserweckenden Eindruck.

Die Frau schüttelte den Kopf. »Männer!« sagte sie. »Und wie soll mich der Conférencier ankündigen?« Sie nahm ein Holzmesser aus der Kiste, in der die Übungswaffen deponiert wurden, und hielt es sich wie ein Mikrofon an die Lippen: »Meine Damen und meine Herren, habe die Ehre, Ihnen die berühmte Akrobatin und Artistin – ›Bitte Tusch!‹ – *Vera Vendura* anzukündigen – ›Kapelle, bitte noch einen Tusch!‹ – *die Frau mit dem einen blauen Auge!*«

Benno betastete den Nasenansatz und die Augenbraue. »Quatsch, Frollein, det wird nich blau – und wenn schon. Mir isset 'ne Zier.«

»Sie müssen wissen, für meinen Freund gilt: Je abschreckender er wirkt, desto einfacher hat er es bei der Arbeit.« Karl setzte sich auf den freien Stuhl neben Vera und brachte seine Trainingsjacke in Ordnung, die ihm Benno aus dem Gürtel gezerrt hatte.

»Sieh an!« sagte Vera zu Benno.«Sind Sie vielleicht bei der SA? – Obwohl man dann natürlich kaum von Arbeit sprechen könnte, eher Herumrandalieren.«

Karl spitzte die Ohren. Fräulein Vendura war mit Sicherheit keine Freundin des Anstreichers und seiner Horden.

Benno sagte mit Nachdruck: »Nee, nee, keene Angst, Frollein, bei den braunen Brüdern bin ick nich. Türsteher im *Oriental* inner Meinekestraße bin ick.«

»Er sorgt dafür, daß die Gäste dort nicht belästigt werden. Auch nicht von SA-Rabauken.« Karl hatte seine Trainingsjacke wieder notdürftig in den Gürtel gesteckt und ging auf die Matte zurück. »Ein bißchen wollen wir noch üben.« Er deutete zur Wanduhr. Noch zehn Minuten bis zur vollen Stunde.

»Der Hüftwurf eben«, sagte Vera, »der sah so leicht aus, so mühelos. Das würde mich interessieren, wie das geht.«

»Det bringt Ihnen Karlchen nacher Stunde bei«, sagte Benno. »Aber erst muß ick ma bei ihn für den Ellenbojen rächn.«

Karl und Benno verkeilten sich augenblicklich ineinander.

Erich Rahn kam Vera begrüßen. »Na, spionieren, was wir hier so an Akrobatik treiben?«

Karl und Benno wälzten sich geräuschvoll im Bodenkampf über die Matte.

»Ein paar Techniken sehen richtig elegant aus, aber beileibe nicht alle.«

Karl versuchte, Benno mit dessen Jackenkragen zu würgen. Benno revanchierte sich, klatsch, klatsch, klatsch, mit einer Serie von kurzen Haken gegen Karls angespannte Bauchmuskeln. Karl knurrte wütend. Vera fragte erschrocken: »Die tun sich doch nicht ernsthaft weh?«

Erich Rahn grinste. »Ih, bewahre! Die kennen sich schon länger. Sind die dicksten Kumpel.«

»Na, ich wäre mir da nicht so sicher, Herr Rahn. Sehen Sie bloß!«

Beide Kämpfer standen jetzt. Benno hatte Karl mit beiden Armen um die Hüfte gefaßt und ihn sich mit einem martialischen Kampfschrei bäuchlings auf die Schulter gehoben. Karls Oberkörper hing mit dem Kopf nach unten zur Matte.

»Passen Sie mal auf, was jetzt kommt«, sagte Erich Rahn. »Das ist Bennos Spezialtechnik.«

Benno warf mit aller Kraft Karls Beine über die Schulter.

Karl machte einen halben Rückwärtssalto und landete flach und laut mit den Armen abschlagend auf der Matte. Grinsend stand er auf. »Mist, fall' doch jedesmal wieder drauf rein!«

»Sehen Sie, Fräulein, er lebt noch.« Erich Rahn ging zu Benno. »Wenn du ihn nächstes Mal so wirfst, greif ihn dir etwas tiefer.« Erich Rahn demonstrierte an Benno, balancierte ihn auf der Schulter. »Nicht die Hüfte, greif dir besser die Oberschenkel.«

»Ick versuch's«, brummte Benno hängenden Kopfes.

Erich Rahn schleuderte Bennos Beine in die Luft.

Gleich nach Schluß der Trainingsstunde kamen Veras Artistenkolleginnen und gaben auf dem Weg in die Damenumkleidekabine lästerliche Kommentare ab, als Vera forsch diverse Herren über die

Hüfte hievte. Vera, Karl und Benno gerieten ins Plaudern, und fast hätte Karl vergessen, daß er auch noch mit Professor Blum und Hajo im *Café Kranzler* verabredet war, bevor er sich um Kassner kümmern würde.

»Ich bitte vielmals um Verzeihung, aber«, er rang die Hände und deutete äußerst zerknirscht auf die Wanduhr, »aber ich glaube, ich hätte beinahe einen wichtigen Termin verschwitzt. Ich werde Sie jetzt leider der Obhut meines Freundes Benno überlassen müssen und mich eiligst empfehlen.«

»Wat heißt hier leida! Jeh nur, Karlchen, ick vertret dir mehr als würdich.«

»Jetzt, wo's interessant wird, wollen Sie kneifen, Herr Karl«, sagte Vera.

»Nein, großes Ehrenwort. Ich muß auf der Stelle los. Aber nächsten Dienstag nehme ich mir nach dem Training nichts vor.«

»Trau, schau, wem!« sagte Vera.

»Mir, Fräulein Vera«, sagte Karl.

»Hm ... – Dienstag ist schlecht.«

»Sagen Sie, wann es Ihnen besser paßt. Ich warte im *Leuchtturm*, bis Sie mit Ihren Proben fertig sind, und hole Sie dann hier ab. So gegen halb neun?«

»Hm ...«

»Sagen Sie bitte nicht immer nur *hm*, sondern *ja*.«

»Na, gut«, sagte Vera. »Freitag. Ausnahmsweise. Rennen Sie schon!«

»Äh, danke«, murmelte Karl und eilte zum Umkleideraum.

13. Kapitel
Zwei Finnenmesser und ein Band Goethe gegen den braunen Pöbel

Karl lief zur Potsdamer Straße vor und drückte sich den Hut in die Stirn. Die Schneegestöber mit den pappigen, großen Flocken der letzten Tage waren in feinen Nieselregen übergegangen. Ecke Kleistpark standen drei Droschken an der Halte. Karl setzte sich neben den Fahrer des vordersten Wagens. »Bitte zum *Café Kranzler*.«

»Sie schon wieder!« Der Taxichauffeur klappte sein Buch zu, nicht ohne zuvor ein Lesezeichen einzulegen.

»Was ist es denn heute?«

»Der neue von Fallada. Kann man in der heutigen Zeit fast wie ein Sachbuch lesen.« Er gab Karl das Buch. Der fragte »Darf ich?«, entfernte den Schutzumschlag aus Zeitungspapier und räusperte sich, als er den Titel sah. »Wohl wahr! Dem kleinen Mann geht es im Moment dreckiger als je zuvor.« Karl schlug das Buch wieder ein und klopfte auf das Handschuhfach. »Da hinein?«

Der Fahrer nickte. »Und? Haben Sie die Stelle gekriegt?«

»Meine Karriere als Straßenräuber ist aufgeschoben.«

»Gratuliere.« Der Wagen setzte sich fauchend in Bewegung.

»Der macht es nicht mehr lange«, sagte Karl. »Klingt, als ob der Motor uns gleich um die Ohren fliegt.«

»Malen Sie den Teufel nicht an die Wand«, sagte der Fahrer. »Wenn die Karre ihren Geist aufgibt, bin ich nämlich meine Arbeit los. Mein Chef hat keine Puseratze mehr übrig für eine teure Reparatur. Steht kurz vor der Pleite.«

Auf der Potsdamer Brücke setzte der Fahrer den linken Winker und ordnete sich geradeaus in die Viktoriastraße ein. Der Wagen klapperte beim Herunterschalten in den ersten Gang, als würde er sich in seine Einzelteile zerlegen.

»Nanu?« fragte Karl. »Wie fahren Sie denn?«

»Wir müssen eine Biege über die Siegesallee fahren, wenn Sie heute noch ins *Café Kranzler* wollen. Auf dem Leipziger Platz ist eine Großkundgebung der NSDAP, da ist alles weiträumig abgesperrt. Potsdamer Platz ist auch bis Mitternacht dicht. Da sind die Sozialisten aufmarschiert. Das gibt garantiert wieder reichlich Stunk.«

Karl seufzte. »Machen Sie um Gotteswillen jeden Umweg, den Sie für nötig erachten. Ich bin letzte Woche mit einem Gast aus dem *Adlon* zum Flugplatz gefahren. Wir sind in einen Umzug der Kommunisten in Kreuzberg geraten. Der Mann hat prompt seine Maschine verpaßt.« Das Taxi beschleunigte zögerlich und lärmend. Karl holte sein Zigarettenetui hervor und bot dem Fahrer eine Muratti an. Das Taxi bog in die Charlottenburger Chaussee ein.

»Und was macht das Germanisieren und Philosophieren?«

»Nein, danke, bin Nichtraucher.« Der Fahrer zerrte an der Gangschaltung. »Mein Studium, meinen Sie? – Tja, als erkennbarer Nicht-Germane rassele ich mehr und mehr mit den oberarischen Kommilitonen zusammen, weil sie mich für einen Zigeuner oder Ähnliches halten.«

Das Taxi heulte auf und gewann an Fahrt. Längs der Straße marschierte ein Zug Polizisten mit umgehängtem Karabiner in Richtung auf das Brandenburger Tor.

Karl betrachtete das Profil des schmächtigen Finnen. Mit seinem dunklen Teint und dem Schnurrbart hatte er durchaus etwas Südländisches.

»Sie scheinen das Gleiche zu denken«, sagte er, als er Karls Blicke spürte.

»Ich habe lange im Ausland gelebt. Für mich sind die Menschen voreinander gleich.« Karl grinste den Droschkenkutscher an. »Wie die Verkörperung Wotans oder Odins wirken Sie ja tatsächlich nicht. Aber meinetwegen könnten Sie zusätzlich auch noch Schlitzaugen, Judennase und schwarze Haut haben, mir wäre es einerlei.«

»Einigen vom Nationalsozialistischen Studentenbund ganz und gar nicht.« Der Finne zog sein rechtes Hosenbein hoch. »Sie wollten mich eine Treppe hinunterwerfen. Die von mir vorgebrachten Gegenargumente haben sie überzeugt, darauf besser zu verzichten.« Aus dem Strumpf ragten die schlanken Hirschhorngriffe zweier Finnenmesser. Der Taxifahrer streichelte sie zärtlich. »Sie haben mich seitdem in Ruhe gelassen.«

»Hoffen wir, daß nach den Wahlen …«, sagte Karl.

»Hoffen wir«, sagte der Taxifahrer.

Das Brandenburger Tor war von Schupos besetzt, die alle Lastwagen in Richtung Unter den Linden kontrollierten. Karls Taxi wurde durchgewinkt.

»Sieht nach einer heißen Nacht aus«, sagte der Finne.

»Könnte sein«, sagte Karl und schaute nach rechts. Er bat seinen Fahrer, das *Adlon* langsam zu passieren, eine Aufforderung, die unnötig war, denn der Finne kämpfte wieder einmal mit der Gangschaltung. Pleschke, der Doorman, stand am Straßenrand und winkte. Ein Taxi von der Halte Pariser Platz setzte sich in Bewegung. Hinter Pleschke erschien Per Wilhelm Holtsen mit seinem Diener.

»Der Dicke und der Kleine da, skandinavische Landsleute von Ihnen«, sagte Karl und tippte an die Scheibe. »Aus Göteborg.«

»Bah, Schweden!« Der Taxifahrer verzog das Gesicht, als hätte er in eine Zitrone gebissen. »Alle Schweden, die ich kenne, und wir in Finnland können ein Lied davon singen, alle Schweden sind imperialistische Krämer oder imperialistische Kolonisatoren oder eine ungute Mischung aus beidem.«

»Der Dicke ist Bankier.«

»Was habe ich Ihnen gesagt? Krämer sind sie alle!«

Der Wagen überquerte die Einmündung der Wilhelmstraße.

*

Das *Café Kranzler* strahlte bereits aus der Ferne gegen den Nieselregen und die Dunkelheit an. Professor Blum saß wie immer an einem Ecktisch mit Blick auf die Linden. Hajo war noch nicht da. Karl spürte sofort, daß etwas vorgefallen sein mußte. Blum starrte auf das weiße Tischtuch und bemerkte ihn erst, als er seinen Stuhl rückte.

»Guten Abend, Herr Professor!«

»Guten Abend, Karl.« Blum verdrehte seine Stoffserviette, als gelte es, sie zu zerreißen. Seine Fingerknöchel schimmerten kalkweiß. »Und möge der Abend angenehmer verlaufen als mein Nachmittag in der Universität.«

Karl winkte der Bedienung. »Was ist passiert?«

Die Serviererin trat an den Tisch. »Guten Abend! Der Herr wünschen?«

»Bestellen Sie erst«, befahl Blum.

Karl entschied sich für eine Heiße Schokolade.

»Mir noch einen Cognac, Fräulein.« Blum warf die Serviette auf den Teller vor sich. Langsam kehrte die Farbe in seine Hände zurück. »Mir sind heute nach einer Seminarveranstaltung von einer Studentengruppe Ungeheuerlichkeiten geboten worden, wie ich sie in meiner gesamten akademischen Laufbahn noch nie erlebt habe.« Blum schlug mit der Faust auf den Tisch. Eine ältere Dame am Nachbartisch schaute betreten weg. Professor Blum hatte seine Stimme kaum unter Kontrolle. »Drei Affen in kackbraunen Hemden sind in mein Büro getrampelt und haben versucht, mich aus meinem Zimmer zu schmeißen.«

»Wie ...«, fragte Karl. »SA-Leute?«

»Nein, Nationalsozialistischer Studentenbund. – Aber das macht wohl kaum einen Unterschied aus. Sie haben mich angeschrien, ich solle meine Koffer packen, jüdische Schmarotzer wären an einer deutschen Hochschule fehl am Platz. Ich habe zurückgebrüllt – Sie wissen, Karl, das ich das kann – und gesagt, sie mögen sich auf der Stelle verdünnisieren, sonst würde ich die Polizei holen. Daraufhin haben sie bloß gelacht und angefangen, meine Bücher aus den Regalen zu räumen und auf den Boden zu werfen. Da habe ich dann rot gesehen und bin zur Tat geschritten.« Blum atmete tief durch und preßte die Lippen aufeinander. »Eine Rippe schmerzt immer noch, aber ich glaube, es ist nur eine Prellung.«

»Sie haben die Polizei geholt?«

Blums Augen versprühten Feuer. »Später – ja. Aber erst habe ich die Burschen kartouschiert. Goethe, zwölf Bände. Als mir die Munition ausgegangen ist, habe ich sie mit einer Schreibtischschublade aus dem Zimmer geprügelt. Dabei bin ich im Eifer des Gefechts gegen eine Regalkante gestolpert. Deshalb auch die Rippenprellung.«

»Hat Sie denn niemand gehört und ist Ihnen zu Hilfe gekommen?«

»Das ist es doch, was mich so maßlos aufregt. Als die Kerle zurück auf den Flur sind, ich ihnen nach, sah ich, daß sich vor der Tür eine Menschentraube angesammelt hatte. Ja, glauben Sie, irgendeiner von denen hat auch nur die geringsten Anstalten unternommen, mir zu helfen? Blöde geglotzt haben sie. Zum Glück hat der Hausmeister mitbekommen, daß etwas im Busch war. Er hat die Polizei alarmiert. Aber als die schließlich geruhte einzutrudeln, waren die Braunen natürlich längst über alle Berge. Aber das Beste kommt noch, Karl! Als ich die Burschen anzeigen wollte, murmelte einer der Schupos was von einem Dummenjungenstreich, und ich solle doch von einer Anzeige absehen. Da bin ich dann völlig explodiert. So weit ist es in unserem Lande gekommen!«

Karl erzählte Blum von dem Erlebnis des Finnen mit den Nazi-Studenten. Der Professor schlug erneut die Faust auf den Tisch. Die Frau vom Nebentisch winkte verängstigt nach der Bedienung, zahlte und ging.

»Das hat System«, sagte Blum. »Sie werden sich an meine Worte erinnern!«

»Man muß den Radikalen bei der nächsten Wahl eine klare Absage erteilen«, sagte Karl.

»Wahlen, Wahlen! Alle reden immer nur von den Wahlen. Damit erledigt man diese Brüder doch nicht. Die verstehen bloß eine Sprache.«

»Die da wäre?«

»Man muß sie mit allen Mitteln bekämpfen.«

»Auch mit Gewalt?«

»Auch mit Gewalt, falls nötig. Unsere Regierung versucht es mit Papier. Kiloweise Verbote und Erlasse *en masse,* an die sich keiner hält, weil unsere Polizei und Justiz zu schwach sind, sie zu forcieren. Da zum Beispiel, der Mann mit dem Schlapphut am Fenster! Sein NSDAP-Parteiabzeichen vermag ich von hier aus ohne Brille zu erkennen. Und darauf steht eindeutig Haft oder Geldstrafe!«

Die Serviererin brachte den Cognac und die Heiße Schokolade: »Ist einer von Ihnen Herr Möhnjeh?«

»Ich.«

»Da ist ein Herr für Sie am Telefon. Ein Herr Gall ...«

»Galgon?«

»Ja, das war der Name. Er möchte mit Ihnen sprechen.«

Karl erhob sich. »Sie entschuldigen mich für einen Augenblick, Herr Professor?«

»Gehen Sie nur, Karl, gehen Sie nur.« Blum nippte an seinem Getränk. »Ich versuche, mich in der Zwischenzeit wieder abzuregen.«

Karl folgte der Serviererin. »Hajo?« Karl zog die Tür der verglasten Kabine hinter sich zu.

»Ja, ich bin's. Du, Karl! Ich probiere schon den ganzen Tag, dich im *Adlon* zu erreichen, aber du hattest frei, sagte man mir.«

»Dienstags meistens«, sagte Karl. »Wo steckst du?«

»Ist was Dringendes dazwischengekommen. Bin schon gar nicht mehr in Berlin.«

»Das hör' ich sehr wohl am Rauschen.«

»Ich bin in Hamburg. Morgen geht es mit einem neuen Flugzeugtyp weiter nach Skandinavien und dann rüber nach Island und Grönland. Mit Udet. Wir testen die Maschine auf Langstrecke.« Hajo hüstelte. »Für die Lufthansa.«

»Aha«, sagte Karl. »Für die Lufthansa, soso!«

»Tut mir leid, alter Knabe, daß ich dich versetzt habe, aber es ging wirklich nicht anders. Am meisten bedauere ich, daß ich dir nicht behilflich sein kann, diesem Schweinehund von Kassner auf die Schliche zu kommen.«

»Ich raff das schon alleine, sei unbesorgt, Hajo. Meld dich auf jeden Fall, wenn du wieder einflatterst.«

»Versprochen. Und grüß mir unseren alten Hauptmann. Der ist doch wenigstens gekommen?«

»Ja, der ist da. – Mach' ich!« sagte Karl und legte auf.

Professor Blum hob fragend die Augenbrauen. »Herr Galgon, aus Hamburg und weiter auf dem Weg nach Norden. Er läßt Sie grüßen.«

»Danke. Sie sagten neulich, er ist bei der Fliegerei geblieben?«

»Offiziell arbeitet er für die Lufthansa.«

Blum nickte. »Hab' da einiges munkeln hören, wie die Reichswehr die Bestimmungen des Versailler Vertrages umgeht. Die Russen sollen sehr kooperativ sein und auch die Schweden.«

»Inwieweit?«

»Nun – Geld stinkt bekanntlich nicht. Gegen entsprechend Kasse darf die Reichswehr dort neue Waffen testen. Ich weiß das, weil ein anderer von meinen ehemaligen Leutnants in der Nähe von Göteborg Panzermotoren weiterentwickelt. Es sind vorgeblich schwere landwirtschaftliche Zugmaschinen. Wenn Galgon mit Udet unterwegs ist, handelt es sich mit Sicherheit *nicht nur* um eine Angelegenheit der zivilen Luftfahrt.«

»Vermutlich haben Sie recht«, sagte Karl.

Professor Blum zog eine goldene Taschenuhr aus der Uhrentasche seiner Weste und ließ den Verschlußdeckel aufspringen. »Wird langsam Zeit, daß ich den Heimweg angehe, sonst macht sich meine Frau womöglich Sorgen um mich.«

»Meinen Sie? Sie weiß doch, daß Sie sich mit mir getroffen haben?«

»Das schon, aber nach dem Vorfall heute in der Universität will ich sie nicht unnütz in Aufregung versetzen. Ich habe ihr versprochen, gegen zehn zurück zu sein, und mein Versprechen möchte ich gerne halten.« Blum signalisierte der Bedienung, daß er zahlen wollte.

»Geht alles diesmal auf meine Rechnung, Herr Professor. Wo ich doch wieder in Lohn und Brot bin. Meine Buchte am Rosenthaler Platz kann ich aufgeben. Habe zum Frühjahr was Nettes in Pankow gefunden. Zwei annehmbare Zimmer, Südseite, erster Stock mit Balkon.«

»Das freut mich für Sie, Karl, daß es mit Ihnen aufwärts geht.«

»Wurde auch langsam Zeit«, sagte Karl.

An der Caféhaustür drehte sich Blum um und zog den Hut. Karl hob grüßend die Hand. Im Zeitungsständer steckten auch ausländische Gazetten. Karl holte sich die *Times.* Punkt halb elf beglich er die Rechnung, Cognac, zwei Schokoladen und ein Mineralwasser, und zog seinen Mantel an. Zur Abwechslung schneite es wieder dicke, weiche Flocken. Karl schlug den Mantelkragen hoch. ›Taxi lohnt nicht‹, dachte er und lief los. ›Ist noch genug Zeit. Bis er die Abrechnung fertig hat, bin ich längst am Auto.‹

»Dienstag abend«, hatte der Generaldirektor gesagt, »hat er Spätdienst. Er vertritt Obier, der zu einer Weinprobe nach Bremen fährt, bis zum Wochenende.«

14. Kapitel
Ein Ausländer mit Hakenkreuzarmbinde erhebt sein Glas

Der rostbraune Opel stand an der von Louis Adlon beschriebenen Stelle gegenüber der Weinhandlung. Im obersten Stockwerk der Britischen Botschaft brannte überall Licht. Es herrschte kaum Verkehr.

»Das Schloß der Fahrertür schließt von außen nicht. Sie müssen über den Beifahrersitz klettern und sie von innen entriegeln«, hatte Louis Adlon gesagt. »Passen Sie bloß auf, daß man Sie nicht für einen Autodieb hält, wenn Sie in dem Wagen herumturnen!«

Diese Möglichkeit konnte Karl getrost ignorieren, die nördliche Wilhelmstraße lag wie ausgestorben. Karl setzte sich hinter das Steuer. Binnen weniger Minuten waren die Scheiben beschlagen, und Karl wischte sich ein Guckloch.

Um fünf Minuten nach elf ging in der Weinhandlung das Licht an. Wenig später stand Kassner vor der Ladentür und stellte eine Kiste auf den Bürgersteig. Er ging in den Laden zurück, das Licht erlosch bis auf die Notbeleuchtung im Schaufenster. Ein Streichholz flammte auf. Kassner war trotz der Kälte ohne Kopfbedeckung. Er zündete sich eine Zigarette an. Dann sah Karl, wie sich die Glatze des Kellermeisterassistenten über die Ladentürklinke beugte. Wahrscheinlich schloß er ab. Von den Linden näherte sich ein Taxi. Kassner trat auf die Fahrbahn und streckte den Arm aus. Das Taxi hielt. Die Innenbeleuchtung wurde angemacht. Im Fond hinter dem Chauffeur saß eine männliche Gestalt. Das Gesicht vermochte Karl nicht zu erkennen. Der Mann wandte ihm den Hinterkopf zu und schien das Schaufenster der Weinhandlung zu betrachten. Der Fahrer stieg aus und entriegelte den Kofferraum für Kassner, der die Kiste hineinstellte – eindeutig eine notdürftig mit Packpapier umwickelte Champagnerkiste – und sich dann nach hinten zu dem Mann setzte. Als der Fahrer die Tür zuzog, schaute der Mann geradeaus, und Karl konnte ihn im Profil sehen. Es war Baron de Neva.

Karl stieß einen leisen Pfiff aus. ›Sieh mal einer an‹, dachte er. ›Jetzt bin ich aber sehr gespannt, wie es weitergeht!‹

Das Taxi setzte sich in Bewegung, Karl startete, scherte aus, wendete und folgte der Droschke in gemäßem Abstand: Voßstraße, Leipziger Straße, Prinz-Albrecht-Straße und dann nach links eingebogen in die Kochstraße, dann Moritzplatz, Oranienplatz, Heinrichplatz, hinter dem Spreewaldplatz wieder nach links, über die Schlesische Straße hinüber: irgendeine Nebenstraße an der Spree mit vielen Gewerbe- und Industriegrundstücken, aber auch mit vereinzelten Wohnhäusern.

Das Taxi fuhr an einer Ziegelsteinmauer entlang und stoppte vor einem mehrstöckigen Mietshaus. Über der Toreinfahrt zu den Gewerbehöfen hingen Reklameschilder. Das größte besagte, daß der *Kohlenplatz Becker jun. u. Partner* sich im dritten Hof befand.

Karl fuhr an dem Taxi vorbei und um die nächste Straßenecke. Er sprang aus dem Wagen. An der Straßenecke stand eine Litfaßsäule. Karl stellte sich hinter die Säule und schob vorsichtig den Kopf um die Ecke. Das Taxi hupte mehrmals. Eine Gaslaterne beschien die Szene gelblich. Drei Männer lösten sich aus dem Schatten der Toreinfahrt und schlenderten auf das Taxi zu. Die hohen Lederstiefel glänzten selbst bei der trüben Gasbeleuchtung. Als Kassner aus dem Wagen stieg, nahmen die Männer Haltung an und rissen den rechten Arm hoch. Sie ließen die Arme in der Luft, bis der Baron – Kassner war um das Taxi gerannt und hatte ihm die Tür aufgehalten –, bis Baron de Neva den Gruß erwiderte. Kassner zeigte auf den Kofferraum. Einer der Gestiefelten ergriff die Champagnerkiste und hob sie sich auf die Schulter. Er verschwand als erster im Torbogen. Die beiden anderen Männer flankierten Kassner und den Baron und geleiteten sie bis zur Toreinfahrt. Dort postierten sie sich rechts und links, schlugen die Hacken zusammen und rissen erneut die Arme in die Höhe. Kassner und der Malteser verschwanden in dem schummrigen Halbrund des Torbogens. Die beiden Gestiefelten stellten sich nebeneinander vor die Einfahrt, gespreizte Beine, Arme über der Brust verschränkt.

Karl ging zum Wagen und stieg ein. Die Straße war eine Sackgasse zur Spree hin. Er wendete, fuhr an den beiden Wachenden vorbei und parkte hinter einer Biegung der Ziegelsteinmauer. An die Mauer waren Baumaterialien geschüttet. Kies und Sand. Karl kletterte auf den Kieshaufen und betastete mit gestreckten Armen die Mauerkrone, ertastete keinen Stacheldraht oder einzementierte Glasscherben. Er beschloß, einen Klimmzug zu wagen. Die Hände fanden ausreichend Halt, ein ausgebrochener Mauerstein diente als Steigbügel. Karl spannte die Muskeln an, zentimeterweise schob sich sein Kopf über die Mauerkrone. Parallel, mit etwa drei, vier Metern Abstand zur Mauer, stand eine einstöckige Holzbaracke inmitten von Koks- und Kohlenhalden. Ein greller Scheinwerfer unterhalb der Mauerkrone bestrahlte den Weg zwischen Mauer und Baracke.

Karl schaute geradewegs in ein gardinenloses Fenster. Der Raum im Obergeschoß der Baracke war hell erleuchtet. Durch die Scheiben drang Stimmengemurmel.

Ein Mann mit einer über den linken Jackettärmel gestreiften Hakenkreuzbinde saß dem Fenster gegenüber. Sein Gesicht, und auch das seines Tischnachbarn, konnte Karl nicht erkennen, weil der breite Rücken eines Glatzköpfigen sie verdeckte. Der Glatzköpfige konnte Kassner sein.

Der Mann erhob sein Glas – es war eine Champagnerflöte – und toastete dem Tischnachbarn zu und schaute, als der Glatzköpfige zur Seite rutschte, in Richtung Mauer.

Es erschien Karl, als würde ihm Baron de Neva direkt in die Augen starren.

Vor Schreck ließ Karl sich augenblicklich fallen und landete auf allen Vieren. Er verharrte reglos, ob das Fenster geöffnet wurde, bereit, zum Wagen zu rennen und Fersengeld zu geben. Er wartete noch ein paar lange Sekunden, aber nichts tat sich. ›Ruhig!‹ zwang sich Karl. ›Er kann mich gar nicht gesehen haben!‹

Die Hoflampe beschien den Weg zwischen Baracke und Mauer. Die Mauerkrone selbst lag im Schatten. Karl holte tief Luft, wagte einen erneuten Klimmzug und sah nun auch, wem de Neva zugeprostet hatte.

So wurde Karl Augenzeuge, wie Dr. Joseph Goebbels, Gauleiter des Braunauer Anstreichers in Berlin, mit Baron de Neva, Sproß aus einem uralten, maltesischen Adelsgeschlecht, Brüderschaft trank. Der Glatzköpfige, es *war* Kassner, applaudierte.

Karl sprang vorsichtig ab. Er fuhr sofort ins *Adlon* und schaffte die Strecke in Rekordzeit.

Schlag Mitternacht betrat Karl das Hotel durch den Wirtschaftseingang Wilhelmstraße. Den Opel hatte er auf demselben Platz gegenüber der Weinhandlung abgestellt, wo er ihn vorgefunden hatte.

Oberpage Mandelbaum arbeitete im Kuriersaal die Dienstanweisungen für den nächsten Tag aus. »Du, so spät?«

»Gut, daß ich dich noch antreffe, Erwin. Ich kann dich als Zeugen gebrauchen.«

Mandelbaum setzte seine Lesebrille ab und polierte sie mit einem Taschentuch. »Dann schieß mal los, Karl!«

»Es geht um eine außerplanmäßige Kontrolle. – Auf Anordnung von L. A.«

»Kassner?« fragte der Oberpage.

Karl sagte nichts, sondern erbrach das Siegel des Wandschränkchens, in dem der Generalschlüssel hing. »Komm, wir müssen in den Weinkeller.«

»Kassner?« fragte Mandelbaum erneut.

Karl biß die Zähne zusammen und nickte.

»Wundert mich nicht besonders«, sagte der Oberpage. »Obier ist doch weg zu einer Weinprobe, oder?«

»In Bremen«, sagte Karl und nahm den Generalschlüssel vom Haken.

»Tja«, sagte Mandelbaum, »ist die Katze aus dem Haus ...«

»Weißt du mehr?«

»Nur, daß der Bursche schlechten Umgang hat.« Mandelbaum legte seine Brille in ein Blechetui und steckte es in die Hosentasche.

»Das kann ich allerdings bestätigen«, knurrte Karl.

In der Küche befanden sich nur noch der Allein-Koch und eine Küchenhilfe, falls einer von den Gästen um drei Uhr früh das Bedürfnis nach einem gebratenen Kapaun oder pochiertem Lachs verspüren sollte. Koch und Gehilfe entschuppten, über ein Spülbecken gebeugt, einen riesigen Fisch. Sie hatten keine Augen für die beiden Männer, die die Kellertreppe neben der Küchenchefkabine hinabstiegen.

Im Weinkeller war niemand mehr. Die Tür des Raums, in dem Obier residierte, war zweimal abgeschlossen, aber auch hier tat der Generalschlüssel seine Dienste. Karl blickte sich im Büro des Kellermeisters um. »Hast du eine Ahnung, wohin er die Belege vom Abend meistens legt?«

Mandelbaum zuckte mit den Achseln. »Vermute doch mal ganz stark, in seinen Schreibtisch.«

Karl und der Oberpage fanden das Bon-Buch in der obersten Schreibtischschublade. Zum Glück war die Schublade offen, denn der Generalschlüssel paßte nicht für Möbelschlösser.

Karl wanderte mit dem Zeigefinger die diversen Eintragungen des Tages entlang. Der Oberpage beobachtete ihn über die Schulter. »Was suchst du, Karl?«

»Einen Posten über den Verkauf einer Kiste Champagner Marke Veuve Cliquot. – Aber ich finde nichts.«

»Laß mich mal!« sagte Mandelbaum, setzte seine Lesebrille auf und schob Karl weg.

Wie Karl ging er Posten für Posten durch, schaute auch auf die

Seiten der Vortage. »Nee – ich kann auch nichts finden. Zwölf *Witwen,* hast du gesagt?«

»Zwölf oder sechzehn, so genau kenne ich mich mit den Kistengrößen nicht aus.« Karl zupfte den Oberpagen am Revers. »Ich glaube, Erwin, wir haben ein ziemlich ekliges Problem hier im Haus.« Dann erzählte er, ohne Einzelheiten zu nennen, von Kassners SA-Verstrickungen.

»Das Schlimme an der Sache ist«, Mandelbaum ballte die Fäuste. »Er ist beileibe nicht der einzige im Haus, der mit den Nazis sympathisiert. Er ist bloß der mit der größten Schnauze. – Ich bin jedenfalls wie ein Flitzbogen gespannt, wie L. A. morgen reagieren wird, wenn du ihm Bericht erstattest.«

»Ich auch!« sagte Karl. »Ich auch!«

Sie legten das Bon-Buch in die Schublade zurück und verließen den Kellerkomplex. In der Küche mußte eine Bestellung eingegangen sein. Der Koch hantierte am Grill, der Gehilfe wusch einen Salatkopf. Ganz in ihre Arbeit vertieft, bemerkten die Köche auch nicht, wie Karl und Mandelbaum die Kellertreppe wieder hochstiegen und an der Kabine des Küchenchefs vorbei auf den Serviergang traten.

Mandelbaum zog den Mantelgürtel nicht durch die Schnalle, sondern schlang einen lockeren Knoten. Es war ein heller Kamelhaarmantel mit dunkelbraunem, breitem Revers. Der Gürtel hatte die gleiche Farbe.

»Und nun?« Er hängte den Kleiderbügel in das Garderobenspind. »Wollen wir in der Friedrichstraße noch auf ein Bier?«

»Heute ist ungünstig«, sagte Karl und entnahm seinem Schrank eine Aktentasche. In der Tasche befand sich ein frisches Oberhemd und sein Rasierzeug. Seife und Handtuch gab es vom Hotel. »Hab' Frühschicht. Ich bleibe gleich im Haus.«

Er begleitete Mandelbaum zur Rezeption, wo der den Passepartout in einem *zu Händen von Herrn Generaldirektor L. Adlon* adressierten Briefcouvert abgab. Karl wurde der Schlüssel zu einem der Zimmer ausgehändigt, in denen auch die Dienstboten der Hotelgäste untergebracht waren.

15. Kapitel
Sven Hedin, Holtsen und Randhuber besichtigen eine buddhistische Kultstätte im Berliner Norden

Die Stimme, die »Herein!« sagte, war weiblich und befehlsgewohnt. Hedda Adlon war kleiner, als es das Foto auf Louis Adlons Schreibtisch vermuten ließ. ›Die Aufnahme‹, dachte Karl, der der Frau Generaldirektor gegenüberstand, ›ist mehr als reichlich geschönt.‹ Hätte man sie auf dem Bild als vollschlank bezeichnen können, so ließ Hedda Adlon in natura nur noch das Urteil *fett* zu.

»Mein Mann hat mir von Ihnen vorgeschwärmt, Herr Meunier.«

Karl verbeugte sich stumm.

»Er hat gesagt, Sie hätten Grips.« Sie musterte ihn eingehend von Kopf bis Fuß. »Er hat Sie da gestern auf eine Sache angesetzt. Berichten Sie!«

›Jemand, dem das Wort »bitte« nur schwer über die Lippen kommt‹, dachte Karl und war von der Frau Generaldirektor sofort wenig angetan. ›Ein Drachen, wie er im Buche steht. Armer L.A.!‹

Hedda Adlon nahm in dem Schreibtischsessel ihres Gemahls Platz, bot Karl keinen der Besucherstühle an. »Ich höre, Herr Meunier!«

›Die Ziege kriegt mich nicht klein‹, dachte Karl und räusperte sich.

Hedda Adlon unterbrach Karls Bericht nur einmal, als Karl die Rede auf Joseph Goebbels brachte.

»Sind Sie sicher, daß er es war?« fragte sie scharf.

»Ganz!« erwiderte Karl und setzte seinen Bericht fort.

»Herr Mandelbaum ist die Belege auch noch einmal mit aller Sorgfalt durchgegangen: kein größerer Warenausgang an Veuve Cliquot in den letzten drei Tagen«, schloß Karl.

Hedda Adlon nickte kurz. »Irgendein Zettel in der Registrierkasse im Weinladen? Vielleicht hat ein Stammkunde anschreiben lassen.«

»Ich habe das vorhin überprüft«, sagte Karl.

Heddas Frage fiel wie ein Schwerthieb. »Und?«

»Kein eigentlicher Ausgangsbeleg«, sagte Karl. »Bloß ...«

»Ja?«

»In der Kladde, wo die Speditionsvorgänge notiert werden, hat jemand mit grüner Tinte zwölf Flaschen Bruch eingetragen. Kassner benutzt grüne Tinte. Natürlich war die Unterschrift wieder unleserlich, ein wirrer Krakel.«

»Hm ... .« Die Frau Generaldirektor betrachtete wie in tiefster Meditation versunken ihre manikürten Hände und sagte leise, aber vernehmlich: »Der Herr Direktor und ich möchten, daß Sie die Angelegenheit im Augenblick nicht weiter verfolgen. Wir werden versuchen, daß Herr Kassner fortan keine Möglichkeit mehr haben wird für derartige – äh – nennen wir es: Unregelmäßigkeiten. Die Sache ist politisch höchst delikat für das Haus *Adlon*, so daß wir dezent verfahren müssen. Herr Kassner hat sehr einflußreiche Freunde. Sie haben sie ja gesehen.«

»Ich wüßte nicht, wie man ihn in seinem augenblicklichen Tätigkeitsbereich von seinen Diebstählen abhalten könnte.«

Hedda Adlon lächelte das Lächeln einer Mantissa. Honigsüß sagte sie: »Herr Kassner wird heute befördert werden. Er wird dann Assistenz beim Empfang machen.«

›Sie mag arrogant und schnippisch sein‹, dachte Karl, ›aber dumm ist sie bestimmt nicht.‹ Er nickte. »Verstehe, Frau Generaldirektor, Kassner wird hochgelobt und kaltgestellt.«

»Herr Kassner wird befördert, Herr Meunier!«

Damit war Karl entlassen. In der Halle traf er auf Louis Adlon.

»Meine Frau hat Sie instruiert?«

»Bezüglich der *Witwen*? – Ja!«

»Gut! Bleiben Sie bitte weiterhin wachsam, aber geben Sie ihm um Himmelswillen keinerlei Hinweis, daß wir ihn im Visier haben.« Louis Adlon schnippte mit den Fingern, ein Page stand im Nu vor ihnen. »Frag in der Fahrbereitschaft nach, wann Direktor Holtsen den Wagen möchte.«

»Jawohl, Herr Generaldirektor.« Der Page eilte davon.

»Ich hätte da gleich einen neuen interessanten Auftrag für Sie, Meunier. Dieses Mal sind mehr Ihre gesellschaftlichen Umgangsformen und Ihre Bildung gefragt als Ihr kriminalistischer Spürsinn.«

»Ich bin sehr gespannt, Herr Generaldirektor.«

Louis Adlon wühlte in seiner Jackettasche. »Wo habe ich denn ... ach, hier ist er ja!« Er entfaltete einen Zettel. »Herr Direktor Holtsen wünscht, das Buddhistische Haus in Frohnau zu besichtigen.«

Karl versuchte, sich seine Verblüffung nicht anmerken zu lassen, dennoch entschlüpfte ihm ein: »Das ... was?«

»Genau das habe ich Direktor Holtsen auch gefragt. Das Buddhistische Haus ist eine religiöse Stiftung eines vermögenden Arztes, der die Deutschen zum Buddhismus bekehren wollte.«

»Na, viel Spaß, falls mir die schnoddrige Bemerkung gestattet ist, Herr Generaldirektor.«

»Ist sie, lieber Meunier, ist sie!« Louis Adlon lachte trocken. »In der heutigen Zeit wäre eine Portion Gewaltlosigkeit und Toleranz gar nicht mal fehl am Platze in diesem Lande.«

»Das allerdings«, sagte Karl. »Wo in Frohnau, bitte?«

Louis Adlon reichte ihm den Zettel. »Edelhofdamm, Nummer steht nicht dabei.«

»Kein Problem«, sagte Karl, »das finden wir.« Er überflog die Notiz. »Herr Direktor Holtsen möchte, daß wir vorher jemanden vom *Kaiserhof* abholen. Wissen Sie, wer das sein wird, ich meine, wieviele Personen ich befördern muß?«

»Ich habe Erkundigungen eingezogen. Direktor Holtsen plant, Doktor Hedin dort abzuholen. Und einen gewissen Doktor Randhuber.«

»Doch nicht den berühmten Sven Hedin?«

»Doch«, sagte Louis Adlon. »Genau den.« Er hüstelte. »Doktor Hedin pflegt stets im *Kaiserhof* abzusteigen. Dieser Doktor Randhuber ist übrigens ein sehr hohes Tier in der NSDAP. Wirtschaftsexperte oder so.«

Karl und der Generaldirektor tauschten verstehende Blicke.

»Wir werden also, mich eingeschlossen, zu viert sein.«

»So scheint es«, sagte Louis Adlon. »Nehmen Sie den Mercedes. Die Hitler-Leute bevorzugen diese Marke.«

Das Buddhistische Haus lag auf der höchsten Erhebung in dem als Gartenstadt bezeichneten Reinickendorfer Stadtteil Frohnau. Je drei gemeißelte Elefanten auf den Eingangstorpfosten trugen einen wuchtigen, geschwungenen Steinbalken, den exotische Ornamente schmückten. Eine steile Treppe führte zum Hauptgebäude, ein ausgetretener Pfad wand sich weniger direkt nach oben.

Sven Hedin trat vor den verglasten Schaukasten und las laut vor: »Der Anstieg zum Tempel ist sinnbildlich. Die 73 Stufen entsprechen den 73 Arten des Wissens eines Buddhas. Die acht Treppenabsätze symbolisieren den *Edlen achtfachen Pfad*, das heißt: rechte Erkenntnis, rechte Gesinnung, rechte ...« Karl musterte Randhuber, der sich eine Zigarette – die wievielte war es eigentlich? – zwischen die Lippen steckte.

»›Die Besucher werden gebeten, auf dem Tempelgelände nicht zu rauchen‹«, las Sven Hedin und schaute Randhuber vorwurfsvoll an. »Wir wollen diese Stätte doch nicht entweihen, lieber Doktor, nicht wahr?«

»Äh, keineswegs, keineswegs«, sagte Randhuber und zertrat rasch die Zigarette mit seiner Schuhspitze.

An sonnengeschützten Stellen des Tempelhügels lag noch

Schnee. Alter Baumbestand gab dem Anwesen eine zusätzliche Würde. Das Grundstück war groß. Irgendwo ertönte ein Gong. Von mattem Gelb waren die Gebäude, gelb und orange leuchteten die Gewänder der Männer am Kopf der Treppe.

»Gelb«, sagte Sven Hedin, »ist die Farbe der indischen Bhikkus, der Asketen. Es ist eine heilige Farbe.«

Per Wilhelm Holtsen war neben dem Asienforscher gelaufen, hinter ihnen Karl, dann, immer drei, vier Stufen im Rückstand und als einziger hörbar nach Luft ringend, Doktor Bruno Randhuber.

»Gelb, meine Herren, ist die Farbe der Wahrheitssucher. Sie haben gut gewählt!« Er betrachtete die Nelke in Karls Knopfloch. »Aber ich nehme an, das ist Zufall.«

»Völliger Zufall, Herr Doktor. Ich pflege mir jeden Mittwoch eine gelbe Nelke zu kaufen. Aus dem einfachen Grund, weil die Blumenfrau jeden Mittwoch mit frischen Nelken vor dem *Adlon* steht.«

Der Mann in der weiten Safranrobe war kahlgeschoren. Sein Alter war schwer zu schätzen. Er mochte um die sechzig sein.

»Buddhistische Mönche, tibetische Lamas, alle tragen gelb als Ausdruck des Suchens nach Wahrheit«, dozierte Sven Hedin. Karl hatte einen Asiaten erwartet, aber der Mönch war ein Deutscher. Er berlinerte unverkennbar, als er die kleine Besuchergruppe in die Andachtshalle bat. Die Andachtshalle war im Stil eines japanischen Tempels errichtet und mit dem Hauptgebäude, in dem die Mönche wohnten und studierten, durch einen schmalen, überdachten Gang verbunden. Der Mönch schritt voran und erklärte mit Fremdenführerstimme: »Det da vorne is Gotama, der historische Budda. Wat Se sehn, is 'ne siamesische Statue. Hat'n reicha Inda jespendet.«

»Der Buddhismus der südlichen Schule hat kaum theistische Züge.« Sven Hedin stellte sich vor die goldene Buddhastatue an der Stirnwand des Andachtsraums. »Die Gläubigen verehren ein Prinzip, kein göttliches Wesen.«

Randhuber und Holtsen setzten sich auf Klappstühle, Karl stellte sich neben den Asienforscher und den Mönch. Es war schummrig im Raum. Eine schwache Deckenlampe war die einzige Lichtquelle. Der Buddhajünger entzündete eine Reihe wohlriechender Wachskerzen.

Holtsen winkte Karl heran. »Ich vergaß ganz, Herr Meunier. Wir erwarten noch einen Besucher. Vielleicht schauen Sie mal nach, ob er schon eingetroffen ist. Wenn ja, dann sagen Sie ihm bitte, wo er uns finden kann. Wir werden uns vermutlich nicht lange hier aufhalten. Sie können unterdessen ruhig im Wagen auf uns warten und die Kiste schon mal richtig für uns vorheizen.« Karl verstand, daß, wer immer der Besucher auch war, sein Verbleiben im Andachtsraum nicht erwünscht war. Aber Karl mußte nicht mehr nach dem Erwarteten Ausschau halten. Er stand bereits in der Tür zur Andachtshalle. Die Kerzen spiegelten sich in einem Paar Brillengläser, die aus der Entfernung ungerahmt wirkten.

16. Kapitel
Ein Reichsführer doziert über Kaiser Aschoka

»Herr Reichsführer!« sagte Randhuber, sprang auf und schlug die Hacken zusammen.

»Bitte, meine Herren, machen Sie sich doch meinetwegen keine Umstände«, sagte Heinrich Himmler.

»Denn laß' ick Sie mal während Ihrer Andacht alleene«, sagte der Mönch.

»Ich begleite Sie«, sagte Karl.

Der Mönch schloß die Tür geräuschlos hinter ihnen. »Wolln Se 'nen Tee, bevor Se zum Auto jehn?«

»Da sage ich nicht nein!«

Der Mönch führte Karl in eine geräumige Küche. »Kräuter oder Schwarzen?«

»Schwarzen Tee, falls Ihnen das nichts ausmacht. Sagen Sie, waren die Leute, die ich hierhergekutscht habe, eigentlich angemeldet?«

»Der Mann, der eben jekommen is, war letzte Woche schon mal mit dem dicken Herrn hier«, sagte der Mönch.

›Ein Bankier aus Göteborg, der Reichsführer der SS, eine NSDAP-Wirtschaftsgröße und ein berühmter schwedischer Asienforscher, von dem jeder weiß, daß er Zugang zum Hof hat‹, dachte Karl. ›Ich wette, die philosophieren im Moment kaum über den Edlen Achtfachen Pfad zur Erleuchtung.‹

»Mit Zucker?« fragte der Mönch.

»Einen halben Löffel, bitte«, sagte Karl.

Karl täuschte sich zumindest teilweise. Himmler, der höfliche Umgangsformen schätzte, war ein Meister des Smalltalk. Außerdem war er über Buddhismus gut informiert. Nur Sven Hedin nickte wissend, als der Reichsführer über die vorbildlichen Tierhospitäler Kaiser Aschokas sinnierte, die dieser fünfhundert Jahre vor Christi in seinem gesamten Herrschaftsbereich errichten ließ. »Das war vorchristliche, arische Tierliebe, meine Herren. Lange vor diesen blutrünstigen biblischen Tieropfern der jüdischen Rasse.« Daß der Reichsführer munter Zeitschienen und allgemein anerkannte wissenschaftliche Tatsachen vermengte und im Sinne der NS-Ideologie interpretierte, rief bei seinen Zuhörern keinen Proteststurm hervor. Im Gegenteil, Randhuber fühlte sich genötigt, in regelmäßigen Abständen zu murmeln: »Genau so verhält es sich, Herr Reichsführer, genau so verhält es sich, Herr Reichsführer!« Himmler quittierte die Bemerkungen Randhubers mit einem Lächeln, und die Augen hinter seiner Goldrandbrille blitzten freudig ob der verbalen Beifallsbezeugung.

»Wir wollen nun kurz zum eigentlichen Anlaß unseres Treffens kommen, denn ich denke, die Vorarbeiten gedeihen prächtig, und es gibt im Grunde genommen nicht mehr viel zu besprechen. Der Führer muß an die Macht, und daß er die bald erringt, daran glaube ich fest. Herr Doktor Hedin, besonders freue ich mich, Sie persönlich kennengelernt zu haben. So unsere nordische Bewegung siegen wird, ist es gewiß, daß ich eine Tibetexpedition ausrichten lassen werde, für die ich Sie schon heute als Experten umwerben möchte.«

Sven Hedin verbeugte sich. »Auf mich können Sie jetzt schon zählen, Herr Reichsführer.«

Himmler kniff die Lippen zu einem Schlitz zusammen und setzte sich mit übereinandergeschlagenen Beinen auf einen Klappstuhl. Dann begann er zu reden.

17. Kapitel
Geklärte Fronten

Himmler hatte seinen eigenen Wagen mit Chauffeur. Sven Hedin fuhr mit ihm zum *Kaiserhof* zurück. Randhuber verabschiedete sie mit zackigem Deutschen Gruß. Kaum war der Wagen des Reichsführers SS außer Sicht, holte Randhuber sein Zigarettenetui hervor. Holtsen lud ihn mit seinem gewinnendsten Lächeln ins *Adlon* ein. »Damit Sie nachvollziehen können, warum ich immer dort absteige.«

»Diese Einladung nehme ich mit dem größten Vergnügen an.« Randhuber sog gierig den Zigarettenrauch ein. »In einem Punkt hat der Reichsführer vorhin doch ein wenig geirrt. Es gibt durchaus noch ein paar zu diskutierende Punkte zwischen uns.«

Ein Geizhals war der dicke Schwede nicht. Als Karl ihm vor dem *Adlon* die Wagentür aufhielt, fand ein Geldschein den Weg in die Ziertuchtasche seines Anzugs.

»Für Ihre Mühe, Herr Meunier!«

Randhuber beließ es bei einem genuschelten »Danke!« und steckte sich eine Zigarette an.

Kassner, in seiner neuen Eigenschaft als Assistent des Empfangschefs, kam durch eine der Drehtüren auf Randhuber und Holtsen zugeschossen. »Zu Diensten, meine Herren!«

»Sie?« Randhuber ging auf Kassner zu und drückte ihm die Hand. »Ich hätte Sie im Weinkeller vermutet.«

»Der Herr Generaldirektor hatte die Güte, mich zu befördern. Ich bin jetzt stellvertretender Rezeptionschef.« Kassner machte nicht den Eindruck, als wäre er über die Beförderung sonderlich erfreut.

›Ob das Trinkgeld, das er bekommt, seine Champagnerschiebereien aufwiegt?‹ dachte Karl.

Holtsen sagte jovial: »Olalá, dann gratuliere ich und hoffe, daß Sie mindestens als Verwaltungsdirektor in Rente gehen. Aber vielleicht könnten Sie vorher veranlassen, daß Doktor Randhuber und ich gleich einen Tisch mit Blick auf den Goethe-Garten bekommen?«

»Auf der Stelle, meine Herren. Ich kümmere mich persönlich um Ihren Wunsch«, sagte Kassner.

»Und lassen Sie meinem Diener ausrichten, er möge Herrn Hedin eine gute Flasche Burgunder in den *Kaiserhof* bringen.«

»Ich eile«, sagte Kassner.

»Einen Moment bitte, Herr Kassner!« Karl stellte sich ihm in den Weg. »Herr Mirow bat mich darum, der Rezeption Bescheid zu geben, ab wann der Mercedes dem Fuhrpark wieder zur Verfügung steht.« Mirow war Erster Chauffeur und Fuhrparkchef und fast ein Intimus von L. A. Seine Aufträge und Anordnungen hatten im Haus Dringlichkeitsstufe.

»Ja, geht in Ordnung«, knurrte Kassner und schob sich an Karl vorbei.

Randhuber flüsterte in Holtsens Ohr. »Das war eben unser Vertrauensmann im *Adlon*. Ich hatte Ihnen bereits in Göteborg von Otto Kassner erzählt.«

»Ich erinnere mich vage«, sagte Holtsen, ohne sich die Mühe zu geben, leise zu reden, denn Karl war Kassner gefolgt, und der Page, der die Bordsteinkante auf und ab patrouillierte, war außer Hörweite. »Sie sprachen von einem zuverlässigen Pg., den ich jederzeit kontaktieren könnte. Warum trägt er eigentlich sein Parteiabzeichen nicht?«

Randhubers Miene verfinsterte sich. »Es gibt eine Verordnung, die das Tragen von Parteiabzeichen in der Öffentlichkeit verbietet – natürlich richtet sich kaum ein aufrechter Volksgenosse danach. Aber ich schätze, daß der Herr Adlon auf Einhaltung dieser Verordnung während der Arbeitszeit besteht. – Warten Sie's ab, Herr Direktor! Es ist ja noch nicht aller Tage Abend. Wenn wir erst ...« Er entzündete eine neue Zigarette an der glimmenden Kippe, die ihm fast den Zeige- und Mittelfinger versengte.

Beim Abendrapport saß wieder Louis Adlon hinter seinem Schreibtisch. »Ich danke Ihnen, Meunier. Wir leben in sich schnell wandelnden Zeiten. Hoffen wir, daß der braune Spuk aus München sich bald verflüchtigt hat.«

Im Kurierzimmer traf Karl auf Mandelbaum, der gerade in seinen Mantel schlüpfte. Der Oberpage wirkte verbittert. »Kassners erste Amtshandlung bei den Rezeptionsmitarbeitern war eine Hetztirade gegen die jüdisch-bolschewistische Verschwörung in aller Welt. Hat mir einer der Pagen erzählt. Niemand hat es gewagt, Kassner offen zu widersprechen. Selbst als ich durch Zufall zu der illustren Versammlung stieß – sie saßen in der Telefonzentrale –, hat er nicht damit aufgehört, sich allerdings etwas vorsichtiger geäußert als während meiner Abwesenheit. Weißt du was, Karl? Ich hab's langsam satt!«

»Nimm es nicht so tragisch, Erwin. Stehst ja nicht allein.«

»Da bin ich mir immer weniger sicher«, sagte Mandelbaum. »Was hast du heute getrieben?«

Karl berichtete.

»Siehste, Karl? Sie krauchen überall herum, diese braunen Ratten. Auch im Ausland. Es ist zum Kotzen. Ich glaube, ich mach' mich ab aus Deutschland.« Mandelbaum knöpfte den Mantel zu und griff nach seiner Aktentasche. »Kommst du mit zum Bus?«

Karl schüttelte den Kopf. »Hab' noch was zu erledigen.«

»Na, denn!« sagte der Oberpage und klemmte sich die Aktentasche unter den Arm.

Karl schwieg und hob hilflos die Schultern.

Für Karl als Hausdetektiv galten gewisse Regelungen der Hausordnung nicht. Auf besondere Anordnung von Louis Adlon durfte er den Lese- und Schreibsaal benutzen, im Restaurant speisen und sich in der *American Bar* aufhalten, ohne daß ihn ein Gast ausdrücklich dazu eingeladen haben mußte.

Im Lesesaal brannte anheimelndes Kaminfeuer, von einem Pagen beaufsichtigt. Karl versorgte sich mit *Adlon*-Briefpapier und setzte sich vor den Kamin. Der Anlaß, diesen Brief zu schreiben, war in persona anwesend. Baron de Neva studierte am Nebentisch die neuesten italienischen Zeitungen und Zeitschriften. Jetzt, wo er ihn aus der Nähe sah, erinnerte sich Karl an die zusammengewachsenen Augenbrauen und das energische Kinn. Baron de Neva pflegte es wie der Duce zu recken. Die alte maltesische Hauptstadt Mdina, wo der Baron für die Anschlußpartei kandidiert hatte, war bepflastert gewesen mit Plakaten, die ihn in Mussolini-Pose zeigten. Baron de Nevas Partei votierte für den Anschluß Maltas an das faschistische Italien. *Piccolo duce* oder *Duce von Mdina* hatten ihn die Gegner genannt, oder besser ausgedrückt, beschimpft. Der *Piccolo Duce* ahnte nichts davon, daß der Mann mit der gelben Nelke im Knopfloch just in diesen Minuten seinem englischen Freund einen Brief nach Valletta schrieb, in dem er sich nach der genauen politischen Ausrichtung eines gewissen Gianni de Neva erkundigte.

Kassner kam in den Lesesaal. Er machte einen zögerlichen Schritt in Richtung Kamin, drehte sich um und verschwand wieder. Kurz darauf brachte Fritzchen dem Baron eine Nachricht, überreichte sie auf silbernem Tablett. Fritzchen bekam eine Münze zugesteckt. Baron de Neva ließ die Zeitung, in der er gerade geblättert hatte, achtlos zu Boden gleiten, grüßte Karl, den er für einen Hotelgast hielt, und schob den Sessel zurück. Augenblicklich war der Lesesaalpage zur Stelle, hob die Zeitung auf, faltete sie sorgfältig und brachte sie zum Zeitungsständer. Der Baron gab auch ihm eine Münze und folgte Fritzchen zum Ausgang.

Karl rief den Lesesaalpagen zu sich. »Wenn Fritzchen seinen Auftrag ausgeführt hat, möchte ich ihn umgehend sprechen!«

»Jawohl, Herr Meunier.« Der Page ging zum Telefon im Vorsaal.

Karl adressierte das Couvert an seinen Freund: Mr. John Conway, 42, Battery St., Valletta, Malta. Er hatte knapp eine Seite mit seiner kurvigen Handschrift gefüllt, als Fritzchen zu ihm trat.

»Sie wollten etwas von mir?«

»Nichts Wichtiges, Fritzchen. Ich möchte von dir bloß wissen, wo ich den Baron antreffen kann, wenn die letzte Ausgabe der römischen Abendzeitungen gebracht wird. Er soll dann gleich benachrichtigt werden.«

»Na, ich denke, er wird in der nächsten halben Stunde bestimmt noch in der Bar zu erreichen sein.« Fritzchen grinste verschmitzt. Einem pfiffigen Pagen entgeht kaum etwas. »Weil ... weil ... Er hat nämlich dort gerade eine Flasche Chianti für sich und Herrn Kassner bestellt!«

Kleine Geschenke erhalten die Freundschaft. Fritzchen erhielt von Karl einen *Fuffziger*.

»Brauchen Sie mich noch weiter?«

»Nein, Fritzchen. Danke!«

Karl schrieb: »Ich erlebe hier gerade die allermerkwürdigsten

Konstellationen, was Leute angeht. Sei bitte so nett und versuche Folgendes für mich herauszufinden ...«

Als Karl den Briefumschlag adressierte und auf die Standuhr neben dem Kamin blickte, war es Punkt fünf. Er beschloß, einen Blick in die Bar zu werfen und dann noch auf ein Bier zu Benno zu fahren, bevor der in seinen Nachtclub mußte.

Kassner und der Baron hatten die Köpfe zusammengesteckt. Sie saßen auf den hohen ledernen Barhockern und unterhielten sich wie gute alte Bekannte. Toni, der Barmann, der neben den Pagen derjenige im *Adlon* war, der fast immer alles wußte, sah Karl im Spiegel hinter den tuschelnden Männern. Er schickte ihm einen fragenden Blick zu.

Karl legte die Handfläche an eine unsichtbare Glasscheibe. »Laß gut sein!« signalisierte die Hand. »Nichts von Bedeutung, Toni, bin quasi schon wieder weg. Auf ein andermal!«

Toni verbeugte sich unmerklich.

18. Kapitel
Karls Leben und Finanzen ordnen sich peu à peu

Karl machte die Arbeit Spaß. Mit Hedda Adlon hatte er weniger zu tun, als er befürchtet hatte. Sein direkter Vorgesetzter blieb der Generaldirektor (vielleicht, weil Hedda Adlon die Entscheidung, Karl zu engagieren, nicht so richtig mittrug). Mister Charly's oder Monsieur Charles' Hilfe wurde gerne von den Hotelgästen in Anspruch genommen und honoriert. Karls Brieftasche bekam es angenehm zu spüren. Dank des Geldsegens war Karl in der Lage, die Wertsachen im Leihhaus Schönlein auszulösen und seine Garderobe durch das eine oder andere gute Stück zu ergänzen.

Einige der Hotelgäste äußerten die ausgefallensten Wünsche. Ein

Industrieller lebte in ständiger Angst vor einem Attentat. Karl mußte täglich mit dem Fuhrparkleiter seinen Wagen nach versteckten Bomben untersuchen. Eine Madame Toussant befürchtete Eifersuchtdramen verflossener Liebhaber. Man sah Karl im Frack an ihrer Seite beim Empfang des türkischen Botschafters, er begleitete sie hoch zu Roß auf ihren morgendlichen Ausritten und patrouillierte nächtens um geschmackvolle Villen, die Madame Toussant durch die Vermittlung der Adlons tageweise anmietete. Die Franzosen waren förmlich und bisweilen schrecklich borniert. Sie behandelten das Personal von oben herab. Von den ausländischen Gästen schätzte er die Amerikaner, nicht bloß, weil sie spendierfreudig waren, sondern auch wegen ihrer natürlichen Art, mit Leuten der arbeitenden Bevölkerung umzugehen. Die Japaner gaben nie Trinkgeld, dafür gab es häufig Verständigungsprobleme. Wenn sie tranken, verloren sie schnell die Kontrolle über ihr Benehmen. Engländer waren oft schrullig, aber damit konnte Karl leben. Eklig waren die faschistischen Korrespondenten aus Italien. Sie gaben sich als Missionare. Die ausländischen Militärs, die im *Adlon* abstiegen, behandelten Karl als ehemaligen Kollegen. Am liebsten waren ihm die Literaten. Gerhard Hauptmann kam regelmäßig, ebenso Thomas Mann.

Den berühmten Fünf-Uhr-Tee mochte Karl nicht. Es ging hektisch zu, und in dem Gewimmel kam es des öfteren zu Diebstählen. Ganz Berlin strömte zu der Nachmittagstanzveranstaltung ins *Adlon*: bekannte Filmregisseure und arbeitslose Schauspieler, mittellose Dichter und Literaturpäpste, ältliche Konzernherren auf der Pirsch nach netten, adretten Fräuleins, Mütter mit Töchtern auf der Suche nach Schwiegersöhnen aus gutem Hause. Ältere, alleinstehende Damen wurden von Eintänzern getröstet. Viele im Hause mochten die Eintänzer nicht, aber Karl kam gut mit ihnen zurecht. Oft waren es ehemalige Offiziere, die sich so durchs Leben schlugen. ›Immerhin angenehmer als Kohlenschippen‹, dachte Karl. ›Aber auch kein Traumberuf. – Wie fühlt man sich, wenn einem die dritte Bankierswitwe ihre brillantengespickten Knubbelfinger zärtlich beim Tanz in den Nacken drückt und dazu summt: »Schöner, Gigolo, armer Gigolo ...«?‹

Karl schaute zur Uhr. In zehn Minuten würde sein Kollege Schneider übernehmen.

Der Eintänzer, der gerade mit Frau von Stechelzern das Tanzbein schwang, war ein ehemaliger Kavallerieleutnant, entfernt mit Hedda Adlon verwandt. Er zwinkerte Karl zu, als er mit seiner korpulenten Tanzpartnerin vorüberglitt. Er schwebte, sie schleifte.

Schneiders spitze Nase tauchte unvermittelt vor Karl auf. Der Kollege hatte die Fähigkeit, eine Menschenmenge zu durchqueren, ohne daß ihn jemand wahrnahm. Unauffälliger grauer Anzug, unauffällige Krawatte. »Was Besonderes, Karl?«

»Hab' mal ein Auge auf die Kleine da hinten mit dem Samtkleid. Ich glaub, die ist nicht ganz koscher. Will's aber nicht beschwören.«

»Graf Banabula?«

»Den habe ich bislang nicht gesichtet.« Graf Banabula provozierte gerne und lud dann seine Kontrahenten auf ein Pistolenduell in den Tiergarten ein: »Gägän Morgängrauän, Sie Schurrkä!« Aber der Graf war über achtzig, und keiner nahm je die Einladung an. Karl und seine Kollegen mußten dann bloß rechtzeitig zur Stelle sein, denn der Graf wurde bei einer Ablehnung sehr ausfallend und riskierte schon mal ein paar deftige Maulschellen.

»Irgendwelche besondere Prominenz?« Schneider blickte sich um: ein Botschaftsrat, ein Opernsänger, zwei höhere Töchter, ein weiblicher UFA-Star. Die normale Fünf-Uhr-Tanztee-Mischung.

»Nein«, sagte Karl. »Dann verschwinde ich mal jetzt.«

»Also, schönen Feierabend, Kollege«, sagte Schneider und wurde unsichtbar.

Karl ließ sich von der Zentrale mit Bennos Pension verbinden. Die Wirtin bedauerte, Benno – sie sprach vom *Herrn Benno* – wäre schon unterwegs zur Arbeit in die Meinekestraße. Karl trat auf den Pariser Platz und winkte ein Taxi heran.

»Zur Bahnstraße nach Schöneberg, bitte!«

»*Leuchtturm*?«

»Fast. Schräg gegenüber. Die Nummer elf.«

19. Kapitel
Ein Abend im *Oriental* und in einer Charlottenburger Eckkneipe

Die Frauen trainierten noch, als er den Übungskeller betrat. Doris kam zu Karl, der es sich auf dem Besucherstuhl bequem gemacht hatte. »Sie können sie uns gleich entführen, Herr Karl, aber bitte irgendwann wiederbringen, sonst kracht unsere Nummer zusammen. Und bitte richten Sie Herrn Benno aus, er soll ein gutes Wort für uns im *Oriental* einlegen.«

»Doris, los jetzt!« rief Vera energisch. »Und brabbel nicht so einen Unsinn. Das mit Herrn Bennos Chef erledige ich schon.«

Karl mußte schmunzeln. Wenn es eine Anführerin der Geschwister Vendura gab, dann war das Vera.

Brigitte stand auf Veras Schultern. Doris, die zierlichste der drei, kletterte an beiden hoch. Obwohl das Kellergewölbe hoch war, konnte sie nicht aufrecht stehen. Vera machte eine Kniebeuge, Brigitte und Doris taten es ihr nach. Alle klatschten in die Hände. Doris sprang als erste, einen Salto rückwärts, sie landete im Schlußsprung hinter Vera. Dann sprang Brigitte vor Vera und kauerte sich zusammen. Vera machte einen Handstand-Überschlag über sie hinweg und verharrte wie Doris in Schlußsprungpositur. Brigitte entfaltete sich und glitt in den Damenspagat. Karl applaudierte.

Vera ging auf Karl zu. »Nicht schlecht, oder? Leider ist die Decke zu niedrig. Doris soll eigentlich noch einen einarmigen Handstand auf Brigittes Kopf machen.«

»Es war auch so beeindruckend«, sagte Karl.

»Ich zieh' mich rasch um«, sagte Vera.

»Lassen Sie sich Zeit. Ich warte drüben im *Leuchtturm* auf Sie.«

Karl betrachtete es als ein gutes Omen, daß der Finne am Kleistpark an der Taxihalte stand. Sie begrüßten sich zu Veras Verwunderung wie alte Bekannte.

»So ein Zufall, Sie!«

»Wir Droschkenkutscher haben eben unsere Lieblingsplätze. Meiner ist hier. – Wo soll's denn heute hin?«

Karl nannte die Adresse. »Wie kommt es eigentlich, daß Sie als Ausländer eine Konzession haben?«

»Ich hab' keine. Ich bin bloß Fahrer. Das Taxi gehört meinem Schwiegervater, und rechtlich bin ich Deutscher wie Sie. Ich habe zwei Staatsbürgerschaften. Sicher ist sicher.« Die Droschke fuhr noch lärmender, noch ruckliger als beim letzten Mal, aber sie bewegte sich noch fort.

»Haben Sie das Auto aus dem Museum entwendet, Herr Chauffeur?«

»Nein, meine Dame. Bei mittelalterlichen Ausgrabungen in Spandau hat man es freigelegt. Beachten Sie bitte auch die Lederpolsterung von Ihrer Türfüllung. Die ist sogar noch von den Völkerwanderungen.«

»Wenigstens stammen *Sie* nicht aus der Völkerwanderungszeit und haben hoffentlich eine gültige Fahrerlaubnis.«

Vom Bayerischen Platz her blinkte eine Anzahl blauer Leuchten.

»Scheiße«, sagte der Finne. »Schon wieder eine Mausefalle, das ist langsam geschäftsschädigend!« Er schlug das Lenkrad hart ein und wendete. Die Karosserie ächzte unter der plötzlichen Belastung, brach aber rätselhafterweise nicht auseinander. »Halten die einen an, dauert das oft ewig, und die Fahrgäste werden sauer und steigen aus.« Er bog in die nächste Seitenstraße ein.

Benno bot den Anblick eines verdienten Konteradmirals von einem Karibikstaat. Gold die Epauletten, silberne Litzen, marineblau die Uniform, golden auch der Schirm der Admiralsmütze. Und erst der Befehlshaberstab! Die schlanke Silberstange reichte Benno bis zum Kinn. Eine tennisballgroße, geschliffene Kristallkugel schmückte ihre Spitze. Was nur die wenigsten wußten: Der lange Stab ließ sich mit einer einzigen Drehung in zwei handliche Prügel zerlegen, die Benno in emsiger Heimarbeit mit flüssigem Blei ausgegossen hatte. *(»Wennet mal richtich ernst wird, Karlchen, greif ick zur Psücholojie!«)*

Karl bezahlte. »Sind Sie telefonisch erreichbar?«

»Mein Schwiegervater hat in der Werkstatt einen Anschluß. Wieso?«

»Manchmal fragen Hotelgäste mich nach einem vertrauenswürdigen Taxichauffeur.«

»Bin die Vertrauenswürdigkeit in Person!« sagte der Finne und machte eine Grimasse wie ein Massenmörder. »Lasset die Kindlein zu mir kommen!« Er gab Karl eine bedruckte Karte: G. Rathsack, Taxi- und Fuhrunternehmer: *Transportiere alles, Kind und Kegel, Sack und Pack!* »Dann noch einen schönen Abend allesamt!«

Als der Wagen anfuhr, hielten sich Karl und Vera die Ohren zu.

Benno küßte Vera die Hand: »Ick hab' Sie schon beim Alten anjekündicht.« Karl bekam einen Rippenstoß. »Und dir ooch: als hohet Tier aus'm *Adlon*. Ihr möjet euch als seine Jäste fühln. Er kommt dann zu euch an'n Tisch.«

»Das war sehr liebenswürdig von Ihnen, Herr Benno.« Vera gab ihm einen Kuß auf die Wange. Der Türsteher strahlte wie ein

Honigkuchenpferd. »Siehste, Karlchen, mir mag Se! – Aber nu rin mit euch! Det Programm jeht jleich los.«

Berta, die Garderobenfrau, war eine sächselnde, freundliche, ältere Mulattin. Karl bekam Metallmarken mit eingestanzten Nummern im Austausch für zwei Eine-Mark-Stücke.

»Sind Sie die Freunde von Benno?« Ein Kellner nahm sie an einer mit rotem Plüsch verkleideten Flügeltür in Empfang. »Ja? – Dann darf ich Sie an den Dreier-Tisch vor der Bühne bitten!«

Ein Drei-Mann-Orchester in einer Nische spielte sanften Jazz. Karl kannte die Melodie: *Dreaming in the Dark*. Vera offenbar auch. Sie summte mit. Karl musterte verstohlen seine Begleiterin, als sie die pompöse Karte studierte, die der Kellner mit *grandezza* überreicht hatte. Karl hatte er zugeflüstert: »Der Chef läßt bestellen, daß die Getränke auf seine Rechnung gehen.«

Vera trug ein ärmelloses Kleid mit tiefem Ausschnitt und als einzigen Schmuck eine lange Perlenkette. Das Kleid war knielang, eng tailliert und aus giftgrüner Rohseide, mit langen seitlichen Schlitzen. Jemanden mit hellem Teint hätte die Farbe vernichtet, aber ihr stand das aggressive Grün. Karl hatte Vera bereits im Turnanzug ungewöhnlich attraktiv gefunden – Vera im Abendkleid war atemberaubend.

Sie erwischte ihn in einem Augenblick, in dem er sie ziemlich unverblümt anstarrte. Sie zog fragend die Augenbrauen hoch, lächelte und schlug die Beine übereinander. Ein wohlgeformter Oberschenkel wurde länger und länger. »Nun, Herr Karl, schon gewählt?«

Karl zupfte nervös am Krawattenknoten. Der dunkle Abendanzug, eine Okkasion aus dem Leihhaus Schönlein, war brandneu, stammte aus einem Bankrott. Der Schneider hatte bloß die Hosen ein Stück kürzen müssen. »Was nehmen Sie?«

Vera heuchelte Schüchternheit. Sie spielte das kleine Mädchen, das zum ersten Mal in einem Nachtclub ist. Karl lernte, daß seine Begleiterin eine ausgezeichnete Schauspielerin war. Er mußte sich zusammennehmen, um nicht lauthals loszulachen, als sie mit piepsiger Stimme sagte: »Ich muß doch hier nicht etwa Alkohol trinken?«

Er schätzte Vera auf Mitte zwanzig, aber das Mädchen, das um Erdbeerlimo bettelte, war keinen Tag älter als fünfzehn.

»Um Gotteswillen, nein! Tee, Limonade, Milchmixgetränke, was Sie wollen!«

Sie patschte ihm vor gespielter Aufregung aufs Knie. »Dann bitte, bitte, eine Erdbeerlimo, lieber Onkel Karl.«

›Du Luder!‹ dachte Karl. ›Den Onkel zahle ich dir bei Gelegenheit heim, na, warte!‹ Aber er spielte das Spielchen weiter mit. »Herr Ober, das kleine Fräulein hätte gerne ...«

Vera hielt ihm mit beiden Händen den Mund zu. »Hören Sie nicht auf ihn, Herr Ober. Bringen Sie mir bitte ein Glas Sekt. Und für den Herrn auch.« Sie zog die Hände weg. »Einverstanden, Herr Karl?«

Karl massierte sich die Mundpartie. »Ich wage nicht zu widersprechen.« Fräulein Vendura hatte den soliden Griff einer Akrobatin.

»Es wird keine bleibenden Abdrücke geben, Sie können beruhigt sein.«

»Bei allem, was recht ist, Fräulein Vera. Sie sind nicht von Pappe!«

Vera beugte sich vor und entnahm ihrer Handtasche eine Zigarettenspitze aus Elfenbein und einem Lederetui eine filterlose Zigarette. Der Kellner schoß herbei und gab ihr Feuer. Karl fand das Flimmern der Schultermuskeln aufreizend, als sie den Arm ausstreckte, um ihre Handtasche zurückzulegen. »Danke!« hauchte sie dem Kellner zu. »Und falls Sie einen Aschenbecher ...«

»Sofort, Madame!« Der Kellner versuchte angestrengt, seine Augen unter Kontrolle zu halten. Es mißlang. Immer wieder huschten sie über Veras Ausschnitt. Er hatte Karls Mitgefühl.

›Die weiß, was sie will‹, dachte er.

Der Kellner wäre fast über eine Teppichkante gestolpert, als er den Aschenbecher brachte. Vera, ganz Vamp, schenkte ihm einen betörenden Augenaufschlag. Dann schaute sie Karl an.

›Und *wenn* sie will‹, Karl wich ihrem Blick nicht aus, ›weiß sie auch, *wen* sie will!‹

Das Saallicht erlosch, die Kapelle spielte einen Tusch, ein Scheinwerfer zeichnete einen roten Kreis auf den Bühnenvorhang, der teilte sich, im Scheinwerferkegel stand ein Mann. »Mesdames et Messieurs …« Das Programm hatte begonnen.

»Ist das der Chef?«

»Ja.«

Vera rutschte mit ihrem Stuhl näher an Karl heran und flüsterte ihm zu: »Komischer Akzent. Kein Franzose. Italiener?«

»Glaube, Benno sagte, Spanier. Er heißt Ruella. – Veilchen?«

»Wie, bitte?«

»Ihr Parfüm. Veilchen?« Karl beugte sich über ihre Schulter und schnupperte.

Sie kicherte leise. »Herr Karl, wirklich reizend, wie Sie versuchen, sich den Anschein eines Parfümkenners zu geben. Aber leider liegen Sie total falsch. Das ist Yasmin.«

Das Programm war wild gemischt, aber im Großen und Ganzen gelungen. Ein Hundedompteur hatte drei Pudel, die fehlerfrei auf einem Miniklavier kleinere Melodien klimpern konnten, eine Sängerin sang freche Lieder über die erste Liebesnacht, das bekannte Jonglierduo Ernst und Puffke beeindruckte mit mörderisch scharfen Dolchen, die sie gleich im Dutzend durch die Luft wirbelten, und die Tänzerin Lana la Belle begann mit einem Schleiertanz und endete mit einem Ausdruckstanz, den man getrost einen Ausziehtanz hätte nennen können. Zwischendurch gab es jazzige Ohrwürmer. Dann war Pause. Die Künstler hatten den ersten Auftritt des Abends beendet. Sie bereiteten sich hinter der Bühne und in der Garderobe auf ihre nächste Nummer vor. Überall auf den Tischen gingen elektrische Kerzen an. Die Kapelle spielte Tanzmusik. Die ersten Paare erhoben sich.

»Hat es Ihnen gefallen?« Für Vera gab es einen Handkuß, für Karl eine Verbeugung. Der Besitzer des *Oriental* schnippte mit den Fingern. Ein Kellner eilte herbei.

»Sie bleiben bei Sekt?«

Karl und Vera bejahten.

»Hol uns noch eine Flasche, Willi. – Sie gestatten doch?« Er setzte sich zu ihnen.

Vera zeigte zur Saaldecke. »Wie hoch?«

»Äh, ich verstehe nicht … .«

»Ich meine, wie hoch ist die Saaldecke?«

Der Nachtclubbesitzer zuckte mit den Achseln. »Fünf Meter, oder sechs?«

»Sechs wären ideal«, sagte Vera. »Herr Benno hat Ihnen geschildert, was wir Venduras so machen?«

»Er sprach von einer tollen Akrobatiknummer, mehr nicht.«

Vera griff nach der Handtasche. »Ich zeichne es Ihnen auf. Einen Stift habe ich, aber falls sie ein Blatt Papier …«

Ruella winkte dem Kellner und ließ sich einen Abrechnungsblock geben. »Reicht das?«

»Völlig. Sehen Sie, das bin ich.« Vera zeichnete ein Strichmännchen, das die Arme in die Hüfte stemmte. »Und das ist meine Partnerin Brigitte, sie klettert auf meine Schultern.«

Vera zeichnete mit raschen Strichen den Ablauf der Nummer, die Karl im Übungskeller gesehen hatte.

»… und wir drei haben dann die gleiche Endpositur. Etwa so!« Vera drehte ihren Oberkörper dem Nachtclubbesitzer zu und breitete die Arme aus. »Oder wie siamesische Tempeltänzerinnen.« Sie legte die Handflächen über dem Busen aneinander und neigte den Kopf. Die Fingerspitzen berührten das Kinn.

»Äh, vortrefflich«, sagte Ruella. »Wo kann ich mir die Nummer einmal ansehen?«

Vera schrieb die Adresse des Übungskellers auf das Blatt mit den Strichmännchen.

Ein Kellner brachte den Sekt und reichte seinem Chef eine Visitenkarte.

»Bitte, entschuldigen Sie mich und genießen Sie den Rest des Abends im *Oriental*. Sie, Fräulein Vendura, hören garantiert demnächst von mir. Und Sie, mein Herr, überbringen Sie bitte Ihrer Frau Generaldirektor die besten Grüße. Ich hoffe, Madame Adlon beehrt uns gelegentlich wieder. – Aber jetzt muß ich Sie wirklich verlassen. – Ein alter Stammgast wurde mir soeben angekündigt. Sie verstehen!« Immerhin fand er noch Zeit für einen innigen Handkuß.

»Was glauben Sie, Herr Karl, bekommen wir Venduras hier ein Engagement?«

»Sie haben Ihre Sache gut vorgetragen.«

»Das denke ich auch.« Vera räkelte sich wohlig. »Es fehlt einfach eine Akrobatikeinlage im Programm.«

»Ja, das wird es gewesen sein«, sagte Karl. Die meisten der männlichen Gäste um sie herum fanden die verschiedensten Gründe, um in ihre Richtung zu schauen. Mal wurde ein Feuerzeug vom Tisch geschoben, mal die Freundin oder Ehefrau auf ein Raumausstattungsdetail in ihrer Nähe hingewiesen. Karl genoß es immens.

Plötzlich erstarrte er, und seine Augen verengten sich zu Schlitzen.

Der Nachtclubbesitzer geleitete zwei Gäste an einen Wandtisch: einen Riesen von einem Mann, der von einer Person begleitet wurde, die Karl am liebsten auf den Mond gewünscht hätte.

»Ist was, Herr Karl?« Vera war Karls Anspannung nicht entgangen.

»Wenn es Ihnen nichts ausmacht, würde ich gerne das Lokal wechseln.«

Sie verfolgte Karls Blick. »Die beiden?«

»Ja«, sagte Karl und schaute angewidert zu dem Wandtisch. »Nicht der Dicke. Der andere. Ich erkläre es Ihnen später.«

»Ich weiß eine kleine gemütliche Kneipe, gar nicht weit weg. Wir können hinlaufen.«

»Danke«, sagte Karl. »Mir langt es, wenn ich diesen Kerl bei der Arbeit ertragen muß.«

»Wat, schon abrücken?« Benno hielt ein Schwätzchen mit der Garderobenfrau. »Hat er Se jeärjert, Frollein?«

»Quatsch!« Karl zeigte mit dem Daumen auf die plüschbespannte Saaltür. »Da ist eben jemand gekommen, bei dem ich mich immer beherrschen muß, um ihm nicht eine runterzuhauen.«

»Doch nich etwa der dicke Schwede? Det is'n oller Stammkunde, sehr spendabel.«

»Nein, sein Begleiter.«

»Ach, der Glatzkopp! – Der war in letzter Zeit ooch öfters hier. Wat is'n mit dem?«

»Erzähl' ich dir beim nächsten Training. Halt mal ein Auge auf ihn, wenn du kannst.«

Benno bekam ein Küßchen, Karl einen Arm zum Unterhaken. Schweigend hörte Vera zu, als Karl sie über Kassner aufklärte.

»Im Krieg geht es nie sauber zu, Fräulein Vera, aber er hat sich benommen wie ein Schwein. Er hat geplündert, wo er nur konnte.«

»Und Sie? Haben Sie jedesmal bezahlt – oder auch bloß quittiert –, wenn Sie in Epernay oder Reims auf einem verlassenen Weingut ein paar Flaschen haben mitgehen lassen?«

»Wie kommen Sie ausgerechnet auf Epernay? Ich war tatsächlich dort.«

»Epernay«, sagte Vera mit Bitternis. »In Epernay ist mein Lieblingscousin – wie heißt es doch so schön: gefallen. Gefallen! Klingt wie: gestolpert, oder ausgerutscht. Nichts von Bauchschüssen und elendigem Verrecken in schlammigen Granattrichtern. Wie schön harmlos das klingt, *gefallen*. Er war viel älter als ich, und eines

Tages sagte die Tante: *Hans ist im Feld geblieben.* Noch so ein verlogener Ausdruck.«

Karl drückte ihren Arm fester. »Es war die Hölle«, sagte er. »In der Etappe hat fast jeder irgendwie die Sau herausgelassen, manchmal einfach, um den Horror zu vergessen, der einem tagtäglich an der Front widerfahren ist.« Er erzählte ihr von seinem Erlebnis bei Reims. »Natürlich hat niemand Wein quittiert, geschweige denn bezahlt. Aber wenigstens habe ich nicht unter fadenscheinigen Gründen Zivilisten arretiert und ihre Verwandten erpreßt, um – quasi als Lösegeld – an alte Cognacraritäten und so weiter zu kommen. Seine Sippe besaß eine große Spirituosenhandlung in Schwerin, müssen Sie wissen. In den Bau ist er gekommen, als er bei seinen Schiebergeschäften allzu gierig wurde. Ein französischer Bürgermeister hat einem General, der bei ihm einquartiert war, davon berichtet. Und dieser General war zufällig nicht korrupt.«

Vera hatte ihm schweigend zugehört. Sie hatten den Kurfürstendamm überquert, sich Richtung Halensee gehalten und waren dann in die Grolmanstraße abgebogen.

Die kleine Kneipe am Savignyplatz hieß *Zur Sonne* und war eine ganz normale Eckpinte im ansonsten vornehmen Berliner Westen. Vera schien hier bekannt. Der Wirt duzte sie und Karl gleich mit. Er war ein vollbärtiger Alter mit lustigen Augen, einer gestreiften Budikerweste und einer Melone auf dem schütteren, weißen Haar.

Vera umarmte den Alten, stellte Karl vor und quetschte sich auf die Sitzbank am Tresen. Karl rückte neben sie.

»Na, Kinder, da habt ihr euch aber feingemacht, um bei Opa Giesecke noch eins zu zischen.« Er fing zwei große Pils an.

»Opa Giesecke ist unser Seelentröster«, sagte Vera. »Er war früher beim Zirkus. Alle Artisten und Akrobaten kommen zu ihm, wenn sie sich in Ruhe ausheulen wollen.«

»Na, na, Kindchen! Manchmal gibt es ja auch was zu feiern. – Ist das dein neuer Schatz?«

Täuschte sich Karl, oder errötete Vera leicht? Sie blieb indes schlagfertig. »Das ist mein reicher Onkel aus Amerika. Er wohnt im *Adlon* und führt mich in das Berliner Nachtleben ein.«

»Sie lügt wie gedruckt. Glauben Sie ihr bitte kein einziges Wort, Opa Giesecke – wenn ich Sie auch so nennen darf. Karl heiße ich, im *Adlon* arbeite ich, und Amerika kenne ich von der Landkarte.«

»Hab' ich doch gleich geahnt!« Opa Giesecke stellte zwei perfekt gezapfte Pils auf den Tresen. »Von wegen *Onkel*! Kindchen, dich kenn' ich doch nicht erst seit gestern. Der Karl ist doch genau dein Typ!« Opa Gieseckes Augen funkelten. »Siehste, Karl. Ich hab' ins Schwarze getroffen, jetzt wird sie rot!«

Vera errötete tatsächlich.

›Ein giftgrüner Vamp mit rosigen Wangen‹, dachte Karl.

Vera versuchte, ihre Unsicherheit zu überspielen. »Zum Wohl, Herr Karl.«

Karl stieß mit ihr an. »Lassen Sie doch das Herr.«

»Nur wenn du mich nicht mehr Fräulein Vera nennst. Entweder einfach Vera oder Fräulein Vendura. Du kannst es dir aussuchen.«

»Prost, Vera!« sagte Karl und verliebte sich restlos und endgültig in Vera Vendura, die mit bürgerlichem Namen Binder hieß und das bezauberndste Lachen der Welt lachte, als er ihr ins Ohr flüsterte, mit der Anrede Onkel könne er sehr wohl leben.

Opa Giesecke stellte zwei frische Bier vor sie. »Amüsiert ihr euch gut, Kinder?« Er drehte das Bierglas, daß Karl den Aufdruck sehen konnte.

»Da steht ja *Adlon* drauf!« sagte Vera.

»Da staunt ihr, was? Aber guck mal auf dein Glas, Kindchen.«

»Pera Palace«, las Vera. »Das große Hotel in Konstantinopel?«

»Genau. Und hier sind noch mehr Gläser von überall her.« Opa Giesecke öffnete eine Vitrine hinter dem Tresen. »Hab' von frühauf gesammelt. Nach jeder Tournee waren es ein paar mehr. Die meisten Gläser sind natürlich – äh, wie soll ich sagen ...«

»... weggefunden worden?« kam ihm Karl zu Hilfe.

»Genau! *Weggefunden* ist das richtige Wort.« Der Alte kicherte in seinen Bart.

»Von dieser Sammlung wußte ich nichts«, sagte Vera.

»Ich benutze die Gläser auch so gut wie nie«, sagte der Alte. »Nur bei besonderer Gelegenheit. Und heute ist ja wohl ein besonderer Tag für euch.«

Vera wollte protestieren, aber Opa Giesecke schnitt ihr das Wort ab. »Flunker nicht wieder, Vera. Seh' ich dir doch an der Nasenspitze an, daß das so ist.«

Karl nahm einen Schluck.

»Und dir auch, Karl, obwohl du deinen Zinken gerade in der Tulpe versteckst.«

Vera und Karl schauten sich an und prusteten los.

»Na, seht ihr Kinder, mich könnt ihr nicht hinters Licht führen.«

Karl hatte sich verschluckt und bekam einen Hustenanfall. Vera schlug ihm kräftig auf den Rücken.

»Laß ihn ganz, Kindchen, brauchst ihn heute noch lebendig.«

Etliche Mollen später standen Vera und Karl am Savignyplatz und warteten auf ein Taxi.

»Ich habe seit Tagen nicht geheizt«, sagte Karl.

»Macht nichts, Onkel. Mir ist warm.«

20. Kapitel
Karl schwört, um seinen Nachtisch zu bekommen

Klapperndes Geschirr weckte Karl. Er warf einen irritierten Blick auf die Uhr, dann erinnerte er sich: Heute war Samstag, und er hatte vorsorglich mit seinem Kollegen getauscht. Erst am Nachmittag mußte er wieder ins *Adlon*. Karl gähnte herzhaft. Viel geschlafen hatten sie nicht. Sie hatten sich geliebt, und dann hatten sie sich unterhalten. Vera hatte angefangen zu reden, und dann hatte Karl gesprochen. Ihre auf zwei kurze Stunden komprimierten Lebensgeschichten hatten sie sich erzählt, bis sie eingeschlafen waren.

In der Küche wurde jetzt geräuschvoll mit Pfannen und Schüsseln hantiert. Karl drehte sich wohlig auf die Seite und betrachtete den Spalt in der Küchentür, durch den die anheimelnden Geräusche und ein verlockender Kaffeeduft drangen.

»Vera?«

»Raus aus den Federn, du Faultier!«

Was sie aus ein paar Eiern, einer Scheibe magerem Speck, Milch, Zucker, Mehl sowie diversen Käse- und Wurstecken zum Frühstück zubereitete, grenzte für Karl an Hexerei: Käsepfannkuchen, dünn und knusprig, Pfannkuchen mit krossen Speckstreifen, süße, gerollte Teigfladen mit Apfelstückchen *(Apfel? – Hat sie einen in ihrer Handtasche gehabt?)* Geheizt hatte sie auch. Die Eisenplatte auf der Kochmaschine glühte.

»Wenn nix da ist, muß man halt aus nix was machen. Mit fünf Geschwistern großgeworden zu sein, war eine harte, aber sehr lehrsame Schule, mein Herr Muttersöhnchen. Das Geld hat bei uns hinten und vorne nicht gereicht. Da wird man erfinderisch – oder man verhungert.«

Karl protestierte schwach, denn er fühlte, daß sie nicht ganz unrecht hatte. Natürlich war er als Einzelkind begünstigt aufgewachsen. Bloß das Muttersöhnchen mochte er nicht auf sich sitzen lassen. Die Erziehung war preußisch-nüchtern gewesen. Sicher, im Elternhaus war der Tisch, verglichen mit der einer vielköpfigen Arbeiterfamilie, immer reichlich gedeckt gewesen. Luxus im eigentlichen Sinne hatte indes nie geherrscht. Man lebte sparsam ohne Zwang, und nach Kriegsende mußte auch bei den Meuniers der Gürtel enger geschnallt werden – *Gold* hatte der patriotische Vater für *Eisen* genagelt. Das Vermögen von Karls Eltern bestand 1918 aus einem dicken Bündel Kriegsanleihen, die gerade mal noch zum Feueranmachen taugten.

»Was hast du an den Apfelröllchen dran?«

»Ich habe eine Zimtstange gefunden.«

»Die muß noch vom Vormieter stammen«, murmelte Karl.

Vera trug eins von seinen Oberhemden und hatte eine Krawatte als Gürtel umgeschlungen. Karl beugte sich über den Küchentisch und gab ihr einen Kuß. »Kannst öfter kommen, Mädel!«

»Nur wenn du vorher abgewaschen hast.«

»Versprochen!«

»Versprechen ist zu wenig. Schwör! – Und hör auf zu grabbeln. – Also? Den Schwur, bitte!«

Karl lehnte sich zurück und spreizte die Schwurfinger. »Ich gebe dir mein großes ungarisches Ehrenwort, daß ich fortan ...«

»Stop, Onkelchen! Ungarisches Ehrenwort, und dazu noch ein großes, das klingt mir nicht sonderlich vertrauenswürdig. – Schwör doch einfach und altmodisch bei allem, was dir heilig ist.«

»Gut«, sagte Karl. »Ich schwör' bei meiner mir bis dato unbekannten und reizenden Nichte Vera. – Nun zufrieden?« Karl beugte sich über den Tisch. »Darf ich jetzt wieder grabbeln?«

Vera klopfte ihm auf die Finger. »Erst brav aufessen!« Während er das letzte Apfelröllchen verspeiste, öffnete sie den obersten Hemdknopf. »Sonst gibt es heute kein Schönwetter.« Das Hemd rutschte über die Schultern, als sie einen weiteren Knopf öffnete. »Und auch keinen Extra-Nachtisch.«

*

Viel Liebe macht viel Hunger. Zum Mittagessen gingen sie ins *Continental Hotel* gegenüber vom Bahnhof Friedrichstraße. Das Hotel gehörte ebenfalls Louis Adlon und hatte einen ausgezeichneten und relativ preiswerten Mittagstisch. Gemüsesuppe mit Eierstich für beide, Rinderbraten mit Klößen für Vera, eine Forelle Blau für Karl. Auf Karls Teller waren zwei Kartoffeln verblieben.

»Magst du die nicht mehr?«

»Bin pappsatt.«

»Ich nicht, Onkelchen, ich bin noch jung und im Aufbau. Gestatten?« Vera angelte sich die Kartoffeln und tunkte damit den letzten Saucenrest auf. »Uff! Das war gut, jetzt noch das Eis, und ich bin rundum zufrieden.«

»Ich opfere dir gerne auch meine Portion – damit der Aufbau nicht gefährdet wird. Wär' doch jammerschade, wenn Fräulein Vera vom Fleische fallen würde – von wegen Grabbeln.«

Das Eis kam. Karl bestellte Kaffee und zündete sich eine Muratti an. »Stört es dich?«

»Nur zu! Ich beschäftige mich derweil anders. – Danke!« Vera griff nach Karls Eisschale. »Sag mal, Karl, du hattest was von Umzug gemurmelt. Wo willst du denn hinziehen?«

Es stellte sich heraus, daß Vera ganz in der Nähe von Karls zukünftiger Wohnung lebte, wenn die Venduras ein Engagement in Berlin hatten. In der Nähe und doch durch mehr als ein paar Straßenzüge getrennt. Karl würde zwei Zimmer mit Balkon und Bad im gutbürgerlichen Pankow haben, Vera bewohnte ein Zimmer bei ihren Eltern in Reinickendorf.

»Reinickendorf stimmt aber nur halb. Wir sind Laubenpieper, und unser Grundstück ist ein Eckgrundstück. Wir halten sogar Hühner und Kaninchen. Eine Gartentür geht zur Kühnemannstraße, und das ist der Renommiereingang, wenn du so willst – und natürlich die Postadresse, weil Reinickendorf besser klingt. Die andere Tür ist auf der Koloniestraße, und da ist roter, roter Wedding.«

Der Kaffee wurde gebracht. »Du auch einen?«

Vera schüttelte den Kopf. »Zucker?« Sie fischte mit einer Zuckerzange einen Würfel aus der Schale und ließ ihn in Karls Kaffee gleiten.

»Danke, einer reicht.« Karl rührte langsam in seiner Tasse. Er kannte die Kleingartengebiete hinter dem Panke-Flüßchen. Es war ein grüner Teil vom Wedding. Die SA holte sich regelmäßig blutige Köpfe, wenn sie dort provokativ anmarschierte.

»Was machen deine Eltern?«

»Mutter ist Hausfrau, und Vater hat einen Zeitungsstand am S-Bahnhof Pankow-Nord.«

»Und deine Geschwister?«

»Die älteren sind alle verheiratet. Breslau, Usedom, Leipzig. Außer mir wohnt jetzt nur noch mein kleiner Bruder zu Hause. Er hat zum Glück endlich wieder Arbeit. Eine Baustelle in Kreuzberg.«

»Als was?«

»Du fragst aber komisch, Karl.«

»Interessiert mich eben. Bevor ich die Stelle im *Adlon* gekriegt habe, habe ich mich mit allem Möglichen durchgeschlagen. Einmal habe ich vierzehn Tage lang Sand und Ziegelsteine gefahren. Den Führerschein für LKW hatte mir der Kaiser noch spendiert. War eigentlich keine schlechte Arbeit, aber leider ging die Firma pleite.«

»Hans hat Maurer gelernt. Und wenn er arbeitslos ist, was die meiste Zeit der Fall war, hilft er dem Vater beim Kiosk.«

Karl winkte dem Kellner, machte ihm ein Zeichen, die Rechnung zu bringen. »Ich muß jetzt los, Vera.«

Vera nickte. »Ich auch. Wir wollen eine neue Bodennummer einüben.«

Karl half ihr in den Mantel. »Seh' ich dich wieder?« Sie gab ihm einen Kuß. »Natürlich, Dummerchen. Spätestens, wenn du dir mit Benno wieder die Glieder verrenkst.«

»Also am Dienstag!«

»Dienstag, Karl, falls bei uns nichts dazwischenkommt.«

»Was da sein könnte?«

»Na, hoffentlich ein Engagement mit fetter Gage im *Oriental*!«

»Ich drück' euch die Daumen, daß es klappt.«

»Drück mich lieber jetzt richtig.«

*

Karl pfiff eine Melodie, als er in den Kuriersaal trat. »Ist was?« Oberpage Mandelbaum blinzelte über den Brillenrand und schraubte das Tintenfaß zu.

»Nichts Besonderes, halt ein schöner Tag.«

Dicke Regentropfen klatschten gegen die Saalfenster.

»Na, ich weiß nicht so recht.« Mandelbaum drückte ein Blatt Löschpapier auf den Pagendienstplan. »Meiner war jedenfalls beschissen.«

»Weswegen?«

»Weswegen schon! Kassner intrigiert gegen mich, wo er nur kann. Angeblich verborge ich Geld gegen Wucherzinsen an die Pagen.«

»Wie bitte?«

»Ja! Er quatscht es überall herum. Sogar dein Kollege hat mich gefragt, ob das stimmen würde!« Mandelbaum ballte die Fäuste. »Es kommt noch schlimmer, obwohl er da nur vage Andeutungen gemacht hat. Ich soll es laut Kassner immer so einrichten, daß ich mit dem Nachtpagen allein im Kuriersaal bin. Mensch, Karl! Ich bin doch nicht verrückt und mach' hier im Haus mit jemandem rum! »

Daß Erwin homosexuell war, wußte Karl. Er hatte nichts gegen Schwule. Auch sein Partner Jonny in Malta zog Herrenbekanntschaften dem weiblichen Geschlecht vor.

»Du hast natürlich auch etwas von seiner Giftbrühe abbekommen. Über dich verbreitet er, daß du eine Art Zuhälter bist.«

Karl öffnete seinen Garderobenschrank in Zeitlupe.

»Treibst dich in teuren Nachtbars herum, die du dir von deinem *Adlon*-Gehalt eigentlich gar nicht leisten könntest.«

Karl stellte die Aktentasche in den Garderobenschrank, entnahm ihr sein Notizbuch und schloß den Schrank. »Diese Sau!«

»Außerdem ist ein anderer Nazi Kellermeisterassistent geworden. Sein Spezi Fretzel aus der Buchhaltung, du kennst ihn. Er hat oft unten bei ihm gehockt. Die SA muß also nicht um Schampus-Nachschub bangen.«

Das Schrankschloß wollte nicht einrasten, Karl rüttelte vorsichtig am Schlüssel. »Was?«

»Ja, du hast richtig gehört. Kassner steuert seine Schiebergeschäfte jetzt aus dem Hintergrund durch Fretzel, und du läßt dich von Damen des horizontalen Gewerbes aushalten und verkehrst in unreputierlichen Etablissements.«

Mit Karls Beherrschung ging es zu Ende. Er gab dem Schrank einen Tritt. »Diese alte Drecksau, ich mach' ihn fertig!« Er stürmte davon. Vor dem Kuriersaal zwang er sich, nicht lauthals zu fluchen. ›Tief durchatmen, Karl!‹ Er verlangsamte seine Schritte. An den Wänden hingen mannshohe Spiegel. ›Ruhig, ganz ruhig. Erst nachdenken.‹ In einer Gangbiegung begegnete ihm sein Spiegelbild. Karl blieb stehen und betrachtete sich. ›Ruhig, Karl. Lauf nicht ins offene Messer. Denk nach!‹ Er entkrampfte die Fäuste. Langsam wich das Blut aus seinem Gesicht. ›Zahl es ihm heim. Aber mit Stil!‹ Karl machte kehrt und begab sich ins Kellergeschoß. Kellermeister Obier verkostete neu angelieferte Faßweine. Wortlos reichte er Karl ein Glas.

Karl probierte einen Schluck und nickte anerkennend. Es war ein frischer Weißwein. »Italiener?«

»Gut, Karl. Ein Soave. Und jetzt den hier.«

Karl bekam ein neues Glas

»Auch, bloß – jünger?«

»Nein, aber hätte gut sein können. Und jung war richtig getippt. Sogar sehr jung. Vino Verde. Ein Portugiese. – Was kann ich für dich tun?« Er entkorkte eine bauchige Chiantiflasche.

Karl ließ Obiers Frage unbeantwortet, denn der neue Kellerassistent betrat das Büro. »Chef! – Wohin mit den leeren Portweinkisten?«

»Der Importeur nimmt sie bei der nächsten Fuhre wieder mit. Am besten stellen Sie sie zu den Fässern, Fretzel!«

»Wird erledigt, Chef.« Er verließ das Büro. Karl folgte ihm und vergewisserte sich, daß die Tür richtig zu war.

Obier zog den Korken heraus, beschnüffelte ihn und steckte ihn wieder in die Flasche. »Der ist gekippt. Schwund.«

Karl zeigte mit dem Daumen über die Schulter auf die Bürotür. »Und der?«

Obier stellte die Flasche neben den Schreibtisch in eine Kiste mit der Aufschrift *Reklamieren!* »Mein neuer Assi? Bist du seinetwegen hier?«

Karl nickte. »Erwin will was gesehen haben.«

»Erwin hat richtig gesehen. Wenn du mich fragst, hat die allergnädigste Frau Generaldirektor den Bock zum Gärtner gemacht.«

»Kann es sein«, sagte Karl, »daß junge Männer mit der richtigen Frisur und der richtigen Art zu schleimen bei ihr einen Stein im Brett haben?«

»Vieles kann sein in diesem Haus, mein Lieber.«

»Ich rede mit L. A.«, sagte Karl. »Es war eine unkluge Entscheidung während seiner Abwesenheit. Sie wird nicht gewußt haben, daß er ein Gesinnungsgenosse von Kassner ist.«

»Möglich. – Fretzel ist jedenfalls geschickter als Kassner. Ich bin erst heute dahintergekommen, wie er es angestellt hat.«

»Kein Wunder«, sagte Karl. »Er hat immerhin Großhandelskaufmann gelernt.«

Im Kurierzimmer war niemand mehr. Karl schlug das Notizbuch auf, setzte sich auf Mandelbaums Platz und ließ sich von der Zentrale mit dem *Oriental* verbinden. Nach einem kurzen Gespräch mit Benno wählte er auf dem Hausapparat die Nummer von Louis Adlon.

»Mein Mann ist noch in Neufahrland. Worum geht's, Herr Meunier?« Mit Hedda Adlon zu sprechen, wäre verlorene Zeit gewesen. Karl sagte schnell: »Lediglich meine tägliche Routinefrage, ob der Herr Generaldirektor – oder natürlich auch die Frau Generaldirektor – für heute besondere Anweisungen haben.«

»Mir sind keine bekannt. Sonst noch was?« Hedda erwartete keine Antwort. Sie legte auf.

Karl seufzte und steckte sein Notizbuch ein. Wenn es stimmte, was Mandelbaum beobachtet hatte, war der Generaldirektor wieder um drei Kisten besten Champagners ärmer.

21. Kapitel
Holtsen plant eine Festlichkeit

»Herr Meunier, Sie sind doch Berliner und kennen sich aus!« Per Wilhelm Holtsen hatte Karl in der Halle angesprochen.

»Sogar ein waschechter.«

»Waschecht?« Holtsen sprach sehr gut Deutsch, aber bisweilen war ihm ein umgangssprachlicher Ausdruck nicht geläufig. »Das muß ich mir merken. – Ich bin dementsprechend also ein waschfalscher Berliner.«

»Nennen Sie sich lieber einen Wahlberliner, Herr Direktor«, sagte Karl. »Oder einen Neu-Berliner.«

»Wahlberliner gefällt mir besser. – A propos Wahlen, Herr Meunier. Wie sehen Ihre Prognosen aus? Schafft es Hitler?« Zwei flinke Frettchenaugen fixierten Karl.

›Was ist los? Will er dich testen?‹ Karl runzelte die Augenbrauen. »Tjaa … Möglich wäre es. Aber ich glaube, die Nationalsozialisten werden die Macht verfehlen, wenn Sie mich um meine ganz private Meinung fragen.«

Holtsen atmete schwer durch die Nasenlöcher aus. »Ich sehe das ähnlich. Trotzdem möchte ich Sie um einen Gefallen bitten. Ich beabsichtige in Kürze für ein paar Leute aus Hitlers Umgebung eine Gesellschaft hier im *Adlon* zu geben. Es soll ein origineller Abend werden. Mit kleinem Programm im Wintergarten.«

»Woran haben Sie gedacht?«

»An Musik und leichte Unterhaltung. Vielleicht etwas Jazz, und – na, was die guten Nachtclubs in Berlin so bieten. Varieté. Von allem ein bißchen.«

›Will er mich auf die Probe stellen? Hat er mich auch im *Oriental* bemerkt?‹ Karl sagte mit Bedauern in der Stimme: »Jazz können Sie vergessen. Jazz ist undeutsch und dekadente Negermusik.«

»Hm, als ich neulich bei – na, ist ja egal, bei wem, jedenfalls war es ein höherer NSDAP-Funktionär, zu Gast war, wurde nur Negermusik gespielt.«

»War es ein offizielles Treffen?«

»Nein, der Mann hatte mich privat bei sich zu Hause eingeladen.«

»Dann«, sagte Karl, »erklärt das die Sache.«

»Die da wäre?«

»Nun, Herr Direktor. Sie werden dieses Phänomen häufiger in Deutschland antreffen. Gewisse Leute leisten sich der Bequemlichkeit halber gleich zwei Weltanschauungen. Ihr Gastgeber hat vermutlich eine Moral oder Philosophie, die er für die Partei reserviert, und eine für das Leben nach Feierabend, respektive Büroschluß. Das ist dann seine private Weltanschauung, mit der er bei Bedarf, wie in Ihrem Fall, zeigen kann, daß er die Parteipropaganda nicht als Evangelium betrachtet. Wohlgemerkt, diese Weltanschauung ist nur innerhalb seiner vier Wände gültig. Verläßt er die, ist Negermusik wieder verdammenswürdig und entartet.«

Holtsen bedachte Karl mit einem eindringlichen Blick. »Ich glaube, ich habe Sie verstanden. Wir lassen das also besser mit dem Jazz.«

›Achtung, Karl, krieg raus, was er im Schilde führt!‹ Karl räusperte sich. »Haben Sic übrigens schon Herrn Kassner von der Rezeption konsultiert? Er soll die allerbesten Kontakte zur Berliner Künstlerwelt besitzen.«

»Kassner?« Holtsen machte ein Gesicht, als müßte er jemandem kondolieren. »Es bleibt unter uns, Herr Meunier. Ihr Kollege hat seine erklärten Vorzüge, ja, ich gehe sogar so weit zu sagen, seine Dienste sind für mich von nicht geringer Bedeutung, aber Kunstverständnis geht ihm völlig ab. – Also: Ich war gestern mit ihm in einer bekannten Nachtbar mit ausgezeichnetem Programm und bin felsenfest davon überzeugt, daß er sich den ganzen Abend unendlich gelangweilt hat.«

»Darf ich fragen, wo Sie waren?«

»Natürlich. Wir waren im *Oriental*. Kennen Sie es?«

»So ein Zufall!« sagte Karl. »Ich war gestern mit einer Bekannten auch dort.«

»Na, sowas! – Wo haben sie denn gesessen? Ich habe Sie nicht gesehen bei der dezenten Beleuchtung.«

»Wenn man in den Saal kommt ganz links in der ersten Reihe vor der Bühne.«

»Wir hatten einen Wandtisch. – Wie fanden Sie das Programm?«

»Es hatte durchaus Niveau.«

»Das meine ich auch«, sagte Holtsen. »Niveau. Genau, das ist das Motto: *Ich möchte für meine kleine Feierlichkeit ein niveauvolles Programm.*«

Karl fühlte sich erleichtert. ›Kann sein, daß er sich bloß meisterhaft verstellt, aber ich glaube, er scheint tatsächlich nur meine Hilfe zu wollen.‹ Karl gab sich den Anschein, als würde er angestrengt überlegen. Dann sagte er: »Wann soll … ?«

»In circa zwei Wochen. An einem Freitag oder Samstag.«

Karl legte seinen gestreckten Zeigefinger seitlich an die Nase und nickte bedeutungsvoll. »Ich meine, das ließe sich zu Ihrer Zufriedenheit arrangieren. Geben Sie mir bitte ein paar Tage Zeit.«

»Es eilt ja nicht«, sagte Holtsen. »Sagen Sie mir oder Tron-Herman Bescheid, wenn Sie etwas Konkreteres wissen.«

Der Geldschein, den Holtsen Karl zusteckte, machte den Gegenwert eines halben Monatsgehalts aus.

22. Kapitel
Hajo fliegt für Deutschland

Aus Holtsens Feierlichkeit wurde nichts. Die politischen Ereignisse überstürzten sich. Hitler war durch Ernennung zum Regierungsrat bei der braunschweigischen Gesandtschaft in Berlin deutscher Staatsbürger geworden, um bei der Reichspräsidentenwahl kandidieren zu können. Hindenburg verfehlte am 13. März 1932 die notwendige Mehrheit knapp, ein zweiter Wahlgang war nötig. Hitler unterlag Hindenburg am 13. April, war aber in der Lage, noch mehr Wählerstimmen auf sich zu ziehen. Karls Hoffnung, daß Wahlen dem Nazispuk ein Ende machen würden, zerstoben endgültig bei den Landtagswahlen am 24. April. Die NSDAP wurde in Preußen stärkste Partei. Die ewigen Optimisten richteten ihre Hoffnung auf die Reichstagswahl im Mai. Karl blieb, trotz des vom Reichskanzler Brüning verhängten SA- und SS-Verbots, skeptisch. Das Arbeitslosenheer zählte Millionen, und die geschickte Propaganda der Nazis schaffte es, die Massen wie nie zuvor zu mobilisieren. Die braunen Schatten wurden länger.

Holtsen pendelte hektisch zwischen Schweden und Deutschland und stieg manchmal bloß für ein paar Stunden im *Adlon* ab. Er traf sich mit Politikern, Wirtschaftsführern und vermehrt mit einflußreichen Leuten aus Hitlers Hofstaat. Randhuber war dann meistens bei den nächtlichen Gelagen in der *Adlon*-Bar mit von der Partie. Immer häufiger auch dinierten Ernst Udet und Holtsen, begleitet von Vertretern der Luftfahrtindustrie und Reichswehroffizieren in Zivil, in diversen Séparées mit Blick auf die Linden.

Der dicke Schwede forderte Karl wiederholt als Fahrer an. »Die Gesellschaft holen wir nach, mein lieber Meunier. Aufgeschoben ist nicht aufgehoben. Hitler macht das Rennen schon. Die Wirtschaftsführer, mit denen ich neulich konferierte, erhoffen sich positive Impulse von einer starken nationalsozialistischen Politik.«

Karl äußerte sich nicht dazu und konzentrierte sich auf den Verkehr. Randhuber hatte zu einem Vortrag im Berliner Norden eingeladen. Holtsen schenkte der vorbeigleitenden Stadt keinen Blick. Die Sichtrollos der Fondfenster waren herabgelassen. Er blätterte in schlanken Aktenordnern, die ihm Tron-Herman mit gemurmelten Erklärungen reichte. Hin und wieder deutete der Sekretär auf ein Schriftstück, und Holtsen leistete eine Unterschrift.

In der Jungfernheide überholte sie ein fast identischer Mercedes. Karl erkannte Ernst Udet auf dem Beifahrersitz.

Die Tegeler Villa mit der bombastischen Freitreppe gehörte einem Mitglied des Reichsverbandes der Luftfahrtindustrie, der mit der NSDAP sympathisierte und sein Haus für diese Veranstaltung zur Verfügung gestellt hatte, da in der Innenstadt Störaktionen der Sozialisten oder Kommunisten zu befürchten waren.

Karl lenkte den Mercedes aus dem *Adlon*-Fuhrpark auf einem vornehm knirschenden Kiesweg vor die Freitreppe. Udets Wagen war nirgendwo zu sehen.

Ein athletischer Jüngling trat an den Wagen. Er trug einen grauen Flanellanzug wie eine unbequeme Verkleidung. Das Uniformverbot des Reichspräsidenten für SA und SS begann doch Wirkung zu zeigen, stellte Karl mit Befriedigung fest.

»Direktor Holtsen aus Schweden«, sagte Karl.

Der Jüngling verglich den Namen, den Karl genannt hatte, mit den Eintragungen auf einer Liste. »Herr Doktor Randhuber heißt Sie im Namen des Reichsbunds der deutschen Luftfahrtindustrie auf das Herzlichste willkommen. Sie können den Wagen gleich hinter der Villa parken, der Platz ist von außen nicht einsehbar. Aus Sicherheitsgründen werden Sie auch gebeten, den dortigen Seiteneingang zu benutzen. Ein Hausdiener wird Sie erwarten und in den Vortragssaal geleiten.« Es klang gequält, so als hätte er seinen Spruch mit viel Mühe auswendig gelernt. Die Jackentasche war von einem schweren, kompakten Gegenstand ausgebeult. Karl tippte auf einen kurzläufigen Revolver.

Er bugsierte den Wagen zwischen Udets Mercedes und die

Grundstücksmauer. Kein Hausdiener, Randhuber höchstpersönlich erwartete sie. Er zertrat seine Zigarette und eilte auf Holtsen zu. »Herzlich willkommen, verehrter Herr Direktor! Doktor Goebbels ist bereits eingetroffen. Er nimmt noch gerade eine Erfrischung zu sich. Wir alle sind auf seine Rede sehr gespannt.« Er erkannte Karl und zog ihn zur Seite. »Bitte kümmern Sie sich während des Vortrags um den Sekretär von Direktor Holtsen. Nehmen Sie ihn mit in die Küche, dort steht ein Imbiß für die Chauffeure bereit. Da ist der Küchentrakt.« Randhuber zeigte auf einen flachen Anbau. Vor der Tür mit der Aufschrift *Lieferanten* stand ein weiterer Jüngling mit ausgebeulter Jackentasche. »Wenn ich jetzt bitten dürfte ...« Randhuber und Holtsen verschwanden im Seiteneingang der Villa.

Tron-Herman lockerte seinen Krawattenknoten. »Ein gutes, deutsches Bier und ein Hackepeterbrötchen wären jetzt genau das Richtige, Herr Meunier. Oder serviert man in diesen Kreisen ausschließlich Kamillentee und Sesamkringel? Herr Hitler soll ja nicht bloß Vegetarier, sondern auch ein Alkoholgegner sein.«

»Ich werde probieren, was ich für Sie tun kann. Wenn Herr Doktor Randhuber das hier organisiert hat, dann wird es vermutlich an geistigen Getränken nicht mangeln.«

Tron-Herman bekam sein Bier, Karl trank ein Glas Limonade. Aus der Villa ertönte Applaus.

»Goebbels spricht«, sagte die Küchenmamsell mit verklärter Stimme.

Karl verkniff sich einen bissigen Kommentar über den Berliner Gauleiter und gab ihr sein leeres Glas. »Mehr vertrage ich nicht davon, sonst bekomme ich Bauchgrimmen.«

Der Küchenmamsell entging die Doppeldeutigkeit. »Soll ich Ihnen einen Kräutertee machen?«

»Nein, danke. Aber geben Sie dem Herrn da noch ein Bier. Ich vertrete mir mal kurz die Beine.«

Auf dem Parkplatz begegnete Karl seinem alten Regimentskameraden, der gerade Udets Mercedes aus der Parklücke fuhr. »Hab' mir schon fast gedacht, daß du nicht weit vom Schuß bist, wo Udet aufkreuzt. Wohin des Wegs ohne den Chef?«

»Sieh an, der Karl! Du krauchst aber auch überall rum. – Wohin? Nach Tempelhof, Goebbels Maschine startklar machen, oder besser gesagt: Hitlers. Die fliegen gleich, wenn das hier vorbei ist, wieder zum Wahlkampf nach Süddeutschland. Hab' dich drinnen übrigens gar nicht gesehen. »

»Die Einladung erging an Führer der Wirtschaft, nicht an Fahrer für die Wirtschaft. – Außerdem bin ich mir sicher, daß die Herrschaften mich nicht lange da drinnen zulassen würden. Ich würde garantiert meine Klappe nicht halten können. Diese Bonzenfressen kotzen mich an.«

»Ich liebe sie auch nicht sonderlich, das kannst du mir glauben. Aber nimm's nicht so tragisch, Karl. Mach's wie ich. Ich kümmere mich nicht um Politik. Gib mir einen Steuerknüppel zwischen die Pfoten und laß mich mit dem restlichen Dreck zufrieden, dann bin ich der glücklichste Mensch.«

»Gott schütze deine Naivität, lieber Hajo, aber vielleicht machst du es richtig.« Galgon winkte Karl zu und brauste davon.

Karl setzte sich in den Wagen. Aus der Villa erschollen tosender Beifall und laute Heil-Rufe.

23. Kapitel
Bodenkampf mit Benno und an der Blauen Lagune

Vera und Karl sahen sich, so oft es ihre Zeit erlaubte. Die Venduras hatten das Engagement im *Oriental* bekommen. Karl arrangierte sich mit seinen Kollegen und legte seinen freien Tag auf den Mittwoch, an dem der Nachtclub Ruhetag hatte. Mittwochs war bei Rahn kein reguläres Training, aber Karl und Benno hatten

Schlüssel und trafen sich vormittags zum Üben. Benno hielt Karl weiterhin über Kassners *Oriental*-Besuche auf dem laufenden.

»Er taucht mit eijenartijen Jestalten uff, kann ick dir flüstern. Meestens sinn's Ausländer. Italiener und so. Janz jemischt. Mal schleppt er feine Pinkel an, die bloß so nach Penunzen stinken, mal sinn's n'paar Visagen, denen ick keene zwee Meter über'n Weg traun würde. Aber Kohle scheint er bis zum Abwinken zu haben. Oft is ooch dieser Naziheini dabei, dieser Doktor. Neulich haben sie in der Nische neben der Bar jesessen. Nur Kassner und der Kerl. Roswita hat sie bedient. Der Kassner hatte ein Köfferchen dabei, so eens wie für Akten. Die beeden haben uffjeregt miteinander jetuschelt, und als Rosi ihnen die Jetränke jebracht hat, hat Kassner sein Köfferchen janz schnell untern Tisch jeschoben. Dabei is ihm wat rausjefallen. Rosi hat so jetan, als würde se nischt jesehn habn, hat se aber doch. Rat mal!«

»Mach's nicht so spannend, Benno. Schieß los!«

»Losschießen, jenau det war't! Dem Kerl is ne Knarre runterjepoltert. Er hat zwar noch schnell den Fuß druffjestellt, aber Rosi is ja nich blöd. Sie hat so jetan als wäre nischt. Als sie jejangen sind, hat der Naziheini die Tasche jetragen. Ick schwör dir, Karl, so wie det halbe Handtuch an dem kleenen Köfferchen herumjeastet hat – der war randvoll mit Pusteröhrchen!«

»Hat Rosi gehört, worüber sie geredet haben?«

»Nee, die warn zu vorsichtich.«

»Vera hat mir erzählt, rechts neben der Bühne wäre jetzt ein japanischer Paravent vor den Vorratsräumen. Kannst du es nicht einrichten, daß Kassner das nächste Mal da einen Tisch kriegt?«

»Und ick hock ma hinter die nackichten Geischas und spiel den Lauscher?«

»Unsinn. Rosi. Wenn ein Gast, sagen wir mal zum Beispiel, eine von den ganz teuren Zigarren will, muß sie doch hinter dem Paravent lang zur Lagerkammer, oder?«

»Hm, läßt sich vermutlich deichseln«, sagte Benno. »Weeßte wat,

Karl, langsam hab' ick det Jefühl, daß de da besser bei uns auskennst als ick mir selbst.«

»Bringt mein neuer Beruf mit sich«, sagte Karl. »Man muß halt überall seine Leute haben.«

Benno grinste. »Du meenst doch nich etwa damit een junget Frollein in engsitzendem Glitzertrikot, dat dir zu Willen is?«

Karl lachte und griff mit dem linken Arm um Bennos Hüfte. »Du bist und bleibst ein altes Schandmaul!« Seine rechte Hand krallte Bennos Judojacke an der linken Schulter. Karl drehte sich ein und versuchte, seinen Partner über die Hüfte zu ziehen. Benno ging in die Knie, machte sich schwer. Karl unternahm einen weiteren Wurfversuch.

Benno stand wie eine Eiche. »Aber, aber, Karlchen, bißchen mehr Schmackes, wenn ick bittn darf!«

»Scheiße«, sagte Karl und versuchte es erneut. Wieder vergeblich.

Bennos Hand tastete von hinten nach Karls Reverssaum. Benno ließ sich auf den Rücken fallen und zwang seinen Partner auf die Matte. Der Reverssaum zog sich vor Karls Kehlkopf. Karl versuchte, einen Arm zwischen den würgenden Stoff zu schieben, aber es war zu spät. Er klatschte ab.

Japsend streckte er alle Viere von sich. »Mensch, das ging doch sonst immer.«

Benno schob den Jackenärmel bis zur Schulter hoch und spannte den Bizeps an. »Da guck mal! Ick mach' jetzt täglich zu Hause mit Hanteln rum.«

Karl nickte bewundernd. »Kann sich sehen lassen. Ich bin im Moment schon froh, wenn ich es einmal pro Woche ins Abendtraining schaffe.«

»Tja, die Vera! Wenn denn die Liebe mal zuprüjelt.« Benno kicherte. »Tröste dich, Karl, dafür wirste jetzt vermutlich häufiger Bodenkampf uff weicherem Unterjrund üben dürfn, als uff 'ner kratzigen Ringermatte.«

Karl drehte sich auf den Bauch, stützte das Kinn in die Handflächen und schaute verträumt in die Luft.

*

Der Mittwochnachmittag und der Abend waren für Vera reserviert. Karls Umzug nach Pankow stand bevor. Vera wanderte durch die Wohnung am Rosenthaler Platz und half beim Packen. Viel war es nicht, was Karl besaß. Ein Küchenschrank, Tisch, zwei Stühle. Der Waschtisch war in der neuen Wohnung überflüssig. Dann das Bett, eine Kommode und die Bücher. Die Möbel im Wohnzimmer waren zu klobig. Ein Nachbar wollte sie Karl abkaufen. Vera hatte ein Rattansofa mit dazugehörigen Sesseln bei einem Trödler im Wedding aufgetan, die Karl sehr gefielen, weil sie ihn an seine Möbel in Malta erinnerten.

»Wie ist Malta, Karl?«

Karl hockte auf dem Kohlenkasten und verschnürte eine Bücherkiste mit Bindfaden. Er stellte die Kiste zu den anderen und sah Vera an. »Malta ist das Gegenteil von hier. Selbst im Winter, wenn es dort stürmt und regnet, scheint immer mal die Sonne, und du kannst dich hemdsärmlig auf den Balkon setzen. In der Abenddämmerung hocken die alten Frauen vor der Haustür und klöppeln, und die alten Männer rauchen ihre Pfeife. Es gibt auch Winter, die wie unser Frühling sind. Einmal konnte ich noch am Heiligen Abend schwimmen gehen.«

»Karl?«

»Ja?«

Vera wickelte Karls einziges Weinglas in Zeitungspapier, legte es zu den Kaffeetassen in den Wäschekorb. »Versprich mir was!«

Sie setzte sich auf seinen Schoß.

»Whatever you desire, Milady!«

»Karl, laß uns sparen und nach Malta fahren. Wenn du von Malta erzählst, hört es sich an, als wäre es das Paradies.«

Er umarmte sie und drückte ihre Stirn gegen seine.

›Wie kann jemand nur so wissende Augen haben‹, dachte er. ›Dabei könnte sie meine Tochter sein.‹

»Was ist?«

Karl küßte sie auf die Nase. »Wir werden uns ein Zimmer mit Blick über den Grand Harbour nehmen und uns das Frühstück aufs Zimmer bringen lassen, zufrieden?«

»Ein maltesisches Frühstück?«

»Nein. Ein gutes englisches. Orangensaft wird es geben und Lipton Tea. Wir werden gegrillte Tomaten vertilgen und kleine salzige Würstchen. Der Toast wird mit einer weißen Serviette bedeckt sein und die Orangenkonfitüre herrlich bitter schmekken.«

»Und dann?«

»Dann werden wir uns zur Rezeption begeben und ein Karrozzin ordern.«

»Karrozzin? Was ist das?«

»Eine Pferdekutsche, eine Art von Landauer für maximal vier Leute. Sie ist bunt bemalt, und das Pferd trägt einen Strohhut mit Löchern für die Ohren, denn es wird sehr heiß sein. Wir werden unsere leichtesten Sommersachen anhaben und trotzdem schwitzen.«

»Das klingt gut. – Was machen wir dann?«

»Ich werde den Kutscher bitten, uns durch Valletta zu fahren. Die Häuser dort sind aus gelbem Kalkstein und fünf- oder sechsstöckig. Es sind sehr alte Häuser. Zur Straße hin haben sie hölzerne Balkone. Viele Gebäude stammen noch aus der Zeit des Malteserordens und sind mit prächtigen Wappen verziert.«

»Wie sind die Menschen dort, Karl? Sind sie freundlich?«

»Sehr.«

»Sind sie ... sind sie ... – Ich kannte mal einen Italiener. Er war der höflichste Mensch auf der Welt. Ein Jongleur. Er hatte wie wir ein Engagement in einem Münchner Varieté. Sein Vertrag lief zwei Tage vor unserem aus. Er lud uns noch vor seiner Abreise zum

Essen ein. Als er weg war, fehlten alle Wertsachen in unserer Garderobe.«

Karl schüttelte energisch den Kopf. »In Malta passiert so etwas nicht. Jonny und ich haben zum Beispiel unsere Haustür nie abgeschlossen, wenn wir ausgegangen sind.«

»Das nehme ich dir nicht ab«, sagte Vera. »In Malta wird es gute und schlechte Menschen geben, wie überall.«

»Schon, aber Malta ist klein, und jeder kennt jeden. Außerdem ...« – Karl hob einen strengen Zeigefinger – »ist man nicht zimperlich, wenn man einen Dieb oder Räuber erwischt. Wenn der Bursche das überlebt, kann er von Glück sagen. »

»Na, gut. Was machen wir? Wir können uns ja nicht tagein, tagaus durch Valletta chauffieren lassen, so interessant es sein mag.«

»Jonny hat ein Boot. Wir werden, wenn es das Wetter erlaubt, nach Gozo segeln. Das ist eine Insel im Norden von Malta. Oder besser nach Comino. Auf Comino wohnt niemand.« Karls Stirn rutschte südwärts. Vera, die fröstelte, hatte in der Kochmaschine ein Höllenfeuer entfacht. »Es gibt eine Blaue Lagune, wo man bis auf den Meeresgrund sehen kann.« Karl sah in andere Tiefen.

Vera knöpfte ihre Bluse auf. »Einsame Insel. – Ich dann Freitag?«

»Du Mittwoch«, sagte Karl. »Und Samstag und ...«

Als Karl wieder bei Mittwoch angelangt war, gab es keine Blaue Lagune mehr. Karl heizte das Schlafzimmer nie.

24. Kapitel
»Gerechter Volkszorn«

Louis Adlon sah nicht auf, als Karl das Büro betrat. Seine Stimme war merkwürdig tonlos. »Hier, Meunier!« Er reichte Karl die neueste Ausgabe der *Berliner Morgenpost* aufgeschlagen über den Schreibtisch. »Unter Polizeibericht.«

»Nähe Nollendorfplatz wurde in der vergangenen Nacht von zwei Streifenpolizisten der leblose Körper eines Mannes gefunden. Besagte Person wurde anhand seines Ausweises als der Hotelangestellte Erwin M. identifiziert. Kurz nach Auffinden der Leiche beobachteten Anwohner in der Motzstraße eine Horde angetrunkener Männer, die das Horst-Wessel-Lied grölten.«

»Das darf doch wohl nicht wahr sein!«

Wortlos gab Louis Adlon Karl eine weitere Zeitung. *Der Angriff*, Goebbels Hetzblatt, spritzte auf der ersten Seite das gewohnte Gift gegen den Berliner Polizeivizepräsidenten Bernhard Weiß.

Karl blätterte hastig. Ein Gruppenphoto zeigte die neuen NSDAP-Reichstagsabgeordneten vor dem Brandenburger Tor. Eine Menschenmenge jubelte ihnen zu.

Karl blätterte und murmelte halblaut die Seitenzahl. »Seite acht, neun ...«

»Noch weiter hinten. Circa Seite zwölf. Es gibt ein Foto.«

Auf Seite elf ließ sich ein Pg. namens Dr. P. Dinkel über die jüdisch-bolschewistische Weltverschwörung aus. Derselbe Zeichner, der Bernhard Weiß als hakennasigen Geier »Isidor« auf der Titelseite karikiert hatte, hatte einen bärtigen Kaftanträger mit bodenlangen Ringellocken skizziert, der gierig einen Globus befingerte. Er trug unverkennbar die Gesichtszüge von Albert Einstein.

Angewidert blätterte Karl um und erbleichte. Das Foto war gestochen scharf.

»Das verdiente Ende eines jüdischen Sittenstrolchs!«

Eine zusammengekrümmte Gestalt lag auf dem Trottoir vor einer Kaffeerösterei: *Mokka-Meier*. Zwei schreckensweit aufgerissene Augen starrten in die Kamera. Das Gesicht war bis zur Unkenntlichkeit entstellt. Der helle Wintermantel hatte breite, dunkle Revers.

»Deutsche Volksgemeinschaft in der Winterfeldtstraße, jubiliere! Endlich hat der gerechte Volkszorn ein bekanntes, minderrassiges, kriminelles Element ausgemerzt. Was Isidors Trieseltruppe nicht

geschafft hat, nahmen hehre Kämpfer für Sitte und Ordnung in die eigenen Fäuste: Sie richteten einen Perversen, einen perfiden Abartigen. Deutsche Eltern! Der Jude Mandelbaum wird Eure ahnungslosen Söhne nie mehr des nachts in dunkle Hausflure locken und sich ihnen unsittlich zu nähern versuchen. Lob und Preis den beherzten Richtern, die ...«

Karl schüttelte sich.

Louis Adlon hatte die Augen geschlossen. Leise sagte er: »Sie haben ihn direkt vor seiner Haustür ermordet.«

Karl zerfetzte den *Angriff* und biß die Zähne zusammen. Louis Adlon verharrte reglos. Karl verließ das Büro wie in Trance. Fritzchen sah ihn mit offenem Mund an. Karl riß sich zusammen.

Der Junge wartete mit zwei Koffern auf den Fahrstuhl. Es waren teure Lederkoffer italienischer Machart. Ein achtspitziges Malteserkreuz zierte die Deckel.

»Ist der Baron wieder im Haus?«

»Er ist eben eingetroffen, Herr Meunier.«

Karl zögerte einen Moment, dann legte er die Hände auf Fritzchens Schultern, sah ihm in die Augen. »Das mit Herrn Mandelbaum weißt du sicher schon.«

»Ja, Herr Kassner hat es uns Pagen heute morgen bei Dienstantritt aus der Zeitung vorgelesen.«

»Weißt du noch, was für eine Zeitung das war?«

»Na die, die er immer liest.« Fritzchen betrachtete seine Schuhspitzen. »Ich glaube, sie heißt *Der Angriff*.«

»Und stimmt es, daß er euch ...«, Karl suchte nach den richtigen Worten, »... daß er euch zu nahegetreten ist?«

Fritzchen blickte erstaunt zu Karl hoch. »Was meinen Sie?«

»Na, daß er ...«

»Daß er uns angefaßt hat oder so, wie in der Zeitung stand? – Nein, Herr Meunier. Herr Mandelbaum hat so etwas nie gemacht. Er war immer bloß freundlich zu uns Pagen. Hat uns nie schikaniert, wie ...«

»Wie …?«

Fritzchen schaute wieder auf seine Schuhspitzen. Karl drängte ihn nicht weiter zu einer Antwort und dachte sich seinen Teil. Der Fahrstuhl kam. Fritzchen ließ Karl den Vortritt.

25. Kapitel
The show must go on

Die politischen Kämpfe tobten immer heftiger, das Heer der Arbeitslosen bestimmte das Stadtbild. Eine weggeworfene Zigarettenkippe an der Bushaltestelle oder vor dem Kaufhauseingang hatte keine Chance, in Ruhe zu verglühen. Vermutlich gab es in ganz Deutschland keinen Zigarrenstummel oder Zigarettenrest, der nicht binnen Minuten den Besitzer gewechselt hätte. Die Wirtschaftskrise raste täglich von Höhepunkt zu Höhepunkt.

Im *Adlon* war von allem wenig zu spüren. Das Hotel blieb eine Oase der Reichen, und der Fünf-Uhr-Tee erfreute sich ungebrochener Beliebtheit bei den Oberen Zehntausend. Die Blumenfrau, bei der Karl gelegentlich eine gelbe Nelke fürs Knopfloch kaufte, machte weiterhin gute Geschäfte, wenn die Krisengewinnler, die sich unter die alten *Adlon*-Gäste gemischt hatten, ihren Damen mit gewaltigen Bouquets zu imponieren suchten. Die Frau benötigte das Geld auch dringend, um die vielköpfige Familie einigermaßen durchzubringen. Weder ihr Mann noch die älteren Kinder hatten Arbeit. Fritzchen, das wußte Karl, ernährte mit seinem spärlichen Pagenlohn und den Trinkgeldern seine verwitwete Mutter und zwei kleinere Geschwister. Im Gegensatz zum Generaldirektor begrüßte er die großkotzigen Neureichen. Weil sie mit ihrem Geld Eindruck schinden wollten, gaben sie bisweilen atemberaubende Trinkgelder. Besonders, wenn sie betrunken waren. Dennoch lief

Fritzchen jeden Tag vom Gesundbrunnen zum Pariser Platz. Auch nachts. Das Fahrgeld wurde für wichtigere Ausgaben benötigt.

Die Neureichen fuhren die protzigsten Autos, ihre Frauen behängten sich mit teuren, aber geschmacklosen Juwelen. Sie waren stets nach der neuesten Mode gekleidet. Louis Adlon litt sichtlich unter den arroganten, neuen Gesichtern, die laute Vergnügungen abhielten und ihm manchmal das Gefühl gaben, ein billiger Eckkneipenwirt zu sein. Aber sie brachten Geld ins Haus, und das zählte natürlich auch. Selbst im *Adlon* mußte jetzt messerscharf kalkuliert werden. Hedda Adlon arrangierte sich besser mit den Veränderungen. Sie war der Kapitän, Louis Adlon, mehr Reeder als Steuermann, bevorzugte vermehrt den Hintergrund. Die resolute, lebhafte Hedda paßte besser in die turbulente Zeit, war flexibler als ihr aristokratischer Louis. Kosmopolitisch wie ihr Mann, besaß sie die Gabe, stundenlang in der Bar mit dem amerikanischen Botschafter Sekt zu trinken, um tags drauf ohne größere innere Überwindung mit Emmy Göring Kaffeeplausch zu halten oder mit der frischvermählten Magda Goebbels einen Einkaufsbummel zu machen. Berührungsängste waren ihr fremd. Übergroße Sensibilität bescheinigte der Frau Generaldirektor niemand im Hause. Gab es Probleme mit dem Personal, und hätte Louis Adlon im extremsten Fall geäußert: » Ich verbitte mir das!«, so konnte Hedda Adlon wie ein Droschkenkutscher fluchen. Sie kümmerte sich also verstärkt um das anfallende Tagesgeschäft, Louis Adlon um die alten Stammgäste.

Karl erhielt seine Weisungen wie stets von Louis Adlon, wenn auch die Frau Generaldirektor ihn gelegentlich beanspruchte. Das passierte meistens, wenn ihr bevorzugter Fahrer, Herr Mirow, andererseits unabkömmlich war. Die Frau Generaldirektor hatte ein indifferentes, eher unterkühltes Verhältnis zu Karl, wohl weil L. A. ihn während ihrer Abwesenheit eingestellt hatte, aber er galt als ein besonnener Fahrer, dem man ohne weiteres den großen Mercedes anvertrauen konnte.

»Sie kennen die Hagenstraße im Grunewald, Herr Meunier? – Umso besser. Hausnummer 34, Herr Junker erwartet Sie in einer halben Stunde, das müßte zu schaffen sein. Legen Sie das Gemälde nicht in den Kofferraum, es wird ohnehin kaum hineinpassen, sondern verkanten Sie es vorsichtig im Fond. Die Farbe ist noch sehr empfindlich.«

»Sehr wohl, Frau Generaldirektor.«

»Und noch eins, Herr Meunier. Bringen Sie das Bild gleich in den Schreibsaal.«

Der Maler stand in der offenen Haustür, als Karl eintraf. »Frau Adlon möge bitte darauf achten, daß das Gemälde nicht unmittelbar über einem Heizkörper aufgehängt wird. Es tut der Farbe nicht gut, wenn sie zu schnell eintrocknet.« Gemeinsam trugen sie das Bild zum Wagen. Es war bereits gerahmt. Die Signatur glänzte noch feucht.

Hedda und Louis Adlon hatten eine gemeinsame Passion: Reiten. Frau Adlon ritt einen stattlichen Hengst. Der Künstler hatte die Frau Generaldirektor höchst schmeichelhaft dargestellt. So mochte sie als Backfisch ausgesehen haben. Nicht gerade gertenschlank, aber doch auffällig abgespeckt. Auch das Tier hatte eine Schlankheitskur gemacht. Unter der echten Hedda Adlon wäre das zierliche Araberpferd auf dem Gemälde in die Knie gegangen.

Am Wirtschaftseingang wartete bereits der Hausmeister brummelnd auf ihn. »Könnse det nich jleich, und könnse det nich sofort! Un am besten allet schon jestern! – Fast hätt' ick ihr jesacht, hörn Se mal, so schnell schießn ooch de Preußen nich! – Inner dritten Etage pfeift de Heizung wie Ilse Werner, aber nee! – Ick soll allet stehn un liejen lassn, weil ick nen Nagel inne Wand kloppn soll – *weil Se ühn Werniesaasch* hat. Wat issn det eijentlich, Karl, *Werniesaasche*?«

Zwei Pagen trugen das Bild in den Lesesaal.

»Eine Kunstausstellung, wo man neue Bilder zum ersten Mal zeigt.«

Der Hausmeister sog die Luft durch die Nasenlöcher. »Soll det die Frau Jeneraldirektor sein? Na, denn isset tatsächlich für mir 'ne *Werniesaasch*.«

Diese Meinung sollte bald auch Holtsen teilen. Er beschrieb mit rosa Tinte handgeschöpfte Präsentkärtchen, die Tron-Herman unter die Schleifchen diverser Pralinéschachteln steckte.

»Kleine Geschenke erhalten die Freundschaft, mein lieber Meunier. – Oh, was haben wir denn da?«

Karl trat zur Seite.

»Oha, ein zeitgenössisches Kunstwerk! Die Frau Direktor, wie sie leibt und lebt, so sagt man doch auf Deutsch?«

Der Hausmeister polterte seine Anweisungen.

Holtsen trat näher zu Karl. Sein Mund spitzte sich zu einem kleinen Schnabel. Augenzwinkernd sagte er: »Hätten Sie zufällig die Adresse dieses begnadeten Meisters der bildlichen Darstellung für mich?«

Karl legte die Hände an die Hosennaht und verbeugte sich. »Ich würde empfehlen, Herrn Direktor Holtsen modern darzustellen. Auf einer Fahrradtour in den Alpen.«

Holtsen hieb ihm lachend auf den Rücken. Zum Glück hatte Karl in Erwartung des Schlages die Muskeln angespannt, sonst wäre er kopfüber durch die Leinwand geschossen. »Vortrefflich, Meunier, vortrefflich, wirklich!« Der massige Körper des Schweden vibrierte wie ein gigantischer Wackelpudding. »Ganz famos. – Aber bitte ein Fahrrad mit Panzerketten für mich!«

Tron-Herman räusperte sich. Er hatte die Konfektschachteln zu einem kleinen Turm aufgeschichtet. »Ich bringe sie jetzt zur Rezeption.«

»Lassen Sie nur. Ich muß ohnehin in die Lobby.« Karl nahm ihm die Schachteln ab. »Weiß man vorne Bescheid?«

Holtsen nickte. »Ein Taxi soll die Präsente gleich überall vorbeibringen. Geben sie dem Fahrer einen Extra-Fünfer.«

»Ich kenne einen verläßlichen Fahrer«, sagte Karl. »Ich kümmere mich darum.«

Karl verließ den Lesesaal. In der Vorhalle warf er einen Blick auf die oberste Pralinenschachtel: Frau Emmy Göring. Er hob die Schachtel an: Frau Magda Goebbels. Die dritte Adressatin kannte er nicht, wohl aber die vierte: Frau Hanna Randhuber. Holtsen schien ganz auf einen Sieg der Nationalsozialisten bei der Reichstagswahl Ende Juli zu setzen.

Hedda Adlon rauschte Richtung Lesesaal vorbei. »Ist es da?«

»Der Hausmeister hängt es gerade auf, Frau Generaldirektor.«

Die Frau Generaldirektor nahm es gnädig zur Kenntnis und rauschte weiter. Fritzchen kam aus der Telefonzentrale gerannt. »Sie werden am Telefon verlangt!«

Karl gab dem Empfangschef den Mercedes-Schlüssel. »Der Wagen steht vor dem Wirtschaftseingang, er muß aufgetankt werden. Das mit dem Taxi für Holtsen erledige ich gleich.«

Der Empfangschef notierte es auf einem Zettel, den er durch den Schlüsselring zog. Karl ergriff die Konfektschachteln und eilte zur Telefonzentrale.

25. Kapitel
Bei *Laubenpiepers*

Karls Umzug nach Pankow verzögerte sich bis in den Juni hinein. Es hatte einen Wasserrohrbruch in der Wohnung über ihm gegeben. Karl war darüber nicht allzu erbost, denn der Hausbesitzer nahm das als Anlaß, sein Bad zu modernisieren. Karl verdiente gut. Daß die Miete ansteigen würde, kümmerte ihn nicht sonderlich, und daß er für einige Wochen aus Koffern und Umzugskartons leben mußte, amüsierte ihn eher. Er hatte jahrelang nichts anderes besessen als einen roten Leinenschrankkoffer, und auch Vera, die es gewohnt war, auf Tournee zu improvisieren, litt nicht unter dem Chaos am Rosenthaler Platz, wenn sie die eine oder andere Nacht bei ihm verbrachte. Artisten sind fahrendes Volk. Was für kulinarische Köstlichkeiten sie zwischen Bücherkisten und Waschkörben, gefüllt mit Oberhemden oder Unterwäsche, zauberte, grenzte an ein Wunder, zumal die meisten Küchenutensilien in einem Karton hinter den Büchern verbarrikadiert waren.

Karls Mutter lud Karl und Vera wiederholt zum Kaffee ein. Sie war freundlich zu Karls Freundin, aber erblickte in ihr kaum die zukünftige Schwiegertochter. Der alte Standesdünkel zwischen Bürgertum und Arbeiterschaft saß tief. Vera war eine von der »Krücke«, und alle Menschen, die in der Koloniestraße wohnten, die an der Panke einen Knick machte, da, wo die Aalräucherei stand, mochten rechtschaffene Menschen sein, indes sie waren anders und bekannterweise *Proletarier*.

Die Binders waren herzlicher. Sie wohnten in einem kleinen, massiven Häuschen, keiner Laube im eigentlichen Sinn, nahe dem S-Bahnhof Schönholz. Karl bekam eine Flasche Bier in die Hand gedrückt, und am Tisch unter dem großen Kirschbaum vor dem Küchenfenster wurde zusammengerückt. »Hier werden alle satt«, sagte Mutter Binder und schwenkte die Bratpfanne. Ein zusätzlicher Teller und Besteck fanden im Nu ihren Weg zu Karl. Wenn bei Binders gegessen wurde, war selten bloß die Familie anwesend. Nachbarskinder, Herr Höhne von gegenüber, ein verwitweter Eisenbahner und Angelfreund von Vater Binder, ein Cousin von Vera aus Pommern, der auf Arbeitssuche war, sie alle verließen nie das Laubengrundstück in der Kleingartenkolonie Scherbeneck, Kolonie-, Ecke Kühnemannstraße, mit hungrigen Mägen. »Wo für drei wat is, is auch wat für vier«, pflegte Mutter Binder zu sagen und ignorierte damit die Tatsache, daß sie gerade sechs Personen am runden Ausziehtisch unter dem Kirschbaum abspeiste. Karl registrierte, daß Vera ihn aus den Augenwinkeln beobachtete. »Wir sind einfache Leute«, hatte sie gesagt, als sie Arm in Arm vor der *vornehmen* Gartentür an der Kühnemannstraße gestanden hatten, der Straße, die postalisch zu Reinickendorf gehörte.

»Ich lieb' dich«, hatte Karl gesagt. »Zu deiner Beruhigung, meine besten Freunde in Malta waren Fischer oder Tischler, die barfuß gingen.«

Niemand war barfuß im Garten. Und im Gegensatz zu den vielen Maltesern war niemand Analphabet. Veras Bruder, nachdem er Karl ein Bier geöffnet hatte, las den Anwesenden aus einer kommunistischen Broschüre vor. Vater Binder protestierte heftig. Er rannte in die Laube und warf das *Manifest* auf den Tisch. »Ihr wollt B, ohne A erreicht zu haben. Steht alles hier drinnen! Lest mal lieber richtig, was Karl Marx schreibt: erst Sozialismus, dann Kommunismus!«

»Erst essen!« kommandierte Mutter Binder, und alle langten zu.

»Nehmen Sie es nicht ernst, Herr Karl, so geht es immer bei uns zu.«

Sie legte Karl zwei knusprig gebratene Plötzen auf den Teller, tat reichlich Salzkartoffeln hinzu. Über alles streute sie frischgehackte Gartenkräuter. »Aber Vorsicht, es sind viele Gräten drin!«

Der Fisch schmeckte köstlich. Wohl wahr, er war grätenreich, aber er erinnerte Karl an die kleinen *Lampukis*, die es im Winter in Malta gab. Dort grillte man sie. Die Plötzen hier hatte Mutter Binder in Bierteig getaucht und in der Pfanne goldbraun gebraten.

»Aus dem Tegeler See, Herr Karl.« Vater Binder hob die letzte Plötze aus der Pfanne. »Wer will noch?«

Vera sagte mit vollem Mund: »Gib sie dem Kleinen, er ist noch im Aufbau.«

Veras Bruder protestierte. Die Plötze landete auf Herrn Höhnes Teller. »Du hast erst drei gehabt, Theo!«

Karl hob die Bierflasche. »Auf die Köchin und die erfolgreichen Petrijünger!«

Sie stießen mit den Bierflaschen an.

»Wenn es Ihnen nichts ausmacht, nennen Sie mich doch bitte einfach Karl.«

»Hans.« Veras Bruder hob die Flasche. »Bloß, sag bitte nich Hänschen!«

»Siegfried«, sagte Vater Binder. »Siegfried August.« Er lüftete seine Schiebermütze.

Hans griente breit. »Auf den *August* ist er besonders stolz, aber alle sagen nur Siegfried.«

»August? – Wegen August Bebel?« Karl schaute Mutter Binder an. Die nickte ihrer Tochter zu. »Dein Karl hat'n helles Köpfchen.« Sie räumte die Teller ab. »Ich bin die Ottilie.«

»Hans würde lieber Joseph heißen«, sagte Vater Binder.

»Aber doch wohl nicht wegen dem Hinkefuß, oder, Hans?«

»Der eine ist braun und ein Verbrecher, der andere rot. Ich seh' da wenig Unterschied.« Vater Binder nahm einen Schluck aus der Flasche und wischte sich mit dem Handrücken über den Mund.

Hans protestierte lautstark. Mutter Binder kam aus der Laube zurück und brachte Biernachschub. Ihr Mann kreuzte die Arme vor der Brust und fing an zu lachen. »Bei dir ticken se wohl nich richtig: Der Thälmann ist 'ne Stalinmarionette, weiter nix!«

Mutter Binder verteilte das Bier. »Stör dich nich dran, Karl, bei uns geht's immer hoch her, wenn die beiden sich über Politik in die Wolle kriegen. Is aber nich so gemeint.«

Karls Tischnachbar gab ihm die Hand. »Höhne, mit Vornamen Theo. Kann dir bestätigen, was die Ottilie sagt. Meistens hacken sie gemeinsam auf mir rum, weil ick ein Zentrumsmann bin.«

Karl drückte die Hand. »Solange ich nicht mit einem Nazi Bruderschaft trinken muß, bin ich tolerant, Theo.«

Vera beobachtete alles aus der Ferne. Sie hatte sich einen Liegestuhl auf die Wiese gestellt und sonnte sich. Die Binders waren, was Obst und Gemüse, Eier und das gelegentliche Suppenhuhn anbetraf, autark. Den Weg zur Laube säumte eine Reihe Apfelbäume. Beerensträucher umrahmten die Gemüsebeete, und in einem abgezäunten Rasenstück neben dem Werkzeugschuppen gackerte das Hühnervolk.

»Gefällt es dir?« Vera drehte den Kopf und mußte blinzeln, als Karl sich neben sie ins Gras legte. Die Nachmittagssonne war noch stark. Es sah nach einem Bilderbuchsommer aus.

»Es ist ein bißchen wie Verreistsein. Soviel Grün überall. Nicht, was man sich sonst so unter Wedding vorstellt.« Er dachte an die Mietskasernen in der Ackerstraße mit den vielen engen Hinterhöfen, die nie einen Sonnenstrahl abbekamen. Fritzchen hatte ihm erzählt, daß seine Geschwister zum Spielen die Wahl zwischen einem Schrottplatz oder einem Kohlenhof hatten. »Ein bißchen ist es hier wie auf dem Lande.«

»Ist ja auch nicht Wedding«, sagte Vera und zeigte auf die Kühnemannstraßentür in der hohen Buchsbaumhecke, die das Grundstück umgab.

Hans setzte sich zu ihnen. »Vera hat erzählt, daß du nächste Woche Hilfe beim Umzug gebrauchen kannst? Meine Firma hat dichtgemacht, ich geh' wieder stempeln. – Bloß am Freitag geht es schlecht, da spricht Thälmann.«

»Das bedeutet, Brüderchen kriegt wieder mal die Hucke voll.«

»Quatsch! So'n paar blaue Flecken zählen nicht. Letzte Woche sind die Braunen ganz schön stiften gegangen, als wir aufkreuzten.«

»Erstunken und erlogen, Karl, glaub ihm kein Wort, in der Zeitung stand was anderes!« Sie streckte ihm die Zunge raus.

»Wahrscheinlich im *Angriff*!« Hans rupfte Grashalme aus und bewarf seine Schwester.

»Den lese ich nie, das weißt du genau. In der *Mottenpost* stand's. – Und laß den Rasen in Frieden.«

»Scheiß kapitalistische Presse, ist ja fast das gleiche!«

»Hansi redet wirr, Karl, hör weg!«

Veras Bruder buffte Karl in die Rippen. »Sie kommt ganz nach Mutter. Ist sie bei dir auch so herrschsüchtig?«

Vera richtete sich auf und griff nach dem Gartenschlauchende.

Hans suchte lachend hinter Karl Deckung. »Frieden, ich ergebe mich!«

»Hätt' ich dir auch geraten«, knurrte Vera.

»Karl? Vera hat mit gesagt, du machst Ju-Jutsu.«

»Ja.«

»Einmal mußten wir tatsächlich abhauen. Sie hatten alle Bleirohre dabei. Schau mal. Mußte genäht werden.« Hans streifte den Hemdsärmel hoch. »Kennst du einen Trick, was man da macht, wenn so ein SA-Schwein auf einen einprügelt?«

»Ich denke schon. Meistens zielt man ja auf den Kopf, und der Schlag kommt von oben oder von der Seite.«

»Richtig. Ein Genosse liegt seitdem im Krankenhaus. Schädelbruch. Sieht böse aus. Glaube kaum, daß er durchkommt.« Er trank die Bierflasche aus und packte sie am Hals. »Also, gesetzt den Fall, ich würde versuchen, dir mit der Pulle den Scheitel nachzuziehen, würde dir dazu was einfallen?«

»Klar!«

»Könntest du es mir vielleicht ... ?«

»Warum nicht?« Karl stand auf.

»Mensch, Hänschen, laß den Mist!« sagte Vera energisch.

Karl gab ihr einen Kuß. »Ist doch nur Spaß. Ich paß' schon auf.«

»Genau«, sagte Hans, »ich hau' auch nicht voll zu.«

»Doch«, sagte Karl, »das kannste. Ich provozier' dich auch richtig, damit du in Fahrt kommst.«

Karl nahm eine Linksvorwärtsstellung ein, hielt das vordere Bein gebeugt und das hintere durchgestreckt wie ein Fechter. Die Arme ließ er hängen. Hans näherte sich ihm wie ein Boxer, seine Rechte umklammerte den Flaschenhals.

Karl bot die linke Schläfe als Ziel an. »Na mach' schon, du fiese, rote Ratte!«

Hans sah, als was er beschimpft wurde: nämlich rot. Er hechtete vor. Karl machte einen Ausfallschritt. Seine linke Hand blockte den Schlagarm am Handgelenk. Die rechte Hand schoß nach vorne und griff in Hans' Kehle. Hans versuchte mit seiner freien Hand, Karls Würgegriff zu lösen. Darauf hatte Karl gewartet. Er drückte den Flaschenarm nach unten und hieb Hans mit einer großen Außensichel das Standbein weg. Hans wäre voll mit dem Hinterkopf aufgeschlagen, hätte Karl ihn nicht im letzten Moment am Handgelenk hochgerissen. So fiel er bloß auf die Seite. Blitzschnell ging Karl auf sein rechtes Knie. Er drehte den Flaschenarm und hebelte den Ellenbogen. Die Flasche rollte auf den Rasen.

»Hans?«

»Mensch, laß mich los!«

»Hans?«

»Wat is'n? Laß mich los, du Arsch!« Er verzog schmerzhaft das Gesicht.

Vera griente breit. »Wolltest ja nicht auf deine kluge Schwester hören, Kleener!«

»Er soll mich loslassen, verdammt noch mal!«

»Schau mich erst an!«

Hans drehte den Kopf. Karl lächelte. »Hans, das mit der roten Ratte war nicht ernst gemeint. Kapiert? Wirklich nicht. Ratten sind braun oder schwarz, aber nie rot. Gebont?«

Hans hustete und lächelte zurück. »Entschuldige den Arsch, Karl, war mir so rausgerutscht.«

Karl zog Hans hoch. Sie umarmten sich.

Vera schüttelte den Kopf. »Männer!«

»Mensch, Karl, dir trau' ich zu, daß du selbst mit zwei Leuten fertig wirst. Ich denke, ich schau mal bei euch zu.«

»Zwei Angreifer, das ist verdammt schwierig. Aber ich habe einen Freund, der auch mit vier Leuten fertig wird, wenn es hart auf hart kommen sollte. Dagegen bin ich ein Waisenknabe. – Da fällt mir ein, ich wollte noch Benno anrufen. Wo gibt es hier eine Telefonzelle?«

»Geh in die *Molle*. Das ist näher.« Vera streckte ihr Kinn Richtung Koloniestraße. »Gleich da, wo die Wohnhäuser anfangen. Erstes Haus. Sag, du kommst von uns.«

Karl klopfte ein paar Grashalme von seinem Hosenbein ab. »Benno ist der Mann, von dem ich eben geredet habe. Er unterrichtet, wenn unser Meister nicht kann.«

Hans rieb sich den Ellenbogen. »Ich würde gerne bei euch mitmachen. Frag ihn mal.«

»Das muß ich nicht. Bei uns kann jeder mitmachen.«

»Ein Brauner auch?«

»Da kann ich dich beruhigen, Hans, der hält es nicht lange mit uns aus.«

Karl blieb zwanzig Minuten weg. Er kam mit einem Arm voller Bierflaschen zurück. Der Nachschub wurde mit einstimmigem Hurra begrüßt. Hans saß wieder am Tisch und stritt mit Theo Höhne. Der ließ geduldig den Redeschwall über sich ergehen und zwinkerte Karl zu. Vera sonnte sich noch immer.

»Du auch ein Bier?«

»Nein, danke. Wir treffen uns morgen in aller Herrgottsfrühe und studieren eine ganz neue Nummer ein. Mit Rollschuhen. Rollschuhartisten sind jetzt überall gefragt. – Was wollte Benno von dir?«

Karl hockte sich im Schneidersitz neben den Liegestuhl. Vera hatte den Rock über den Oberschenkeln gerafft. Sie rupfte mit den Zehen eine Butterblume aus und kitzelte Karl damit.

›Mein Gott! Sie hat die schönsten Beine der Welt, wie ein – wie ein edles Rennpferd.‹ Er schmunzelte bei dem Vergleich, aber er war zutreffend.

Vera zog das Bein an und steckte sich die Blume ins Haar. Karl dachte daran, daß Vera heute nacht bei ihm schlafen würde.

»Ich meine zu ahnen, was dem Herrn gerade durch den Kopf geht.«

Karl legte sich behaglich auf den Rücken. »Das ist ja wohl nicht schwer zu erraten. So viel nackte Haut. Da kriegt man Appetit.«

»Tzzz, tzzz!« Vera zischelte vorwurfsvoll. »Wie einfach doch die Männer konstruiert sind: immer bloß das eine. Da sind wir Frauen gaaanz anders.«

»Jetzt flunkerst du aber gehörig!«

Vera beugte sich zu Karl hinunter und gab ihm einen Kuß auf die Stirn. »Stimmt! Ich will aber trotzdem wissen, was Benno gesagt hat.«

Karl grunzte wohlig und kreuzte die Arme unter dem Kopf. »Ich glaube, ich hab' Kassner endlich am Arsch. Er hat dem *Oriental* zehn Kisten Champagner zum Vorzugspreis versprochen. Angeblich ein Direktimport über seinen Vater.« Er hustete trocken. »Dabei gibt es das Geschäft in Schwerin schon seit Jahren nicht mehr! – Na, egal! – Er will jedenfalls noch diese Woche liefern, vermutlich weil im *Adlon* Hochbetrieb wegen der Wahlvorbereitung herrscht und alles noch ein bißchen unübersichtlicher ist als sonst. Von Papen hält täglich Hof, Schleicher wuselt auch andauernd mit seiner Gefolgschaft herum. Gestern kam Göring mit seiner Leibgarde reingeschneit. Alle in SS-Uniform. Die Nazis residieren natürlich wieder im *Kaiserhof*.« Mit Bitterkeit dachte er daran, daß Schleicher und von Papen das Uniformverbot wieder aufgehoben hatten, um Hitlers Tolerierung zu erkaufen. »Kassner hat neulich verlauten lassen, daß die Zeit nicht mehr fern sei, wo die Pagen im schmucken HJ-Aufzug ihren Dienst versehen würden.«

Vera machte eine abfällige Handbewegung. »Das wird man ja sehen!« Sie riß einen Grashalm aus und kitzelte Karl. »Karl?«

»Ja?«

»Du hast mir erzählt, in letzter Zeit würden die Abrechnungen vom Keller und Weinladen übereinstimmen.«

»Das ist richtig. Es hat nichts mehr gefehlt. Der Kellermeister hält auch ein scharfes Auge auf Fretzel. Aber irgendwie wird der die Sache schon für Kassner zu drehen versuchen. Kassner braucht nämlich Geld. Er hat sich ein Auto zugelegt, und da werden die Spesen, die er aus der Parteikasse bekommt, kaum ausreichen.«

»Arm scheinen die Nazihäuptlinge nicht gerade zu sein. Im *Oriental* fallen sie gleich pulkweise ein. Und der Laden ist ja nicht gerade billig.«

»Ein dezentes Couvert hier, ein Blankoscheck da. Hajo hat mich aufgeklärt. Die NSDAP sammelt sogar im Ausland. Holtsen ist nicht knickerig, und er ist nur einer von vielen, der sie unterstützt.«

»Dieser fiese Fettkloß! Sitzt fast jeden Abend direkt vor der Bühne und glubscht mich mit feuchten Augen an.«

»Holtsen? – Nee, Vera, nee!« Karl lachte. »Vor dem bist du sicher. Der geiert bloß schon auf die Nummer nach euch. Auf euren ägyptischen Jongleur in dem hautengen Trikot. Nee, Holtsen, der steht auf Herrenärsche. Weiß ich noch von Erwin. Er hatte ihn einmal in einem Schwulenpuff am Alex beobachtet.«

»Na, trotzdem: Dankeschön! Neulich haben sich Kassner und Randhuber vollaufen lassen. Benno mußte beide zum Taxi schleifen.«

»Wie verhält sich eigentlich Kassner dir gegenüber? Ich meine, er weiß doch, daß wir uns kennen.«

»Ich sehe ihn bloß von der Bühne aus.« Sie verzog das Gesicht, als hätte sie in eine Zitrone gebissen. »Als er neulich im Gefolge von Goebbels auftauchte, hat Goebbels uns durch den Chef bestellen lassen, daß er unsere Show umwerfend fand. Brrr! – Wenn der Hinkefuß uns gut findet, wird Kassner sich vermutlich nicht aus dem Fenster lehnen wollen.« Sie steckte sich den Grashalm zwischen die Lippen und nuschelte: »Sagst du Louis Adlon, daß da was im Busch ist?«

»Ob ich was?«

Vera spuckte den Grashalm aus und wiederholte ihre Frage.

»Ach so! Ob ich ... Klar! Ich habe ihn gleich angerufen, nachdem ich mit Benno gesprochen hatte. L. A. informiert in diesem Augenblick den Kellermeister.«

»Kannst du dem trauen?«

»Obier kann Kassner nicht riechen.«

»Na, hoffenlich schnappt ihr ihn dieses Mal.«

»Verdient hätte es das Schwein, bei Gott!« Karl starrte in den Himmel. »Weißt du, manchmal denke ich, daß er es war, der die Schläger auf Erwin gehetzt hat.«

Vera gab ihm einen Rippenstoß. »Laß uns von was anderem reden, Karl, sonst werde ich traurig.«

Karl streichelte ihr Haar. »Hast recht. Erzähl mir, was für eine neue Nummer ihr plant. – Kannst du überhaupt Rollschuh laufen?«

Das Abendbrot war formlos. Jeder bediente sich nach Gusto. Auf dem Tisch standen ein Teller mit Wurstbroten und eine Schale Radieschen, dazu gab es Malzkaffee. Mutter Binder stopfte Strümpfe, ihr Mann und Theo Höhne spielten Dame. Hans hielt ein Nickerchen im Liegestuhl. »Zuviel Bier«, konstatierte Mutter Binder trocken. Vera und Karl machten den Abwasch. »Für unterwegs«, sagte Mutter Binder und gab ihnen ein Stullenpaket und ein Glas Eingemachtes mit. Birnenkompott.

26. Kapitel
Schach und Patt

In den Tagen unmittelbar vor der Reichstagswahl ging es in der großen Halle des *Adlon* wie in einem Bienenstock zu. Journalisten aller Herren Länder waren angereist. Viele wohnten im *Adlon*. Bis auf die Führer der linken Parteien tauchte fast jedes bekannte Gesicht aus Politik und Wirtschaft auf, und sei es für Minuten. Bernardo Mattezze, der Berlinkorrespondent verschiedener faschistischer Zeitungen, folgte Heinrich Himmler wie ein Hündchen. Der Reichsführer SS trug ausnahmsweise Zivil und sah aus wie ein humorloser Oberlehrer. In der Bar tranken Göring und Holtsen Sekt, Randhuber assistierte tüchtig. Baron de Neva und der italienische Botschafter tuschelten im Goethe-Garten. Schleicher war von einer Gruppe hoher Reichswehroffiziere umringt. Von Papen wurde ans Telefon gebeten. Karl sah Ernst Udet und Hajo im Gespräch mit Görings Privatsekretär.

»It is going rough!« Einer der amerikanischen Reporter, der Dauergast im Haus war, schürzte die Lippen.

»It definitely is!« Karl entdeckte endlich Louis Adlon. »Excuse me, I think, I have spotted my boss!«

»Go ahead, Mister Charles. But how about a drink at the bar one of these days?«

»Anytime you wish. But as for the moment ...«

»Go ahead man, we all have to earn our bread.«

Karl bahnte sich höflich aber entschieden seinen Weg durch eine Gruppe diskutierender Ministergattinnen und stellte sich neben den Generaldirektor, der gerade dabei war, sich von Hindenburgs Adjutanten zu verabschieden. Die letzten Tage waren ausgesprochen heiß in Berlin gewesen, nicht bloß politisch. Der Sommer versprach, ein Rekordsommer zu werden. Dem Direktor standen winzige Schweißperlen auf der Stirn. Äußerlich war er die Ruhe selbst. Nur seine Wangenmuskeln flackerten unaufhörlich; für Karl ein untrügliches Zeichen, daß Louis Adlon enorm angespannt war.

Als der Adjutant gegangen war, betupfte sich L. A. mit einem Taschentuch die Stirn. »Lassen Sie uns für einen Augenblick in mein Büro gehen, Meunier.«

Der Generaldirektor ließ sich in den Schreibtischsessel fallen. »Ich habe Fretzel heute morgen fristlos gekündigt. Er hat striktes Hausverbot. Er hat dem Spediteur den Champagner quittiert, aber die Lieferung nicht überprüft. Es fehlten zehn Kisten.«

»Und Kassner?«

»Er ist wieder mal aus dem Schneider. Fretzel hat alle Schuld auf sich genommen.«

»Das kann doch nicht möglich sein! *Kassner* hat im *Oriental* die Ladung angeboten!«

»Das zu beweisen wird schwerfallen, mein Lieber. Tatsache ist, die Lieferung hat das Haus nie erreicht. – Aber bezahlt habe ich sie!«

»Wer war der Spediteur?«

»Der übliche, *Harms und Söhne*.«

Karl ballte die Fäuste. »Ich krieg' das raus, Herr Generaldirektor!«

Louis Adlon schaute Karl ernst an. »Meinen Segen haben Sie. Aber seien Sie vorsichtig. Kassner hat ...«

»*Kassner hat einflußreiche Freunde*. Pardon, Herr Generaldirektor, daß ich Ihnen ins Wort falle, aber ich kann diesen Satz, mit Verlaub, nicht mehr hören. Kassner ist ein ... ein ...«

»Sprechen sie es ruhig aus, Meunier, er ist ein mieser, krimineller Emporkömmling. Ein Geschäftsfreund hatte ihn mir empfohlen. Es war ein Kardinalfehler, ihn ins Haus zu nehmen. Ich weiß. Trotzdem rate ich Ihnen, umsichtig vorzugehen. Seine Freunde sind dafür bekannt, daß sie ihre Ziele höchst skrupellos verfolgen.«

Karl nickte bedächtig. »Ich hätte dennoch eine Idee ...«

27. Kapitel
Karl versprüht seinen Charme an ein älteres Fräulein

Obier hatte sie Karl genau beschrieben: »Viel Vergnügen, mein Lieber, det is 'ne harte Nuß!«

Luise Schwandt war die Seele von *Harms und Söhne*. Karl wartete, bis die anderen Bürofräulein zu Tisch gegangen waren, dann klopfte er an. *Speditionsbüro*. Eine Schreibmaschine tackerte, verstummte. »Bitte!« Die Schreibmaschine ratterte weiter. Karl räusperte sich. Endlich geruhte die spindeldürre Gestalt mit den zentimeterdicken Brillengläsern den Eindringling zu beachten. Fräulein Schwandt trug einen Dutt. Wenn Fräulein Schwandt nicht die Tasten bearbeitete, las sie theosophische Bücher. Ein Werk von Madame Blavatzky lag neben der Maschine. Ihr Kleid hätte einen bußfertigen Flagellanten entzückt. Aschgrau. Neben dem Buch stand eine Untertasse, darauf lag eine angeknabberte Möhre. »Ja bitte, Sie wünschen?«

Karl setzte sein gewinnendstes Lächeln auf. »Fräulein Schwandt?«

Fräulein Schwandt nickte hoheitsvoll und skeptisch.

»Ach so! – Natürlich! – Wie unhöflich von mir.« Er faltete die Hände. »Meunier, Karl. Ich bin der Sekretär von Herrn Adlon.«

Die Nennung des Namens *Adlon* wirkte Wunder. Fräulein Schwandt entblößte zwei Biberzähne. »Oh, das hätten Sie doch gleich sagen können. Darf ich Ihnen einen Kaffee anbieten, oder einen ... Cognac?«

»Äh ...«

Sie erhob sich.

›Haut und Knochen‹, dachte Karl, ›kein Wunder bei diesem üppigen Mittagsmahl.‹ Auch er entblößte die Zähne, sagte schüchtern:

»Ich muß gestehen«, Karl wrang die Hände, »ich bin Abstinenzler!«

Fräulein Schwandts Augen funkelten freudig hinter der Froschbrille. »Ich hätte auch ein Glas Löwenzahntee.«

Karl strahlte sie begeistert an. »Falls Ihnen das nicht zuviele Umstände bereiten würde, liebend gern!«

»Aber keineswegs.« Sie zog eine Rollschublade auf, stellte ein Teeglas und eine Thermosflasche auf den Tisch und goß ein. »Mögen Sie mit Zucker?«

»Gott bewahre«, sagte Karl entrüstet. »Zucker ist schädlicher als Alkohol für die Shakras.«

Fräulein Schwandt hob den entrüsteten Zeigefinger. »Schlimmer als Opium!« Sie trug einen Büroschemel heran. »Was kann ich für Sie tun?«

Karl nahm ein Schlückchen. »Einfach köstlich!« Er stellte das Glas ab. »Äh … im Vertrauen gesagt, Herr Adlon hat ein kleines Problem.«

Fräulein Schwandt riß entsetzt die Augen auf. »Um Himmels willen doch nicht etwa mit *Harms und Söhne*?«

Karl warf pathetisch die Arme hoch. »Aber nein! Wir würden uns überglücklich schätzen, wenn alle Firmen, mit denen wir zu tun haben, derart korrekt wären wie *Harms und Söhne*.« Karl beugte sich vor. Er flüsterte: »Eine Buchhalterin hat einen Beleg verschlampt. Sie kennen diese jungen Dinger. Haben nur ihre Niggermusik im Kopf und lackieren sich die Fingernägel aufs Scheußlichste.«

Fräulein Schwandt nickte entrüstet. »Oh ja, ich weiß.« Liebevoll strich sie über die Tasten der Schreibmaschine. »Arbeit kann wie Meditation sein, aber davon will das junge Gemüse heutzutage nichts hören.«

»Die japanischen Zen-Mönche sind mein persönliches Vorbild«, sagte Karl. »Arbeit *ist* Meditation, aber das erzählen Sie mal so einer herausgeputzten Trine! – Also, Herr Adlon hat demnächst eine Steuerprüfung im Weingeschäft. Und Herr Kassner, der einen Ersatzbeleg ausstellen könnte, weilt gerade im Urlaub. Es geht um die zehn Kisten, die ins *Oriental* geliefert wurden, so um den zwanzigsten.«

»Ah, ich erinnere mich. Herr Kassner war neulich selbst hier und hat noch den Lieferweg abgeändert. – Moment, bitte!« Sie blätterte in einem Aktenordner. »Da ist es schon! Zehn Kisten *Veuve Cliquot*. Sie sollten am 23. Juli von hier direkt ans *Oriental* ausgeliefert werden. Ist doch richtig?«

»Vollkommen, Verehrteste, vollkommen!«

Sie nahm den Zettel aus dem Ordner und gab ihn Karl. Karl

mußte sich beherrschen, um nicht vor Freude an die Decke zu hüpfen. Kassner hatte die unsagbare Dummheit begangen, mit seinem richtigen Namen zu zeichnen, wie stets mit grüner Tinte.

»Sagen Sie, könnte ich diesen Zettel bekommen? Es würde Herrn Adlon viele Unannehmlichkeiten ersparen helfen.«

»Das läßt sich ohne weiteres machen. Sie müßten mir bloß, quasi im Gegenzug, freundlicherweise einen neuen Umlieferungsauftrag erteilen. Ich werde ihn einfach zurückdatieren.«

»Selbstverständlich.« Karl unterschrieb mit *Fretzel.*

Fraülein Schwandt hatte etwas auf dem Herzen. Verschwörerisch zauberte sie eine kleinformatige Broschüre auf den Schreibtisch. »Das sollten Sie unbedingt lesen: *Runenyoga und Vegetarismus, Wege zur geistigen Macht*!« Sie saß kerzengrade hinter der Schreibmaschine. »Der Führer ist auch Vegetarier!«

Karl ergriff schleunigst die Flucht.

*

»Herein!« Louis Adlon stand am offenen Fenster und schaute auf die Linden. Der Generaldirektor wirkte übermüdet.

Karl schwenkte seine Trophäe. »Jetzt haben wir ihn!«

Louis Adlon drehte sich um und streckte die Hand aus. Er ließ sich in den Schreibtischsessel fallen. Karl sah ihn erwartungsvoll an. L. A. las und biß die Zähne zusammen. Er erhob sich und trat wieder zwischen die Fensterflügel. Ein Lufthauch blähte die Gardinen. Louis Adlon sagte mit leiser Stimme: »Vortreffliche Arbeit, Meunier! Kompliment!«

Irritiert sagte Karl: »Das müßte doch für eine fristlose Entlassung ausreichen ... Ich verstehe ehrlich gesagt nicht ...«

»Nochmals, Meunier. Sie haben Ihre Sache vortrefflich gemacht, ohne Abstriche!« Er schloß das Fenster und trat auf Karl zu. Fast berührten sich ihre Schuhspitzen. Mit versteinertem Gesicht sagte er: »Kassner wird in den nächsten Wochen für die italienische Botschaft tätig sein. Hindenburgs Sohn hat sich persönlich für diesen Ganoven eingesetzt. Er hat wohl einen Tip von Goebbels bekommen. Kassner soll Delegationen aus Mussolinis unmittelbarer Umgebung durch Berlin führen. – Sie ahnen, was das bedeutet? Ahnen Sie es, Meunier?«

Karl ballte die Fäuste und nickte. »Ich kann es mir ausmalen, Herr Generaldirektor.«

»Danke«, sagte L. A. »Danke!« Er öffnete den Wandtresor. »Seine Dreistigkeit wird ihn irgendwann einmal zu Fall bringen.« Der Tresor schloß mit einem hellen Klick. »Und dann, Meunier, könnte dieses Blatt Papier vielleicht der Stolperstein gewesen sein.«

»Es wäre zu wünschen, Herr Generaldirektor«, sagte Karl leise, aber es klang nicht sehr überzeugend.

Nach den Wahlen vom 31. Juli 1932 stellte die NSDAP die größte Fraktion im Deutschen Reichstag. Karl betrank sich mit Benno, bis er nicht mehr denken konnte.

TEIL II

Die Schatten werden länger

1. Kapitel
Fackelzug

Karl wartete, bis sich Randhuber von Louis Adlon verabschiedet und mit seinen SS-Begleitern in Richtung auf das Berliner Verwaltungsgebäude der IG-Farben entfernt hatte. Zurück blieb eine glimmende Zigarettenkippe.

Der Generaldirektor stand neben dem Brunnen auf der Hotelseite des Pariser Platzes. Vor dem Eingang der Akademie der Künste verteilten SA-Leute Flugblätter, eine HJ-Kolonne klebte Plakate.

Karl schlängelte sich durch die Taxis, die in Doppelreihe vor dem *Adlon*-Café parkten. Kundschaft für die Droschkenkutscher gab es reichlich. Der Rundfunk hatte in den Mittagsnachrichten die Meldung verbreitet, daß Hindenburg Hitler zum Reichskanzler ernannt hatte. Binnen Minutenfrist war das Hotel ausgebucht gewesen: Die neue Regierung hatte für den Abend einen monumentalen Fackelzug der Massenorganisationen angekündigt, und ein Zimmer im *Adlon* bot einen Logenplatz par excellence.

Die SA-Uniformierten traten in Reih und Glied an, schmetterten ein markiges *Siegheil* und zogen zum Taxistand weiter. Eine Droschke scherte aus und fuhr scheppernd davon, als die Flugblattverteiler Handzettel unter die Scheibenwischer klemmten. Die SA-Leute brüllten dem Wagen Verwünschungen hinterher. Der Fahrer kurbelte das Fenster hinunter und zeigte eine geballte Faust. Die SA-Leute begannen, dem Taxi nachzurennen. Der Wagen wurde schneller und stieß fette Abgaswolken aus. Hustend kapitulierten die Braunhemden.

Louis Adlon tippte Randhubers Kippe mit der Schuhspitze an. »Was meinen Sie, Meunier? War das eben ein Bewunderer unseres neuen Reichskanzlers?«

»Zufällig kenne ich den Fahrer, Herr Generaldirektor. Er wird nachher bestimmt nicht am Straßenrand stehen und Armstreckübungen machen.«

»Seien Sie unbesorgt, es kommen trotzdem genug. Halb Berlin wird auf den Beinen sein. – Geht das eigentlich mit dem Polizeischutz in Ordnung? Bin wirklich nicht darauf erpicht, daß man uns womöglich vor Begeisterung die Scheiben eindrückt!«

»Ja. Telefonisch zugesichert hat man es uns bereits vom Präsidium am Alex.

Eine ganze Hundertschaft sperrt den Gehweg unmittelbar vor dem Hotel. Ab sechs wird dann niemand mehr reingelassen. Die Marschierer sollen sich schon jetzt im Tiergarten sammeln. Um acht Uhr geht es offiziell los: Brandenburger Tor, Linden, Reichskanzlei.«

»Und wie lange wird das Theater dauern?«

»Man rechnet bis Mitternacht.«

Louis Adlon nickte stumm und deutete nach oben. Faß-Rüdiger, Rüdiger Schöffler aus dem Heizungskeller, und zwei weitere Hausarbeiter befestigten an den Balkongittern im vierten Stock bettuchgroße Hakenkreuzfahnen.

Karl stellte sich neben L. A. und schlug den Mantelkragen hoch. »Wenigstens wird man die Lappen in der Dunkelheit nicht sehen.«

»Wenigstens habe ich sie nicht bezahlen müssen«, knurrte Louis Adlon und schob Randhubers Kippe mit der Schuhspitze in einen Gulli. »Die Flaggen sind eine edle Spende vom NSDAP-Wirtschaftsamt, Meunier, damit sich die Herren Direktoren aus der Industrie im *Adlon* so richtig wohlfühlen und auf die neuen Zeiten eingestimmt werden. Herr Randhuber hat sogar an Swastikawimpel für die Schreibtische in den Arbeitszimmern gedacht.«

»Ich hatte das Vergnügen, Kassner zu beobachten, wie er sich einen Wimpel für die Rezeption erbat.«

»So, hat er das?« sagte Louis Adlon mürrisch.

Vor dem Hotel hielt eine schwarze Horch-Limousine der Reichswehr. Karl erkannte seinen Freund Hajo. »Herr Udet und die wichtigsten Leute aus den oberen Etagen der Lufthansa werden auch erwartet.«

»Ich weiß. Direktor Holtsen gibt ein Essen für sie in der Prominentensuite.«

Eine Windbö fegte über den Platz, wirbelte Papierfetzen auf und riß eine Fahne vom Balkongitter. Karl und Louis Adlon hielten die Hüte fest.

»Abwärts!« sagte Karl.

Die Fahne segelte vor ein anfahrendes Taxi und wurde durch eine Pfütze geschleift. Ein Polizist stoppte die Droschke. Ein SA-Mann sprang hinzu, wrang den Stoff aus. Der Polizist schaute nach oben und sagte etwas zu ihm. Der SA-Mann verschwand im *Adlon*.

Karl räusperte sich. »Da wäre noch etwas, Herr Generaldirektor. Zwei Zivile haben sich vorhin die Personalliste vorlegen lassen. Sie wollten mit Oskar Schneider sprechen. Kassner hat sie wie gute, alte Bekannte begrüßt.«

»Das überrascht mich nicht. – Kriminalpolizei?«

»Dafür sahen sie mir zu intelligent aus. Ich tippe eher auf einen der Dienste. Es waren ein Mann und eine Frau. Bei der Kripo arbeiten meines Wissens keine Frauen. – Ist was mit Oskar, daß man sich derart um ihn kümmert?«

Louis Adlon schnippte einen welken Grashalm von seinem Mantelärmel. »Ihr Kollege Schneider hat mich vor einigen Tagen um die vorzeitige Auflösung seines Arbeitsverhältnisses gebeten. Ich habe eingewilligt.«

Karl runzelte die Stirn. »Er hat gekündigt? Seine Frau erwartet doch bald ein Baby, und umgezogen sind sie auch gerade erst.«

»Sie ist Jüdin, Meunier, das mag einiges erklären. Wie dem auch sei, die Schneiders sind jedenfalls gestern in die Schweiz geflogen. Man hat ihm – und ich habe keine Veranlassung, es nicht zu glauben – eine gute Stellung in Basel angeboten. Und vergessen Sie nicht, Schneiders Bruder war bis vor kurzem ein hohes Tier im preußischen Innenministerium.«

»Und deswegen bemühen sich die Geheimen um ihn? Na, Prost Mahlzeit, wenn das so weitergeht!«

Louis Adlon und Karl schlenderten zum Hotel.

»Wirklich schade, daß er weg ist«, sagte Karl. »Er war ein tüchtiger Mann.«

»Ich denke, Herr Schneider hat klug gehandelt.« Louis Adlon zog einen Briefumschlag aus der Manteltasche. »Das kam mit der Frühpost für Sie.«

»Danke.« Karl warf einen Blick auf den Absender und dann auf den Stempel: Oskar Schneider. Der Brief war in Tempelhof am Flugplatz aufgegeben worden.

»Wir brauchen dringend Ersatz für ihn.« Louis Adlon strich sich über den Oberlippenbart. »Kassner hat mir natürlich gleich jemanden empfohlen, als er von Schneiders Kündigung Wind gekriegt hat.«

Karl schnalzte mit der Zunge. »Das kann ich mir lebhaft vorstellen.«

»Ich habe ihm zu verstehen gegeben, daß die Stelle bereits besetzt sei.«

»Dürfte ich fragen, wer ... ?«

Louis Adlon schmunzelte. »Wer? – Mit Sicherheit niemand aus Kassners Seilschaft. Die Stelle ist natürlich noch frei. Kümmern Sie sich bitte darum, daß wir einen würdigen Ersatz für Herrn Schneider finden.«

»Geben Sie mir ein paar Tage, Herr Generaldirektor.«

»Nehmen Sie sich alle Zeit, die sie benötigen. Der Mann muß lupenrein sein. *Einer* vom Schlage Kassners reicht mir im *Adlon*.«

»Ich wünschte, es wäre bloß einer«, murmelte Karl, »Kassner will eine Parteizelle bei uns gründen. Auf der Liste, die rumgeht, steht nicht nur er.«

Louis Adlon vergrub die Hände in die Manteltaschen. »Wer alles noch?«

Karl nannte die Namen. Der Generaldirektor schnaubte verächtlich, als er hörte, daß sich auch Faß-Rüdiger in die Liste eingetragen hatte. »Ausgerechnet der! Der hätte doch früher am liebsten die ganze Fassade mit roten Fahnen drapiert und eine Lenin-Büste in der Halle aufgestellt. – Na egal! Da haben sie immerhin einen, der zu ihnen paßt: einen Muskelberg mit Spatzenhirn.«

Fritzchen rannte ihnen entgegen. »Herr Generaldirektor, Herr Meunier! Die Polizei will mit Ihnen sprechen, wejen der Absperrungen!«

»Erledigen Sie das mal, Meunier. Ich muß gleich in die Friedrichstraße zum Schneider.«

»Selbstverständlich, Herr Generaldirektor. – Fritzchen, sag, ich komme sofort!«

»Sehr wohl!« Der Page rannte zum Hotel zurück.

Karl steckte Schneiders Brief in die Manteltasche. Er lüftete den Hut und eilte dem Pagen hinterher.

In der Hotelhalle ging es zu wie in einem Taubenschlag. Eine Menschentraube belagerte den Rezeptionstresen. Pausenlos trafen neue Gäste ein. Kassner geleitete persönlich einen stiernackigen NSDAP-Reichstagsabgeordneten katzbuckelnd zum Fahrstuhl.

Fritzchen, gefolgt von einem jungen Polizeileutnant, schlängelte sich durch den Pulk der amerikanischen Journalisten, die mit ihren britischen Kollegen die Ereignisse des Tages besprachen. Der Polizeioffizier ließ sich überall im Erdgeschoß von Karl umherführen und begutachtete auch die Außenfassade sowie den Eingang in der Wilhelmstraße. Während des Rundgangs machte er sich eifrig Notizen. Für die Sicherheit innerhalb des Hotels war ebenfalls gesorgt: ein Dutzend Kripoleute in dunklen Konfektionsanzügen hatte sich unter die Hotelgäste gemischt.

Der Polizeileutnant flüsterte: »Sie können unsere Leute ganz leicht erkennen, alle tragen die gleiche Krawatte.«

»Ich hätte sie auch so identifiziert«, sagte Karl.

Der Polizist schaute ihn irritiert an.

»Die Schuhe«, sagte Karl. »Sie tragen Dienstschuhe, die passen selbst zu diesen, äh, einfachen Anzügen nicht so recht.«

Das Paar, das vorhin nach Schneider gefragt hatte, saß auf einem Sofa und las Zeitung. Die Frau mochte Mitte zwanzig sein und blätterte in der *Times*, der Mann erschien Karl nur geringfügig älter. Er studierte den Leitartikel im *Völkischen Beobachter*.

»Sind die von Ihnen?«

Der Leutnant schüttelte den Kopf. »Nee, nee, die sind von einem anderen Verein.«

Kassner näherte sich dem Paar beflissen und beugte sich zu dem Mann hinunter, flüsterte in dessen Ohr. Der Mann nickte, schrieb etwas auf einen Zettel und gab ihn der Frau. Sie erhob sich, faltete die *Times* und legte sie auf einen Beistelltisch. Dann strich sie ihren Kostümrock glatt. Das Kostüm war keine Billigware. Ihr Begleiter trug einen gedeckten Zweireiher, der auch nicht von der Stange war.

Die Frau ging mit Kassner zur Rezeption. Er reichte ihr mit seinem gewinnendsten Lächeln den Telefonapparat.

Karl taxierte die Frau. Sie hatte sich lässig an den Tresen gelehnt und zeigte viel Bein. Das kastanienrote Haar trug sie lang und offen, wie die Sekretärinnen von der Englischen Botschaft.

Sie spach aufgeregt in den Hörer, dann winkte sie ihrem Begleiter. Er erhob sich augenblicklich, warf den *Völkischen Beobachter* achtlos auf einen Beistelltisch. Sogleich tauchte ein Hallenpage auf und räumte die Zeitungen weg.

Hedda Adlon, bereits in Abendgarderobe, betrat walkürenhaft die Halle. Eine Gruppe befrackter IG-Farben-Direktoren schob sich zwischen Karl und die Rezeption und umringte die Frau Generaldirektor.

Schwer legte sich eine Hand von hinten auf Karls Schulter. »Es ist gut zu wissen, daß an einem solchen Tag Ihre Augen im Dienste des Hauses wachsam sind.«

Karl drehte sich zu Holtsen um.

»Jetzt eine handliche Sprengbombe gezündet – sagen wir von einem Anarchisten –, und die deutsche Industrie wäre eines Großteils ihrer potentesten Wirtschaftsführer beraubt.« Holtsen ließ seinen Blick durch die Halle schweifen. Zwei Herren mit knarrenden Schuhsohlen schlenderten zur Drehtür. »Aber wie ich sehe, haben Sie ja für heute ausnahmsweise staatliche Verstärkung bekommen, damit hier nichts aus dem Ruder läuft.«

»Kompliment, Kompliment, Sie sind wirklich ein sehr aufmerksamer Beobachter!« Karl machte eine knappe Verbeugung vor dem Dicken.

»Danke, mein lieber Meunier!« Holtsen überragte die meisten Leute in der Halle. Beinahe andächtig blickte er in die Runde, dann tippte er Karl mit dem Zeigefinger gegen die Brust. »Sie wissen, daß ich Ihr Haus seit Jahren regelmäßig frequentiere, aber ich muß Ihnen gestehen, daß ich selten so viele fremde Gesichter auf einem Haufen gesehen habe. – Obgleich ich den einen oder anderen natürlich noch von früher her ...«

Polizeivizepräsident Bernhard Weiß war alles andere als ein unbekanntes Gesicht. In Begleitung des chinesischen Botschafters verließ er hastig die Lobby.

Holtsen flüsterte: »Ein Mann mit wenig Zukunft in dieser Stadt, falls ich mich nicht ganz gewaltig täusche.«

»Das ist wohl anzunehmen«, sagte Karl.

»Nun, dann will ich mich mal für das Essen nachher in Gala werfen«, sagte Holtsen leutselig. »Und, nicht säumig werden, Meunier.« Er hob Aufmerksamkeit erheischend den knubbligen Zeigefinger.

»Ja?« sagte Karl.

»Anarchisten«, sagte Holtsen. »Achten Sie auf potentielle Bombenleger und Brandstifter!« Holtsen hatte Louis Adlon an der Drehtür erspäht und schob sich wie ein Eisbrecher durch die Menschenmassen in der Lobby.

Hedda Adlon und die IG-Farben-Oberen begaben sich zum Fahrstuhl. Karl sah, wie Kassner auf die Drehtür zeigte. Die Rothaarige legte den Telefonhörer aus der Hand und stellte sich auf die Zehenspitzen. Ihr Begleiter tuschelte mit Kassner. Der nickte, griff nach dem Hausapparat. Sekunden später sah man Fritzchen durch die Halle zum Eingang spurten, aber er kam nicht weit. Die Lufthansaführung und Ernst Udet waren eingetroffen. Fritzchen mußte warten, bis Louis Adlon an der Drehtür seine Honneurs zelebriert hatte, dann stürmte er nach draußen, um, was immer Kassner ihm aufgetragen hatte, auszuführen.

Kassner folgte ihm so schnell er konnte.

Vor der Drehtür hielt ihn ein Mann an. Er war ähnlich elegant gekleidet wie der Begleiter der Rothaarigen und hatte eine dunkelgrüne, henkellose Wildlederaktentasche unter den Arm geklemmt. Gestenreich wurde ihm von Kassner bedeutet, sich zur Rezeption zu begeben. Die Rothaarige und ihr Begleiter stürzten sich förmlich auf ihn, als er die Aktentasche auf den Rezeptionstresen legte. Köpfe wurden zusammengesteckt, dann begaben sich die drei zum Ausgang Wilhelmstraße. Die Rothaarige trug jetzt die Aktentasche. Karl heftete sich unauffällig an ihre Fersen. Vor der Weinhandlung wartete ein großer Mercedes auf das Trio.

Punkt zwanzig Uhr begann der Fackelzug. Ein flackernder Feuerstrom nahm Besitz von der Stadt. Zwischen den uniformierten Kolonnen marschierten Musikkapellen und spielten zackige Militärmusik. Karl stand mit anderen Hotelbediensteten hinter der Polizeikette, die das dichte Spalier der begeisterten Zuschauer vom *Adlon* fernhielt. Marschblock um Marschblock zog unter dumpfem Trommelwirbel und im Gleichschritt durch das Brandenburger Tor. Vor der französischen Botschaft brachen die Kapellen jedesmal die Marschmusik ab und intonierten die Melodie des Liedes *Siegreich wollen wir Frankreich schlagen.* Und jedesmal war ihnen tosender Applaus der Schaulustigen gewiß. Von den *Adlon*-Bediensteten schrie sich nicht nur Kassner heiser. Angewidert ging Karl ins Hotel zurück.

Erst nach Mitternacht fand Karl Zeit zu einer Zigarettenpause. Überall im Haus war man noch am Feiern. Er bat Fritzchen, ihm eine Tasse Tee ins Kurierzimmer zu bringen. »Was hat denn Herr Kassner heute nachmittag von dir gewollt, daß du fast Herrn Udet über den Haufen gerannt hast?«

»Ach, ick sollte die Nummer vom Auto det Chinamanns aufschreiben, aber als ick denn endlich draußen war, hab' ick ihn nich mehr jesehen im Jewimmel. – Und hab' natürlich prompt 'nen satten Anranzer jekricht.«

Eine gelbe Lampe leuchtete auf, es war das Signal, daß ein Page im Schreibsaal benötigt wurde. Fritzchen stellte den Tee ab und lief zum Treppenschacht.

Karl suchte sich eine ruhige Ecke hinter den Garderobeschränken und zündete sich eine Zigarette an. Mit dem Teelöffel schlitzte er Oskars Brief auf.

Lieber Karl,
ich hatte eigentlich schon länger vor, mit Dir zu reden, aber bedingt durch unsere plötzliche Abreise und die damit verbundenen Scherereien war mir das leider unmöglich. Daß Du und L.A. Kassner seit geraumer Zeit im Visier habt, ist mir natürlich nicht entgangen. Karl, es gibt da etwas, was Du unbedingt wissen solltest: Am Tag vor Erwins Ermordung soll Kassner in der Buchhaltung gewesen sein und sich bei Fräulein Schulte unter einem windigen Vorwand nach einigen Mitarbeiteradressen erkundigt haben, darunter nach der von Erwin!

Wenn Dich diese Zeilen erreichen, sind wir bereits außer Landes. Ein unverhofftes Arbeitsangebot von einem großen Baseler Haus war einfach zu verlockend, um es auszuschlagen, zumal Esther und mir die augenblickliche politische Entwicklung in Deutschland nicht gerade behagt – und Kassner sich neulich auch meine Anschrift besorgt haben soll!

Es grüßt Dich Dein Oskar

Karl drückte die Zigarette auf der Untertasse aus und steckte den Brief ins Couvert zurück.

Als alle Festivitäten im *Adlon* ausgeklungen waren, fand er noch Gelegenheit, mit Hajo ein paar Worte zu wechseln, während Ernst Udet und die Lufthansadirektoren auf ihre Wagen warteten. Holtsen wollte noch, wie er es ausdrückte, mit Randhuber *eine Runde durch das Nachtleben unternehmen* und ließ Karl durch seinen Diener ausrichten, daß er ihn dazu mit Freuden einladen würde, aber Karl entschuldigte sich. Sein Dienst ging noch, bis die Kollegin Fleischer ihre Schicht antrat. Dann hatte er ein sehr frühes Frühstück mit dem Nachtportier und Mirow, dem Fahrer, eingenommen und sich für eine halbe Stunde im Pagenzimmer ausgestreckt, bis Frau Fleischer eintraf.

»Irgendwelche besonderen Vorkommnisse, Karl?« Lilo Fleischer war eine resolute Kriegerwitwe, die, bevor sie ins *Adlon* gekommen war, ein Schreibbüro bei Wertheim geleitet hatte. Schneider hatte ihr die Arbeit im Haus verschafft. Mit Lilo konnte Karl weitgehend Klartext reden.

»Ein österreichischer Gefreiter ist neuerdings unser Reichskanzler, aber danach wirst du vermutlich nicht gefragt haben – nein, hier im Haus lief alles glatt.«

»Komisch. Klempert von der Rezeption hat mich eben gefragt, was mit der Aktentasche sei, die der Sekretär vom chinesischen Botschafter vermißt. Die Botschaft hätte nochmals angerufen.«

»Von einer verschwundenen Aktentasche ist mir nichts bekannt. Wann ist denn der Verlust gemeldet worden?«

»Noch während Kassner Dienst hatte, also vor 23 Uhr, da ging ja erst seine Schicht zu Ende. Er hat übrigens Klempert auch gesagt, daß du dich bereits um den Vorfall kümmern würdest.«

»Erstunken und erlogen, Lilo! Ich habe seit Wochen kein Sterbenswörtchen mit ihm gewechselt!«

»Eigenartig.«

»Mehr als das. – Wie soll denn die Tasche ausgesehen haben?«

»Eine schmale, dunkelgrüne Wildleder-Aktentasche ohne Henkel.«

Karl durchfuhr es siedendheiß.

»Ist was nicht in Ordnung, Karl?«

»Das wäre noch gelinde ausgedrückt!« Er schilderte der Kollegin, was er am späten Nachmittag in der Hotelhalle beobachtet hatte.

Lilo Fleischer nestelte nervös an der Bernsteinbrosche, die sie als einziges Schmuckstück zu einem langen dunkelblauen Wollkleid trug. »Mit den Geheimen, Karl, legen wir uns besser nicht an!«

»Daran mag was Wahres sein, Lilo. Aber informier' den Generaldirektor trotzdem, wenn er kommt. Ich habe ja morgen frei. Er sollte wissen, mit wem Kassner gute Kontakte pflegt.«

2. Kapitel
Zwei Tote auf der Millionenbrücke

Als Karl aus dem Taxi stieg, gingen in der Florastraße die ersten Lichter in den Wohnungen an. Auch sein Küchenfenster war erleuchtet. Vera war also schon aus dem *Oriental* zurück. Im Hausflur begegnete ihm ein Nachbar auf dem Weg zur Frühschicht und brummelte ein verschlafenes *Guten Morgen!*

Karl trat sich die Füße ab und steckte den Schlüssel ins Schloß. Die Tür wurde aufgerissen.

Karl schaute in die Mündung einer langläufigen Pistole.

»Gott sei Dank! Du bist's!« Der Pistolenlauf senkte sich. Veras Bruder spähte ins Treppenhaus und zog Karl in die Wohnung.

»Nun mal sachte, junger Mann!« Dann sah Karl die Schweißperlen auf Hans' Stirn und den blutdurchtränkten Verband am Unterarm. Hans zitterte am ganzen Körper. Karl sicherte die Pistole, die Hans auf die Wäschekommode neben der Flurgarderobe gelegt hatte, und drückte den Jungen auf einen Hocker. »Mensch, was ist denn passiert?«

Hans schloß die Augen. »Ich dachte, jetzt sind sie da.«

Karl hockte sich vor ihn und legte ihm die Hände beruhigend auf die Schultern. »Wer, dachtest du, wäre da?«

»Die Schweinehunde vom Gesundbrunnen.«

»SA?«

Hans nickte. »Sie haben uns abgefangen, als wir an der Millionenbrücke ein Transparent anbringen wollten. Sie waren über zwanzig, Polizisten waren auch dabei. Wir waren bloß zu dritt. Sie haben ohne Warnung geschossen.«

Karl zeigte auf die Pistole. »Und ihr?«

»Sie hatten Karabiner. Wir hatten nur die eine Pistole und Knüppel. Meine Kameraden hat's erwischt. Ich hab' mich über den Bahndamm und dann durch die Kleingärten davongemacht.«

»Zeig mal den Arm!«

»Nicht so tragisch, bloß ein Streifschuß.«

»Und wie weiter? Wie bist du überhaupt hier reingekommen?«

»Ich habe Vera im *Oriental* angerufen. Sie hat mir gesagt, wo sie den Ersatzschlüssel für deine Wohnung hatte. Entschuldige bitte, Karl, daß ich hier so reinplatsche, ich glaube es zwar nicht, aber vielleicht hat mich ja doch jemand von den Schweinen erkannt, und da meinte Vera, ich sollte besser nicht in der Koloniestraße bleiben. Ich bin dann nur kurz nach Hause, die Alten haben schon geschlafen. Ich hab' mir den Arm verbunden, mich umgezogen und bin sofort hierher. Vera muß übrigens auch gleich kommen.«

»Hat dich jemand gesehen, als du hier rein bist?«

»Ich war ganz leise, Karl. Nur im vierten Stock war schon jemand auf.«

»Das war der Wernecke. Wir sind uns eben im Flur begegnet. Zeig mal trotzdem deinen Arm.«

Hans wickelte den Verband ab. Es war wirklich nur eine oberflächliche Fleischwunde. Die Blutung war schon gestillt. Karl ging ins Badezimmer und kam mit einer braunen Flasche und einem Gazepäckchen zurück. »Brennt höllisch, aber muß sein.« Er beträufelte die Wunde mit Jodtinktur. »So, das hätten wir!« Karl verknotete die Enden der Gazebinde und drückte den Gummiverschluß auf die Jodflasche.

Hans verzog das Gesicht. »Jetzt könnte ich einen Schnaps gebrauchen.«

»Schnaps ist nicht, aber in der Speisekammer müßte noch eine Flasche Danziger Goldwasser sein«, sagte Karl. »Wurst und ein Brot gibt es auch, falls du Hunger hast.«

Unten fiel die Haustür ins Schloß, dann waren Schritte vernehmbar. Absatzschuhe. Karl öffnete Vera die Tür.

»Ist er schon da?«

»Er schmiert sich gerade eine Stulle. Ich habe ihn soeben verarztet.«

»Schlimm?«

»Nichts Tragisches. Er hat Glück gehabt. Nur ein leichter Streifschuß.«

Vera stürmte an Karl vorbei in die Küche. Hans saß auf der Eckbank am Küchentisch und entpellte ein Stück Krakauer.

Vera stemmte die Arme in die Seiten und preßte die Lippen zusammen. Sie schüttelte den Kopf und sagte leise: »Du Idiot! In was für eine Scheiße hast du dich bloß wieder reingeritten!« Dann fiel sie ihm um den Hals.

Hans grinste matt und gab Vera einen Kuß auf die Stirn. »Ich hab' noch mal verdammtes Schwein gehabt, Schwesterherz!«

Karl stellte zwei weitere Gläser auf den Tisch. »Er muß weg aus Berlin – und zwar schnell!«

»Ja«, sagte Vera. »Ganz schnell sogar. Die Gruppe SA-Führer, die sich immer mit Kassner bei uns trifft, ist um Mitternacht ins *Oriental* eingefallen und hat so richtig die Sau rausgelassen. Sie waren voll wie die Haubitzen. ›Heute schlachten wir die Bolschewiken und das andere Gesocks‹, haben sie gegrölt. Benno hat sich zu ihnen gesetzt und den Obernazi und Kommunistenfresser gemimt und hat sie ausgehorcht: Erst sollen die Kommunisten und die Sozialisten über die Klinge springen, dann sind die Juden dran. Sei eh ein und derselbe Sumpf, und den müsse man radikal austrocknen.«

Karl holte sich einen Stuhl.

Vera goß ein und ihrem Bruder nach. »In der Brunnenstraße bin ich eben an eurem Parteibüro vorbeigefahren. Alle Scheiben waren draußen. Gebrannt haben muß es auch, jedenfalls standen noch zwei Feuerwehrwagen hinter der Polizeikette.«

»Polizeikette?« Karl zog das Jackett aus und legte es neben Vera auf die Eckbank. »Keine SA?«

»Nein, hab' nur Polizei gesehen.«

Hans beobachtete, wie die hauchdünnen Goldplättchen langsam zu Boden sanken, dann leerte er das Glas auf einen Zug. »Polente oder SA, ist doch eh ein Brei. Geschossen haben jedenfalls die Bullen auf uns.«

»Was ist mit der Mitgliederkartei, Hans?«

»Die ist schon längst vernichtet.«

»Direkt erkannt hat dich also keiner von denen?«

»Glaube nicht, wir waren zu weit weg.«

»Und wen haben sie erschossen?«

»Erich und den kleinen Thomas aus der Steegerstraße. Ich war als erster mit dem Transparent über das Geländer. Ein Auto ist über die Brücke gefahren und hat sie voll angestrahlt, als sie gerade abspringen wollten.« Hans vergrub sein Gesicht in den Handflächen. »Da haben sie einfach losgeknallt, bis die beiden sich nicht mehr gerührt haben, die Schweine!« Hans bekam einen Weinkrampf.

Vera strich ihm über das Haar und drückte ihn an sich. Hans beruhigte sich langsam. Sie gab ihm ein Taschentuch. Er putzte sich die Nase. Karl schenkte ihm nach.

»Danke, ich berappele mich schon wieder.« Er nahm einen Schluck. »Ich hab' das mit den anderen alles vom Bahndamm mitangesehen, Karl, es war eine regelrechte Exekution. Die wollten uns nicht bloß einlochen.«

Karl sagte: »Und dann?«

»Dann? Als sie mir nachgeklettert sind, habe ich ein paar Schüsse in ihre Richtung abgegeben, da haben sie wohl Schiß gekriegt, weil sie mit der Brückenbeleuchtung von hinten gute Zielscheiben abgegeben haben. Das Transparent habe ich über einen Gartenzaun geschmissen und bin losgerannt. Sie haben noch hinter mir hergeschossen. Da hat mich dann dieser Streifschuß erwischt. Aber weiter verfolgt haben sie mich nicht.«

Vera streifte die Schuhe ab, zog mit dem Fuß einen Schemel heran und streckte die Füße aus. »Was fangen wir jetzt am besten mit dir an, Hänschen? Ich bin dafür, daß du gleich morgen früh aus Berlin verschwindest. – Von wo aus hast du eigentlich mit mir telefoniert?«

»Aus der Zelle in der Provinzstraße. In die Kneipe wollte ich nicht, da war noch Betrieb.«

»Gut! Dann hat dich auch bei uns auf der Ecke keiner gesehen.« Vera schaute Karl an. »Dein alter grauer Anzug müßte ihm eigentlich passen. Und der Überzieher von deinem Vater auch.«

Hans wollte etwas sagen, aber Vera schnitt ihm das Wort ab. »Du wirst dich morgen ordentlich rasieren, Karl dich neu verbinden und dir eins von seinen weißen Hemden und eine Krawatte spendieren, und dann setzen wir dich in den Zug nach Stettin zu Onkel Ewald.«

»Moment mal, Moment!« Hans schüttelte energisch den Kopf.

»Keine Widerrede!« Veras Augen blitzten. »Überleg doch mal! Ganz blöd sind die anderen ja auch nicht. Der Erich hat immer den Saalschutz bei euch organisiert. Meinst du, die haken da nicht nach, wer heute nacht der dritte Mann war? Nee, Kleener, du machst mal auf Luftveränderung, bis Gras über die Sache gewachsen ist. Und jetzt ab in die Falle mit dir, siehst richtig grün um die Nase aus.«

»Hau dich im kleinen Zimmer hin«, sagte Karl, »ich bring dir was zum Zudecken.«

Vera gab ihm einen Kuß. Hans kam mit dem Verband gegen die Tischkante und verzog das Gesicht.

»Und leg dich lieber nicht auf den Arm«, ermahnte Vera.

Hans trottete davon. Karl holte eine Überdecke aus der Wäschetruhe und ging in das Balkonzimmer. Veras Bruder war vor Erschöpfung auf der Stelle eingeschlafen. Karl breitete die Decke über ihn und knipste das Licht aus.

»Er schläft schon wie ein Stein.« Karl rückte zu Vera auf die Eckbank.

Vera schmiegte sich an ihn. »Karl?«

»Ja?«

»Wo soll das bloß alles hinführen!«

»Ich weiß es auch nicht. Viele meinen, daß von Papen und Hindenburg Hitler schon an die Kandarre nehmen werden, aber so ganz will ich das auch nicht glauben. Die Nazis sind zu gerissen.«

»Weißt du was, Karl, Deutschland kotzt mich an. Uniformen, Marschmusik, Paraden, und alle jubeln diesem Anstreicher zu. Können wir nicht irgendwohin auswandern, wo die eigene Bevölkerung sich nicht tagtäglich die Köpfe einschlägt, von mir aus nach Malta?«

»Dort ist es zur Zeit auch nicht viel besser.« Karl legte den Arm um Vera. »Selbst da gibt es Faschisten. Denk nur an de Neva. Jonny hat mir geschrieben, er scheint einer der übelsten zu sein. Man nennt ihn bestimmt nicht grundlos den *Piccolo Duce.*«

»Wo du de Neva sagst, Karl. Da fällt mir ein: Er hat mit Kassner kurz ins *Oriental* hereingeschaut. Und wenn ich jetzt genau darüber nachdenke, war das recht merkwürdig: beide sind nämlich auf der Stelle wieder gegangen, als sie die SA-Typen bemerkt haben. Sonst haben die sich doch immer zu denen gesetzt. Ja, wenn ich es richtig im Nachhinein bedenke, hatte es fast den Anschein, als ob sie von den Besoffenen nicht zusammen gesehen werden wollten, so schnell sind sie wieder verschwunden. Kassner hatte auch wieder das Köfferchen dabei, aus dem ihm letztes Mal der Revolver gepurzelt ist.«

»Hm, das ist in der Tat merkwürdig. – Holtsen und Randhuber sind nicht bei euch aufgetaucht?«

»Nein.« Vera lehnte ihren Kopf gegen Karls Schulter.

Karl berichtete ihr über Kassners Kontakte zu den Geheimen.

»Überrascht mich nicht, Karl. Hast ja gehört, was Hans gesagt hat. Die und die Nazis. Das ist doch ein Brei und Kuchen.« Vera schloß die Augen. »Laß uns jetzt schlafen gehen, Karl. Ich bin hundemüde. War ein bißchen viel alles heute.«

Als Karl die Nachttischlampe löschte, atmete Vera schon tief und ruhig. Es dauerte, bis auch Karl einschlafen konnte. Die grüne Aktentasche und die Millionenbrücke verfolgten ihn bis in die Träume.

3. Kapitel
Hans reist gen Ostsee

Am Tag nach dem Fackelzug hatte Karl frei. Vera mußte sich um die Mittagszeit mit den anderen Venduras zu einem Fototermin im *Oriental* treffen. Die Binders, konstatierte Karl, ließen sich auch in Krisenzeiten den Appetit nicht verderben. Hans verdrückte nach dem Aufstehen drei Spiegeleier mit Speck und seine Schwester das gleiche. Karl aß nur ein Marmeladenbrot. Vera ging sofort nach dem Frühstück zu ihren Eltern und informierte sie über die vergangene Nacht. Dann rief sie Onkel Ewald an. Onkel Ewald, der Bruder von Mutter Binder, besaß einen florierenden Landhandel bis nach Ostpreußen hinein, exportierte sogar Saatgut nach Skandinavien. *»Klar kann der Junge kommen. Arbeit wird sich schon finden.«*

Sie begleiteten Hans zum Stettiner Bahnhof. Hans hatte die Pistole mitnehmen wollen, aber Karl hatte ihn davon abbringen können.

Als Vera und Karl durch die Zinnowstraße zur Friedrichstraße gingen, saß Hans im Zug nach Stettin, frisch rasiert und mit drei Tageszeitungen in einem Abteil zweiter Klasse. Die Berichte über den Fackelzug und Bilder vom winkenden Hitler aus der Reichskanzlei füllten die Seiten. Über die Schießerei auf der Millionenbrücke war in der Presse kein Wort zu finden gewesen.

»Bin ich froh, daß er bei Onkel Ewald untergekommen ist.«

»Weiß er, weshalb dein Bruder aus Berlin weg ist?«

»Ich habe es angedeutet. Hans wird ihm alles selber erzählen.«

Vera hakte sich bei Karl ein. »Laß uns noch ein paar Schritte laufen, ich nehme dann Unter den Linden den Einser zum Kudamm.«

Auf der Friedrichstraße herrschte das mittägliche Verkehrsgewühl. Vielleicht waren mehr Uniformierte auf der Straße als sonst. Die Zeitungsjungen machten mit Extrablättern ein gutes Geschäft. Ansonsten waren die Berliner wieder zur Tagesordnung zurückgekehrt. Nur der ambulante Würstchenverkäufer an der Bushaltestelle hatte den Tragriemen seines Kessels mit selbstgebastelten Hakenkreuz-Symbolen beklebt. »Frische Bockwurst im erwachten Deutschland«, pries er seine Ware an.

»Die sehen mir aber dünner aus als die alten«, sagte ein Passant.

»Quatsch mit Soße, der Herr!« Der Verkäufer packte eine Bockwurt mit der Holzzange. »Sehn Se doch selbst! Knackiger und praller als je zuvor! Und wenn wa erst keene Reparationen mehr löhnen müssen, werden Se ooch noch billiga werdn.«

Vera blieb stehen. »So recht scheinen Sie mir aber an die neuen Zeiten nicht zu glauben, Ihre Wurst kostet einen Sechser mehr als letztes Mal!«

»Ach, wissen Se, Frollein, *noch* pressen se uns ja aus!«

»Auf die Logik werde ich Vegetarier, mein Guter.« Vera ging kopfschüttelnd weiter.

»Das hat ihn deutlich überfordert«, sagte Karl.

Auf der anderen Straßenseite kontrollierte eine Polizeistreife die Papiere der Bauchwarenhändler, die Nähgarn, Schnürsenkel oder ähnliche Pfennigartikel feilboten. Der Überlebenskampf war hart im winterlichen Deutschland.

Vera krallte sich plötzlich in Karls Oberarm. »Karl? Ob Hans es schaffen wird?«

»Er wird es. So makaber es ist: Hätte einer von seinen Kameraden überlebt, würden seine Chancen weitaus weniger gut stehen.«

»Aber alle bei uns in der Straße wissen, daß er bei den Kommunisten ist.«

»Darüber würde ich mir keine unnützen Gedanken machen, Vera. Kommunisten gibt es im Wedding zuhauf.«

»Mir wäre wohler, wenn er ins Ausland gehen würde. Mauern kann er überall.«

»Nun mal erst abwarten, wie es sich für ihn in Stettin bei deinem Onkel anläßt.«

»Hast recht, Karl. Bin halt in Sorge um den Kleenen.«

»Sei mal nicht bange, wird schon werden.« Karl legte den Arm um ihre Schulter und drückte sie fest an sich.

»Was machst du jetzt?«

»Ich schau' noch mal in meiner Buchhandlung vorbei und versuche dann, ob ich den Generaldirektor unter vier Augen erwische. Die Angelegenheit mit Kassner und den Geheimdienstleuten läßt mir keine Ruhe. Später bin ich noch mit Benno verabredet. Muß mal wieder mit ihm auf die Matte. – Wie lange dauert euer Fototermin?«

»Kann schon sechs, sieben werden, bis wir fertig sind.«

»Falls ich das Stündchen mit Benno überleben sollte, fahre ich zu deinen Eltern.«

Vera nickte. »Ich auch. Also bis dann.« Der Bus kam. Vera stieg aufs Oberdeck.

Es begann stark zu regnen, als Karl die Buchhandlung in der Behrenstraße erreichte. Trotz des Regens betrachtete er eine Weile die Auslagen im Schaufenster von *Asher und Co.* Ein neuer Faulkner war auf dem Markt und auch ein Hemingway, den er noch nicht kannte: *Death in the Afternoon.* Louis-Ferdinand Céline lud den Leser ein zu einer *Voyage au bout de la nuit.* Ein Schild neben dem Buch kündigte die baldige deutsche Übersetzung an.

Jakob Asher, wie stets untadelig gekleidet, erhob sich von seinem Drehstuhl hinter dem Regal mit deutschen Novitäten, als Karl das Geschäft betrat. Über dem Schirmständer hing eine Garderobestange mit ledergepolsterten Kleiderbügeln. Karl entledigte sich seines triefenden Mantels und fuhr sich mit dem Taschentuch über Gesicht und Haar. »Kein Kaiserwetter für den ersten Tag von Herrn Hitler!«

Jakob Asher war ein quirliger kleiner Mann, der eine frappante Ähnlichkeit im Aussehen und in seiner Gestik mit dem Berliner NSDAP-Gauleiter Goebbels hatte, aber nicht dessen Einpeitscherstimme. »Fürwahr trübe Zeiten! Aber nichts währt ewig. Und eine weitere Sintflut wird heute nicht über uns hereinbrechen, die gab es nur einmal, versprochen ist versprochen, wenigstens in diesem Punkt sind sich die Schriften einig.« Er schüttelte Karl die Hand und sagte mit leichtem Vorwurf: »Wenn man Sie neuerdings *in natura* erleben will, lieber Herr Meunier, muß man sich immer erst ins *Adlon* begeben!«

»Viel, viel Arbeit«, sagte Karl. »Zum Glück!«

»Ja«, sagte der Buchhänder. »Überall ist es knapp, das schnöde Geld. Und wo spart der Mensch zuerst? An der Kultur! Wir merken es sehr deutlich bei uns, kann ich Ihnen versichern. – Aber genug geklagt, womit kann ich Ihnen dienen?«

»Der Hemingway im Fenster«, sagte Karl. »Ich brauche ein Buch, das mich ein wenig den Alltag vergessen läßt. Regelmäßig Zeitung zu lesen, schaffe ich noch gerade. Und was man dort erfährt, ist meist nicht sehr aufbauend.«

»Es geht um Stierkampf. Stierkampf als … nun, ja, quasi als Weg der Lebensmeisterung, eben Hemingway. Aber ich muß gestehen, mehr als den Klappentext habe ich selbst noch nicht gelesen.« Er holte Karl das Buch aus dem Schaufenster.

Karl blätterte. »Klingt interessant. Können Sie mir sonst noch etwas empfehlen?«

Herr Asher trat an das Regal mit den deutschsprachigen Neuerscheinungen. »Das ist soeben ausgeliefert worden: *Die Geschichten Jakobs* von Thomas Mann. Als ich neulich mit meiner Frau im *Adlon* speiste, habe ich ihn übrigens gesehen.«

»Herr Mann hat Interviewtermine mit amerikanischen Literaturkritikern zum Thema *Zeitgeist in Deutschland* gehabt.«

Herr Asher trommelte mit den Fingern auf den Hemingway. »Dazu gäbe es allerdings eine Menge zu sagen! – Hoffen wir auf Hindenburg und von Papen, daß sie Hitler an die Kandarre nehmen!«

›Wieder einer von den »Hoffern«‹, dachte Karl resigniert und erinnerte sich daran, womit sich die betrunkenen SA-Führer im *Oriental* gebrüstet hatten.

Eine Kundin betrat den Laden.

»Sie entschuldigen mich bitte, Herr Meunier. Fräulein Polzin wird Sie weiter beraten.« Er schellte mit einer Handglocke.

Fräulein Polzin war Karls Lieblingsverkäuferin, ein aufgewecktes Mädchen mit langem geflochtenen Haar und strahlenden Augen. Sie war für ihr Alter ungeheuer belesen, hatte ihre Lehre bei *Asher und Co.* gemacht und war im Geschäft verblieben. Jetzt betreute sie den ausländischen Zeitungsversand im zweiten Stock der Buchhandlung sowie die allgemeine Belletristik.

»Guten Tag, Herr Meunier. Wie geht es Ihnen?«

»Kann nicht klagen, meine Gute.«

»Und Ihrer …«, sie suchte den Bruchteil einer Sekunde nach den passenden Worten »Frau … Gemahlin?«

Karl gelang es, ernst zu bleiben. Vera war zwei-, dreimal mit ihm in der Buchhandlung gewesen. Fräulein Polzin hatte sie bei der Auswahl von Kinderbüchern beraten. Veras zahllose Nichten und Neffen hatten andauernd Geburtstag.

»Dank der Nachfrage. Sie ist wohlauf. Für mich habe ich, glaube ich, schon etwas gefunden. Bloß noch nicht für sie.« Er hielt den Hemingway hoch.

»Kennt sie die *Moselfahrt aus Liebeskummer* von Robert Binding?«

»Meines Wissens nicht. Worum geht es da?«

»Eine ungewöhnliche Novelle. Nicht wie Rheinsberg, auch nicht wie bei Hesse. Es könnte ihr gefallen. Der Erzähler bereist mit einer Zufallsbekanntschaft, einer Frau, die aus Liebeskummer an die Mosel gefahren ist, das Moseltal.«

»Wie geht die Geschichte aus?«

»Sie trennen sich am Ende der Reise. »

»Also kein *happy end*!«

»Nein, aber auch kein Drama.«

»Dann nehme ich es«, sagte Karl. »Und ich sehe da im Regal eine Sonderausgabe vom *Steppenwolf*. Meinen hab' ich letztes Jahr verschenkt. Der ist dann für mich zur Balance, falls meine … Frau bei der Lektüre zu stark von der *Moselfahrt* beeinflußt werden sollte. Wir planen nämlich auch bald eine Reise.«

Fräulein Polzin merkte, daß Karl scherzte, und sagte: »Ich kann Ihnen natürlich auch Basilius Hübel empfehlen. Bei ihm endet alles immer in Friede-Freude-Eierkuchen.«

Karl lachte. »Nein, bloß den nicht. Dann allemal lieber Drama ohne Ende!«

›Sie ist gut, die Kleine‹, dachte Karl. ›Wie war ich in dem Alter? Rilke habe ich gelesen und *Königliche Hoheit* und an Wunder geglaubt. An den Kaiser natürlich auch und an Volk und Vaterland und all den Mist. All die Neuromantiker mit tragischem, heroischem Ausgang. Hauptmann? Das war erst nach dem verfluchten Krieg. Morgenstern eigentlich erst auch. Den *Cornet* hab' ich in der Satteltasche mitgeschleppt, als sie mir das arme Pferd unter dem Arsch weggeschossen haben. Mein treuer Roter, der mich aus dem Granattrichter gezogen hat, als ich halb verschüttet lag.‹ Karl folgte der Buchhändlerin zur Kasse.

Eine Wagenkolonne mit Polizeieskorte raste mit hoher Geschwindigkeit zur Wilhelmstraße. Der Schlußwagen fuhr dicht an der Bordsteinkante. Das Wasser aus dem Rinnstein spritzte bis gegen die Schaufenster. Herr Asher hatte geistesgegenwärtig die Ladentür zugedrückt, die er für seine Kundin geöffnet hatte.

»Das war knapp, meine Dame! – Jetzt kommt bloß noch Wasser von oben.« Er verabschiedete sie höflich und schloß erst die Tür hinter ihr, als sie den Regenschirm aufgespannt hatte.

Der Buchhändler stellte sich zu seiner Angestellten hinter den Kassentisch. »Ich sehe, Sie sind fündig geworden.«

»Bei der ausgezeichneten Beratung konnte das nicht ausbleiben«, sagte Karl.

Fräulein Polzin wickelte Veras Buch in Geschenkpapier ein. »War die Dame eben nicht Frau Lewin?«

»Mir schien es auch so«, sagte Karl. »Man sieht die Lewins nur noch selten im *Adlon*.«

»Ja«, sagte Herr Asher. »Sie hat sich den neuen *Baedeker Schweiz* bestellt. Die Gebrüder Lewin verlegen den Hauptsitz ihres Handelshauses nach Genf.«

»Das hört man jetzt öfter«, sagte Karl. »Da fällt mir ein, einen Reiseführer für meinen Osterurlaub könnte ich eigentlich auch gleich mitnehmen.«

»Wo soll es denn hingehen?«

»Nicht weit weg, für ein paar Tage in die Nähe von Schöppenstedt, einen alten Kriegskameraden besuchen. Seine Eltern besitzen dort einen Bauernhof.«

Herr Ashers Finger glitten über Buchrücken. »Hm, Goslar, Braunschweig und Umgebung ... nein, ich muß erst im Katalog nachsehen, ob es über diese Gegend etwas gibt.«

Herr Asher blätterte im Katalog. »Ah! Das sollte für Sie das richtige sein: *Zwischen Asse und Elm*. Ich müßte das Buch aber beim Verlag bestellen, und das dauert, wenn man Pech hat, schon vierzehn Tage.«

»Bitte, tun sie es«, sagte Karl. »Es eilt mir nicht. Ich frage Anfang nächster Woche mal nach.«

»Ach, was ich Sie noch fragen wollte: Darf man bald wieder auf eine Übersetzung von Ihnen hoffen? Ich durchforste jedesmal die *Morgenpost* nach einer Ihrer Kurzgeschichten, aber vielleicht habe ich was übersehen.«

»Übersetzen? Ich habe kaum mehr Zeit zum Lesen, mein Bester!«

Mit einer Büchertüte unter dem durchweichten Mantel eilte Karl zum Wirtschaftseingang Wilhelmstraße.

4. Kapitel
Kassner bleibt umtriebig

Der Portier schaute ihn verdutzt an. »Ich dachte, Sie haben frei.«

»Hab' ich auch«, sagte Karl. »Aber für den Rest des Tages könnte ich meinen Schirm vielleicht gebrauchen, und der steht in meinem Spind.« Er zog den nassen Mantel aus. »Seien Sie so gut und packen den irgendwo hin, wo er keine Überschwemmung verursacht. Es wird nicht lange dauern.« Der Portier nahm Mantel und Büchertüte entgegen.

Um möglichst ungesehen in das Büro von Louis Adlon zu gelangen, wählte er den Weg durch den Schreibsaal. Der war um die Mittagszeit meist leer. Louis Adlon pflegte seine Hauptmahlzeit abends einzunehmen. Die Chance, den Generaldirektor in seinem Büro anzutreffen, war gut.

Karl mußte gar nicht erst durch die Lobby, wo er es kaum hätte vermeiden können, Kassner aus dem Weg gehen zu müssen. L.A. stand mit dem Rücken zu ihm in Betrachtung versunken vor dem Pendant zu Heddas Reitergemälde. Der Generaldirektor hoch zu Roß und der Generaldirektor im Schreibsaal musterten sich stumm.

Karl räusperte sich. »Ein Meisterwerk, wenn mir die Bemerkung gestattet ist.«

»Ein gutes Bild, wenn auch meine Person leicht geschönt ist. Aber wahrscheinlich habe ich beim Reiten wirklich weniger Stirnfalten.«

Fritzchen öffnete die Saaltür. Der Generaldirektor schüttelte den Kopf. Fritzchen machte einen Diener und verschwand.

»Ich weiß, daß heute Ihr freier Tag ist. Nach dem Bericht von Frau Fleischer habe ich offen gestanden dennoch mit Ihnen gerechnet. – Die Aktentasche hat sich wieder angefunden!«

»Wie bitte?« Karl kniff die Augen zusammen. »Ist wieder da?«

»Dem Sekretär des Botschafters wurde sie vor einer Stunde von Ihrer Kollegin ausgehändigt. – Was sagen Sie nun?«

»Rätselhaft«, murmelte Karl. »Ich habe doch mit eigenen Augen gesehen, wie die Frau damit in dem Mercedes davongefahren ist.«

»Ich zweifle nicht an Ihren Worten, Meunier. Tatsache ist, die Tasche wurde von der Putzfrau in einer Herrentoilette gefunden.«

»Ist bekannt, wann das war?«

»Es muß wohl gewesen sein, als die Frühschicht zum Saubermachen gekommen ist, also zwischen sechs und sieben.«

»Wann hat Kassner heute den Dienst angetreten?«

»Laut Plan um halb sieben.«

»Ich werde der Sache nachgehen, Herr Generaldirektor.«

»Dezent, Meunier, dezent!«

Fritzchen vertrieb sich vor dem Schreibsaal die Zeit damit, seine Pagenuniformknöpfe mit einem Taschentuch auf Hochglanz zu polieren.

»Hast du eine Ahnung, wo Frau Fleischer steckt?«

Fritzchen hatte.

Lilo Fleischer kontrollierte in der Silberkammer das Besteck für besondere Anlässe. »Du?« Sie hielt ihm eine Strichliste unter die Nase: »Eine Zuckerzange, acht Mokkalöffel, drei Kuchengabeln – weiter bin ich noch nicht gekommen. Es wird immer schlimmer!«

Karl machte eine wegwerfende Handbewegung. »Deswegen bin ich nicht hier. – Was war mit der Aktentasche?«

Lilo Fleischer schürzte die Lippen. »Tjaa … , die ist wieder da.«

»Komm, Lilo, spuck aus!«

»Na, ja, die dicke Berta hat sie gegen sieben auf einer Herrentoilette im zweiten Stock gefunden. Hinter der Klotür.«

»Der chinesische Botschafter hatte doch im ersten Stock konferiert!«

»Vielleicht war da das Klo besetzt, und sein Sekretär ist eine Treppe höher. Sie bechern immer ganz zünftig, die Chinesen.«

»Und was war in der Tasche drin?«

»Keine Ahnung.«

»Komm, Lilo, es ist wichtig! Umsonst ziehen die Geheimen doch nicht so einen Zirkus ab!«

Lilo Fleischer schaute zu Boden.

»Bitte, Lilo, ich weiß, es ist nicht korrekt, eine Fundsache zu filzen, wenn man weiß, wer sie vermißt, aber ich versichere dir, ich hätte es in diesem Fall garantiert auch gemacht.«

»Karl?«

»Ich habe es dir gestern nicht gesagt. Ich habe einen Brief von Oskar bekommen. Kassner ist gemeingefährlich!«

Karl tätschelte ihr beruhigend die Schulter. »Mir hat er auch geschrieben. Er hat sogar den Verdacht geäußert, daß Kassner zumindest indirekt an Erwins Ermordung beteiligt war.«

Lilo nickte. »Das erwähnte er in dem Brief auch. – Also, Karl, ich will nicht weiter in die Sache hineinschlittern, sie ist mir zu heiß. Nur soviel: In der Aktentasche waren Fahrpläne und zwei Bahnkarten Erster Klasse nach Prag, gültig ab übermorgen.«

»Mehr nicht?«

»Nein. – Nur ...«

»Was?«

Lilo Fleischer sagte ernst: »Es war bestimmt nicht die Tasche von einem der Chinesen! Das Monogramm, Karl, war ein verschlungenes B und ein W!«

»Bernhard Weiß«, sagte Karl stimmlos.

»Ich denke auch«, sagte die Kollegin. »Sie scheinen ihn auf der Abschußliste zu haben!«

Karl kniff die Lippen zusammen. »Und Kassner hat wieder seine dreckigen Finger mit im Spiel!«

»Jedenfalls hat ihn die dicke Berta kurz nach sechs im zweiten Stock getroffen. Er soll ziemlich übernächtigt ausgesehen haben.«

»Sieh mal einer an!«

»Karl?«

»Ja?«

Lilo Fleischer krakelte Strichmännchen auf die Liste. »Bitte, Karl, wir haben heute nicht miteinander gesprochen und schon gar nicht über die Aktentasche!«

»Wie sollten wir auch, Lilo? Ich war lediglich nebenan, weil ich meinen Schirm vergessen hatte. Ich habe dich weder gesehen noch gesprochen.« Er öffnete die Tür und spähte auf den Flur. Draußen war niemand.

Im Lesesaal hielt der Generaldirektor noch immer wortlose Zwiesprache mit seinem berittenen Konterfei. Als Karl seine Vermutungen bezüglich des Besitzers der grünen Wildlederaktentasche äußerte, wurde Louis Adlon sehr nachdenklich. Er trat dicht vor das Ölgemälde und fuhr prüfend mit den Fingerspitzen über den kunstvoll vergoldeten Rahmen.

Mit leiser, aber fester Stimme sagte er: »Ich würde Sie bitten, Meunier, daß Ihre Vermutungen absolut unter uns bleiben.«

»Mir ist die Brisanz der Angelegenheit voll bewußt, Herr Generaldirektor. Ich gebe Ihnen mein Wort.«

»Danke«, sagte L.A. »Und jetzt muß ich ein sehr wichtiges Telefonat führen.«

»Es regnet noch immer Strippen! Hundewetter!« Der Portier schimpfte und brachte Karl den Mantel und die Büchertüte. »Bei mir zu Hause liegen alle flach und schniefen.«

Karl zog den Stockschirm aus der Hülle. »Das würde mir gerade noch fehlen! Ich hoffe innigst, dieser Parapluie erspart mir eine satte Erkältung!«

Der Portier blickte skeptisch auf die Wilhelmstraße. Der Wind peitschte den Regen fast waagerecht über die Straße. »Meine besten Wünsche haben Sie jedenfalls, Herr Meunier.«

5. Kapitel
56 Berettas für Tunis via Eberswalde

Benno hatte sich bereits umgezogen und pumpte auf der Matte Liegestütze. Als Karl den Übungskeller betrat, lachte er lauthals los.

»Mensch, Karl, wat iss'n mit dir passiert? Biste herjeschwommen?«

»Sehr witzig!« grummelte Karl. Benno hatte eingeheizt. Der große Kanonenofen bollerte vielversprechend. Karl hängte Mantel und Anzug über die Besucherstühle und rückte sie vor den Ofen. »Die Hosen kann ich auswringen.«

Benno betrachtete Karls Trockenaktion mit einem Grinsen. »Mach' hinne, denn wird dir jleich warm!«

Der Turnbeutel mit der Judojacke und der kurzen engen Trainingshose hing am gewohnten Platz über seinen Ringerstiefeln. In der Umkleidekabine war es klamm und kalt. Karl beeilte sich mit dem Umziehen. Benno machte Rumpfbeugen, hatte die Füße unter den Ständer für die Holzschwerter und Übungsmesser gesteckt, um Halt zu haben. Er zählte laut: »Sechsundreißig.«

Karl holte sich ein Springseil.

»Neunundddreißig«, zählte Benno.

Nach zehn Minuten lief Karl der Schweiß in Strömen. »So, jetzt können wir!«

»Boden?«

»Lieber Stockabwehr.«

Benno zog einen Holzprügel aus dem Ständer und umkreiste Karl. Benno hielt den Stab beidhändig, riß die Arme hoch und zielte auf Karls Stirn. Mit einem Kampfschrei stürmte er auf ihn los.

Karl wich seitlich aus, packte Bennos Handgelenke und ließ sich auf die Knie fallen. Benno machte einen Salto vorwärts und klatsche auf die Matte. Karl deutete einen Kehlkopfschlag mit der Handkante an.

»Sauber!« sagte Benno.

Sie wiederholten den Angriff dreimal, dann nahm Karl den Prügel.

Nach zwanzig Minuten sagte Karl schnaufend: »Ich brauch' 'ne kurze Pause, Benno!«

»Genehmigt.«

Sie traten vor den Kanonenofen.

»Ging doch recht gut«, sagte Benno. »Trainierst wohl heimlich.«

Über dem Ofen war ein Seil mit Handtüchern gespannt. Karl nahm sich eins, streifte sich die Judojacke über die Schultern und frottierte sich Rücken und Brust. »Na, ja, man tut, was man kann.«

Benno hockte sich vor die Ofentür. Auch er war durchgeschwitzt. »Hab' jestern zuviel jebechert, rat mal mit wem!«

»Mit Rosi?«

»Quatsch, die is jleich nach Vera weg. Nee, du wirst nich druff kommen: mit Kassner und diesem Italiener.«

»Malteser«, korrigierte Karl.

»Is doch ejal, weeßt ja, wen ick meene. Wenn er Deutsch spricht, klingt's wie bei Roberto.« Roberto war der Barmixer im *Oriental*. Er wischte sich mit dem Handrücken den Schweiß aus dem Gesicht. »Hat dir Vera erzählt, wat los war?«

Karl hockte sich neben ihn. »Sie sagte nur, daß de Neva und Kassner abgedreht sind, als sie die besoffenen SA-Häuptlinge gesehen haben.«

»Se sind nochmal später rin, als die wieder wech war'n, so jejen vier.«

»Tatsächlich?«

»Hat ma ooch jewundert, weil se sonst dicke Kumpels sind. – Gestatteste?« Benno nahm Karls Handtuch, faltete es und benutzte es wie einen Topflappen, um die obere Ofenklappe zu entriegeln. Er schüttete zwei Schaufeln Eierkohlen in die Glut. »Det muß reichen, sonst sin die andern nachher sauer, wenn wa nischt übrichlassen!« Er schloß die Klappe.

Karl streifte sich die Jacke wieder hoch. »Und weshalb hast du mit ihnen gebechert?«

»Als se kamen, war'n se reichlich anjetütert und ham den teuersten Champagner bestellt, wat ja nicht alle Tage vorkommt. Kassner war fast völlich hinüber und hat anjejeben wie 'ne Lore Affen, hat alle, die noch da war'n, einjeladen, 'nen Schluck zu trinken.«

»Macht er doch sonst nie!«

»Nee, aber jestern hat er. Jroßkotzich hat er verkündigt, daß er 'n Bombenjeschäft bejießen muß. Dem Malteser war det allet wohl jar nich so recht, wie Kassner uff die Pauke jehaun hat, aber jesacht hat er nischt. Und am Ende war er jenauso blau wie dein Spezi. Eene von den Mädels hat ihn jefracht, wat et denn für'n Jeschäft wär, wat er jemacht hätte. Da hat er sich uffjebläht wie Jraf Koks vonner Jasanstalt und jesacht, als hätt' er jerade die Siejessäule an 'nen reichen Ami verscherbelt: ›Export, Frollein, Export!‹ Ick bin denn irjendwann raus zur Jarderobe und hab' mal einfach det Köfferchen inspiziert, wat se da abjejeben ha'm.«

»Und?«

Benno strahlte wie ein Honigkuchenpferd. »Kassner bescheißt die SA!«

Karl starrte ihn perplex an.

»Nu sollteste dir mal im Spiejel sehn, Karlchen!«

»Laß den Scheiß, Benno! – Red mal lieber Klartext: Wieso willst du wissen, daß er ausgerechnet die SA bescheißt?«

»Na, weil da 'n paar Wische in dem Köfferchen rumjeflogen sind. Und wenn ick ooch öfters anner Schule vorbei als rin bin, lesen und rechnen kann ick.«

»Komm, Benno, mach's nicht so spannend!«

»Jeduld, Karlchen, muß erst wat holen.« Benno verschwand im Umkleideraum. Als er sich wieder vor den Ofen hockte, hielt er zwei Zettel in der Hand. »Hab' mir nämlich allet jenau uffjeschrieben, Zeit jenuch war, weil se beede mit den Mädels rumgeflaxt haben. – Also! Dat Kassner mit Waffen rummacht, ham wa ja jewußt. Dat er die SA damit beliefert nich! Macht er natürlich nich selbst, sondern so'n Waffengeschäft in Eberswalde, nämlich ...« Er schaute auf den oberen Zettel. »*Jagdwaffen Fretzel*.«

»Fretzel?«

»Ja. *Jagdwaffen T. Fretzel*, in Eberswalde, Blumenwerderstraße 7.«

»Mich tritt ein Pferd, Benno! Mit Fretzel hat Kassner im *Adlon* die Champagnernummer abgezogen!«

»Dann wird er wohl jetzt die Sparte jewechselt haben, wo er bescheißt. Jedenfalls is da 'n offizieller Wisch, der besacht, daß der Zoll ihm 56 Berettas samt Munition beschlachnahmt hat, weil die

Einfuhrpapiere nich jestimmt haben. Und jetzt wird's richtich interessant: Stempel vom 2. Februar, also erst übermorjen!«

Karl legte seine Anzughose über eine andere Stuhllehne und setzte sich. »Das hieße ...«

»Det heißt janz klar, daß da eener am Zinken war. Der Wisch steckte in einem Couvert, adressiert an 'nen jewissen Doktor Dinkel in Berlin Wilmersdorf. Mit Marke schon druff, aber noch nich zujeklebt.«

»Dinkel?« Karl dachte nach. »Dinkel! Ja, natürlich. Der schreibt immer die Hetzartikel im *Angriff*. Er ist ein Intimus von Röhm!«

»Na, bitte, paßt doch wie die Faust uffs Auge! Aber et kommt noch ville dicker! Eenen anderen Schrieb, den ick aus dem Köfferchen gefischt habe, da stand druff ...«, Benno tippte auf seinen Notizzettel, »... daß Fretzel den Kassner bevollmächtigt, mit Baron Gianni de Neva 'nen Koofvertrach über 56 Berettas abzuschließen, zwecks Export nach Tunis. Und *da* war det *jestrije* Datum jeschrieben! Komisch, wa? 56 Knarren, die übermorjen vom Zoll einjesackt werden, verkooft er jestern!«

Karl schlug mit der Faust in die Handfläche. »Dieser gerissene Hund!«

»Nich unjeschickt, det muß man ihm lassen«, sagte Benno. »Nutzt seine Nazikontakte, um irjendwie 'ne Einfuhrjenehmigung für die Schießeisen zu kriejen, streicht vermutlich 'ne satte Anzahlung in und tut denn Dinkel jejenüber so, als hätt' der Zoll dat Zeuch aus'm Verkehr jezogen.«

»Und offiziell kann die SA nicht nachhaken, weil die Waffen mit Sicherheit für illegale Aktionen benutzt werden sollten!«

Benno nickte. »Ick frach ma nur, wat der Malteser mit den Pusten in Tunis will.«

»Die bleiben nicht in Tunis, Benno. Die braucht er auf Malta.«

»Hä?«

»Einige Malteser mögen die Engländer dort nicht besonders und würden lieber eine Allianz mit Italien eingehen.«

»Du meenst, er plant 'nen Uffstand oder so?«

Karl zuckte mit den Achseln. »Denkbar wäre es. Er kandidiert in Mdina, das ist die alte Hauptstadt von Malta, für eine Partei, die wie ein Abklatsch von Mussolinis Bande organisiert ist.«

»Und warum besorgt er sich die Dinger nich direkt in Italien, sondern schickt se sojar erst nach Tunis?«

»Wenn de Neva in Rom auftaucht, ist er ein bekanntes Gesicht. In Berlin kennt ihn keiner.«

»Da bewahrheitet sich doch der olle Spruch: *Im Dunkeln is jut munkeln!* – Ick hab' mir ooch noch notiert, wie die Spedition heißt, die die Knarren nach Tunis schafft: Komischer Laden, kenne eenen der Besitzer, hat früher am Nollendorfplatz Koks vertickt. Schräge Nummer, der Kerl. *WeltWeit* heißt sein Laden, sitzt inner Chausseestraße Nummer 66.«

»Wie bitte?«

»Biste taub? Chausseestraße!«

Karl lachte trocken. »Kassner wohnt Chausseestraße 65.«

Benno drehte Karl den Rücken zu und ruckelte am Schieber vom Ofenrost. »Und wat machen wa nu mit unsrer Weisheit?«

»Beweise müßte man haben! Und selbst dann! Oder willst du zu diesem Dinkel traben und ihm sagen: Hör mal zu, mein Bester, euer Kumpel Kassner macht krumme Dinger mit euch.«

»Ick? Ih, bewahre, laß die sich doch jejenseitich bescheißen! – Nee, det mal nu jerade nich. Aber wat hältste denn davon, wennste dit hier jut uffbewahrst, wer weeß, wenn de det mal jebrauchen kannst.« Benno gab ihm den unteren von den Zetteln, die er in der Hand hielt.

Im Auftrag von Herrn Toni Fretzel, Eberswalde, schließen … Zahlung bei Abschluß des Vertrages … gezeichnet O. Kassner, Baron G. de Neva.

Es war ein Durchschlag vom Kaufvertrag! Karl holte tief Luft. »Wie, zum Teufel …«

»Da staunste, wa?« Benno rieb sich zufrieden die Nasenspitze.

»Da war'n mehrere Durchschläge im Koffer, und da dachte ick, wenn eener fehlt, fällt's nich uff. Der Taxifahrer, der se beede zu uns jebracht hat, hat se den janzen Abend durch Berlin kutschiert. Im Puff war'n se vorher übrijens ooch. Nee, wenn ihm überhaupt uffällt, dat 'n Durchschlach fehlt, denn kann er lange jrübeln, wo und wann der ihm abhandenjekommen is.«

Karl nahm den Kaufvertrag. »Klasse, Benno! Damit haben wir ihn in der Hand, falls das mal angesagt sein sollte.«

»Klaro! Wir müssen den Wisch ja nich persönlich bei diesem *Angriff*-Dinkel abjeben. Wofür jibt's denn die Briefträjer?« Benno ging auf die Matte. »Los, Karlchen, aber nu noch 'ne Runde am Boden, zum Abreajieren quasi.«

Vera war bereits in der Koloniestraße. »Bier, Karl?« Vater Binder wartete die Antwort nicht ab, sondern schnippte den Verschluß von der Flasche.

»Drei Kartoffelpuffer habe ich dir retten können«, sagte seine Frau, »Ich brat' sie dir noch mal auf. Schmecken so eigentlich viel besser.« Mutter Binder zerließ Schmalz in der Pfanne.

Karl setzte sich neben Vera. »Habt ihr was von Hans gehört?«

»Er hat in der Kneipe nebenan angerufen. Mutter hat mit ihm gesprochen.«

»Er ist gut angekommen«, sagte Mutter Binder. »Mein Bruder hat einen Freund in Göteborg, mit dem er Geschäfte macht. Er wird versuchen, daß Hans dort unterkommt. Morgen fahren sie nach Rostock zum schwedischen Konsulat und beantragen ein Visum.«

Karl nickte anerkennend. »Wenn das klappen würde ...«

Vater Binder reichte den Teller mit den brutzelnden Kartoffelpuffern an Karl weiter.

»Salz oder Zucker?« Vera langte auf das Küchenregal.

»Salz, bitte«, sagte Karl. »Das ist ja eine gute Nachricht!«

»Mir ist erst wohler, wenn der Junge außer Landes ist«, sagte Mutter Binder.

»Ewald wird's schon machen«, sagte Vater Binder. »Hast selber gesagt, das mit dem Visum geht zügig.«

»Hat Ewald gemeint, weil Hans eine größere Ladung Saatgut begleiten soll.«

»Devisen«, sagte Vater Binder. »Das Reich braucht Devisen, da arbeitet selbst die kapitalistische Bürokratie einen Zacken schneller.«

Vera gab Karl einen Klacks Apfelkompott auf den Teller. »Mehr?«

»Danke, reicht!« Karl bestrich die Puffer gleichmäßig mit dem Kompott. »Und in Göteborg?«

Mutter Binder stellte die Pfanne ins Abwaschbecken. »Ewalds Freund lebt schon lange in Schweden. Er will Hans erst mal als Lagerarbeiter beschäftigen.«

Karl führte die Gabel zum Mund und wieder auf den Teller zurück: zu heiß!

»Pusten!« sagte Vera.

Karl pustete. »Der mir unbekannte Onkel Ewald hat dann heute ein kleines Vermögen vertelefoniert, wenn ich nicht ganz schief liege.«

»Unsere Familie hat immer zusammengehalten«, sagte Mutter Binder stolz.

»Ja«, sagte Vera. »Bei uns kommt keiner um.« Sie kitzelte ihn im Nacken und legte den nächsten Puffer auf seinen Teller.

»Ich ahne es«, sagte Karl und langte zu.

»Halt deinen Karl nicht vom Essen ab«, rügte Vater Binder. »Sonst wird er das erste Opfer in der Sippe!«

Die »Kinder« bekamen ein unangebrochenes Glas Apfelkompott mit auf den Weg.

6. Kapitel
Adlon live

Auch die neuen Zeiten brachten Louis Adlon ein ausgebuchtes Haus. Von Papen blieb Stammgast; Oskar von Hindenburg, der Sohn des Reichspräsidenten, kam häufig. Konstantin Freiherr von Neurath und andere Nicht-NSDAP-Kabinettsmitglieder zeigten sich gelegentlich, während die nationalsozialistischen Größen weiterhin den *Kaiserhof* bevorzugten.

Karl hatte alle Hände voll zu tun. Seine Sprachkenntnisse waren in der Regel gefragter als sein eigentlicher Aufgabenbereich als Hausdetektiv.

Mehrere Tage war er mit einem amerikanischen Reporter von der *New York Times* unterwegs, der es nicht verbarg, daß er sehr angetan war von *Herr Hitler*.

»Impressive chap, seems to speak the language of ordinary people.«

Karl war froh, als er abreiste.

Ein Londoner Journalist, der mit großkarierter Tweed-Pelerine und von einer Sherlock-Holmes-Mütze behütet die Arbeiterviertel mit ihm besuchte, war ihm da angenehmer. Nach einer Molle und Korn in einer Weddinger Eckkneipe, wo der exotische Gast wahrscheinlich Gesprächsstoff für die nächsten Tage bieten würde, sagte der Engländer: »Everybody there looked exactly the same as they do in some parts of Manchester or Birmingham: worn out, shabby, beaten!«

Karl konnte dem nur beipflichten. Der Kontrast zwischen den Linden und der Weddinger Hussitenstraße konnte nicht größer sein.

Am selben Tag noch wurde Karl wieder einmal bewußt, wie sehr das *Adlon* eine Insel des Überflusses und des Luxus in einer Stadt war, wo die Leute mit umgehängten Schildern durch die Straßen gingen, auf denen stand: NEHME JEDE ARBEIT AN!

Eine große Abendgesellschaft im *Adlon*, Mitglieder des Preußischen Maklervereins, delektierte sich an Fasanenessenz, Austern à la florentine, Hummer Majestik, Rehrücken Baden-Baden und Pariser Eisbombe. Die Damen ließen die Hälfte ihrer Portionen zurückgehen, denn sie gaben vor, auf die »Linie« achten zu müssen; die Herren hatten auch Gewichtsprobleme, scherten sich aber weniger darum und spülten ihr Essen mit reichlich Gurgelwasser – so nannten sie, sich zuzwinkernd, den Sekt – hinunter, pulten selbst den kleinsten Fitzel aus den Hummerscheren und ließen sich von den Obern die Fleischportionen reichlich mit cremiger Trüffelsauce begießen.

Der englische Journalist hatte im Wedding ein Foto geschossen, auf dem eine Frau in Zeitungspapier gewickelte Heringsschwänze im Einkaufsnetz aus dem Fischladen trug. Es war der Familiensonntagsbraten.

Karl und Vera litten keine Not. Karl verdiente gut, und die Trinkgelder waren nicht zu verachten. Auch Veras Gagen konnten sich sehen lassen. Sie führte großzügig in Mutter Binders Haushaltskasse ab. Karl unterstützte seine Mutter, indem er etwas auf die spärliche Witwenrente legte. Trotz alledem blieb genug Geld übrig, was nur wenige Menschen in Karls und Veras Bekanntenkreis sagen konnten.

Hans war in Schweden und hatte eine Arbeitserlaubnis bekommen. Onkel Ewalds Geschäftsfreund in Göteborg hatte seine Beziehungen spielen lassen. Über die Toten auf der Millionenbrücke erschien dann doch noch eine magere Zeitungsmeldung. Die *Morgenpost* vermutete eine Fehde zwischen rivalisierenden Hehlerbanden aus dem Gesundbrunner Kiez. Die nationalsozialistische Presse schwieg weiterhin zu dem Vorfall. Hans war jedenfalls in Sicherheit.

Louis Adlon zog sich mehr und mehr aus dem Tagesgeschäft zurück und überließ seiner Frau die Regie.

Die Generaldirektorin war ein Arbeitstier. Sie war die organisatorische Seele des Hauses. Niemand hatte es L. A. gegenüber an Respekt fehlen lassen, vor Hedda aber stand man stramm. Ihre bissigen Bemerkungen waren gefürchtet. Bei Unbotmäßigkeiten war sie rigoros. Ein Etagenkellner hatte zweimal die Signallampe eines prominenten Gastes übersehen. Der Gast hatte sich beschwert. Der Kellner wanderte einen Monat zur Bewährung in die Spülküche. Zu Karl war Heddas Ton gleichbleibend geschäftsmäßig kühl und distanziert. Es gab auch nichts an seiner Arbeit auszusetzen. Die *Adlon*-Gäste, die Karl einmal in der Vergangenheit betreut hatte, waren zufrieden mit *Monsieur* oder *Mister Charles* und forderten ihn bei ihren Berlin-Besuchen regelmäßig wieder an.

Die Zusammenarbeit mit Lilo Fleischer verlief reibungslos. Ein dritter Kollege, der sich um Sicherheitsbelange kümmerte, war noch nicht gefunden, aber bis auf fehlende Kuchengabeln und Mokkalöffel gab es für die Hausdetektive wenig Handlungsbedarf. Im Weinkeller und in der Weinhandlung waren keine Fehlbestände mehr aufgetreten. Kassner hatte eine lukrativere Geldquelle angezapft. Karl hatte dem Generaldirektor nichts von dessen Waffenschiebereien berichtet. Die Trumpfkarte in Form des Kaufvertragdurchschlages hatte er zusammen mit Hans' Pistole an einem sicheren Ort deponiert. Diese Karte jetzt schon zu ziehen, erschien ihm verfrüht. Zu unberechenbar waren noch die politischen Implikationen.

Hindenburg wurde von Hitler hofiert und gab sich staatsmännisch besonnen. Dennoch hatte sich etwas verändert in Berlin. Die Wandlung war schleichend und keinesfalls allseitig erdrückend, aber dennoch irgendwie täglich spürbar.

Karl merkte es an der Atmosphäre im *Adlon*. Vermehrt steckte das NSDAP-Abzeichen an den Revers von sowohl Bediensteten als auch Gästen, und Kassners Liste im Kurierzimmer wurde länger.

Zwei Kochlehrlinge verließen das Haus vor Beendigung des dritten Lehrjahres. Von Obier, dem Kellermeister, erfuhr Karl unter dem Siegel der Verschwiegenheit, daß Louis Adlon ihnen, entgegen seinen sonstigen Gepflogenheiten, ein gutes Zeugnis und handschriftliche Empfehlungsbriefe an ein berühmtes amerikanisches Haus ausstellen wollte.

Kassner hatte sichtlich Oberwasser.

»Es fehlt nicht viel, und er fällt jedem Gast mit 'nem Bonbon am Jackett um den Hals!« Obier dekantierte eine Sherry-Flasche für das *Adlon*-Café. »Bei mir läßt er sich zum Glück nicht mehr blicken.«

Karl gab dem Kellermeister das Warenbuch zurück. »Ich hab' es da nicht so gut. In der Halle begegnet man ihm ständig.«

Obier verschloß das Buch in der Schreibtischschublade. »Na, alles rechtens?«

»Mir ist nichts aufgefallen. Dir?«

»Nix, seit Fretzel weg ist.« Er stellte einen kleinen Sherry vor Karl.

Karl kostete. »Nicht zu verachten! – Dafür fehlt jetzt häufiger Silber. Halt mal die Augen auf.«

»Hier unten?«

»Na dann eben die Ohren. Die Gäste klauen wie gehabt. Lilo hat neulich die Gattin von Doktor Palle dabei beobachtet, wie sie eine Kuchenzange eingesteckt hat. L. A. hat daraufhin den Ober angewiesen, die Zange einfach auf die Rechnung zu setzen. Die gnädige Frau ist sehr fahl geworden und hat anstandslos bezahlt. – Es ist aber deutlich mehr Silberschwund da als sonst.«

»Spülküche?

»Spülküche oder Kellner.«

»Ich erinnere mich an einen Kellner, der beim Abräumen Besteck hinter den Vorhängen auf den Serviergängen versteckt hat.«

»Das hat Lilo auch gesagt, und wir haben die in Frage kommenden Orte überprüft. Dort verschwindet das Silber nicht. Ich glaube, es passiert bei der Geschirrannahme oder später.«

Obier nahm Karls Sherryglas vom Tisch. »Ich sag' dir Bescheid, wenn ich was rauskriege.«

Karl nickte, verließ Obiers Reich und besprach sich mit Lilo.

Der Müll vom *Adlon* wurde in der Wilhelmstraße auf dem Wirtschaftshof gelagert. Für die Küchenabfälle gab es große Zinktonnen mit Schraubdeckel. Die Tonnen holte täglich ein Schweinezüchter aus Hohenschönhausen ab.

Lilo schlüpfte in eine Kittelschürze, borgte sich den Mantel von einer Putzfrau aus und knotete sich ein Kopftuch um. Das Tuch zog sie weit ins Gesicht, unauffällig für den zufälligen Betrachter, denn es schneite zur Abwechslung wieder pappige Flocken. Dann bewaffnete sie sich mit einem Strauchbesen und bezog Stellung in der Nähe der Mülltonnen, hin und wieder den Besen betätigend.

Karl stieg auf einen Lkw-Anhänger hinter leere Weinfässer. Von der *Adlon*-Küche führte ein Gang auf den Wirtschaftshof.

Aus seinem erhöhten Versteck konnte er den Küchengang einblicken, denn Lilo hatte die Hoftür geöffnet und eingehakt. Am Ende des kurzen Ganges war eine Schwingtür aus Aluminium mit Bullaugen in Kopfhöhe. Dahinter standen die Küchentonnen für die Essenreste.

Lilo wartete, bis Karl ihr signalisierte, daß niemand durch die Schwingtür kam, dann drehte sie den Deckel von der ersten Tonne auf. Mit einem Handfegerstiel stocherte sie im Unrat. Nichts außer Spaghettiresten. Lilo nahm sich die zweite Tonne vor. Sie wurde fast augenblicklich fündig. Der Handfeger stieß auf ewas Hartes. Lilo förderte einen Tortenheber zutage.

Die Schwingtür hatte sich bewegt. Karl hob warnend die Hand und machte sich hinter den Weinfässern klein.

Lilo legte den Deckel auf die Tonne und ließ den Tortenheber in der Manteltasche verschwinden. Sie griff nach dem Besen und begann, mit dem Rücken zum Flureingang, vor dem Lkw-Anhänger zu kehren.

Der Küchenflur wurde von einer nackten Glühbirne beleuchtet. Ein Tellerwäscher, erkenntlich an der langen Gummischürze, die auch noch einen Teil der Brust bedeckte, rollte eine Tonne in den

Flur. Es war der Kellner, den Hedda Adlon zwangsweise in die Spülküche versetzt hatte.

Als die Schwingtür nicht mehr pendelte, schaute der Mann durch das Bullauge in die Küche und hob die Schürze. Er legte zwei Messer auf die Abfälle, griff mit der Hand in die Tonne und bedeckte die Messer mit Kartoffelschalen. Er schraubte den Deckel auf die Tonne, fuhr mit der Hand über den Latz seiner Schürze. Danach strich er eine dunkelbraune, schmierige Paste auf den Tonnendeckel. Dann rollte er die Tonne auf den Hof. Dort bemerkte er die fegende Frau und stutzte. Sein Blick fiel auf Lilos Schuhe. Er reagierte auf der Stelle und rannte, bevor weder Karl noch Lilo eingreifen konnten, am verdutzten Pförtner vorbei auf die Wilhelmstraße.

Als Karl über die Weinfässer gestiegen und endlich vom Hänger gesprungen war, hatte der Mann das Hofgelände längst verlassen.

»Mist!« sagte Lilo. »Einfach geflitzt!«

»Soll er sausen!« Karl schaute auf Lilos Lackschuhe. »Daran hätten wir denken sollen. – Aber daß er gleich Fersengeld gibt, damit habe ich natürlich auch nicht gerechnet. Rasche Auffassungsgabe, der Bursche!«

»Hinterher ist man immer klüger. – Immerhin wissen wir jetzt, wer es war«, sagte Lilo. »Und nun möchte ich bitte ganz schnell wieder rein. Die Schuhe sind völlig ungeeignet zum Diebefangen *und* zum Fegen. Ich habe Eisfüße.«

»Einen Moment noch!« Karl zog die Messer aus der Tonne.

Lilo steckte sie zum Tortenheber.

»Das war eine gute Arbeit! – Wie kamen Sie eigentlich auf die Mülltonnen?« Louis Adlon sah Karl und Lilo fragend an.

»Herr Meunier und ich machen, seit sich die Silberdiebstähle gehäuft haben, Stichproben, wenn das Personal Feierabend hat. Handtaschenkontrolle und so weiter. Das war allgemein bei der Belegschaft bekannt.«

»Am Körper oder in der Tasche etwas aus dem Hotel zu schaffen, war also zumindest sehr riskant«, sagte Karl. »Nachdem wir uns tagelang den Kopf zerbrochen haben, kamen wir zu folgendem Schluß: Die Lieferanten sind im Normalfall nie allein im Wirtschaftstrakt, sie schieden also weitgehend aus. – Selbst das zurückgehende Leergut aus dem Weinkeller wird von Herrn Obier kontrolliert, bevor es den Hof verläßt.«

»Blieben im Prinzip nur Müll und Küchenabfall«, sagte Lilo Fleischer.

»Gute Arbeit«, wiederholte Louis Adlon und fügte seufzend hinzu: »Der Mensch hat uns um etliche Pfund Silber erleichtert. Aber der Mißstand ist ja nun abgestellt.« Er schüttelte beiden zum Abschied die Hände. »Ach, ja! Und erstatten Sie bitte auch Anzeige gegen den Schweinemäster!«

»Das ist bereits geschehen, Herr Generaldirektor«, sagte Lilo.

»Pardon«, sagte Louis Adlon lächelnd. »Herr Obier hält übrigens zwei Flaschen Sekt für Sie bereit, als kleine Anerkennung für Ihren schnellen Erfolg.«

Drei Pagen schleppten das Gepäck von Gianni de Neva durch die Halle zur Rezeption. Der Baron beglich seine Rechnung, während die Pagen, überwacht vom Doorman, die Koffer ins Taxi schafften. Kassner wurde innig die Hand geschüttelt, dann stolzierte der Baron zur Drehtür, nach rechts und links Trinkgelder verteilend.

»Kassner scheint ihn zu mögen«, sagte Lilo. »So hyperfreundlich ist er sonst nur zu prominenten Nazis.«

»Hitleranhänger gibt es in Südamerika, in Afrika und sonstwo, Lilo, warum nicht auch auf Malta?«

»Hast recht. Selbst in den Arbeiterbezirken sollen sich die Leute darum drängeln, Pg. zu werden.«

»Opportunisten gab es zu allen Zeiten, das erstaunt mich nicht besonders.«

»Na, danke schön!«

7. Kapitel
Liebe geht durch den Magen

Vera wartete auf Karl vor der Weinhandlung. Sie trug einen knöchellangen, neuen Mantel und eine Pelzkappe. Karls Umarmung fiel herzlich, aber ungeschickt aus, denn er hatte die Weinflasche in der einen und den *Steppenwolf* in der anderen Hand. »Ein neuer Mantel? Das heißt, ihr tretet in Leipzig auf und habt Vorschuß bekommen!«

»Karl, der Hellseher!« Vera nahm ihm die Flasche ab und hakte sich bei ihm unter. »Und du trittst in Kassners Fußstapfen und läßt Sekt mitgehen!«

»Meine junge und vorschnelle Freundin möge erst ihre Geschichte erzählen, dann bin ich dran, was es mit dem Sekt auf sich hat.«

Vera blickte einer Frau nach, die einen ähnlichen Mantel anhatte. Karl bemerkte es nicht. »Also: Ruella hat an unserem Engagement natürlich kräftig mitverdient, aber pfiffig verhandeln kann der Kerl schon. Fast wie ein jüdischer Pferdehändler. Er hat uns nicht bloß nach Leipzig vermittelt, sondern auch nach Dresden, Jena und was weiß ich wohin. Drei Wochen haben wir pausenlos Auftritte in den ersten Häusern, da wird der Rubel rollen!«

»Und ich darf währenddessen hier in Berlin Trübsal blasen!«

»Im Gegenteil, Karlchen, du kannst jeden Abend mit Benno und deinen Sportkumpels um die Häuser ziehen und nach Herzenslust die Wohnung verlottern lassen!«

»Was hör' ich da? Bei mir ist immer ordentlich aufgeräumt!«

»Und was war mit den Abwaschbergen?«

»Aha! Mata Hari-Binder war spionieren!«

»Spioniert? Abgewaschen hab' ich! Wie soll man denn vernünftig kochen, wenn die Küche aussieht, als hätten da die Vandalen gehaust? – Die Bratpfanne zum Beispiel! Hast du versucht, Pemikan zu fabrizieren?«

»Äh, ein Kotelett ist mir ein wenig angebrannt. – Was gibt's denn Leckeres?«

»Verrat' ich nicht!«

Auf den Linden hatte es einen Verkehrsunfall gegeben. Ein Linienbus mit Odol-Mundwasser-Reklame war auf einen Bierwagen aufgefahren. Zwei Bierfässer waren auf die Fahrbahn geschleudert worden und zerplatzt. Die Passanten kommentierten das Ereignis sehr berlinerisch salopp: »Odol wirkt ooch nich mehr wie früher. Ick riech' die Fahne noch janz jenau.«

Ein Mann in Arbeiterkluft sagte: »Schade um det schöne Bier. Hätt der Bus 'n Odol-Laster gerammt, wär' et besser jewesen. Die reene Luft wär' dann vielleicht bis zur Reichskanzlei geweht und hätt' die Bude desinfiziert!«

Ein SA-Mann stand in der vordersten Reihe der Schaulustigen und drehte sich nach dem Sprecher um. »Wie meinen Sie das?«

»Na, wie ick et sage!« Der Arbeiter war ein baumlanger Kerl mit Schultern wie ein Möbelpacker. Und er war nicht alleine. Zusammen mit drei Kollegen drängelte er sich durch die Schaulustigen zur Fahrbahn. Der SA-Mann suchte eiligst das Weite.

»Die Braunhemden sind immer nur in der Horde stark«, sagte Vera.

Ihr Bus war in Sicht. Karl knurrte etwas von *kackbraune Flitzpiepe* und zog Vera weiter. Im Einser bis zum Alex erzählte er ihr von seinem Tag und wie er zu der Sektflasche gekommen war.

»Ist ja Klasse, Sekt paßt auch zu unserem Essen. Ich hatte Weißwein besorgt.«

Aber was sie vorbereitet hatte, verriet sie nicht, obwohl ihr Karl allerhand ins Ohr flüsterte.

In der Florastraße half er Vera aus dem Mantel, streifte die Schuhe ab und schlüpfte in seine Filzpantinen. Es roch würzig nach Huhn. Vera verschwand in der Küche. Karl wollte hinterher.

»Raus! Wehe, du schielst! Fang lieber schon an, den runden Tisch zu decken!«

Karl deckte ein, stellte den Sekt auf den Balkon und machte es sich in seinem Lieblingssessel mit Hermann Hesse gemütlich. ›Hat auch gewisse Vorteile, wenn man kein reines *Harry-Haller-Leben* führt‹, dachte er, während der *Steppenwolf* gerade unbeweibt durch seine Kleinstadt wanderte.

Durch die Küchentür drangen vielversprechende Kochgeräusche. Hin und wieder sang Vera einen Schlagerfetzen. Als sich endlich die Küchentür öffnete und Vera mit dem großen Serviertablett in den Flur trat, trällerte sie: »Muß i denn, muß i denn zum Städtele hinaus ...«

»Meine verehrte Freundin findet doch immer passende Worte des Trostes!«

»Is ja noch 'n Weilchen hin, Karlchen.« Ihr Blick fiel auf den Hesse. »Dann kannste ungestraft Harry Haller spielen, so viel du willst! – Aber nun mach' mal rasch mit dem Sekt und laß uns anstoßen!«

Karl holte den Sekt. Auf dem Tisch standen zwei köstliche, dampfende Suppenschalen.

»Hühnerbouillon mit Eierstich. Das läßt sich ja gut an!« Er entkorkte die Flasche. Vera hielt ihr Glas hin.

»Auf meine kochkundige Freundin!«

Sie stießen an.

»Auf uns, Karlchen!«

Karl aß die Suppe und schaute Vera tief in die Augen. »Können Suppen Gedichte sein, Vera?«

»Hör auf, mich zu veralbern!«

»Ich meine es ernst!«

Vera kicherte. »Dann versuch wenigstens, nicht wie ein treuherziger Cockerspaniel dreinzuschaun! Lies noch ein bißchen, während ich dem Hauptgericht zur poetischen Ehre verhelfe.«

Sie räumte die Suppentassen ab. Karl holte sich sein Buch. Harry Haller saß in einer Wirtschaft und speiste:

Ich liebe am meisten ganz reine, leichte, bescheidene Landweine ohne besondere Namen, man kann viel davon vertragen, und sie schmecken so gut und freundlich nach Land und Erde und Himmel und Gehölz.

Karl rief: »Was für Wein hast du gekauft?«

»Einen leichten Franzosen. Wir haben den gleichen im *Oriental*. Du mochtest ihn«, ertönte es aus der Küche.«Ganz einfacher Landwein.«

»Aha!« sagte Karl und las weiter:

Nun hatte ich schon eine Portion Leber in mir, aparter Genuß für mich, der selten Fleisch ißt, und hatte den zweiten Becher vor mir stehen.

Aus der Küche drang der Geruch von gerösteten Zwiebeln. Karl goß sich Sekt nach und sagte: »Vera? Gibt es etwa Leber?«

Vera riß die Küchentür auf. »Schurke, du hast doch ge ...«

Aber Karl hatte nicht spioniert. Er saß am Eßtisch und hielt das Buch hoch. »Bin absolut unschuldig! Harry Haller spachtelt gerade Leber auf Seite 39.«

Vera brachte die Teller. Dünne Kalbsleberscheiben mit gedünsteten Apfelscheiben, garniert mit goldbraunen, knusprigen Zwiebelringen, dazu Kartoffelpüree.

»Bist ja doch ein Hellseher!«

Karl setzte eine bornierte Miene auf. »Tja, Teuerste. Andere Leute werfen das I-Ging, wieder andere deuten Kaffeesatz oder gießen Blei; *ich* bevorzuge Hesse.«

»Was sagt denn dein Hesse über den Nachtisch?«

Karl nahm ihren Arm und küßte ihr die Handfläche.

»Ätsch, falsch! Es gibt Birnen mit Schokoladensauce!«

»Oh«, sagte Karl. »Davon war im Buch aber nicht die Rede!«

Während Karl die Dessertteller abräumte, streckte sich Vera auf dem Sofa aus und schlug Bindings *Moselfahrt aus Liebeskummer* auf. Karl brachte ihr das Weinglas, stellte es auf einen Stuhl neben das Sofa.

»Danke! – Fünf Seiten noch, dann hab' ich's fertig.«

Karl hockte sich im Schneidersitz in seinen Sessel und rauchte eine Muratti.

Als Karl seine Zigarette ausdrückte, ließ Vera das Buch auf den Teppich gleiten. »Finis. Sie haben sich natürlich nicht gekriegt. Puh!« Sie verdrehte die Augen. »Er ist zurückhaltend, fast schüchtern. Dagegen ist der Steppenwolf ein richtiger Draufgänger. Und sie ganz abgeklärt. Nee, Karlchen, das waren keine Helden nach meinem Geschmack. Alles ist ein bißchen schwülstig geschrieben. Er nennt sie *seine Zigeunerin*, und so weiter.«

Karl stand auf und ging in die Küche. Vera hörte, wie er am Kohlenkasten hantierte.

»Was planst du, Karlchen?«

»Ich hab' seit Tagen im Schlafzimmer nicht mehr geheizt.«

»Na, dann geh' mal rein!«

Karl öffnete die Tür. Mollige Wärme strömte ihm entgegen.

8. Kapitel
Fotograf Fröschl bangt um Kamera und Kronleuchter

Am nächsten Morgen schliefen sie lange, erwachten erst, als der Bolle-Wagen vor dem Haus bimmelte. Vera zog die Vorhänge auf. Ein Stück blauer Himmel hatte sich über Pankow verirrt.

»Kohlen aus dem Keller holen, einheizen, zum Bäcker gehen und Brötchen kaufen, oder *Kranzler*, Monsieur Charles?«

»Wie Madame befehlen!«

Sie stiegen Friedrichstraße aus und schlenderten bis zu den Linden. Im *Kranzler* fanden sie einen Fensterplatz. Der blaue Himmelsfleck war in Pankow geblieben.

Vera aß bereits das dritte Brötchen und bestellte sich noch eine Lage Schinken nach. Karl beließ es bei einem Croissant und einem ungezuckerten Schwarztee. Seit er nicht mehr regelmäßig zum Ju-Jutsu ging, hatte er ein paar Kilo zugenommen. Vera indes konnte essen, was sie wollte, sie blieb schlank.

»Komm, Karlchen, iß wenigstens noch das Mohnbrötchen, ist Sünde, wenn man was übrigläßt.«

»Dieses Wort habe ich ja noch nie aus deinem Munde gehört. Sünde! Seit wann bist du denn religiös!«

»Hat nichts mit Religion zu tun. Nur mit Sattwerden.«

»Herzchen, wenn ich das alles verschlingen würde, was du in dich hineinstopfst, wär' ich bald dick wie eine Tonne.«

»Na, und?«

»Was, und? Benno spielt heute wieder Schlachtefest mit mir auf der Matte.«

»Du solltest im hohen Alter eben etwas kürzer treten mit deinem sportlichen Ehrgeiz oder dir was Geruhsameres suchen. Wie wäre es mit Boccia oder Angeln?«

Karl sagte mit gespielter Entrüstung: »Die junge Dame möge ihre Zunge hüten, sonst ...!« Er ließ seine Serviette fallen und zwackte Vera in die Wade.

»Heh!« sagte sie.

Ein älteres Ehepaar am Nachbartisch blickte pikiert herüber.

»Karlchen, du bist manchmal einfach unmöglich!« Sie mußte lachen.

Karl machte ein betont unbeteiligtes Gesicht, dann lachte er auch.

Das Ehepaar begann miteinander zu tuscheln.

Karl hatte volles Haar, war kräftig gebaut, und der Bauchansatz war sehr bescheiden im Vergleich zu anderen Mittvierzigern. Rein rechnerisch konnte Vera seine Tochter sein, aber wer die beiden zusammen sah, vermutete nicht einen Altersunterschied von genau zwei Jahrzehnten.

Vera verzehrte noch genüßlich die Salatdekoration und schob den Teller weit von sich weg. »Uff, geschafft!«

Karl zückte die Brieftasche. »Und jetzt?«

»Ich muß zum Fotografen, die Bilder abholen, die er von der neuen Rollschuhnummer gemacht hat. Ist ganz in der Nähe. Kommst du mit?«

»Wo ist der Fotograf?«

»In der Rosmarinstraße.«

»Einverstanden. Ich wollte sowieso bei *Asher und Co.* vorbeischauen. Vielleicht ist der Reiseführer ja schon da.« Karl ließ seine Taschenuhr aufschnappen.

»Wie spät ist es?«

»Kurz nach zwölf.«

»Schon? Dann laß uns mal. Ich bringe nach dem Fotografen die Bilder gleich zu Birgit und Doris. Unsere Schneiderin kommt mit den neuen Trikots. Für den Fototermin waren sie bloß provisorisch zusammengeheftet gewesen. Toller Schnitt und ganz viel Straß.«

»Und vermutlich jugendgefährdende Ausschnitte.«

»Hat, hat!« sagte Vera und reckte sich. »Wollen wir?«

Karl zahlte und half Vera in den Mantel, gab ihr einen Kuß auf die Wange und flüsterte: »Wenn ich dich jetzt ein bißchen angrabbeln würde, würde dem Herrn und der Dame am Nebentisch bestimmt vor Entrüstung das Besteck aus der Hand fallen, so gucken sie schon!«

Vernehmlich sagte Vera: »Bitte nicht grabbeln, Karl!«

Das Ehepaar zuckte zusammen. Kichernd verließen Karl und Vera das *Kranzler*.

Sie überquerten die Linden. Die Schuhputzer auf dem Mittelstreifen konnten ausnahmsweise nicht über mangelnde Kundschaft klagen. Politiker, Diplomaten, Journalisten und Geschäftsleute aller Herren Länder strömten noch immer in die Hauptstadt, um der neuen Regierung ihre Aufwartung zu machen. Besonders beliebt bei den Schuhputzern waren die ausländischen Kavallerieoffiziere. Schaftstiefel brachten das Doppelte von Halbschuhen. Ein griechischer Rittmeister hatte den rechten Fuß auf ein Bänkchen gestellt. Er hielt einen langen Zigarillo in einer Bernsteinspitze zwischen den Lippen und betrachtete gelangweilt die Vorbeigehenden. Der Schuhputzer bearbeitete das helle Leder mit einem flauschigen Tuch.

Karl entdeckte seine Blumenfrau. »Nanu, Sie neuerdings hier?«

»Ab heute. Ick hab' keenen Jewerbeschein mehr jekricht vor'm *Adlon.*« Sie nahm eine gelbe Nelke aus dem Eimer und kürzte den Stiel. »Darf's ooch wat für die Dame sein?«

Karl zeigte auf eine rote Rose. Die Frau wickelte sie in Seidenpapier.

»Und, warum nicht?«

Die Frau schaute verächtlich zu einem der Schuhputzer, der seinen Stand mit einem Hitlerbild geschmückt hatte. »Weil der Pariser Platz und die Wilhelmstraße jetzt so 'ne Art Bannmeile jeworden is für unsereens. Und ausjerechnet meen Schein is vorje Woche abjeloofen.«

»Na, hier ist es doch auch ganz gut«, tröstete Karl.

»Schlecht isset nich, da ham se recht, aber die ollen Stammkunden sind natürlich alle flöten. Und Konkurrenz is ooch mehr.«

»Trotzdem viel Glück«, sagte Vera.

Karl zog den Hut.

»Und für Sie eenen juten Tach noch«, wünschte die Blumenfrau.

Vera roch an der Rose. »Danke!«

Karl öffnete den Mantel und steckte sich die Nelke ins Knopfloch, warf den Kopf in den Nacken, räusperte sich und sagte: »Ähäm, wenn man auf die Fünfzig zugeht, sollte man seine junge Gespielin gelegentlich verwöhnen. Kleine Geschenke erhalten bekanntlich die Freundschaft und mögen dienlich sein, daß sich besagtes weibliches Wesen nicht urplötzlich in Luft auflöst.«

»Nu mach' mal halblang, Karlchen, bis Fünfzig sind es ja noch ein paar Jährchen.«

Eine grazile Ausländerin, ihr Teint verhieß mindestens Ägäis-Bräune, betrachtete schlendernd die Auslagen von Juwelier Rehberg.

»Mein Sich-in-Luft-Auflösen könnte dir wohl so passen!«

»Viel zu dürr«, sagte Karl und legte den Arm um Veras Hüfte. »Außerdem ist mir die Dame zu alt.«

»Da haben wir's! Je oller, je doller. Die ist doch noch keine achtzehn!«

»Na, und? Goethes letzte Geliebte ...«

Der Begleiter der Südländerin war der griechische Kavallerieoffizier. Mit auf Hochglanz gewienerten Stiefeln salutierte er galant vor der jungen Frau und bot ihr den Arm.

»Der könnte mir auch gefallen«, sagte Vera.

»Mit euch würde das keine zwei Wochen dauern, dann wär' er am Ende mit seinen Nerven – oder im Leichenschauhaus.«

»Versteh' ich nicht!«

»Südländer sind extrem eifersüchtig, liebes Kind. Er würde sich mit jedem duellieren wollen, der dich im *Oriental* mehr als eine Sekunde lang anstarrt.«

»Oh, das sind nicht wenige«, sagte Vera mit einem verschmitzten Lächeln.

»Eben drum! Da er aber die Myriaden deiner Bewunderer vermutlich nicht alle im Tiergarten über den Haufen schießen kann, wird er also entweder in der Pathologie oder in Wittenau enden.« Karl warf sich in die Brust. »Nee, Frollein, bei mir sind Se schon richtich!«

»Bin ja auch schon wieder brav, Karlchen.« Vera stellte sich auf die Zehenspitzen und gab ihm einen Kuß.

›Das ist das Tolle an ihr‹, dachte Karl. ›Sie ist nicht nur jung und wunderschön, sondern sie hat auch eine gehörige Portion Witz – und ist herrlich unkompliziert und direkt.‹

Mit seiner Verflossenen, der scharfzüngigen Edith, hatte er über zwei Jahre in einer Art Dauerclinch gelegen. Eifersüchtig, wenn auch grundlos, denn Karl haßte wirre Liebesbeziehungen, war Edith gewesen – selbst auf die Freunde vom Ju-Jutsu. Vera indes machte nie spitze Bemerkungen, wenn er mit Benno und den anderen gelegentlich nach dem Training versackte.

Im Gegenzug löcherte Karl Vera nicht mit Fragen, wie sie außerhalb vom *Oriental* ihre Zeit verbrachte. Sie war oft weg, Tourneen, Auftritte in anderen Städten, da half eh nur Vertrauen, oder wie es Karl nannte – ein bißchen reife Abgeklärtheit. Und es funktionierte. Jeder hatte seine kleinen Eigenarten. Karl schätzte ruhige Abende bei einem guten Roman und einer Flasche Wein. Vera hatte einen riesigen Freundeskreis und pflegte ihn. Sich nicht ständig auf der Pelle zu sitzen, das waren Veras Worte, bekam den beiden.

In der Rosmarinstraße wurde Vera bereits erwartet. Der Fotograf hatte die Aufnahmen auf einer Glasplatte ausgebreitet und nahm letzte Retouchierarbeiten vor. Es waren großformatige Bilder für den Schaukasten des *Oriental* und Werbepostkarten für die Künstleragenturen: die Venduras bei der Bodenakrobatik, ihre komische Nummer und der Rollschuhtanz.

Beim Rollschuhtanz trugen sie die Straßtrikots.

»Ach, sind die gut geworden!« rief Vera.

»Gibt es eins für einen Bewunderer der edlen Varietékunst? – Darf ich?« Karl hielt das Foto ins Licht. »O làlà!«

»Gib's zu, Karl, du willst das Foto ja bloß wegen Birgit und Doris«, neckte Vera.

Der Fotograf zwinkerte Karl zu. »Tja, wer die Wahl hat, hat die Qual, obgleich man bei den jungen Damen nicht von Qual reden sollte.«

»Qual ist manchmal genau der richtige Ausdruck«, sagte Karl, denn Vera entwand ihm justament die Postkarte mit einem Griff, genauer gesagt, mit einem Handstreckdrehhebel, wie es ihr Benno und Karl beigebracht hatten.

Vera war eine begabte und kräftige Schülerin.

»Autsch!« sagte Karl und hatte seine liebe Not, sich zu befreien.

»Selten einer derart niveauvollen Rangelei beigewohnt«, sagte der Fotograf und ging in Deckung.

»Verbuchen Sie es unter: ›Was sich liebt, das neckt sich‹«, sagte Vera und rannte um den Tisch, Karl hinterher.

»Krieg mich doch!«

Der Fotograf stellte sich schützend vor das Stativ mit der Kamera.

Karl erwischte Vera am Mantelärmel und bremste sie. Sekunden später balancierte er sie bäuchlings über der Schulter.

»Vorsicht, der Kronleuchter!« Der um seine Wohnungseinrichtung besorgte Fotograf hielt sich die Augen zu, aber Karl hatte Vera bereits wieder behutsam zu Boden gelassen.

»Wenn wir das einige Male üben, können wir zusammen auftreten, Karlchen.«

»Bitte nicht in meinen vier Wänden!« sagte der Fotograf.

»Da, hast sie dir verdient!« Vera gab Karl einen Kuß und die Postkarte. »Vielleicht wirst du ja irgendwann Muselmane, dann kannste mit uns allen.«

»Gott behüte mich davor. Das wäre mein sicheres Ende! – Obgleich, wenn ich Birgits Dekolleté so richtig betrachte, falls auch weniger drin sein sollte als bei einem gewissen Fräulein Binder, tiefer ist es jedenfalls!«

Vera schaute skeptisch auf das Bild. »Hm, stimmt, vielleicht zwei Zentimeter!« Sie grinste Karl spitzbübisch an. »Eine Brille scheinst du immerhin noch nicht zu brauchen.«

Karl gab ihr einen Klaps auf den Po. »Gleich setzt es was!«

»Das wollen wir doch mal sehen!« sagte Vera und ging in Kampfstellung wie ein Boxer.

Der Fotograf griente sie an und schwenkte die großformatigen

Aufnahmen vor einer Heizspirale mit Gebläse. »Falls Sie wieder einen Ringkampf veranstalten, bitte veranstalten Sie einen kurzen. Es dauert nämlich nur noch ein, zwei Minuten, bis der Retouchierstift richtig getrocknet ist.«

»Nee«, sagte Vera und machte einen Knicks vor Herrn Fröschl. »Einmal austoben am Tag reicht eigentlich meistens. Wir sind jetzt wieder ganz brav.«

Der Fotograf steckte die Aufnahmen in einen steifen Umschlag, zwischen die Bilder hatte er dünnes Papier gelegt. »Falls Ihr Herr Direktor die Rechnung möglichst zügig begleichen könnte ...«

»Wie überall vermutlich, Herr Fröschl, die Sachzwänge, nicht wahr?«

Der Fotograf nickte traurig. »Wenn ich meine Außenstände alle eintreiben könnte, sähe es nicht ganz so schwarz aus. Aber wer hat denn heutzutage noch Geld.«

»Ich werde es Herrn Ruella ausrichten.« Vera zückte das Portemonnaie. »Unsere Privatabzüge zahle ich Ihnen dann wohl lieber gleich. Wo drängt es denn nicht heutzutage?«

»Wie wahr«, murmelte der Fotograf und quittierte Vera den Betrag.

Als sie wieder auf der Straße waren, begann es zu regnen. Weder Karl noch Vera hatten einen Schirm. Sie stellten sich im nächsten Hauseingang unter.

»Mistwetter«, sagte Karl und knöpfte den Kragen zu. »Kein Tag ohne Regen oder Schneeregen. Er nervt langsam, dieser Scheißwinter!«

Vera steckte den Umschlag mit den Fotos unter den Mantel. »Für den Buchladen wird mir die Zeit zu knapp«, sagte sie. »Sei so lieb und bring mir wieder etwas mit, muß aber nicht unbedingt noch eine Bindingsche *Moselfahrt* sein.«

»Zu Befehl, Madame! Aber bitte nicht vergessen, daß wir abends bei Maman eingeladen sind. Ich habe Benno schon Bescheid gesagt, daß ich spätestens um fünf weg muß.«

»Mein armes Karlchen!« schäkerte Vera. »Verzichtet wegen seines alten Mütterchens ausnahmsweise auf die monatliche Sause mit dem Sportskumpan, wie rührend! – Nee, mach' dir mal keine Sorgen, Karl. Punkt sechs bin ich bei Maman, einschließlich Blumenstrauß. Teerosen, falls ich welche auftreiben kann, die liebt sie ja über alles.« Sie streifte den Mantelärmel hoch und schaute auf die Armbanduhr. »Ich muß mich jetzt ein wenig beeilen. Also, ab die Post!«

Sie gingen dicht an den Häusermauern entlang, aber es half nicht viel. Ein flüchtiger, nasser Kuß, dann trennten sie sich.

9. Kapitel
Contenance!

Der Reiseführer *Zwischen Asse und Elm* war reich bebildert. Fotos zeigten Landarbeiter bei der Ernte. Auf blühenden Sommerwiesen graste das Vieh. Ein Maler posierte vor dem Dom in Königslutter an seiner Staffelei. Ein breitkrempiger Strohhut schützte ihn vor der Sonne. In einem Ausflugslokal im Reitlingstal saßen hemdsärmlige Männer und spielten Karten. Für Vera hatte Karl ein Buch von Anna Seghers bei *Asher und Co.* gekauft: *Auf dem Wege zur amerikanischen Botschaft und andere Erzählungen.*

Der Raucherwaggon war voll besetzt. Es war Feierabendzeit. An der Schiebetür in der Wagenmitte sah Karl seinen Hausmitbewohner Wernecke. In dem Bündel, das er in der Hand hielt, war vermutlich Kleinholz zum Feueranmachen. Wernecke war Tischler.

Die Heizkörper unter den harten S-Bahn-Bänken strahlten kaum Wärme ab. Karl streifte mit dem Mantelärmel über die beschlagene Scheibe. Der Zug glitt durch einen grauen Winterabend ohne Schnee.

Am S-Bahnhof Pankow-Nord stieg Karl aus. Ein Anschlag auf

dem Bahnsteig warnte vor Taschendieben. Aus dem Ofenrohr von Vater Binders Zeitungsbude stieg dünner Rauch auf.

Wernecke war lange vor ihm an der Sperre. Der Fahrkartenknipser in dem beichtstuhlartigen Häuschen hatte eine alte Militärdecke um seine Beine gewickelt.

Als Karl die Treppe zur Nordbahnstraße hinunterging, spürte er wieder den Schmerz in der Wade. Er war beim Training an den Weißen Riesen geraten und hatte mit ihm Fußwürfe geübt. Vor ihm hatte selbst Benno Respekt. Der Weiße Riese – er trug eine lange, weiße Hose zur Kimonojacke, nicht wie die anderen schwarze kurze –, Günther mit Vornamen und Müllfahrer von Beruf, hätte mit seiner Spezialtechnik selbst einem Elefanten mit Leichtigkeit die Beine wegfegen können. Und er, Karl, hatte dummerweise zu kontern versucht. ›Bin selbst schuld‹, dachte Karl. ›Was für ein Teufel hat mich bloß geritten, dagegen zu halten!‹

Vater Binders Zeitungsstand war ein wackliger Kiosk Wol-lank-, Ecke Nordbahnstraße.

»Mensch, Karl, du läufst, als hätte dich ein Pferd getreten!«

»Wenn du wüßtest, wie nahe das an der Wahrheit dran ist! – Kleines Malheur beim Training, nix Dramatisches.«

Vater Binder bediente einen Kunden, scharrte in der Keksbüchse nach dem Wechselgeld. »Schönen Abend noch!«

»Gleichfalls.«

Er wartete, bis der Kunde seine gefaltete Zeitung in der Aktentasche verstaut hatte und gegangen war. Dann sagte er: »Hans hat geschrieben. Es geht ihm gut.«

»Schön zu hören«, sagte Karl. »Sonst noch was?«

»Er scheint jetzt ein Mädel gefunden zu haben. Schrieb was von Heirat.«

»Das hätte sicherlich Vorteile, wegen der Aufenthaltsgenehmigung. – Was sagt Vera dazu?«

Vater Binder grinste. »Kennst ja ihre Meinung. Zu jung, und so weiter. Aber in Anbetracht der Lage scheint es ihr auch die vernünftigste Lösung.«

Karl nahm eine der Abendzeitungen.

»Ist immer was los bei euch am Pariser Platz.« Vater Binder beäugte skeptisch das Foto mit den IG-Farben-Direktoren vor dem Brandenburger Tor auf der Titelseite.

»Sie halten morgen eine Konferenz im Verwaltungsgebäude ab«, sagte Karl, »und wollen ein Kunststoff-Forschungsinstitut auf die Beine stellen.« Er sah sich das Foto genauer an. Die Druckqualität war schlecht, aber Karl meinte zu erkennen, daß Randhuber von Geheimrat Duisberg und Doktor Kränzlein flankiert wurde. Ausnahmsweise logierte er mit den beiden Herren zusammen im *Adlon*.

»Sie sollten lieber für Arbeit sorgen, wo alle was von haben, nicht bloß einige Elitewissenschaftler. Die Leute brauchen Brot und Butter und vernünftige Kleidung, vernünftige Wohnungen und keine Kunststoffe. Die Giftgasfabrikanten im Krieg haben sich goldene Nasen mit Chemie verdient. Die haben immer Arbeit. Ist doch die gleiche Clique, die jetzt wieder dicke absahnt!« Vater Binder sagte bitter: »Theo Höhne haben sie auf die Straße gesetzt, nach zwanzig Jahren Schuften bei der Bahn! Wäre er Beamter gewesen, hätten sie das nicht so leicht gekonnt. Aber einem einfachen Streckenarbeiter drückt man mir-nichts-dir-nichts die Papiere in die Hand: ›So Alter, jetzt geh' mal schön stempeln!«

»Was will er machen?«

»Was er machen will? Du scherzt, Karl! Glaubst du etwa, ein ausgelaugter Sechzigjähriger kurz vor der Rente bekommt irgendwelche Arbeit heutzutage? – Theo hilft mir morgens für ein paar Stunden mit den Zeitungen. Paßt mir ganz gut in den Kram, wo Hans ja weg ist.«

Die nächste S-Bahn kam und mit ihr ein neuer Schwung Kunden. Karl griff in die Manteltasche.

»Laß gut sein! – Vera ist übrigens zwei Züge vor dir gekommen. Sie ist schon zu deiner Mutter gegangen.«

Karl tippte mit der gerollten Zeitung gegen die Hutkrempe.

In der S-Bahnunterführung saß ein Scherenschleifer und schärfte einer älteren Frau ein Küchenmesser. Als er das Schwungrad antrat, das den Schleifstein trieb, sprühten die Funken. Zwei Kinder spielten zwischen den Brückenpfeilern Einkriege. Der Scherenschleifer rief sie barsch zur Ordnung. »Jetzt is Schluß mit'm Rumjetobe! Werd ja janz rammdösig im Kopp. Ab nach Hause!« Er gab ihnen einen Schlüssel.

Am ehemals hochherrschaftlichen Haus in der Kreuzstraße blätterte der Putz. Einen Hauswart gab es auch nicht mehr, der nach dem Rechten schaute.

Karl blickte durch das Flurfenster. Müllreste lagen achtlos zwischen den Tonnen.

Frau Meunier bewohnte noch immer die geräumige Vier-Zimmer-Wohnung alleine. Einen Untermieter aufzunehmen hatte sie sich, trotz aller finanziellen Enge, mit Entschiedenheit geweigert. *»Dein Vater würde sich im Grabe umdrehen«* war ihr Standardargument, wenn Karl dieses Thema anschnitt.

Vera und Karls Mutter saßen in der Guten Stube und tranken Chinatee. Der parfümierte Schwarztee war ein kleiner Luxus, den sie sich nur zu besonderen Gelegenheiten leistete. Der Alltag sah Malzkaffee oder Pfefferminztee.

Nach anfänglicher Skepsis – *»Gott bewahre, Karl, eine von der Krücke?«* – hatte sie doch Vertrauen zu Vera gefaßt, weil die elegante und zuvorkommende Vera – *»Fräulein Binder hat Manieren!«* – so gar nicht das Vorurteil bestätigte, das sie gegen die Anwohner der Koloniestraße und Umgebung hatte. *(»Das sind sehr einfache Menschen, die dort wohnen, Karl. Vergiß nie, wo du aufgewachsen bist!«)*

Auf dem Vertiko hinter den Frauen standen gerahmte Fotografien. Der Vater als Dragonerleutnant, der Vater, wie Prinz Eitel-Friedrich ihm anläßlich eines Veteranentreffens die Hand schüttelt; dann das Hochzeitsfoto vor dem Französischen Dom und natürlich Karl: Karl als Primaner, Karl als Offizier, Karl, der gerade Thomas Mann chauffiert.

Frau Meunier mochte Thomas Mann. Hesse war ihr zu freizügig – sie hatte den Siddharta nach der Hälfte weggelegt –, von Tucholsky hatte sie *Rheinsberg* gelesen und dann nichts mehr von ihm für gut befunden. Die amerikanischen Autoren, die Karl ihr brachte, waren ihr zu modern.

Wenn sie das Haus verließ, um ihre Einkäufe zu erledigen, bot sie weiterhin die Erscheinung einer Dame des wohlhabenden Bürgertums, obgleich die Rente und Karls kleine Unterstützung kaum große Sprünge zuließen. »*Wir Meuniers lassen uns nie gehen!*« pflegte sie zu sagen.

Zu Ehren von Fräulein Binder hatte sie ihr bestes Kleid aus dem Schrank geholt, dunkelvioletter Samt mit altmodischen Rüschen an den Ärmeln. Karls Mutter hatte für sich die Formel gefunden, daß die »Verlobte« ihres Sohns Künstlerin war. – Daß Vera in Cabarets und Varietés auftrat, zog sie vor zu ignorieren.

Karl wußte um die Schrulligkeiten seiner Mutter und hatte Vera vor der ersten Begegnung vorsichtig gewarnt. Dennoch achtete Karl ihre Marotten. Das Zubrot, das er zu ihrem Haushalt zusteuerte, hatte sie erst nach längerem Zögern angenommen. Frau Meuniers Französisch war so altmodisch wie die Kleidung, auf die sie peinlich genau achtete. Sie verließ das Haus stets überkorrekt gekleidet, selbst wenn sie nur über die Straße in die Metzgerei ging, um einmal in der Woche dort ein bescheidenes Achtel Leberwurst zu kaufen. »*Il faut toujours qu'on garde la contenance!*« hieß ihr Leitspruch in allen Lebenslagen. Das Preußische und das Hugenottische verbanden sich nahtlos in Frau Meunier.

Vera hatte bloß gelacht. »*Wie alt ist sie? Über siebzig? Dann wird sie sich vermutlich auch nicht mehr ändern. Sei mal unbesorgt, ich kann gut mit alten Damen!«*

Vera hatte Recht behalten. Beim Antrittsbesuch brachte sie Blumen und selbstgebackenen Kuchen mit und machte artig Konversation. Frau Meunier war sehr *angetan gewesen.*

Karl setzte sich neben die Standuhr. Die Frauen plauderten. Karl las Zeitung.

Das Deutsche Reich braucht eine leistungsstarke Kunststoffproduktion, um in der Zukunft von teuren Importen unabhängig zu werden. Der Reichskanzler persönlich traf sich gestern mit hochrangigen Vertretern der Chemieindustrie, um sich die diversen Forschungsprojekte auf diesem Gebiet erläutern zu lassen. Dr. Bruno Randhuber vom NSDAP-Wirtschaftsamt betonte ausdrücklich, daß auch ausländische Investoren eingeladen seien, sich zu beteiligen. Erste Kontakte hätten sich bereits ergeben.

Ein kleineres Foto zeigte Randhuber mit Holtsen im *Adlon*-Foyer.

Frau Meunier unterbrach ihr Gespräch mit Vera. »Karl!«

»Ja?«

»Mußt du ausgerechnet jetzt Zeitung lesen!«

»Natürlich nicht, Maman, ich dachte, ihr unterhaltet euch!«

»Das ist doch kein Grund!« sagte Frau Meunier vorwurfsvoll.

»Ich habe bloß schnell nachgesehen, was mich morgen im *Adlon* erwartet. Meistens veröffentlicht die *Nachtdepesche* die Namen unserer prominenten Gäste.«

»Ach, so! Dann lies ruhig weiter.« Frau Meunier nahm ihre Plauderei mit Vera wieder auf.

Alles, was mit dem *Adlon* zu tun hatte, war für sie sakrosankt. Die Tatsache, daß ihr Sohn in dem berühmten Hotel Unter den Linden arbeitete, erfüllte sie mit größtem Stolz. Einer Cousine hatte sie ein Foto im Briefumschlag beigelegt und es auf der Rückseite beschriftet: *Mein Karl und Direktor Louis Adlon.*

»So – schon erledigt!« Karl legte die Zeitung weg und setzte sich zu den Frauen.

»Du ziehst ja das Bein nach, Karl!« sagte Frau Meunier. »Warst du etwa wieder raufen?« In der Stimme klang Vorwurf mit.

Karl hatte wiederholt versucht zu erklären, was er in Erich Rahns Übungskeller trieb. Sie hatte immer nur gesagt: »Aber das ist doch Raufen! Dein Vater, Karl, war ein guter Fechter. Raufen ziemt sich nicht für einen Meunier!«

Er verzichtete auf eine neuformulierte Form der Rechtfertigung. Vera schmunzelte.

Auf dem Weg zur Florastraße gingen sie durch ein dichtes Schneegestöber.

Vera sagte: »Sie ist schon schrullig, deine *Maman*, aber sie hat unbestritten Stil. – Nur eins möchte ich gerne wissen. Was denkt sie eigentlich über unseren Altersunterschied?« Sie verlangsamte ihren Schritt, als ob sie die Auslagen in einem Geschäft anschauen wollte, und rollte schnell einen Schneeball. Karl war langsam weitergegangen.

»Das, mein liebes Kind, macht ihr bestimmt kein Kopfzerbrechen. Mein Vater war immerhin achtzehn Jahre älter als sie.« Karl kicherte und warf sich in die Brust. »Ist halt so üblich in den besseren Kreisen!« Er drehte sich nach ihr um.

»Oller Snob!« Vera warf den Schneeball.

Karl duckte sich. Der Schneeball flog dicht an seinem Kopf vorbei.

»Rache ist Blutwurst!« rief er und griff in den Schnee.

Vor der Haustür klopften sie sich gegenseitig die Mäntel ab. »Ein bißchen Bewegung an der frischen Luft bringt doch gleich das Blut in Wallung«, sagte er.

»Und praktisch ist es auch, Karl. Wir haben heute nicht geheizt«, sagte sie.

Im Briefkasten lag ein Telegramm: FRAU FLEISCHER ERKRANKT STOP BITTE AM SIEBENUNDZWANZIGSTEN IHRE FRÜHSCHICHT ÜBERNEHMEN STOP SCHICKE WAGEN PUNKT SECHS STOP ADLON

»Das wird eine verdammt kurze Nacht«, sagte Karl.

»Soll ich lieber im Wohnzimmer schlafen?« fragte Vera.

»Quatsch!« sagte Karl.

10. Kapitel
Eine rote Glaskuppel zerplatzt

Karl erwachte gegen fünf Uhr, noch bevor der Wecker läutete. Er stellte ihn für Vera auf neun und schlich sich aus dem Zimmer. Es war eine sternklare Nacht. Der Schnee vom Vortag war liegengeblieben. Karl zündete alle Ringe auf dem Gasherd an und setzte den Wasserkessel auf die größte Flamme. Eine Viertelstunde später war er frisch rasiert und trank einen Kräutertee. Dann stellte er für Vera eine Tasse hin, fand auch einen sauberen Frühstücksteller, Messer und Teelöffel. Unten fuhr ein Wagen vor. Auf der Küchenuhr war es genau sechs. Karl schaute aus dem Fenster und drehte das Gas aus. Er zog sich einen Mantel über und suchte nach dem Schal. Er lag neben der Aktentasche. Karl erinnerte sich an den Erzählband für Vera. Er ging in die Küche zurück und legte das Buch auf den Tisch neben die Tasse.

Mirow saß am Steuer. »Was ist denn mit Lilo?«

»Hat die Grippe. Die halbe *Adlon*-Mannschaft liegt darnieder. Zwei von meinen Fahrern auch. Fieber, Husten, Schnupfen, alles was dazugehört.«

Mirow scherte hinter einem Streufahrzeug aus. Auf der Ladefläche des offenen Lastwagens standen zwei Männer und warfen

Sand auf die Fahrbahn. Sie schwenkten die Spaten mit gleichmäßiger, sensenförmiger Bewegung über die Ladebordwand.

»Mit denen möchte ich nicht tauschen«, sagte Mirow. »Es ist saukalt und stellenweise spiegelglatt. Auf der Schloßbrücke haben sich schon zwei Lieferwagen geküßt.«

»Bin nicht gerade sehr erbaut, heute zwei Schichten zu schieben.« Karl verkroch sich in seinem Sitz.

»Tröste dich! Ich muß heute auch voll ran.« Mirow überholte ein Pferdefuhrwerk. Die Tiere hatten Mühe, sicher zu gehen. Immer wieder rutschten die Hufeisen weg. Die massigen Hannoveraner dampften vor Anstrengung.

Mirow fuhr in den Wirtschaftshof. Der Mercedes von Louis Adlon parkte neben dem Anhänger mit den leeren Weinfässern. Man sah den Generaldirektor selten zu so früher Stunde im Haus. Karl erinnerte sich an den Zeitungsartikel. Der IG-Farben-Vorstand hatte ein Arbeitsfrühstück um halb neun anberaumt.

Faß-Rüdiger und andere Hausarbeiter fegten Schnee. Ein Gemüsewagen wurde entladen.

Chefkoch Fliegenwald ließ einen Sack mit Kartoffeln zurückgehen. »Das ist Schrott, die haben Frost gekriegt! Streichen Sie den Posten aus dem Lieferschein, Fräulein Schulte!«

Fräulein Schulte aus der Buchhaltung strich mir rotem Kopierstift. Fliegenwald kritzelte sein Kürzel.

Karl grüßte und erhielt von Fliegenwald ein knurriges *Morjen!* Fräulein Schulte nickte freundlich.

Louis Adlon sah angeschlagen aus. Als Karl das Büro betrat, tröpfelte er Hustensaftextrakt auf einen Teelöffel mit Zucker.

»Vorgestern hat es meine Frau und ausgerechnet heute hat es mich auch erwischt.« Er löste die Medizin in einem Glas Wasser auf, trank und verzog das Gesicht. »Brrr!«

Karl studierte die Pinnwand mit dem Veranstaltungskalender. Das Arbeitsfrühstück für den IG-Farben-Vorstand war bis neun

Uhr dreißig angesetzt, Mittagessen sollte gegen dreizehn Uhr serviert werden, und ab achtzehn Uhr war ein Diner eingeplant.

»Tut mir leid, daß ich Sie zusätzlich einplanen mußte!« Louis Adlon schraubte das Medizinfläschchen zu. Es verschwand in der Westentasche. »Aber ich brauche Sie unbedingt im Haus. Geheimrat Duisberg bat mich um eine Vertrauensperson, die während der Sitzungen drüben in der Berliner Hauptverwaltung gewährleistet, daß niemand, aber auch niemand, sein oder Doktor Kränzleins Zimmer betritt. »

»Doktor Kränzlein ist als Leiter des neuen Kunststoff-Forschungsinstituts im Gespräch.«

»Ja. Er hat Berge von Akten antransportiert. Im Augenblick hält Herr Klempert Wache auf dem Flur, aber ich brauche ihn heute auch dringend an der Rezeption. Kassner sehe ich ungern den ganzen Tag alleine in der Halle. Herr Klempert wird Sie aber von Zeit zu Zeit ablösen. Übrigens: Zwei Beamte in Zivil patrouillieren auch durch das Gebäude, auf Wunsch von Herrn Doktor Randhuber.«

»Ich werde sie erkennen, wenn sie auftauchen. – Welche Zimmer haben Herr Duisberg und Doktor Kränzlein?«

»Eins null vier und eins null fünf.«

Karl machte sich auf den Weg in den ersten Stock. Emil Klempert unterhielt sich mit dem Nachtetagenkellner.

»Das Zimmermädchen darf auch nicht rein?«

»Nein«, sagte Klempert. »Absolut niemand.«

»Ablösung, Emil!« Karl bat den Kellner, ihm eine Morgenzeitung zu holen, und schüttelte Klempert die Hand.

»Dann geh' ich mal rasch frühstücken, soll ich dir was hochschicken?«

»Der Kellner kann mir einen Tee machen«, sagte Karl. »Ich esse später.«

»Ich löse dich so um neun ab. Reicht das?«

»Ich werde bis dahin nicht verhungert sein«, sagte Karl.

Geheimrat Duisberg und Doktor Kränzlein traten fast synchron aus ihren Appartements. »Guten Morgen, die Herren!«

»Sehr beruhigend, Sie zu sehen«, sagte Duisberg und zückte seine Brieftasche.

Doktor Kränzlein war schneller. »*Sehr* beruhigend!« wiederholte er und drückte Karl einen Geldschein in die Hand.

»Doppelt hält besser«, sagte Duisberg. Ein weiterer Schein verschwand in Karls Ziertuchtasche.

Karl verbeugte sich. »Danke, die Herren!«

»Nach dem Frühstück müssen Doktor Kränzlein und ich uns noch einmal bei mir besprechen. Dann haben Sie für circa eine Stunde Wachpause.«

»Herr Klempert wird mich in dieser Zeit vertreten und sichergehen, daß auch dann niemand das Zimmer von Herrn Doktor betritt. Sicher ist sicher!« sagte Karl.

Duisberg klopfte Kränzlein auf die Schulter. »Da hören Sie es, Kränzlein! Im *Adlon* bleibt nichts dem Zufall überlassen!«

Karl rückte im Etagenservicezimmer den Stuhl an die offene Tür. Der Kellner brachte die Frühausgabe der *Berliner Morgenpost*. Ein Lämpchen über der Konsole mit den Serviertabletts glühte auf.

»Das ist Bankier Tiedke. Er frühstückt auf dem Zimmer.« Der Kellner eilte zum Speiseaufzug am Flurende.

Karl setzte sich und behielt Duisbergs und Kränzleins Appartements im Auge. Er blätterte in der Zeitung und bemerkte die Männer erst, als sie in sein Blickfeld tauchten. Sie nickten ihm zu und gingen weiter. Offenbar hielten sie ihn für den Etagenkellner. Karl hatte Kriminalbeamte in knarrenden Schuhen erwartet. Diese Männer kamen auf modischen Kreppsohlen, waren elegant gekleidet und hätten sehr wohl Gäste sein können. Karl erkannte in dem jüngeren der beiden den Begleiter der Rothaarigen. Beide Männer hatten entweder sehr prall gefüllte Brieftaschen oder eine Waffe unter den Jacketts.

Klempert löste Karl wie versprochen ab. Kränzlein und Duisberg hatten sich in Duisbergs Zimmer zurückgezogen.

Karl ging in die Personalkantine und traf dort Obier und Fliegenwald.

»Na, Karl, Postenschieben beendet?« Obiers Zeige- und Mittelfinger liefen über die Tischdecke im Stechschritt Streife.

»Auf die *Adlon*-Buschtrommeln ist doch immer Verlaß!« Er setzte sich neben Fliegenwald. »Klempert hat mich abgelöst.«

Der Kellermeister besprach mit Fliegenwald die Weinfolge für das IG-Farben-Mittagessen im Bankettsaal. Ausgerichtet wurde das Essen vom NSDAP-Wirtschaftsamt.

»Vergiß nicht, eine neue Flasche Linie Aquavit nach oben zu schicken«, sagte Fliegenwald. »Direktor Holtsen steht auf der Gästeliste von Doktor Randhuber.«

»Ich habe extra seinetwegen einen Karton nachbestellt«, sagte Obier.

Karl schaltete sich in das Gespräch ein. »Es ist mir ein Rätsel! Er trinkt das Zeug wie Wasser, aber man merkt ihm nie etwas an.«

»Na, ist doch kein Wunder bei der Körpermasse.« Fliegenwald blähte illustrierend die Backen und umfaßte mit den Armen eine imaginäre Tonne.

Klempert erschien. »Du mußt nach dem Frühstück nicht mehr rauf.«

»So?« Karl zog fragend die Augenbrauen hoch.

Fliegenwald sagte zum Kellermeister: »Mit uns ist alles klar?« Obier nickte. Fliegenwald ging.

Klempert setzte sich auf Fliegenwalds Platz. »Was immer wir da bewachen sollten ist abgeholt worden.« Er bat Karl um den Zuckerstreuer.

»Hier, bitte! – Von wem?«

»Randhuber kam mit drei SS-Uniformierten. Kränzlein und Duisberg waren besorgt, weil sie nicht bewaffnet waren, aber Randhuber hat gesagt, daß man ausreichende Sicherheitsvorkehrungen getroffen hätte.«

»Es laufen ein paar Leute mit eindeutigen Ausbeulungen am Leib im Haus herum«, sagte Karl.

»Ich war im Weinladen, als Randhubers Truppe aus dem Wirtschaftseingang kam«, sagte Obier. »Sie wurden von vier Zivilisten begleitet, auf die deine Beschreibung zutrifft. Jeder SS-Mann schleppte zwei Stapel verschnürter Aktenordner zu einem schwarzen Mercedes auf der anderen Straßenseite.«

»Ich meine auf dem Flur gehört zu haben, wie Randhuber den SS-Leuten sagte, daß die Sachen zum IG-Farben-Gebäude gefahren werden müßten«, sagte Klempert.

»Das kann sein«, sagte Obier. »Die SS-Männer haben die Aktenordner in den Kofferraum von dem Mercedes gelegt und sind in einen Lastwagen gestiegen. Randhuber und die vier Zivilen haben sich in den Mercedes gesetzt und sind ihnen Richtung Linden hinterher. Ziemlich viel Aufwand für eine Fuhre Papier, wenn du mich fragst.«

»Die IG-Farben plant ein zentrales Kunststoff-Forschungsinstitut für die Industrie. Falls dieser Aktenberg damit zu tun hatte, Patente, Produktionsverfahren und so weiter, dann war er wertvoller als ein Waggon voller Goldbarren!«

»Und was kann man mit dem Zeug anfangen, diesem *Kunststoff*, meine ich?«

»Ich bin da auch nicht so recht auf dem laufenden. Aber wie der Name schon sagt: Man imitiert Rohstoffe, besonders vermutlich solche, die das Reich nicht besitzt. Im Krieg hatten wir reichlich Probleme mit fehlenden Rohstoffen. Ich denke da zum Beispiel an Kautschuk oder Erdöl.«

»Tja, sagte Obier. »Das leuchtet irgendwie ein. Die Kolonien sind ja wohl auf Nimmerwiedersehen flöten.«

Als die IG-Farben-Mittagsgesellschaft im Bankettsaal tafelte, nutzte Karl seine Mittagspause zu einem kleinen Nickerchen hinter den Garderobenschränken im Kurierzimmer. Sein Arbeitstag war noch lang, und die vergangene Nacht war sehr kurz gewesen.

Am Nachmittag stand Routinearbeit an. Karl überprüfte die Alkoholbestände in der *Adlon-Bar* mit den Bon-Büchern. Er konnte keine nennenswerten Differenzen feststellen. Dann überzeugte er sich davon, daß die Generalschlüssel im Rezeptionstresor alle vollzählig waren, und rief Lilo an.

Lilo Fleischer hörte sich am Telefon an, als hätte sie Reißnägel in der Kehle. »Mit mir wird es noch eine Weile dauern, bis ich wieder auf den Beinen bin«, krächzte sie.

Karl wünschte gute Besserung und hoffte inständig, daß er nicht jeden Tag zwei Schichten aufgebrummt bekäme.

Randhubers Diner fand ebenfalls im Bankettsaal statt. Holtsen war nicht der einzige schwedische Bankier, der daran teilnahm. Mirow hatte mehrere Finanzgewaltige vom Flugplatz Tempelhof abgeholt. Der prominenteste von ihnen war Direktor Marcus Wallenberg Junior.

Unter den Gästen des IG-Farben-Diners entdeckte Karl auch wieder Ernst Udet und Hajo. Während die Herren dinierten, rief er Vera im *Oriental* an. Holtsen hatte ihn gebeten, dort Tische für den späten Abend zu reservieren.

Weder Holtsen noch die anderen Schweden sollten an diesem Abend die neue Rollschuhnummer der Venduras bestaunen. Ein anderes Ereignis zog die Hotelgäste bis in die Nachtstunden in seinen Bann.

Gegen neun Uhr rannte Pleschke, der Portier, in die Lobby und rief: »Der Reichstag brennt!«

Die Nachricht verbreitete sich in Windeseile im *Adlon*. Alles stürzte auf die Straße.

Karl stand inmitten einer wachsenden Menschenmenge auf dem

Pariser Platz. Aus allen Richtungen verstärkte sich das Geheul von Sirenen.

Die Kuppel des Reichstags glühte hellrot, dann zerplatzte sie. Der ungeheure Sog des Feuers stieß brennende Balken, Mobiliar und Holztäfelungen wie Funken aus einem Kamin. Mannschaftswagen mit aufgesessener, marschmäßig ausgerüsteter Bereitschaftspolizei rasten, vom Präsidium am Alex kommend, durch die mittlere Durchfahrt des Brandenburger Tors.

Der Generaldirektor erschien in Begleitung von Klempert und dem Portier. Louis Adlon stellte sich neben Karl und beobachtete stumm das Inferno hinter der Nordfront des Pariser Platzes. Überhaupt sprach kaum jemand ein Wort. Wie gebannt starrte die Menschenmenge auf die immer höher schlagenden Flammen. Karl bemerkte Fräulein Plinz aus der Telefonzentrale, wie sie suchend durch die Reihen der Schaulustigen ging. Er winkte ihr. Sie hatte trotz der Kälte keinen Mantel übergezogen.

»Gott sei Dank, Herr Generaldirektor! Da sind Sie ja!«

»Ja?« Zu Karl gewandt murmelte L.A.: »Fast hätte ich gesagt: Wo brennt es denn?«

»Ein dringender Anruf für Sie!« Fräulein Plinz zog die Schultern hoch und umklammerte bibbernd ihre Oberarme. »Aus der Chinesischen Botschaft. Ich glaube, der Herr Botschafter war persönlich am Apparat. Er bat mich inständig, Sie zu holen. Ich habe ihn in der Leitung gelassen.«

Louis Adlon preßte die Lippen aufeinander und nickte. »Danke, Fräulein Plinz! Aber nun machen Sie hinne, daß Sie sich nicht den Tod holen!« Zu Karl sagte er: »Kommen Sie bitte mit, Meunier! Ich ahne, daß ich Ihre Hilfe brauchen werde!«

Louis Adlon bat Karl, in der Telefonzentrale zu bleiben, und ließ sich das Gespräch auf sein Büro stellen. »Geben Sie acht, daß sie nicht mithört!« flüsterte er Karl zu.

Fräulein Plinz hatte schon vor Wochen ihren Namen auf Kassners Liste gesetzt.

Fünf Minuten später rief Louis Adlon Karl in sein Büro. »Wie erwartet, Meunier. Ich brauche Ihre Hilfe. Sie kennen doch den Taxifahrer, der die Nazis nicht ausstehen kann. Könnten sie versuchen, ihn jetzt zu erreichen?«

»Versuchen kann ich es. Ich habe die Telefonnummer von seinem Schwiegervater. Ihm gehört die Droschke.«

»Bestellen Sie dem Mann, daß er sich hundert Mark verdienen kann, wenn er bis morgen früh abrufbereit bleibt. Er soll vor der Weinhandlung parken, bis man ihn braucht.«

Der Generaldirektor schob ihm das Telefon über den Schreibtisch. Karl blätterte in seinem Adreßbuch. Er hatte Glück.

Der Finne war selber am Apparat. »Hundert Mark? Dafür warte ich, falls nötig, bis übermorgen! ... Nein, der Wagen ist besser in Schuß denn je, wir haben einen neuen Motor eingebaut ... Ja, ich fahre stante pede los!«

»Er macht es«, sagte Karl.

»Ausgezeichnet!« sagte Louis Adlon und griff nach dem Hörer. »Herr Klempert, stimmt es, daß Doktor Kränzlein gleich nach dem Diner abgereist ist?«

»Ja, Herr Generaldirektor!«

»Dann belegen Sie bitte das Appartement bis morgen auf keinen Fall neu. Ich erwarte eventuell ein Familienmitglied. Das Zimmermädchen war schon drin?«

»Ja, sofort nach der Abreise vom Herrn Doktor.«

»Gut, schicken Sie mir bitte den Schlüssel jetzt mit der Rohrpost hoch! Meunier wird sich um alles kümmern, falls erforderlich.«

Es passierte öfter, daß der Generaldirektor Verwandte im Hotel einquartierte und Karl deren Betreuung auftrug. Hedda hatte zudem eine Tochter, Louis Adlon hatte Söhne aus erster Ehe. Louis Adlon legte auf. »So, das wäre auch geregelt! – Und nun würde ich Sie bitten, Meunier ...«

Die Rohrpostleitung neben dem Schreibtisch zischelte, ein

schlanker Messingzylinder, einer kleinkalibrigen Geschützgranate nicht unähnlich, fiel in einen Ledersack.

Louis Adlon entnahm ihr den Appartementschlüssel und gab ihn Karl. »... würde ich Sie bitten, Herrn Weiß am Wirtschaftseingang abzuholen und möglichst ungesehen in sein Appartement zu geleiten. – Kassner ist zwar gottlob nicht im Haus, aber Raschdorf und Möhring sollten Herrn Weiß besser auch nicht zu Gesicht bekommen.«

Raschdorf und Möhring waren Etagenkellner, die der NSDAP beigetreten waren.

Der Generaldirektor zog seine Uhr aus der Westentasche und ließ den Deckel aufspringen. »Er wird in genau zehn Minuten mit einem grauen DKW eintreffen.« Louis Adlon musterte Karl. »Ich weiß, Meunier, daß Sie sich vermutlich kaum noch auf den Beinen halten können nach einem solchen Achtzehn-Stunden-Tag ...«

Karl machte eine beschwichtigende Geste.

»... nein, ich weiß, daß ich da sehr viel von Ihnen verlange! Aber nehmen Sie mich bitte beim Wort: Wenn Herr Weiß morgen früh das Haus verlassen haben wird, dann kriegen Sie von mir drei Tage bezahlten Extra-Urlaub, egal, ob noch mehr Leute krank werden sollten oder nicht.«

Louis Adlon schob die schweren Brokatvorhänge zur Seite. Der Reichstag brannte noch immer lichterloh.

Karl rief im *Oriental* an. Benno war am Apparat. »Der Reichstag brennt!«

»Wiss'n wa schon. Kam gerade innen Rundfunknachrichten.«

»Bitte sag Vera, ich werde erst morgen früh zu Hause sein.«

»Richt ick aus. – Können se det Feuer löschen?«

»Bis jetzt nicht.«

»Det is ja 'ne schöne Bescherung!«

11. Kapitel
Ein später Gast

In der Wilhelmstraße herrschte ungewöhnlicher Verkehr. Regierungsfahrzeuge der Ministerien, Polizei und Feuerwehr brausten immer noch zum Brandort. Nur die ersten Presseleute fuhren schon zurück zu ihren Redaktionen. Das Gebiet um den Reichstag war großräumig abgesperrt worden. Wer vom Alex kam, dem blieb als letzte Möglichkeit, in der Wilhelmstraße in nördlicher oder südlicher Richtung abzubiegen. Zwischen den offiziellen Fahrzeugen drängten sich Privatwagen mit Neugierigen. Daß der Reichstag in Flammen stand, hatte sich im wahrsten Sinne des Wortes in Brandeseile in der Hauptstadt herumgesprochen. Um den fließenden Verkehr nicht zu behindern, hatte der Finne halb auf dem Bürgersteig geparkt.

Karl öffnete die Beifahrertür. »Alles klar?«

»Alles klar. Schöne Bescherung mit dem Reichstag!«

»Das kann man laut sagen!« Er gab dem Taxifahrer den Hundert-Mark-Schein. »Mit uns bleibt es wie abgesprochen?«

»Ich rühre mich keinen Millimeter von der Stelle, bis Sie mich anfordern. Falls die Bullen was wollen, täusche ich eine Panne vor.«

Vor dem Taxi scherte ein Auto ein und hielt. Es war der graue DKW.

»Also bis später«, sagte Karl.

Bernhard Weiß entstieg dem Wagen. Der DKW setzte den Blinker und fuhr davon. Der Berliner Ex-Vizepolizeipräsident hatte die rechte Hand in der Manteltasche, unter dem linken Arm klemmte die dunkelgrüne Wildlederaktentasche. Er drehte sich zu Karl um.

»Herr Meunier?«

»Ja. Herr Adlon bittet Sie, mir zu folgen. Ich werde Sie in Ihr Appartement geleiten, Herr Weiß.«

Die Portierloge vom Wirtschaftseingang war um diese Stunde nicht mehr besetzt. Karl benutzte den Generalschlüssel.

Bernhard Weiß hatte sich den Lippenbart abrasiert und den Hut ins Gesicht geschoben.

›Wer ihn so sieht, wird ihn dennoch ohne weiteres erkennen‹, dachte Karl. Bernhard Weiß' markantes Profil hatte *Der Stürmer* zur Genüge karikiert.

Sie erreichten das Appartement, ohne jemanden auf den Gängen und Treppenhäusern zu treffen. Karl hatte diverse Umwege sowohl durch das Kellergeschoß als auch über den Dachboden gewählt, um ins erste Stockwerk zu gelangen.

Bernhard Weiß warf die Aktentasche auf das Bett und zog einen kurzläufigen Revolver aus der Manteltasche. Er legte ihn auf den Nachttisch.

»Haben Sie gedient, Herr Meunier?«

»Ich war Oberleutnant im ersten Garde-Feldartillerie-Regiment.«

»Ich war Rittmeister bei den Ulanen.« Seine Gesichtszüge wurden starr. »Es ist eine Schande, daß das Reich vor einem österreichischen Gefreiten in die Knie sinkt!«

Karl nickte ernst. »Ich pflichte Ihnen bei, Herr Weiß! Von einer Einbindung Hitlers in von Papens Politik merkt man wahrhaftig nicht allzu viel.«

Bernhard Weiß sah erschöpft aus. Er lockerte die Krawatte und legte sich aufs Bett. Karl gelang es mühsam, ein Gähnen zu unterdrücken. ›Ich muß irgendwo eine Mütze voll Schlaf kriegen‹, dachte er.

»Ich erwarte gegen sieben einen Anruf. Bitte veranlassen Sie, daß er unverzüglich durchgestellt wird.«

»Sehr wohl!« sagte Karl. »Das Taxi steht schon jetzt für Sie bereit.«

Karl reichte ihm den Zimmerschlüssel. Bernhard Weiß erhob sich. Auf dem Flur hörte Karl, wie der Schlüssel ins Schloß geschoben und zweimal gedreht wurde.

»Herr Weiß erwartet um sieben einen Anruf.«

»Ist mir bekannt. Ich habe dafür gesorgt, daß er auf meinem Apparat ankommt, Meunier. Die Plinz ist von Fräulein Plötz abgelöst worden. Wo erreiche ich Sie?«

»Ich werde mich bei Obier im Büro ein wenig ausstrecken, falls Sie gestatten.«

»Tun Sie das, Meunier, tun Sie das! Ich falle auch gleich tot um.«

»Falls Sie nicht geweckt werden wollen, Herr Generaldirektor, kann ich im Weinkeller den Anruf entgegennehmen.«

»Lassen Sie mal, Meunier! Ich verschlafe ihn schon nicht, falls Sie das befürchten. Fräulein Plötz hat Order, so lange klingeln zu lassen, bis ich mich melde, und falls das nicht wirken sollte, schickt sie einen Pagen hoch. – Und nun versuchen Sie, daß Sie wenigstens ein Nickerchen machen!«

»Ihnen auch eine gute Nacht, Herr Generaldirektor.«

Karl wandte sich zum Gehen.

»Und …«

»Ja, Herr Generaldirektor?«

»Danke, Meunier!«

Karl lächelte und verbeugte sich.

Er ging zur Telefonzentrale hinter der Rezeption. »Sie noch hier, Herr Meunier? – Ist das nicht schrecklich mit dem Reichstag?«

›Von mir aus kann ganz Mitte abfackeln, ich muß jetzt endlich schlafen‹, dachte Karl. Laut sagte er: »Eine Katastrophe! – Ich bin seit achtzehn Stunden ununterbrochen auf den Beinen. Frau Fleischer hat die Grippe. Ich habe zusätzlich ihre Schicht übernommen.«

»Danach sehen Sie auch aus!«

Karl schaute in den Spiegel über dem Stöpselkasten. ›Ich habe Augenränder, als würde ich gleich die Löffel abgeben!‹

»Ich werde versuchen, mich für ein paar Stunden unten auf's Ohr zu legen. Bitte klingeln Sie um halb sieben mal durch.«

Fräulein Plötz notierte. »Bei mir kratzt's auch schon im Hals. – Möchten Sie einen Hustenbonbon?«

»Mich dürfen die Bazillen nicht beißen. Nein, danke!«

Aus seinem Spind im Kuriersaal holte Karl sich ein frisches Oberhemd und Rasierzeug. In Obiers Büro legte er sich auf den Schreibtisch. Zwei zusammengerollte Kellerschürzen dienten ihm als Kopfkissen. Er fiel augenblicklich in Tiefschlaf.

12. Kapitel
Flucht im Morgengrauen

Es war ein traumloser Erschöpfungsschlaf, aus dem ihn das Klingeln des Telefons zerrte. Nicht die Telefonistin, sondern Louis Adlon meldete sich: »Könnten Sie nachsehen, ob der Taxifahrer noch da ist, und dann gleich zu mir kommen?«

Karl rasierte sich hastig und wechselte das Oberhemd. Ein Zimmer an der Wilhelmstraßenfront war nicht belegt. Karl öffnete mit dem Generalschlüssel und beugte sich aus dem Fenster. Das Taxi stand vor der Weinhandlung.

Louis Adlon hatte sich Kaffee bringen lassen, auch eine Tasse für Karl.

»Danke, das tut gut!«

Louis Adlon saß im Morgenmantel am Schreibtisch und reichte Karl einen Stadtplan. Es war eine Karte von Potsdam und Babelsberg.

»Nur, falls der Fahrer sich nicht auskennen sollte! Er soll Herrn Weiß an der Auffahrt zur Sternwarte absetzen.«

Ein Bleistiftkreuz kennzeichnete die Stelle auf dem Plan.

Bernhard Weiß hatte in Hut und Mantel hinter der Tür gewartet und öffnete augenblicklich, als Karl sich mit Namen meldete. Es klickte metallisch in seiner Manteltasche. Bernhard Weiß hatte den Sicherungsbügel des Revolvers zurückschnappen lassen.

Wortlos folgte er Karl. Dieses Mal wählte Karl einen anderen Weg. Im Kellergeschoß herrschte bereits Hochbetrieb. Sie erreichten den Ausgang Wilhelmstraße, indem sie die Treppe benutzten, die zum Hallenende hinabführte, und dann durch den Goethe-Garten und den Bankettsaal in den Wirtschaftsflügel gingen.

»Ihre Tasche hat wieder den Weg zu Ihnen gefunden?« Karl deutete auf die grüne Aktentasche.

»Ja, wieso?«

»Sie ist durch viele Hände gegangen, und nicht bloß hier im Haus.«

Über die Lippen des ehemaligen Vizepolizeichefs spielte der Anflug eines Lächelns. »Das, Herr Meunier, war beabsichtigt.«

Im Wirtschaftstrakt begegneten ihnen zwei Putzfrauen. Sie grüßten Karl. Seinen Begleiter schien plötzlich auch die Grippe erwischt zu haben. Er schneuzte in ein großes, kariertes Taschentuch.

Die Pförtnerloge vom Eingang Wilhelmstraße war wieder besetzt. Karl lehnte sich in die Fensteröffnung der Kammer und wechselte ein paar Worte mit dem Portier. Bernhard Weiß trat hinter seinem Rücken unbemerkt auf die Wilhelmstraße.

Karl gab dem Finnen den Stadtplan.

»Die Sternwarte in Babelsberg? Kenne ich!«

Bernhard Weiß saß bereits im Fond des Taxis und kurbelte das Fenster herunter. »Ich danke Ihnen, Herr Meunier! Und bestellen Sie Herrn Adlon, daß ich ihm das alles nie vergessen werde!« Er kurbelte das Fenster hoch.

Täuschte sich Karl, oder grüßte Bernhard Weiß ihn wirklich militärisch, als der Wagen anrollte?

Im *Adlon* waren die Etagenkellner damit beschäftigt, Frühstück auf den Zimmern zu servieren. Der Reichstagsbrand war allerorts das Thema Nummer eins.

»Sie haben das Feuer noch immer nicht vollständig unter Kontrolle.« Obier gab Karl die *Morgenpost*. »Ein Tatverdächtiger ist schon verhaftet worden. Soll ein Kommunist sein.«

»Wenn es irgendwo brennt, sind es ja meistens die Kommunisten.«

»Dieses Mal scheint es zu stimmen. Der Mann soll gestanden haben.«

»Kann ich die haben?« Karl faltete die Zeitung. »Ich muß erst zu L.A., mich abmelden.«

»Warst du die Nacht über auch noch im Haus?«

Karl nickte grimmig. »Sieht man mir das nicht an?«

Louis Adlon schüttelte kaum merklich den Kopf, als Karl das Büro betrat. Der Generaldirektor hatte zu früher Stunde hohen Besuch. Laut sagte er: »Das trifft sich, daß Sie gerade hereinschauen, Herr Meunier. Die beiden Herren hier sind vom Außenpolitischen Amt der NSDAP. In der nächsten Zeit wird das *Adlon* mehrere Veranstaltungen des Amtes beherbergen.«

Karl verbeugte sich knapp.

»Herr Meunier ist für die Sicherheitsbelange im Haus verantwortlich«, erklärte Louis Adlon.

»Wir werden unsere eigenen Sicherheitsleute mitbringen«, sagte einer der Männer. »Bitte stellen Sie dann Herrn Meunier vor, damit es keine Mißverständnisse gibt.«

»Selbstverständlich, meine Herren! – Ich nehme an, Sie wollten sich bloß abmelden, Meunier?«

»Ja, Herr Generaldirektor. Es gab im Haus keinerlei besondere Vorkommnisse.«

»Dann wünsche ich Ihnen geruhsame Tage.« Louis Adlon lächelte.

»Danke, Herr Generaldirektor!« Karl verbeugte sich nochmals und ging.

»Herr Meunier hat ein paar Tage Urlaub«, hörte er L.A. noch sagen.

Karl frühstückte im Kurierzimmer, packte seine Aktentasche und ging zur Rezeption.

Emil Klempert verzog das Gesicht, als er ihn sah. »Mensch, Karl, siehst aus wie der Tod auf Latschen.«

»Genau so fühle ich mich auch. Aber nicht mehr lange. Die nächsten drei Tage hat L.A. mir freigegeben. Deshalb komme ich auch noch mal hier vorbei, Emil. Lilo liegt ja weiterhin flach. Wenn was Dringendes vorliegen sollte, schick mir ein Telegramm.«

Karl verließ das *Adlon* durch den Lindeneingang. Die Luft war kalt, aber der Himmel klar. Vor dem Brandenburger Tor stand feldmarschmäßig ausgerüstete Schutzpolizei. Der Einser fuhr ihm vor der Nase weg. Karl beschloß, ein Taxi zu nehmen. Auf der Friedrichstraße überschrien sich die Zeitungsverkäufer mit den neuesten Nachrichten über den Reichstagsbrand.

In der Florastraße sägte und hämmerte jemand im Hinterhaus. Das Schlafzimmer glich einem Eiskeller. Karl legte eine Extra-Decke über sein Bett und schlief trotz des Baulärms auf der Stelle ein.

13. Kapitel
Zwiebelsaft und Wadenwickel

Es wurden, wie Louis Adlon es gewünscht hatte, drei ruhige Urlaubstage für Karl, sogar drei sehr ruhige. Als Vera ihn am Nachmittag besuchen kam, hatte Karl hohes Fieber, stechende Kopfschmerzen und wurde von Hustenanfällen geschüttelt. Die Bazillen hatten ihn doch nicht verschont.

Vera heizte erst in der gesamten Wohnung und braute dann ein gefürchtetes Hausmittel – Karl hatte schon einmal das Vergnügen gehabt, damit medikamentiert zu werden: heißen Zwiebelsaftextrakt mit Honig. Die hellgelbe Flüssigkeit war stark gewöhnungsbedürftig, aber sie wirkte. Karl trank mit Todesverachtung. Der Hustenreiz ließ tatsächlich nach. Gegen das Fieber verordnete Vera Wadenwickel. Karl protestierte matt. Aber wieder hatte Vera recht. Mit dem Fieber schwanden auch die Kopfschmerzen. Sie brachte ihm belegte Brote ans Bett und eine große Kanne mit Pfefferminztee.

Karl berichtete ihr von Bernhard Weiß' Flucht.

»Er hat offenbar noch gute Drähte zur Polizei gehabt, daß er sich rechtzeitig absetzen konnte. Andere hatten die nicht. Vater sagt, sie haben gestern nacht alle KPD-Abgeordneten verhaftet und sämtliche Parteibüros dichtgemacht. Heute gab es auch keine SPD-Presse. Sie darf vierzehn Tage nicht erscheinen. Goebbels wirft den Sozialdemokraten Mitwisserschaft bei der Brandstiftung vor. Er faselte im Radio was über einen lange vorbereiteten Aufstand der Kommunisten, und der Reichstagsbrand soll angeblich das Fanal dazu gewesen sein.«

»Wenn ein Meteor auf den Reichstag gefallen wäre, hätte er es auch den Kommunisten in die Schuhe geschoben«, knurrte Karl.

Vera setzte sich auf die Bettkante. »Kassner hat sich gestern im *Oriental* wie Klein-Goebbels aufgeführt. Bei ihm waren es natürlich die Juden, die gezündelt haben.«

»Wie? – Er war bei euch? – Er hatte sich im *Adlon* krankgemeldet, Grippe, wie der Rest der Belegschaft.«

»Davon war nichts zu merken gewesen, jedenfalls nichts von Grippe. Er hat herumgegeifert, als wäre er *geisteskrank*.«

Karl schob sich ein Kopfkissen in den Rücken und griff nach der Teekanne. »Noch mal, Vera! – Er war gestern im *Oriental*?«

»Ja, sogar mit einer Begleiterin, die man ihm nicht so ohne weiteres zutrauen würde. Die Kellner sind nur so um sie herumgeschwänzelt.«

Karl goß sich Tee ein. »Das war bestimmt die Plinz aus der Telefonzentrale. Eine üppige Blonde mit Schlafzimmerblick.«

»Blond? Nee, es war eine rothaarige Schönheit. Sie hatten die runde Nische neben der Bar, wo sonst immer die Pärchen sitzen. Rosi hat sie bedient, meinte aber, das alles sehr förmlich zwischen den beiden zugegangen ist. Herumgeturtelt hätten sie nicht.«

Karl richtete sich abrupt im Bett auf.

»Was hatte sie an?«

»Ein Kleid, um das man sie beneiden könnte. Schlicht und einfach und wahrscheinlich sündhaft teuer, wie ein paar von den Fummeln, die manchmal in ausländischen Modezeitschriften abgebildet sind. Nichts von der Stange.«

»Hatte Sie etwa deine Größe?«

»Du fragst aber komisch, Karl.«

Karl nippte an dem Pfefferminztee. »Überhaupt nicht. Ich habe bloß eine vage Ahnung, wer die Frau war. – War sie schlank?«

»Ja, und?«

»Dann war es die Frau, die in den Aktentaschendiebstahl verwickelt war.«

»Das bedeutet?«

»Das bedeutet, daß Kassner weiterhin mit der Geheimpolizei oder was weiß ich, welchem Verein sie angehört, kungelt.«

»Die beschäftigen Frauen?«

»Bei der Politischen Polizei soll es welche geben und bei der Abwehr sowieso.«

»Und warum treffen sie sich ausgerechnet im *Oriental*?«

Karl hustete und verschüttete fast den Tee. Vera nahm ihm die Tasse ab, bis sich der Anfall gelegt hatte.

»Was für Gäste waren denn noch da?«

Vera überlegte. »Halt die übliche Mischung. Geschäftsleute,

Touristen, zwei, drei Diplomaten und ein Tisch vor der Bühne mit SA- und SS-Uniformen. Als die Meldung vom Brand publik wurde, haben sie das *Oriental* sofort verlassen. Während sie zahlten, hat die Frau auf einen der SA-Leute gedeutet, und Kassner hat ihr etwas zugeraunt. Kassner und die Frau sind geblieben. Alle Gäste haben plötzlich aufgeregt durcheinandergeredet, und Kassner hat seine Schimpfkanonade gegen die Juden losgelassen. Die Frau hat sich nicht daran beteiligt. Sie ist ganz ruhig in der Nische sitzengeblieben und hat sich etwas auf einen Zettel notiert. Durch einen Spalt im Bühnenvorhang konnte ich gut sehen, was sie machte.«

»Wie du das schilderst, könnte man meinen, sie hätte den SA-Mann beobachtet. Weißt du zufällig, wer das war?«

»Nein, aber er war schon öfter bei uns. Ich glaube, einmal kam er sogar mit Kassner, will das aber nicht beschwören. Benno wird es genauer wissen.« Vera holte eine Schüssel mit Kaltwasser und stellte sie neben das Bett. In der Schüssel schwammen zwei Geschirrtücher. »Ich muß jetzt los, Karlchen. Wenn das Fieber wieder steigt, mach' dir neue Wadenwickel. Zwiebelsaft steht noch reichlich auf dem Herd.«

Karl verzog das Gesicht. »Mir geht es schon wieder blendend. – War da nicht noch irgendwo ein Bier in der Speisekammer?«

»Karl!« sagte Vera streng. »Nix Bier. Hier!« Sie klopfte gegen die Teekanne und gab ihm einen Kuß auf die Stirn. »Morgen früh komme ich vorbei und bringe frische Brötchen mit.«

14. Kapitel
Schritt für Schritt

Karl erholte sich rasch, trotz des verbotenen Biers. Die Grippewelle in Berlin ebbte ab. Ein anderer Virus bemächtigte sich der Hauptstadt und des Deutschen Reichs. Und er breitete sich rasant aus.

Goebbels wurde Chef des neugegründeten Reichsministeriums für Volksaufklärung und Propaganda, Himmler gab die Errichtung eines permanenten Konzentrationslagers in Dachau bekannt, Vater Binders Zeitungsauswahl am Kiosk reduzierte sich zusehends.

Das Ermächtigungsgesetz passierte mit Zweidrittel-Mehrheit gegen die Stimmen der SPD-Fraktion den Reichstag, Hindenburg unterschrieb. Hans verlobte sich in Göteborg, schrieb: *»Bei allem, was ich hier so in den Zeitungen lese, vergeht mir fast das Heimweh.«*

Ein von NSDAP und Propagandaministerium organisierter Boykott unter der Parole »Deutsche, wehrt Euch! Kauft nicht bei Juden!« – die Plakate klebten an allen Berliner Litfaßsäulen, brachte nicht die beabsichtigte Wirkung. Besonders die ausländische Presse reagierte teils heftig. Jacob Asher von der Buchhandlung *Asher und Co.* hielt sein Geschäft während dieser Tage vorsorglich geschlossen. Kassner polemisierte unter der Belegschaft gegen die *jüdischen Blutsauger*. Zwei Etagenkellner aus dem *Adlon* kündigten. Kassner fand sein Auto mit zerstochenen Reifen auf dem Parkplatz.

Das *Gesetz zur Wiederherstellung des Berufsbeamtentums*, der sogenannte *Arierparagraph*, verfügte in mehreren Ausführungsverordnungen die Entlassung aller jüdischen Honorarprofessoren und Privatdozenten. Auf Intervention Hindenburgs fielen jüdische Frontoffiziere vorerst nicht unter das Gesetz. Professor Blum wurde dennoch ständig auf unerträgliche Art und Weise von Kollegen und Studenten der Kaiser-Wilhelm-Universität schikaniert und ging in den vorzeitigen Ruhestand. Er nahm Kontakt zur *Notgemeinschaft deutscher Wissenschaftler im Ausland* mit Sitz in Zürich auf. Als Karl ihn eines Tages besuchen ging, waren die Blums am Packen. Die Universität in Ankara bot nicht nur Professor Blum eine neue akademische Heimat. Der Sohn, Thomas Blum, ein freischaffender Künstler, zog mit Frau und Kind in die Nähe der dänischen Grenze.

An Karls 46. Geburtstag, es war der 10. Mai 1933, war Vera mit den Venduras auf Tournee in Leipzig. Karl feierte mit Benno nach der Arbeit in Opa Gieseckes *Zur Sonne* am Savignyplatz. Die Stimmung in der Kneipe war gedrückt. Jacob Asher berichtete mit stockender Stimme über die Bücherverbrennung auf dem Platz vor der Berliner Universität. Asher wohnte in der Grolmanstraße und war mit anderen Buchhändlerkollegen Stammgast in der *Sonne*.

Die Sprechchöre hatten gebrüllt: *»Brenne, Heinrich Mann! Brenne, Erich Kästner! Brenne, Heinrich Heine!«* Goebbels hatte den Feuerzauber in eigener Person geleitet.

Jakob Asher legte einen Stapel Bücher vor sich auf den Tisch. »Es ist ab sofort bei Strafe verboten, diese Bücher zur Schau zu stellen, zu verkaufen und zu verleihen. Ja, schon der alleinige Besitz ist strafbar.« Er schlug einen Heine-Band auf und zitierte: »Wo immer man Bücher verbrennt, wird man früher oder später auch Menschen verbrennen.«

Im *Adlon* hatte bereits vor Tagen jemand die verfemten Autoren aussortiert. Karl hatte sie in einer Abstellkammer hinter dem Lesesaal gefunden und die Bücher wieder in die Regale geräumt.

Als Karl Wochen später die Behrenstraße entlangschlenderte, war aus *Asher und Co.* die Buchhandlung *Geipel* geworden.

Hans schrieb: »Meine Lust, nach Deutschland zurückzukommen, schwindet täglich mehr, sowie ich bloß irgendeine Zeitung aufschlage. Ehe man mich dazu zwingen könnte, eine Hakenkreuzfahne aus dem Fenster zu hängen, würde ich den erstbesten Blockwart, der mir über den Weg läuft, aus dem Fenster hängen. Und das würde mir vermutlich nicht gut bekommen, wo jetzt Himmler Gestapo-Chef ist.«

Mehreren ausländischen Journalisten, die im *Adlon* logierten und die kritisch über die Entwicklung der deutschen Politik berichtet hatten, wurde von der Reichspressekammer amtlich mitgeteilt, daß *»für ihre Sicherheit im Reich keine Gewähr mehr geleistet werden könne«*. Es kam einer Ausweisung gleich. Die meisten der so Angeschriebenen verließen umgehend das Land. Der englische Berichterstatter, den Karl durch den Wedding geführt hatte, war härter gesotten als die meisten seiner Kollegen. Er ignorierte die Warnung. »Someone has to tell the truth about what's going on in Goethe's country, Mister Charles!«

Seine Artikel in der *Times* wurden immer bissiger. Als Heß weitere Boykott-Aktionen gegen die großen jüdischen Kaufhäuser verbot – nicht aus Menschenfreundlichkeit, Heß fürchtete lediglich um die Arbeitsplätze der *arischen* Beschäftigten, schrieb er: »*Deutsche dürfen wieder bei Deutschen kaufen!*«

Eines Tages erschienen zwei Männer in langen, schwarzen Ledermänteln und geleiteten ihn zum Flugplatz Tempelhof. Sie hatten ihm genau eine Stunde Zeit gegeben, um seine Sachen zu packen und die Hotelrechnung zu begleichen.

Randhuber arbeitete tatkräftig daran mit, daß die *Adolf-Hitler-Spende der deutschen Wirtschaft* zustande kam. Wieder einmal sah das *Adlon* die *crème de la crème* aus Industrie und Hochfinanz. Holtsen, der eine Delegation schwedischer Bankiers anführte, wurde von Randhuber dem Reichswirtschaftsminister Schmitt vorgestellt. Kellermeister Obier verbuchte den höchsten Champagnerumsatz seit der Machtergreifung. Karl gewöhnte sich nur widerstrebend an die wortkargen, gutangezogenen Herren, die bei den Veranstaltungen überall im Haus herumschnüffelten. Der Begleiter der Rothaarigen tauchte nur noch selten auf. Er schien der Führungsoffizier der Sicherheitsleute zu sein. Karl beobachtete, daß die Männer, wenn keine Hotelgäste oder Angestellte in der Nähe waren, vor ihm die Hacken zusammenschlugen.

Das *Adlon* eröffnete einen Sommergarten zum Pariser Platz hin. Eine Barriere aus Blumenständern trennte die Tische von den Passanten. Der Generaldirektor versprach sich Pariser Flair. Aber zu seinem Leidwesen stellten sich nicht die dazu passenden Gäste ein. Hatten früher kaiserliche Gardeleutnants ihre glänzenden Schaftstiefel lässig auf den schmiedeeisernen Ketten vor dem

Kranzler zur Schau gestellt, so waren es jetzt SS-Offiziere, die ihren Corso durch das Machtzentrum des Dritten Reichs an lauen Sommerabenden mit Blick auf das Brandenburger Tor beendeten.

Glücklicherweise erinnerte sich der Magistrat der Stadt daran, daß das Ensemble des Platzes eigentlich unter Denkmalschutz stand. *Der Sommergarten störe das preußische Erscheinungsbild der Anlage*, wurde Louis Adlon mitgeteilt, die Sommerterrasse wurde bereitwilligst wieder geschlossen.

Kammern – Karl hatte es aufgegeben, sie zu zählen: Reichskulturkammer, Reichspressekammer, Reichsrundfunkkammer, Reichsmusikkammer, Reichsschrifttumskammer, Reichskammer der bildenden Künste und Reichstheaterkammer; zur letzten gehörten auch die Artisten.

Vera zeigte Karl empört ein Rundschreiben vom Reichsverband der deutschen Artistik: *»Die Direktoren sind verantwortlich dafür, daß Ausländer-Beschäftigung in angemessenen Grenzen bleibt und deutsche Artisten auskömmlich beschäftigt werden. Wiederholte Verstöße gegen diesen Grundsatz können zur Konzessionsentziehung führen!«*

»Also in Zukunft stehen bloß noch deutsche Neger und Chinesen auf der Bühne!« sagte Karl. »Trefflich! Das wird einer dann dringend benötigten Reichsschminkekammer immense Wichtigkeit bescheren!«

Kassner ließ sich nur noch selten im *Oriental* blicken. Wenn er kam, war er stets in Begleitung der Rothaarigen. Karl hatte Benno gefragt, wen sie am Abend des Reichstagsbrandes beobachtet haben könnte.

»Det war dieser Schmierfink aus'm *Angriff*: Doktor P. Dinkel. Rosi nennt ihn nur noch Doktor Pinkel. Er mimt uff Herrenreiter, Monokel und so weiter. Neulich war er sojar mit Röhm bei uns. Sach mal, Karl, die Brüder sind doch andersrum!«

»Wieso?«

»Na, wennste jesehn hättst, wie se den Roberto anjeglubscht haben!« Der italienische Barmixer vom *Oriental* war der Schwarm aller Homosexuellen rund um die Kurfürstendamm-Gegend.

»War Kassner da?«

»Nee. Und wenner kommt, det is wie jesacht selten jeworden, denn macht er neuerdings 'n Bogen um die SA-Häuptlinge, is mir uffjefallen. Komisch, wa?«

»Um die SS macht er keinen«, sagte Karl. »Im *Adlon* sind jetzt oft Vortragsveranstaltungen vom Außenpolitischen Amt. Da wimmelt es nur so von den schwarzen Heinis. Kassner scheint viele von ihnen gut zu kennen. Himmler hat ihn neulich sogar mit Namen angesprochen.«

»Wenn de so erzählst, Karl, könnte man meenen, ihr werdet langsam 'n zweeter *Kaiserhof*.«

»So schlimm ist es noch nicht. Aber solche Veranstaltungen auszuschlagen, wäre für L.A. gleichbedeutend mit finanziellem Selbstmord. Randhuber hat das höflich, aber unmißverständlich zu verstehen gegeben: »*Wir wollen doch alle, Herr Adlon, daß Ihr Haus eine erste Adresse bleibt!*«

»Ruella kriegt ooch schon langsam kalte Füße, weil er ja Ausländer is und viel Jazz spielen läßt. Aber so'n Obermacker vom Propajandaministerium, der damals mit Goebbels bei uns war, hat nur jemeent, er soll sich mal keenen Kopp deswejen machen. Solange keene Juden ufftreten, jinge die Sache schon in Ordnung.«

Karl lachte hämisch. »Und du willst mir weismachen, das *Adlon* wäre ein zweiter *Kaiserhof*!«

15. Kapitel
Eine Mondscheinpartie auf dem Wannsee

Ein französischer Gast hatte sich einen neuen Opel in Berlin gekauft. Monsieur Tourrot war zu einem Tennisturnier angereist. Im Finale verstauchte er sich den Fuß. Er bat Karl, den Wagen ein paar Tage einzufahren. Karl hatte schon ausgefalleneren Wünschen entsprochen: *»Mister Charles, how about joining us for a Schnaps-party at sunrise on the Pfaueninsel? We want to commemorate Kunkel's birthday. You know, the chap who wanted to make gold. – Please, wear formal dress!«*

Der Juni des Jahres 1934 war ein sonniger Monat, die Abende waren mild, und der Opel hatte ein Faltverdeck.

»Mensch, Karl, der steht dir!« Benno setzte sich auf den Beifahrersitz. »Jetz hol'n wa noch die Mädels ab und jeben mal richtich mit der Karre an!«

Die Venduras probten im Übungskeller in der Bahnhofstraße. Karl wartete im Wagen. Benno ging den Frauen Bescheid sagen. Als sie aus dem Hauseingang kamen, rief Birgit: »Karl, du versprichst ja eine richtig gute Partie zu werden!«

Doris ging um das Auto und machte Karl schöne Augen. »Wenn du deinen Schatz mal ablegen solltest, Vera, frag bei mir nach.«

Benno riß die Türen auf und machte einen tiefen Diener. »Meine Damen!« Vera kicherte und setzte sich neben Karl.

»Und für uns die billigen Hinterplätze, das ist ungerecht!« meuterte Doris und stieg ein. Birgit rutschte in die Mitte der Fondbank.

»Quatsch mit Soße, wo ick ma hinhocke, is immer Ehrenplatz!« Benno quetschte sich neben Birgit und zog seine Tür zu.

Vor dem *Oriental* waren alle Stellplätze belegt. Die Frauen und Benno stiegen aus, Karl kurvte zweimal um den Block und parkte dann doch am Kurfürstendamm.

Benno paßte ihn an der Garderobe ab. »Weeßte, wer jerade vor dir injetrudelt is?«

»Kassner?«

»Kassner und die Rothaarige. Sie hocken in trauter Eintracht mit *Stürmer*-Pinkel anner Bar und bechern. Weiter hinten Richtung Lietzenburger steht das Auto von der Tunte. Der Chauffeur is nich mit rinjekommen, sitzt vermutlich im Auto.«

»Was für eine Marke ist es?«

»Dicker Mercedes, schwarz. *Stürmer*-Pinkel kam mit'm Taxi.«

»Ich geh' mal kurz raus und werf' einen Blick auf den Fahrer.«

Das Sommerwetter hatte die Straßen mit abendlichen Flaneuren belebt. Karl mischte sich unter eine Gruppe von sächselnden Berlinbesuchern, die von der Pension neben dem *Oriental* zum *Bierhimmel* in der Lietzenburger Straße schlenderten.

Der Mercedes parkte in zweiter Spur ohne Licht. Der Fahrer war ausgestiegen und betrachtete die Schaufensterauslagen von einem Herrenausstatter auf der anderen Straßenseite. Karl machte auf der Stelle kehrt: Der Mann war der elegante Begleiter der Rothaarigen aus dem *Adlon*, der jetzt die NSDAP-Sicherheitsleute im Hotel kommandierte!

Benno spielte mit Berta, der Garderobenfrau, zwischen den leeren Kleiderständern Offiziersskat. Selbst für einen leichten Sommermantel war der Abend zu warm.

»Na?« Benno deckte ein Kreuz-Aß auf.

Berta legte eine Karte um. Es war ein Kreuz-Bube. »Denkste!«

»Mist«, sagte Benno, »schon wieder verloren!«

»Hast du mal einen Moment Zeit?« Karl winkte Benno zur Eingangstür.

»Da forder' ick aber jleich Revanche von dir, Berta!«

»Nur zu!« Berta mischte die Spielkarten.

Benno ging zum Eingang.

Karl und Benno stellten sich vor das *Oriental*.

»Kassner ist zusammen mit der Rothaarigen gekommen?«

»Ja. »

»Als sie hielten, hast du dir den Chauffeur angeschaut?«

»Klaro!«

»War er schon mal hier?«

»Nee, daran würde ick mir erinnern.«

»Er ist gar kein Chauffeur.«

»Sondern?«

»Bei euch geben sich nicht bloß SS und SA die Klinke in die Hand, sondern auch die Geheimen.«

»Jestapo?«

»Gestapo oder sonst einer von den neuen Diensten.«

Benno pfiff leise durch die Zähne. »Und die Tunte is ooch von so ‘nem Verein?«

»Der angebliche Chauffeur der Rothaarigen ist ein Führungsoffizier oder so was, jedenfalls kein simpler Zivilbulle.«

»Und wat hat Kassner mit denen am Hut?«

»Keine Ahnung. Jedenfalls kennt er sie gut.«

»Und Pinkel?«

Karl zuckte mit den Achseln.

Benno wies mit dem Daumen hinter sich. »Se sitzen nich mehr anner Bar. Rosi bedient Se jetz.«

»Rosi soll mal die Ohren spitzen, was sie plaudern.«

Benno nickte und verschwand. Karl trat an den Rinnstein. Der Begleiter der Rothaarigen war nicht mehr vor dem Herrenausstatter, dafür brannte das Standlicht des Mercedes.

Benno kam zurück. »Rosi meent, die würden nich mehr lange bleiben, hätten wat vonner Bootspartie im Mondschein uff'm Wannsee jeplappert.«

»*Was?*«

»Hast schon richtich jehört: Se wolln jleich ‘ne Kahnfahrt machen!«

Karl schüttelte fassungslos den Kopf. »Ich versteh' die Welt nicht mehr, da ist doch etwas oberfaul, Gestapo und Mondscheinromantik! – Na, das seh' ich mir an! Willst du mit, Benno? Ich fahre denen hinterher.«

»Findste det nich 'n bißchen heiß, ausjerechnet die Jestapo zu beschatten?«

»Bei den vielen Autos, die noch unterwegs sind?«

»Hm, det is'n Arjument. Ick komm' mit. Ick sach bloß schnell Berta Bescheid, daß ick mit dir zum *Adlon* 'nen Jast abholen bin. Bloß, falls der Alte frächt.«

Als Dinkel, Kassner und die Rothaarige in den Mercedes stiegen, endeten gerade die Spätvorstellungen in den Lichtspielhäusern am Kurfürstendamm und am Zoo. Karl ließ einen Hanomag und einen Horch zwischen sich und den Mercedes. Ab Halensee nahm der Verkehr etwas ab. Karl vergrößerte den Abstand. In der Königsallee war wieder mehr Betrieb auf der Straße.

»Warum fahren die eigentlich nicht über die Avus, wenn sie nach Wannsee wollen?«

»Morjen is Motorradrennen, da sperrn se immer schon am Vorabend.«

Ein kleiner ausländischer Zweisitzer überholte sie auf der Havelchaussee. Karl klemmte sich dahinter. Der Zweisitzer wollte auch an dem Mercedes vorbei, aber der fuhr stur in der Straßenmitte. Karl war es recht. Im Kronprinzessinnenweg herrschte wegen der Avus-Umleitung starker Gegenverkehr. Ungewöhnlich viele Polizeilastwagen fuhren nach Berlin.

»Die kommen doch nicht wegen des Motorradrennens!«

Benno grinste. »Vielleicht brennt zur Abwechslung det Propajandaministerium.«

Am S-Bahnhof Wannsee bog der Mercedes nach rechts ab. Als Karl die Straßeneinmündung erreichte, sah er gerade noch die Rücklichter in einer Grundstückseinfahrt verschwinden. Im hinteren Teil des Geländes stand eine mehrstöckige Villa.

Benno schaute zum Straßenschild hoch. »*Am Sandwerder*. Det

sind allet Wasserjrundstücke. Fahr mal in die Straße rin. Möchlich, dasset irjendwo 'nen Pfad runter zum See jibt.«

Knapp fünfzig Meter weiter gab es zwischen dem See und der Straße einen Streifen, wo man Bäume gefällt hatte. Auch hatte man damit begonnen, eine Baugrube auszuheben.

Hier entsteht demnächst ein HJ-Horst!

Karl lenkte den Opel vorsichtig rückwärts hinter einen mannshohen Sandhaufen. Benno wies ihn ein. In der Baugrube gluckerte Grundwasser.

Ein schwankender Bootssteg mit einem wenig vertrauenserweckenden Holzgeländer ragte weit in den See. Am Stegende schaukelte eine winzige überdachte Hütte auf Eisenpontons. Ein rostiges Vorhängeschloß bot kein nennenswertes Hindernis.

Benno schnippte sein Feuerzeug an, schirmte die Flamme mit der Handfläche ab. In der Hütte stand eine Bank und eine ebenfalls durch ein Vorhängeschloß gesicherte Kiste, vermutlich mit Angelzeug. Eine fleckige, mit Reißzwecken auf die Kiste gepinnte Papptafel erläuterte die *Süßwasserfische Nordeuropas*. Die Fensteröffnungen waren unverglast.

Ein Ausflugsdampfer glitt Richtung Schwanenwerder, eine Mondscheinpartie mit Tanzmusik, auf dem Oberdeck sich drehende Paare. Zigeunerhafte Melodiefetzen wehten herüber.

Das Grundstück, auf das der Mercedes gefahren war, hatte auch eine eigene Anlegestelle. Der Steg war beleuchtet. Ein schnittiges Motorboot lag an der Längsseite.

»Da sind se!« Benno stülpte die Messingkappe über das Feuerzeug.

»Wo ist die Frau?«

»Da kommt se! Se bringt ihnen wat! 'Ne Flasche – als ob die noch nich jenuch im *Oriental* jetütert hätten!«

Die Männer bestiegen das Boot. Die Rothaarige blieb auf dem Steg zurück. Der »Chauffeur« trat hinter das Steuerrad, Kassner setzte sich neben ihn. Dinkel warf der Frau eine Kußhand zu und kletterte über die Windschutzscheibe auf das Vordeck. Dort klammerte er sich an einen Stummelmast und richtete sich auf. Als der Motor aufheulte, reckte er den Arm zum Deutschen Gruß.

Am anderen Seeufer begann ein Feuerwerk. Raketen mit farbigem Funkenschweif stiegen auf und zerplatzten fächerförmig über dem Wasser.

Das Motorboot legte ab, hielt sich dicht am Ufer.

»Mensch, Karl, die steuern uff uns zu!«

Benno und Karl duckten sich unwillkürlich.

»Nee, doch nich«, sagte Benno.

Das Boot nahm seewärts Kurs auf Schwanenwerder. Der Ausflugsdampfer schien vor der Insel Anker geworfen zu haben. Vom Oberdeck stiegen ebenfalls Feuerwerksraketen auf. Die Positionslampen des Motorboots erloschen.

»Wat is'n nu los?«

Der Bootsmotor tuckerte im Leerlauf.

»Sei mal leise!«

Ein heller Doppelknall ertönte, dann platschte etwas Schweres ins Wasser.

»Det war'n eben jarantiert keene Fehlzündungen, Karl!« flüsterte Benno. »Ick gloobe, wir machen uns besser janz schnell uff de Socken!«

»Warte!«

Das Boot beschrieb einen Kreis und entfernte sich mit hochgedrehtem Motor. Die Bugwelle erreichte die Anglerhütte und ließ sie spürbar schaukeln.

Als das Boot bei der Villa anlegte, trat die Frau auf den Steg. Kassner warf ihr eine Leine zu und kletterte mit dem »Chauffeur« aus dem Boot.

Karl und Benno warteten, bis sie den Steg verlassen hatten, und liefen zum Wagen.

»Det is mir zu hoch«, sagte Benno. »Een Geheimer knallt 'nen SA-Führer ab!«

»Mir auch«, sagte Karl. »Aber es waren ganz deutlich zwei Schüsse. – Kassner zumindest hatte einen sehr triftigen Grund, Dinkel zu beseitigen, denk an das Geschäft mit dem Malteser!«

Kronprinzessinnenstraße-, Ecke Am Sandwerder bog Karl nach rechts ab.

»Wo willst'n hin? Avus is doch jesperrt!«

Karl fuhr bis zum S-Bahneingang Wannsee, wendete und hielt hinter einem Taxi. »Kassner hat ab halb sieben Rezeptionsdienst. Er wird nicht ewig in der Villa bleiben.«

»Du hast 'n Rad ab, Karl!«

»Gut möglich, aber ich will wissen, mit wem er da paktiert. Vielleicht kutschieren sie ihn ja wieder in die Stadt.«

»Mensch, Karl, laß den Quatsch! Sowat kann brenzlich werden!«

»Ich paß' schon auf.«

Sie mußten keine zehn Minuten warten, bis der Mercedes erschien. Er preschte Richtung Innenstadt davon. Karl folgte in gebührendem Abstand. Auf der Havelchaussee verlor er die Rücklichter aus den Augen.

»Die kacheln volle Pulle, da kommt die Mühle hier nich mit!« Hörbar erleichtert, daß der Opel dem Mercedes nicht gewachsen war, sagte Benno: »Det war's denn wohl für heute!«

Karl preßte die Lippen zusammen und konzentrierte sich auf die Straße.

In der Königsallee sah er den Mercedes wieder. Er überholte gerade einen Nachtomnibus. Obwohl immer zwei oder drei Fahrzeuge zwischen ihm und dem Mercedes waren, schaffte es Karl zu folgen: Kurfürstendamm, Budapester-, Tiergarten-, Bellevuestraße.

»Im *Adlon* liefern se Kassner nich ab, sons wär'n se jetz links jefahrn!«

Potsdamer Platz, Saarlandstraße. Der Mercedes bog in die Prinz-Albrecht-Straße ab, Karl fuhr im Schrittempo weiter. Der Mercedes bremste vor dem Prinz-Albrecht-Palais.

»Meene Fresse!« flüsterte Benno. Karl gab Gas.

Er fuhr Benno zum *Oriental*. Die Venduras waren mit ihrer Show schon fertig und gegangen. Vera ließ Karl durch Berta ausrichten, daß sie bei Birgit schlafen würde, denn Karl hatte Frühdienst. Karl brachte den Opel zum *Adlon* und machte sich auf den Heimweg.

Als Karl am nächsten Morgen zur S-Bahn ging, wurde an Vater Binders Kiosk heftig diskutiert.

»Geschieht der Bande recht!«

»Der Führer hat ausgemistet!«

»Sie hatten im ganzen Reich eine Revolte geplant!«

»Der Führer hat ihn persönlich verhaftet. Er hatte zwei Buhlknaben bei sich im Bett!«

Ein SA-Mann griff nach dem *Stürmer*. »Wir einfachen SA-Leute haben unsere Knochen hingehalten, und die da oben haben in Luxus geschwelgt!« empörte er sich.

»Quatsch! Ihr Rabauken habt genug Unheil angerichtet, jetzt hat endlich der Führer eingegriffen!«

Die Braunhemden erfreuten sich unter der Berliner Bevölkerung keiner besonderen Beliebtheit.

»Wurde auch Zeit«, rief einer der Umstehenden, »euch mal in die Schranken zu verweisen!«

Der SA-Mann merkte, daß die Stimmung aggressiver wurde. Er bezahlte die Zeitung und trollte sich.

Karl drängelte sich zu Vater Binder durch. »Was gibt es denn wieder Weltbewegendes?«

»Die Röhm-Clique wurde abgesetzt! Lutze ist neuer SA-Stabschef!«

»Was? – Zeig mal her!«

»*Angriff* oder den *Stürmer*?«

»Erklär mir mal da bitte den Unterschied!«

Vater Binder schnitt eine verächtliche Grimasse. Karl bekam den *Angriff*. Hastig griff er nach der Zeitung.

Vater Binder beobachtete Karl, während er las. »Ist was?«

»Nicht, daß es die Falschen getroffen hätte«, sagte Karl. Er gab die Zeitung zurück. »Ich erzähle es dir später. – Meine Bahn kommt gleich.«

Verwundert schaute Vater Binder ihm nach.

Auch in der S-Bahn war die Röhm-Entmachtung Gesprächsthema Nummer eins.

Karl gelang es nur mühsam, seine Gedanken zu ordnen. Der Zug fuhr an, rollte über die Wollankstraßenbrücke.

Kassner, das wurde ihm immer deutlicher, hatte SA-Obersturmbannführer Dinkel geschickt ans Messer geliefert und damit genau den Zeugen beseitigt, der offenbar die Waffenbeschaffung der Berliner SA organisiert hatte. Waffen, falls man der Nazi-Presse Glauben schenken konnte, für eine SA-Revolte gegen Hitler? – Oder war alles ganz anders? Was wußte die Gestapo zum Beispiel über Kassner? Hatte sie vielleicht sogar Kenntnis vom Verkauf der Berettas an de Neva und hatte das vordatierte Dokument beschafft? Und wenn ja, weshalb? Um eine Handhabe gegen die SA zu konstruieren, wegen bewaffneter Umsturzpläne? War Kassner ein Rädchen in der Maschinerie gewesen, um die unbequemen SA-Führer zu auszuschalten? *War Kassner womöglich ein* Agent provocateur *der Gestapo?* In Karls Kopf drehte sich wieder alles.

16. Kapitel
Brot und Spiele

Röhm weinte niemand eine Träne nach. Daß die Anzahl der jüdischen Studenten quotiert worden war, regte, bis auf Ausnahmen, nur die Betroffenen auf. Auch daß Thomas Mann jetzt in der Schweiz lebte und Juden keine Beamten mehr sein durften – es stand in der Zeitung, und da stand vieles.

Karl verlor langsam den Glauben an seine Mitmenschen. Deutschland arrangierte sich: Der Arbeitsdienst baute die Autobahnen, das Winterhilfswerk kümmerte sich um die Bedürftigen, und deutsche Mütter erhielten das Mutterkreuz. Was zählte dagegen der Freitod von Tucholsky, wenn KdF-Schiffe deutsche Menschen für einen Spottpreis zu den spanischen Inseln fuhren?

Ordentlich ging es zu in Deutschland. Es gab Arbeitslager für die Faulen, Konzentrationslager zur Umerziehung für Kriminelle, auch für Sozialisten und Kommunisten, denn die waren schließlich verboten worden, also illegal. Es gab Ehestandsdarlehen und mehr Kindergeld und für die Neuvermählten auf dem Standesamt obendrein ein Buch gratis.

Kaum ein Tag verstrich ohne Aufmärsche unter Hakenkreuzbannern oder Lichtdomen: Reichsarbeitsfront präsentierte den Spaten, Sternfahrer des NS-Kraftfahrercorps sangen das Horst-Wessel-Lied vor dem *Bürgerbräu-Keller*. Kassner war natürlich dabei. Reichsberufswettkämpfer der Bäcker und Konditoren gelobten völkische Gesinnung bei der Erzeugerschlacht, auch die *Adlon*-Bäcker gewannen einen Preis. Die allgemeine Wehrpflicht wurde wieder eingeführt. Benno und der Weiße Riese kamen zur Marine.

Die Presse war weitgehend gleichgeschaltet, der Rundfunk ein Sprachrohr des Propagandaministeriums. Ausländische Zeitungen erhielt man fast uneingeschränkt, aber wer las schon die *New York Times* oder den *France Soir*. Außerdem waren sie teuer.

Nachdem der Ullstein Verlag für lächerliche zwölf Millionen Reichsmark dem nationalsozialistischen Presseimperium einverleibt worden war (die *Berliner Morgenpost* bemühte sich bis zuletzt um eine unabhängige Berichterstattung), hatte es Karl aufgegeben, regelmäßig eine deutsche Zeitung zu lesen. Im *Adlon* lagen die wichtigsten internationalen Blätter aus. Karl studierte sie täglich ausgiebig.

Die Arbeitslosenzahlen sanken. Die Saar war wieder deutsch. Radiogeräte wurden immer billiger. KdF-Reisen ermöglichten selbst Arbeitern luxuriöse Kreuzfahrten durch die norwegischen Fjordlandschaften.

Vater Binder sagte nur: »Gab's alles schon mal im Alten Rom: Kriegt die Masse Brot und Spiele, dann muckt sie nicht auf, egal wie beschissen sonst alles ist!«

Mit dem Brot, genauer gesagt, mit der Fettversorgung haperte es allerdings. Die Auslandsimporte waren regierungsseitig gedrosselt worden, da wegen der Rüstungsanstrengungen Devisen gespart werden mußten. Goebbels hatte eine seiner feurigen Reden gehalten: »Ohne Fett kann ein Volk überleben, ohne Kanonen nicht!«

Das Murren über teure Fleischpreise blieb, aber dem Durchschnittsbürger blieb kaum etwas anderes übrig, als sich an die einheimischen Ersatzprodukte zu gewöhnen: Weihnachtskarpfen statt Weihnachtsgans, weniger Wurstbelag, dafür mehr Marmelade.

Im *Adlon* herrschte selbstverständlich weiterhin kein Mangel an getrüffelter Gänseleberpastete, Atlantikhummer oder Fasanenbrüstchen. Die Großen des Reichs zeigten sich gerne beim Eintopfessen in der Öffentlichkeit, privat hielten sie es anders. Göring, der ein Faible für operettenhaft ordenbespickte Uniformen hatte, über den der Volksmund dichtete: »Rechts Lametta, links Lametta und der Bauch wird immer fetter!«, Göring, Himmler und Rosenberg, sie alle luden von Zeit zu Zeit ins *Adlon* ein. Bloß Goebbels war ein frugaler Esser. Seine kulinarisch dürftige Tafel in Lanke oder auf Schwanenwerder war gefürchtet. Ein Schauspieler, der oft Tischgast des Reichspropagandaministers war, vertraute Karl an, daß er meistens vorher eine kräftige Mahlzeit zu sich nahm, um, wie er es ausdrückte, »nicht im Machtzentrum zu verhungern«.

Hans hatte in Schweden geheiratet. Er schrieb: »Täglich treffen neue Flüchtlinge aus Deutschland ein. Was mir ein ehemaliger Reporter vom *Vorwärts* über seine Haft in Oranienburg berichtet hat, mochte ich erst gar nicht glauben. Und Oranienburg ist beileibe nicht das einzige Konzentrationslager im Reich. Es tummeln sich hier aber nicht bloß politisch Verfemte. Ich arbeite ja wieder als Maurer. Neulich war ich mit meinem Meister eine Woche lang in einer Landhausvilla am Vänernsee, um einen Schornstein auszubessern. Die Villa gehört der *Göteborg Industri Kreditanstalt*. In der Zeitung stand, daß diese Bank viel Geld in Deutschland investiert hat. – Als wir ankamen, parkten zwei Diplomatenwagen vor dem Haus. Ich kann dir sagen, mir ist ganz mulmig geworden, als ich dann gesehen habe, wer da alles ein und aus gegangen ist. Die reinste Parade der Goldfasane! Immer schön zackig die Achseln gelüftet und *geheilt*! Aber mir können sie bald nichts mehr, die verdammten Nazihunde. Nächstes Jahr werde ich einen Antrag auf Einbürgerung stellen. Vielleicht komme ich dann als schwedischer Staatsbürger zur Olympiade. – Ich kann sogar schon auf Schwedisch Witze erzählen!«

17. Kapitel
Direktor Holtsen plant eine Abendgesellschaft

Karl machte seine Runde durch das Erdgeschoß und betrat die *Adlon*-Bar. Ein Gast hatte die Vermutung geäußert, dort im Gedränge von einem Taschendieb bestohlen worden zu sein. Im Moment war es ruhig in der Bar. Karl grüßte ein paar Stammgäste, unter ihnen Direktor Holtsen, der gerade ein Glas *Linie Aquavit* auf ex trank.

»Gut, daß ich Sie treffe!« Er bot Karl den Barhocker neben sich an. »Womit kann ich Sie beglücken? Sekt? Cognac?«

»Herzlichen Dank, aber falls es Sie nicht enttäuscht: Ein starker Kaffee wäre mir lieber. Meine Nacht ist noch lang.«

»Das entschuldigt Sie zur Genüge, lieber Meunier. – Henry? Bitte einen Mokka für Herrn Meunier!«

Henry zauberte in Rekordzeit ein dampfendes Mokkatäßchen vor Karl, Holtsens Trinkgelder verliehen jedem Barmann Flügel.

»Ich denke, ich werde in den nächsten Tagen endlich meine Gesellschaft geben. Ich rede zwar schon seit Jahren davon, aber bisher kam tatsächlich immer etwas dazwischen. Wie sagt doch gleich der weise Volksmund: ›Was lange währt, wird gut!‹ – Also, eine kleine vorolympische Feier für ausgesuchte Geschäftsfreunde schwebt mir vor.«

Karl schüttelte den Kopf, als Henry das silberne Sahnekännchen neben die Tasse stellte. »Wo beabsichtigen Sie, das Fest abzuhalten? Im Bankettsaal?«

»Nein. Es soll eine relativ intime, aber hochkarätige Feier werden. Ich dachte an den Wintergarten. Wenn das Wetter mitspielt, kann man das Glasdach wegschieben.« Holtsen schnippte mit den Fingern.

Henry sagte: »Jawohl, Herr Direktor!« und griff nach der Aquavitflasche.

Karl rührte einen Löffel Zucker in den Mokka. »Wie viele Personen erwarten Sie?«

»Um die zwanzig. Und dann natürlich die verschiedenen Herren von der Sicherheit.«

Karl zog fragend die Augenbrauen hoch.

Holtsen lächelte. »Herr Goebbels wird seine eigenen Leute mitbringen, Herr Göring ebenfalls. Selbst Doktor Randhuber hat neuerdings einen ständigen SS-Begleiter, seit er den Direktorenposten bei der Reichsbank angetreten hat.«

»Doktor Randhuber ist zur Reichsbank übergewechselt? Das wußte ich nicht.«

Holtsen spielte mit dem Aquavitglas. »So? – Nun, Doktor Randhuber hat das Devisenressort dort übernommen.«

»Das hört sich nach einer sehr wichtigen Position an.«

»Für die Pläne der Regierung ist es von größter Wichtigkeit, daß wegen Olympia ständig genügend Reserven an ausländischer Währung vorhanden sind – aber das nur am Rande. – Nein, Meunier, weshalb ich eigentlich mit Ihnen reden wollte, hat folgenden

Grund: Der Herr Reichspropagandaminister ist wiederholt im *Oriental* gesehen worden. Durch seinen Referenten habe ich erfahren, daß er das Programm von Herrn Ruella sehr schätzt.«

»Das hat sich auch zu mir herumgesprochen, Herr Direktor.«

Holtsen lächelte vielsagend. Veras Liaison mit Karl war den Stammgästen des *Oriental* kein Geheimnis.

Karl lächelte zurück. ›Von wegen Programm‹, dachte er, ›der Bock von Babelsberg ist auf Doris scharf!‹

Seit dem Winter hatten die Venduras eine erfolgreiche orientalische Akrobatiknummer im Programm, eine Art Chinesentanz in wehenden, recht durchsichtigen Gewändern. Bei ihrem Solo hatte Goebbels ostentativ »Bravo« gerufen und frenetisch geklatscht. Später hatte er ihr Blumen in die Garderobe geschickt.

»Eine orientalische Akrobatiknummer anläßlich meiner Feier würde nicht bloß Herrn Goebbels erfreuen. Doktor Hedin könnte sich geradezu auf einen turkmenischen Basar zurückversetzt fühlen.«

»Doktor Hedin? Sie meinen Sven Hedin, den Asienforscher?«

»Genau den! Er soll bei den Olympischen Spielen eine Ansprache an die Jugend der Welt halten und konferiert deswegen morgen mit Herrn Goebbels. – Sie wissen vermutlich, daß Doktor Hedin das Ohr des Führers hat?«

»Ich habe es wiederholt der Zeitung entnommen«, sagte Karl.

»Tja«, sagte Holtsen. »Zufällig sind wir mit derselben Maschine angereist. Doktor Hedin wird also der Ehrengast meiner Gesellschaft sein.«

»Ich verstehe«, sagte Karl. »Und mein Part ist vermutlich, den Auftritt der Geschwister Vendura einzufädeln?«

Holtsen nickte und zückte die Brieftasche. »Wir haben uns also verstanden?«

*

Auch wenn bislang keine ausgesprochen sommerlichen Temperaturen herrschten, die Berliner Nachtschwärmer ließen es sich nicht nehmen, im Freien vor den Cafés zu sitzen, es sei denn, es regnete in Strömen. Die schmiedeeisernen Holzkohlebecken zwischen den Stuhlreihen korrigierten das Mikroklima der Boulevards hinreichend.

Karl wartete im neuen *Kranzler* am Kurfürstendamm auf Vera und beobachtete amüsiert einen Kollegen aus dem *Hotel Esplanade*, der eine Gruppe beturbanter dicker Inder durch das Berliner Nachtleben führte. Sie schlenderten Richtung Westen. Er ahnte, wo der Bummel enden würde: Japaner schätzten *Olgas Divan*, Loreleitas hießen dort die großbusigen Damen; Touristen aus nördlicheren Gefilden fühlten sich in *Gabis Blaue Grotte* wohl, denn Gabis feurige Südländerinnen vermittelten Herrn Furu aus Oslo oder Herrn Mølgaard aus Århus mediterrane Illusionen; Inder und Araber hingegen bevorzugten die noblen Etablissements mit Bauchtanz am Olivaer Platz und Umgebung. Die Bordelle dort trugen poetische Namen: *Zedernhain der Königin von Saaba*, *Granatapfeldivan* und *Betörender Rosengarten der Huris*.

Zwei Frauen am Nebentisch waren zur Spätvorstellung im *Zoo Palast* gewesen. Sie hatten sich *Wenn wir alle Engel wären* angeschaut. Eine der Frauen, sie trug eine strenge Frisur, die an BDM erinnerte, schwärmte wie ein Backfisch für Heinz Rühmann.

Karl hatte den Film mit Vera und Hajos Eltern in Braunschweig gesehen, als sie zum wiederholten Mal im Elmvorland zu Besuch gewesen waren. Die Galgons waren wohlhabende Bauern, die das einzige Automobil des Dorfes besaßen. Sie waren zwar stolz, daß ihr Sohn und Alleinerbe als Flieger militärische Karriere machte, hätten es aber insgeheim besser gefunden, wenn er sich mehr für Landwirtschaft interessiert hätte. Hajo war neuerdings ganz in der Nähe stationiert. Er war Kommandant der neugegründeten Heeresfliegerschule Mariental bei Helmstedt geworden.

Das Gehöft in dem Dreihundert-Seelen-Weiler Barnstorf, im

Viereck angelegt wie ein Wehrhof und von uralten Linden umstanden, war für die Großstadtpflanzen Karl und Vera eine ländliche Bilderbuchidylle. Es gab Kühe, Pferde und überhaupt alle nur denkbaren Haustiere. Die Hündin hatte Junge gehabt, vier freche Setterwelpen, und Vera hätte sie am liebsten alle mit nach Berlin genommen.

An einem Sonntag hatten sich die Galgons feingemacht und ihnen Braunschweig gezeigt. Karl und Vera hatten endlich eine Gelegenheit gefunden, sich für die erwiesene Gastfreundschaft erkenntlich zu zeigen. Sie hatten die Galgons zum Essen in den Gewandhauskeller eingeladen und waren anschließend mit ihnen ins Kino gegangen. Auch Hajos Mutter hatte sich wie die Frau am Nachbartisch für Heinz Rühmann begeistert.

Das war im Frühjahr gewesen. Knappe vierzehn Tage hatten sie Urlaub machen können, aber im Nachhinein erschien es Karl, als hätten sie Wochen in Barnstorf verbracht. Die Zeit mit Vera in Berlin beschränkte sich, bedingt durch ihren unterschiedlichen Arbeitsrhythmus, auf wenig mehr als drei, vier freie Tage pro Monat und gelegentliche kurze Treffen, wie das heutige.

Karl hatte Ruella gleich nach dem Gespräch mit Holtsen angerufen.

»Das klingt in der Tat interessant, Herr Meunier. Ein schwedischer Bankier, sagten Sie? – Nun, darüber sollte man doch mindestens ein paar Takte meditieren. Ich werde es gleich mit den Damen besprechen. Holen Sie Vera später noch ab?«

»Nein, richten Sie ihr bitte aus, daß ich so gegen Mitternacht im Kranzler bin.« Er sah sie schon auf der Mittelpromenade. Ihr gelber Seidenschal flatterte, als sie vor einem Bus über die Fahrbahn rannte.

Sie kam lächelnd an seinen Tisch. »Na, Karlchen, Fräuleins beguckt?«

»Nur diverse Kavaliere auf der Pirsch nach Fräuleins.«

»Dann komme ich ja gerade rechtzeitig!« Sie gab ihm einen Kuß auf die Stirn.

Karl umarmte sie. »Wie immer?«

»Ja, bitte!«

Er bestellte eine Heiße Schokolade. »Nun, was meint ihr zu Holtsens Angebot?«

»Ruella hat natürlich nichts dagegen, uns für eine satte Entschädigung einen Tag aus dem Programm zu streichen. Ich bin, wie du dir denken kannst, nicht sonderlich erpicht darauf, vor dieser Nazibagage aufzutreten. Die Parteibonzen im *Oriental* reichen aus, um meinen Bedarf an Hakenkreuzbonbons bis in alle Ewigkeit zu decken. Aber die Nummer klappt eben nur, wenn wir alle drei mitmachen. Birgit – typisch! – hat nur gefragt, was rausspringt. Der Dicke läßt sich wahrhaftig für die fünfzehn Minuten nicht lumpen. – Tja, und dann Doris! Doris ist selbstverständlich Feuer und Flamme, im *Adlon* auf der Bühne zu stehen, denn der Klumpfuß war gestern schon wieder da. Er hat uns nach der Vorführung in seine Nische gebeten und mit Komplimenten überschüttet. Besonders Doris. Das naive Huhn ist vor Seligkeit fast weggeschmolzen. ›*Wirklich, Herr Minister? – Nein, wie charmant, Herr Minister! – Danke schön, Herr Minister!*‹ Und das am laufenden Band. Es war kaum auszuhalten, wie sie ihn angehimmelt hat. Und ihm hat es sichtlich gefallen. Als er ging, hat er ihr seine Visitenkarte verehrt, *sie möge gelegentlich bei ihm vorsprechen, er hätte doch die allerbesten Kontakte zum Film!*

Karl rückte den Stuhl näher an das Holzkohlebecken. »Er trägt seinen Spitznamen nicht zu unrecht. *Bock von Babelsberg! – Reichspropaganda-Bock* wäre weitaus angemessener.«

»Was mich gewundert hat, er hat vor allen Leuten ganz ungeniert mit ihr herumgeturtelt.«

»An die Riefenstahl hat er sich auch in aller Öffentlichkeit rangemacht, aber sie hat ihm einen Korb gegeben. Er soll sie angegrabscht und sich dafür postwendend eine Backpfeife eingehandelt haben.«

»Das Grabschen wird er bei passender Gelegenheit nachholen. Aber einen Korb wird er von Doris bestimmt nicht bekommen, geschweige denn eine Maulschelle. Morgen hat er sie zu einem Schauspielerfest in den Tobis-Studios eingeladen, will sie in die Filmwelt einführen und angeblich sogar dem Jannings vorstellen.«

»Einführen wird er schon«, murmelte Karl.

Vera hatte nicht zugehört. Sie kaufte einem Zeitungsjungen die *Nachtdepesche* ab. Die Titelseitenüberschrift war feuerrot wie die vom *Stürmer*: DER FÜHRER EMPFING HEUTE DOKTOR HEDIN IN DER REICHSKANZLEI

Vera musterte das Foto mit den händeschüttelnden Männern und rümpfte die Nase. »Wohnt Hedin wieder im *Kaiserhof*?«

»Nein, Holtsens Bank finanziert die Deutschlandreise. Er logiert zum ersten Mal bei uns im *Adlon*. Nach dem Frühstück hat er in der Halle seine Bücher signiert. Morgen ist er bei Göring in *Carinhall*.«

Ein Mann ging schnell an der vorderen Stuhlreihe vorbei und legte jeweils einen Zettel auf die Tische. Es war mehrsprachige Olympia-Werbung. Dann verschwand er zwischen den Passanten.

Karl beschwerte den Zettel mit dem Aschenbecher. »Die Parteiheinis sind nur so an ihm vorbeidefiliert. Selbst Kassner hat sich eine Widmung abgeholt.«

Vera zog den Seidenschal fester um den Hals und umklammerte ihre Tasse wie ein Handöfchen.

»Magst du mein Jackett haben?«

»Nein, danke, ich kann eh nicht mehr lange bleiben. Meine Bahn geht bald. Wir proben morgen ausnahmsweise früh. – Wann mußt du im *Adlon* sein?«

»Erst um zwei. Mirow hat die Adlons nach Neufahrland gekutscht. Er holt mich auf dem Rückweg hier ab. Das ist dann Gott sei Dank mein letzter Nachtdienst für die nächsten vierzehn Tage.«

Eine der Frauen vom Nachbartisch sprang auf und rief entrüstet: »Das ist ja ungeheuerlich, man sollte die Polizei rufen!« Sie schwenkte das Olympia-Blatt.

Ihre Begleiterin sah sie erschrocken an und stammelte: »Aber Hildchen, was ist denn? Beruhige dich doch!«

»Beruhigen soll ich mich? Skandalös ist das! Kommunistische Machenschaften auf offener Straße! Unerhört!«

»Die tickt nicht ganz richtig«, flüsterte Vera und pochte mit dem Zeigefinger gegen die Schläfe.

Karl grinste. »Meine Dame«, sagte er, »ich glaube, Sie mißverstehen da etwas! Es handelt sich bei diesem Zettel um eine mehrsprachige Werbung für das *Fest der Völker*. Nehmen Sie vielleicht Anstoß an der kyrillischen Grußbotschaft? Die Sportler aus der Sowjetunion sind selbstverständlich alle waschechte Kommunisten.«

»Unsinn! Davon rede ich überhaupt nicht«, rief die Frau. »Dreckige Kommunistenpropaganda ist das!«

Alle Köpfe auf der Terrasse drehten sich ihr zu. Der Geschäftsführer eilte herbei.

Die Frau drückte ihm den Zettel in die Hand. »Unternehmen Sie augenblicklich etwas! Rufen Sie die Polizei!«

»Die hat sie doch echt nicht mehr alle beisammen«, sagte Vera.

Der Geschäftsführer versuchte, die Frau zu beschwichtigen. »Bitte, meine Dame! Worum geht es denn?«

»Worum es geht? – Hier wurden soeben staatsfeindliche Flugblätter verteilt. – Da!«

Der Geschäftsführer schaute auf den Zettel und schüttelte den Kopf. »Meine Dame, Sie irren sich. Das ist ...«

»Reden Sie kein dummes Zeug«, unterbrach die Frau ihn scharf. »Lesen Sie lieber, was auf der Rückseite steht!«

Der Geschäftsführer drehte das Blatt um.

»Nun?« rief die Frau triumphierend. »Ist das Bolschewistenhetze oder nicht?« Der Geschäftsführer setzte eine Brille auf.

Vera hatte den Handzettel unter dem Aschenbecher hervorgezogen und las auch die Rückseite. »Sie hat recht, Karl. Das *ist* ein kommunistisches Flugblatt. – Mensch, haben die das pfiffig gemacht!«

Karl las:
Lieber Olympiade-Gast!
Die Anwesenheit vieler tausender Gäste aus dem Auslande gelegentlich der Olympiade gibt uns heute Veranlassung, einige Worte an Sie zu richten.

Was sehen die Sportler und Gäste der ganzen Welt in Deutschland?

Ein von Adolf Hitler gewünschtes Prachtstadion, die herrlichsten Sportanlagen, das olympische Dorf, Prachtbauten und Prachtstraßen in und um Berlin, kurz gesagt, eine Umgebung, die bei dem flüchtigen Beobachter den Eindruck erwecken muss, dass Deutschland das Land des Wohlstandes, das Land des inneren oder äusseren Friedens und der Freiheit sei.

Was sollen die Sportler und Gäste der ganzen Welt hier nicht sehen?

Sie sollen nicht das armselige Dasein der werktätigen Massen kennen lernen!

Es gibt in Deutschland: Keine Pressefreiheit! Keine Organisationsfreiheit! Keine Meinungsfreiheit!

Wer wagen sollte, sich offen gegen irgendeine Massnahme der faschistisch-reaktionären Hitler-Regierung auszusprechen, ist bedroht mit Konzentrationslager, Zuchthaus, Tod.

Die deutschen Sportler dürfen nicht einmal ihre besten Kameraden zu ihren Führern wählen. Der Sport wird in Deutschland besonders zur Militarisierung der Jugend verwendet, und die Sportvereine stehen unter der Aufsicht der Regierung oder der des Reichssportführers.

Gewiss hat die Arbeitslosigkeit abgenommen, aber das war nur möglich durch eine fieberhafte Aufrüstung, wie sie die Welt noch nie sah. Die Aufrüstung bedroht den Frieden Europas und der Welt ohne Zweifel, wenn auch Hitler bei jeder Gelegenheit seine Friedensliebe beteuert.

Wir fordern alle ausländischen Sportler auf, gegen den kommenden Prozess gegen Ernst Thälmann zu protestieren!

Die Deutsche Volksfront

Karl faltete den Zettel und gab ihn Vera zurück. Sie steckte ihn in die Handtasche. Der Geschäftsführer setzte die Brille ab.

»So tun Sie doch endlich was!« keifte die Frau.

»Ja, aber was denn?« Der Geschäftsführer blickte unsicher in die Runde. Das Theater, das die Frau veranstaltete, hatte die Wirkung, daß alle, die die Olympia-Werbung bekommen hatten, jetzt die Rückseite lasen.

»Sammeln Sie die Blätter ein, und holen Sie endlich die Polizei! Ich will augenblicklich Anzeige erstatten! Bei uns in Braunschweig wäre der Kerl schon längst hinter Schloß und Riegel.«

»Hast du den Anstecker gesehen, Karl? Diese Tunte ist in der Reichsfrauenschaft.«

Der Geschäftsführer mußte die Polizei nicht rufen. Zwei Männer in Zivil, angelockt vom Gezeter der Frau, traten auf ihn zu und zeigten ihre Dienstmarken vor.

»Es gibt wahrscheinlich keine belebte Gegend in der Stadt, wo die nicht ständig herumkrauchen,« sagte Karl. »Auf dem Pariser Platz sind es mindestens immer vier von den Brüdern. – Der Flugblattverteiler hat Glück gehabt, daß er nicht geschnappt worden ist.«

Der Geschäftsführer überredete die Frauen und die Polizisten, die Anzeige in seinem Büro aufzunehmen.

»Na, dann auf ein fröhliches *Fest der Völker*!« Angewidert schaute Vera ihnen nach. Sie trank ihre Schokolade aus und erhob sich. »Ich muß jetzt wirklich gehen, sonst ist meine Bahn weg.«

Karl umarmte sie. »Wann hast du wieder frei?«

»Erst nach dem *Adlon*-Auftritt.«

Vera war kaum zehn Minuten weg, als der Adlon'sche Mercedes vor dem *Kranzler* hielt. Karl zahlte. Die Zivilpolizisten hatten Verstärkung erhalten. Deren knarrende Schuhsohlen mischten sich unter die nächtlichen Flaneure.

18. Kapitel
Kunstnebel im Wintergarten

Der Mann, der mit Kassners Hilfe SA-Obersturmbannführer Dinkel beseitigt hatte, stellte sich zum ersten Mal mit Namen vor. Sein dunkler Tweed-Anzug war von untadeligem Sitz.

»Burmeister«, sagte er. »Gestapo-Dezernat Personenschutz. – Herr Meunier, nehme ich an?«

Karl begutachtete den Dienstausweis und nickte. »Ich vermute, Sie wollen mich wegen Direktor Holtsens Feier sprechen?«

»Eine reine Formalität. Herr Adlon hat mich an Sie verwiesen. Direktor Holtsen war so freundlich, uns die Liste der geladenen Personen zukommen zu lassen. Angesichts der vielen prominenten Bankettteilnehmer haben wir uns entschlossen, besondere Sicherheitsvorkehrungen zu treffen. – Sie verstehen?«

»Wie kann ich Ihnen behilflich sein?«

»Wir haben offen gestanden ein kleines Problem. Der Wintergarten kann von oben eingesehen werden. Wir möchten ein paar Leute in einem Zimmer über dem Glasdach einquartieren. Herr Adlon sagte, sie hätten einen Generalschlüssel und könnten mir geeignete Räumlichkeiten zeigen.«

»Am besten begeben wir uns in den Wintergarten, und Sie sagen mir dann, welche Zimmer Sie belegen wollen.«

Sie gingen zum Fahrstuhl. Burmeister hatte tadellose Manieren. Er ließ Karl den Vortritt.

Hedda Adlon würdigte Karl und dessen Begleiter keines Blicks, als sie den Wintergarten durch die Glastür betraten. Sie stand wie ein Monolith auf einem rechteckigen Podest, das von einem schweren Perserteppich bedeckt war. Faß-Rüdiger und ein anderer Hausarbeiter schleppten Messingkübel mit ausladenden Fächerpalmen und Orangenbäumchen herbei und stellten sie vor die Glaswand, die den Winter- vom Goethe-Garten trennte. Neben dem Podest stand ein Konzertflügel.

Hedda Adlon dirigierte das Gewimmel der Kellner, die eine lange Festtafel vor dem Podest deckten, wortlos mit den Augen. Nicht die klitzekleinste Unachtsamkeit entging ihrem kritischen Blick. Vasen wurden um Zentimeter verrückt, Servietten auf Kante gelegt, Messerbänke exakt parallel zu Tischkanten ausgerichtet.

Mißmutig betrachtete sie einen schwarzen Metallkasten neben dem Flügel. Sie winkte Faß-Rüdiger zu sich.

»Was ist das für ein Monstrum?«

»Det is die Nebelmaschine, Frau Jeneraldirektor.«

Hedda Adlon spitzte den Mund. »Wie bitte? Eine *Nebelmaschine*?«

»Na, wejen der Akrobatinnen. Die Kiste pustet Nebel uff det Podest, wenn die Mädels mit ihrer Nummer bejinnen, wie im richtijen Theater.«

Hedda Adlon starrte den Kasten an und sagte: »Das Ding ist spukhäßlich. So kann das nicht bleiben. Holen Sie einen von den Paravents aus dem Café!«

»Jawoll, Frau Jeneraldirektor!«

Der Oberkellner brachte die Tischkarten. Hedda Adlon stieg vom Podest, verteilte sie auf der festlich eingedeckten Tafel und rauschte aus dem Wintergarten.

Burmeister beugte sich interessiert über den Kasten und betastete einen herabhängenden Gummischlauch. »Wie funktioniert der Apparat?«

»Soweit mir bekannt ist, bläst ein Ventilator Trockeneispartikel durch den Schlauch.«

»Hm ... Bevor die Gäste eintreffen, würde ich mir diesen Nebelwerfer gerne einmal vorführen lassen.«

»Es ist ein Standardgerät, das es in jedem Theater gibt.«

»Ach, ja?« Burmeisters Lächeln war gewinnend, aber seine Augen verrieten ihn. Freundlich sagte er: »Ohne eine vorherige Überprüfung dieser Maschine wird es nachher keinen Kunstnebel geben. Glauben Sie mir bitte!«

Obgleich sich seit Tagen keine Wolke über Berlin gezeigt hatte, hatte Burmeister darauf bestanden, das Schiebeglasdach vom Wintergarten zu schließen und zusätzlich ein Sonnensegel aufzuspannen. Die Herrschaften hatten es anscheinend nicht so gern, daß man sie von oben beim Tafeln beobachten und ihnen womöglich in die Suppe spucken konnte. Besonders die ausländischen Journalisten, die wegen der kommenden Spiele bereits im *Adlon* Quartier bezogen hatten, durften keine günstige Gelegenheit erhalten, üppig tafelnde Reichsminister abzulichten, die sonst völkisch-spartanische Eintopfgerichte priesen.

Ein Dutzend von Burmeisters Leuten kontrollierte die Zugänge des *Adlon*-Innenhofs. Alle auftretenden Künstler besaßen spezielle Passierscheine und betraten den Wintergarten auf Lilos Zeichen hin. Sie stand neben der geöffneten Glastür. Karl und der Gestapo-Mann beobachteten das Bankett ebenfalls vom Goethe-Garten aus.

Holtsens Frackbrust schmückte ein handtellergroßer Orden. Er und Randhuber saßen zwischen Joseph Goebbels und Emmy Göring. Ihnen gegenüber waren Sven Hedin und der Reichsluftfahrtminister plaziert. Hermann Göring trug eine weiße Flieger-Galauniform. Als er sich seinem Tischnachbarn Sven Hedin zuwandte, schaukelte die Dreierreihe der militärischen Auszeichnungen. Goebbels war wie fast immer in Zivil erschienen.

Das vielgängige Menü wurde von den verschiedensten künstlerischen Darbietungen unterbrochen. Der Illusionist Hanussen zauberte, [redacted] und eine Pianistin intonierte die neuesten amerikanischen Filmmelodien. Goebbels tippte mit den Fingerspitzen im Takt gegen sein Weinglas. Es war eine jazzige Melodie. Karl musterte den Gestapo-Mann. Burmeisters Blick wanderte von Zeit zu Zeit nach oben. In den Appartements im ersten Stock, die er in Beschlag genommen hatte, brannte kein Licht.

Die Stimmung im Wintergarten war ausgelassen. Zu trinken gab es ausgewählte Weine des Hauses, denen alle ausgiebig zusprachen.

Göring hielt eine längere Rede und ließ den schwedischen König, den Asienforscher und den Gastgeber hochleben. Dann reichte man Champagner. [redacted] und die Pianistin wurden an die Tafel gebeten. Holtsen hatte sich den Abend etwas kosten lassen.

Die Venduras und Hassan, der mauretanische Trommler, kauerten schon hinter dem Paravent, als die Nebelmaschine die ersten Schwaden auf das Podest blies. Holtsen erhob sich und bat um Aufmerksamkeit. Die Gespräche an der Tafel verebbten. Hassan kniete sich auf den Teppich und klemmte die ovale Handtrommel zwischen die Schenkel.

Holtsen räusperte sich. »Verehrte Anwesende! Die folgende Darbietung ist eine spezielle Hommage an unseren verehrten Doktor Hedin.« Er und alle Anwesenden erhoben die Gläser und prosteten Hedin zu. »Das bekannte Artistinnentrio *Vendura* wird jetzt eine orientalische Akrobatiknummer vorführen.«

Hassan hatte Holtsens Ankündigung mit ruhigen, gedämpften Schlägen untermalt. Während die Akrobatinnen im Schutz der Nebelwolke auf das Podest stiegen, wurde die Trommel lauter und schneller, steigerte sich schließlich zu einem rhythmischen Inferno, als die schemenhaften Körper der Frauen an Konturen gewannen. Vera, Doris und Birgit waren von Kopf bis Fuß in enganliegende, schillernde Seidentücher gehüllt. Sie verharrten reglos, bis sich der Kunstnebel völlig gesenkt hatte. Der Trommelwirbel brach abrupt ab, und die Beleuchtung im Wintergarten erlosch.

Ein Bühnenscheinwerfer flammte auf, tauchte die Venduras in

mildes Rot. Hassans Hände streichelten die Trommel, entlockten ihr einen monotonen Rhythmus wie das gemächliche Dahinziehen einer Wüstenkarawane.

Die Frauen standen nebeneinander, Vera in der Mitte, links von ihr Doris, rechts Birgit. Die Seidentücher glitten zu Boden. Die Venduras trugen ihre glitzernden Straßtrikots, und die Zuschauer applaudierten spontan, als alle drei synchron Salto rückwärts machten. Hassans Trommel begann zu erzählen, erzählte von Sandstürmen und von Meeresbrandung, sang von Steppen und klarer Nachtluft, von glühenden Küsten und tosender Brandung. Die Körper der Frauen verschränkten sich zu Pyramiden, bestiegen Palmen, umspülten Klippen, sprangen über Schluchten und glitten durch reißende Flüsse. Der Beifall der Zuschauer begleitete die Venduras durch ihr Programm und steigerte sich zu begeisterten Bravo-Rufen und frenetischem Klatschen. Dann kam die Schlußnummer.

Hassans Trommel raste, schrie. Vera und Birgit packten Doris an Händen und Füßen und schleuderten sie hoch über ihre Köpfe. Vera und Birgit machten einen Ausfallschritt und reckten die Arme in die Höhe. Doris landete im Spagat auf ihren Handflächen.

»Bravissimo! Bravissimo!« Goebbels sprang auf. Auch Göring hielt es nicht mehr auf dem Stuhl. Er erhob sich leicht schwankend. Eine Weinflasche kippte um. »Ausgezeichnet, die Mädels!« Randhuber drückte seine Zigarette auf dem Dessertteller aus und rief: »Grandios!« Sven Hedin nickte wohlwollend. Der Applaus wollte nicht verebben.

»Meine Damen, dürften wir Sie bitten, ein Glas mit uns zu trinken?« Goebbels trat an das Podest.

»Jawoll, Sekt für die Mädels!« tönte Göring. Sofort waren zwei Kellner zur Stelle.

Niemand bot Hassan etwas an.

Der Propagandaminister reichte Doris huldvoll den Arm.

Karl konnte sich ein Grinsen nicht versagen, als Göring es seinem

Ministerkollegen nachmachen wollte und dabei mit Holtsen kollidierte. Der Schwede erwies sich als äußerst standfest, obgleich Göring auch kein Leichtgewicht war. Der Reichsluftfahrtminister geriet ins Schlingern, nahm es aber mit Humor. »Das nenn' ich Schwedenstahl!«

Holtsen stellte die Venduras Hedin vor. Sven Hedin, bereits im achten Lebensjahrzehnt, war eine beeindruckende Erscheinung. Ergraut, aber mit noch vollem Haar und von kräftiger, hochgewachsener Gestalt, wirkte er geistig und körperlich wie ein rüstiger Endfünfziger. Mit einem charmanten Lächeln bat er die Artistinnen, an seiner Seite Platz zu nehmen.

»Zigarette?« In Burmeisters Hand blitzte ein goldenes Etui.

»Warum nicht?« Karl folgte dem Gestapomann zum Brunnen in der Gartenmitte.

Burmeister rauchte amerikanische Zigaretten. Das Feuerzeug war mit Brillanten besetzt.

Lilo kam mit Hassan aus dem Wintergarten. »Ich bringe Herrn Hassan schon mal zum Garderobenraum. Bei den Venduras wird es noch etwas dauern, wie es aussieht.«

»Vous étiez formidable, Monsieur Hassan!«

»Merci, Monsieur Charles.«

Burmeisters Lippen zuckten spöttisch, aber er sagte nichts.

Der Wintergarten war wieder hell erleuchtet. Karl sah, wie Goebbels mit Randhuber tuschelte. Randhuber nickte und verschwand. Er kam in Begleitung von Kassner zurück.

Goebbels ging ihnen entgegen. Während Randhuber sich wieder zur Tafel begab, traten Goebbels und Kassner in den Goethe-Garten. Der Minister nahm von Burmeister und Karl keine Notiz. Er redete auf Kassner ein. Kassner verbeugte sich fortwährend. Dann eilte er zum Hofeingang des Lesesaals. Karl sah ihn Richtung Halle gehen. Goebbels schlenderte in den Wintergarten zurück und setzte sich neben Doris an die Tafel. Die Kellner servierten Digestifs.

»Ich muß jetzt meinen Rundgang machen«, sagte Karl.

»Tun Sie Ihre Pflicht, Herr Meunier. Ich bin überzeugt, viel wird es heute nicht für Sie zu tun geben.«

›Ist auch kein Wunder‹, dachte Karl. ›Zwanzig seiner Leute krauchen mindestens im Haus herum.‹

Als Karl in die Halle trat, schloß sich gerade die Fahrstuhltür hinter Kassner.

Emil Klempert schlug das Gästebuch zu und faltete die Hände, als sich Karl über den Rezeptionstresen beugte. Er grinste. »Wenn das der Führer wüßte!«

»Was?«

»Daß sein Propagandaminister gegen das Meldegesetz verstößt und sich als Herr Schulze bei uns für die Nacht einquartiert.«

Karl pfiff leise durch die Zähne. »Donnerwetter, welche Ehre für das *Adlon*! Na, dann kann ich dir ja auch verraten, wer Frau Meier ist.«

»Gehe ich recht in der Annahme, daß besagte Dame aus Künstlerkreisen stammt? [redacted]

»Nein, es wird schon akrobatischer zugehen – Doris Vendura ist die Auserwählte.«

»Mein Gott, er wird der Filmwelt untreu! Eine Artistin! Welch unersetzlicher Verlust für Babelsberg, falls das einreißen sollte! Man müßte ihn dann ja glatt umtaufen. *Der Bock vom Varieté*, klingt auch nicht schlecht.«

Die Fahrstuhltür öffnete sich. Kassner durchquerte die Halle mit gewichtiger Miene.

»Da geht er, der Reichspostillon d'amour!«

Karl drehte sich nicht um. »Er ist nicht der erste Zuhälter, der in diesen Zeiten Karriere macht.«

Als Kassner den Wintergarten betrat, knallten Sektkorken.

19. Kapitel
Aus einem Trio wird ein Duo

Es war einer der seltenen ruhigen Abende. Karl und Vera saßen bei Kerzenschein auf dem Balkon. Vera hatte die Blumenkästen mit Geranien bepflanzt. Karl hatte es sich in einem Liegestuhl bequem gemacht und las. Vera schrieb einen Brief an Hans. Sie hoffte, ihn bald in Kopenhagen zu treffen.

Über ihnen wurde zu Abend gegessen. Die Müllers waren neu nach Berlin gezogen. Ihre Hakenkreuzfahne war die größte in der Straße, handgenäht, wie Frau Müller jedem stolz verkündete, der sie auf das Banner ansprach. Er war Lehrer, sie Hausfrau. Sie erzogen die Kinder streng. Außer »Danke, Mami!« oder »Bitte, Vater!« sagten sie bei Tisch kaum etwas. Nicht, daß die Müllers viel miteinander redeten. Sie hatten den Volksempfänger auf den Balkon gestellt und hörten Operettenmusik.

»Vera?«

»Moment, bitte!« Sie beleckte die Rückseite einer Briefmarke und klebte sie auf das Couvert. »So, fertig!«

Karl klappte das Buch zu. »Wollen wir ihn noch einwerfen gehen?«

Oben hörte die Operettenmusik abrupt auf. Der Führer sprach.

»Ja«, sagte Vera.

Den nächsten Briefkasten gab es am S-Bahnhof Pankow-Nord. Die Luft war lind. Die Frauen, die ihnen begegneten, trugen Sommerkleider, viele Männer gingen hemdsärmlig. Frühsommer in Berlin. Balkonien erwachte. Die Tür vom *Zur Molle* stand offen. Man kloppte Skat, während von Hitler wieder einmal die Vorsehung beschworen wurde. Vera blieb stehen und lauschte. »Hier hat sich Hans oft mit seinen Freunden getroffen. Ob er Berlin vermissen wird?«

»Als ich in Malta war, habe ich auch manchmal von Berlin geträumt. Ich denke, das ist normal.«

Vera ging näher an das Kneipenfenster. »Der kleine Dicke da war früher bei den Sozis.« Sie spuckte aus. »Jetzt ist er Blockwart in der Steegerstraße.«

Karl sagte nichts. Erst neulich hatte er eine hitzige Diskussion mit Hajo geführt. Der Trottel hatte ihm allen Ernstes geraten, in die Partei einzutreten, »... *weil man nur etwas zum Positiven verändern kann, wenn man dabei ist!«*

»Deine Naivität ist himmelschreiend. Du bist ja auch nicht in der Partei!« hatte Karl gesagt.

»Als Offizier halte ich mich da strikt raus!« hatte Hajo erwidert und damit das gängige politische Selbstverständnis seines Berufsstands artikuliert.

Es war hoffnungslos, mit Hajo über Politik zu reden. Er war technikbesessen, und solange er nur einen Steuerknüppel in der Hand halten und fliegen durfte, war ihm ziemlich alles egal.

Sie überquerten die Fahrbahn.

An der Litfaßsäule neben Vater Binders Zeitungskiosk wurde für die Spiele geworben: *Olympia – Fest der Völker.* Goebbels und Sven Hedin besuchten das Olympische Dorf in Döberitz, Schulkinder standen fahnenschwenkend Spalier. Goebbels und Hedin tätschelten Mädchenköpfe.

Eine S-Bahn ratterte über die Brücke. Die Schiebefenster waren heruntergedrückt. Hier und da baumelte ein nackter Arm heraus.

Neben dem Olympiaplakat klebte eine Werbung der Deutschen Lufthansa.

Der Aufruf, nicht mehr bei Juden zu kaufen, der an jeder öffentlichen Werbefläche Berlins geklebt hatte, war seit Wochen verschwunden, aber in den Randgebieten der Stadt hingen immer noch die Warntafeln: *Juden ist das Betreten des deutschen Waldes verboten!* Karl hatte es durch einen *Adlon*-Gast erfahren. Der amerikanische Reporter hatte mit dem Londoner *Evening Standard* gewedelt und ihn gefragt, wo der Ort Mittenwalde liege. »Im Süden von Berlin«, hatte Karl geantwortet. »Nicht sehr weit.«

Und da hatte ihm der Amerikaner das Foto von der Warntafel gezeigt.

Vera hakte Karl unter. »Ruella hat heute Doris aus dem Vertrag gelassen.«

»Und eure Nummer?«

»Das kriegen wir schon hin.«

»Was will sie machen?«

»Sie träumt von einer steilen Filmkarriere. Goebbels hat sie bei der Ufa untergebracht. Eine Nebenrolle. Sie wohnt jetzt in Potsdam. Er hat auch da seine Beziehungen spielen lassen. Eine Drei-Zimmer-Wohnung, sogar mit Etagenheizung.«

»Drei Zimmer, für sie allein?«

Vera hüstelte. »Das denke ich nicht. Ein Zimmer ist vermutlich als Kinderzimmer eingeplant.«

»Wie bitte?«

»Hast richtig gehört, Karlchen. Sie ist schwanger.«

»Ich glaube ja, ich spinne!«

»Ich mochte es auch nicht glauben, aber Birgit hat sie zufällig in der Friedrichstraße getroffen, und da hat sie es ihr gesagt.«

»Dieses blöde Huhn!«

Vera seufzte. »Was soll's. Alt genug, um zu wissen, was sie tut, ist sie.«

»Weiß schon jemand davon?«

»Na, in der Zeitung wirst du bestimmt nichts darüber finden, aber ich schätze mal, Doris wird sich irgendwann vor Stolz nicht mehr beherrschen können und es selbst überall herumtratschen.«

Karl lachte trocken. »Das ist doch makaber! Göring veranstaltet riesige Freßgelage in Carinhall, Goebbels hurt herum, was das Zeug hält, und die Kerle quatschen ständig von germanischen Tugenden und Zucht und Ordnung!«

»Es gibt Gerüchte, daß Goebbels mehrere solche Verhältnisse hat.«

»Ich bin ja alles andere als ein Moralapostel, aber er treibt es wirklich wild für einen Reichsminister. Und seine Magda soll von allem nichts ahnen?«

Vera zuckte mit den Achseln. »Sie soll nur noch selten in Berlin sein, und wenn, ist sie entweder krank oder in freudiger Erwartung.«

Karl brummelte etwas Unverständliches und sagte: »Laß uns das Thema beenden, Vera, sonst ist's um meine gute Laune geschehen. Die Brüder predigen das eine und praktizieren genau das Gegenteil davon. Die SA-Sportgruppen halten Handgranaten-Weitwurf-Wettbewerbe in der Hasenheide ab, und Hitler und Konsorten treten als olympische Friedensengel auf. *Fest der Völker*, daß ich nicht lache! Es ist der reine Hohn!«

»Nun laß du mal gut sein, Karlchen. Wennste dich so aufregst, kriegste noch mehr graue Haare, als du schon hast.« Sie gab ihm einen Kuß. »Und das ist die ganze Bande nicht wert.«

»Hast ja recht.« Aber Karl konnte sich nicht so schnell beruhigen. »Die Luft zum Atmen in Deutschland wird immer dünner. Stell dir vor: Neulich war jemand bei Rahn und wollte, daß wir uns der Turnerschaft anschließen. Erich hat sie überzeugen können, daß er eine Sportschule und keinen Verein hat und deshalb auch keinen Grund sieht, da einzutreten. Ballettschulen und Musikschulen würden ja schließlich auch nicht gleichgeschaltet.«

»Ist er damit durchgekommen?«

»Bisher jedenfalls.«

Vera blieb vor einem Schuhgeschäft stehen. Das Schaufenster war leergeräumt. Ein Pappschild baumelte innen an der Türklinke. *Laden zu vermieten.* »Die Rosenbergs also auch!«

»Seit vorgestern. Sie wollen nach Palästina, hat mir Maman erzählt. Sie ist mit Anna Rosenberg zur Schule gegangen.«

»Es ist eine Schande. Diese alten Leute!«

»Zwei Söhne sollen schon drüben sein.«

»Trotzdem, Karl. Wenn ich mir vorstelle, meine Eltern würden mehr oder weniger aus ihrer Heimat vergrault werden, wo sie all ihre Freunde und Bekannte haben, dann wird mir speiübel. Das ist doch geradezu unmenschlich! Und jetzt all das blöde Gequatsche von olympischem Geist und von brüderlicher Völkergemeinschaft. Fest der Völker, wer's glaubt, wird selig!«

»Kassner hat wieder mal im Kuriersaal Reden geschwungen. Über große deutsche Heldengestalten. Den Alten Fritz hat er natürlich auch bedacht. Obier hat ihn gefragt, warum denn damals so viele Franzosen, Holländer und Österreicher nach Preußen eingewandert sind. Darauf hat er keine Antwort gewußt. Schlagworte nachplappern, darauf versteht er sich. Aber selber denken, das überläßt er den Parteioberen.«

In der Florastraße war es stiller geworden. Karl und Vera setzten sich noch für ein paar Minuten auf den Balkon. Sie teilten sich ein Bier. Karl rauchte eine Muratti. Eine S-Bahn fuhr über die Wollankstraßen-Brücke. Wenn der Wind richtig stand, konnte man sogar das Bremsen hören.

»Zehn vor zwölf«, sagte Karl und gähnte. »Ab in die Falle!«

20. Kapitel
Fest der Völker

Am 1. August des Jahres 1936 begannen die olympischen Sommerspiele. Auf der mit rotem Sand bestreuten Mittelpromenade Unter den Linden schoben sich die Besucher aus aller Welt durch ein Spalier von Hakenkreuz-Bannern. Die neugepflanzten Linden wirkten kümmerlich neben den hohen Straßenlaternen und den haushohen Fahnenmasten. Die alten Bäume waren abgeholzt worden, damit in Zwölferkolonnen auf den Fahrbahnen marschiert werden konnte. Außerdem hatte man unter dem Pariser Platz einen S-Bahnhof gebaut. Karl fuhr jetzt von Pankow-Nord ohne umzusteigen zur Arbeit.

Das *Adlon* war bei den ausländischen Gästen beliebt wie eh und je. Diplomaten aller Herren Länder, der europäische Hochadel, Politiker, die internationale Finanzwelt, sie alle gaben sich wieder ein Stelldichein am Pariser Platz. Mochte das *Bristol* mehr Badezimmer haben, mochte das *Esplanade* mehr Fahrstühle besitzen, und mochte auch der *Kaiserhof* den Führer regelmäßig bewirten: Das *Adlon* blieb die Nummer Eins der Reichshauptstadt, die Nummer Eins unter den Linden.

Mirow und seine Chauffeure waren pausenlos im Einsatz, um die anreisenden Stammgäste von den Fernbahnhöfen und vom Flugplatz zum Hotel zu bringen. Gute Zeiten auch für die Droschkenkutscher, wie die Taxifahrer noch immer genannt wurden.

»Das meiste Schmalz geben die Amis«, sagte der Finne.

»Dann mal ran an die Bouletten, junger Mann!« Karl lachte und gab ihm einen Zettel. »Um siebzehn Uhr wollen die Willmores wieder zum Kudamm, um achtzehn Uhr kommt ein Mister H. P. Terrem, Ohio, in Tempelhof mit der Lufthansamaschine aus Hamburg an, und dann warten Sie bitte ab Mitternacht auf die Millers vor dem *Resi.*«

Sven Hedin wurde von der Fahrbereitschaft der Reichskanzlei abgeholt. Zwei Kradfahrer der *Leibstandarte Adolf Hitler* eskortierten den Wagen vom Flughafen bis zum *Adlon*. Augenblicklich umringte ihn ein Schwarm Journalisten. Vor seiner Ankunft hatte der Staatssekretär im Reichspropagandaministerium, Walter Funk, noch persönlich die Willkommenspräsente von Hitler, Göring und Goebbels bei Louis Adlon abgegeben. Am 4. August hielt der Asienforscher im Olympiastadion eine Ansprache zum Thema *Sport als Erzieher.*

Emil Klempert und Hedda Adlon hatten Hedin ins Stadion begleitet.

»Und was hat er so von sich gegeben?« hatte Karl gefragt, als Emil wieder im Hotel war.

»Er hat auf der Antike rumgedroschen. Hab' das meiste nicht so recht verstanden. Nur soviel, daß schon die alten griechischen Poeten anscheinend ihre jungen Kämpfer angefeuert haben, stets danach zu trachten, mit heroischen Taten die Welt zu erobern und zu beherrschen.«

»Na, das muß zumindest den Herren Obermenschen auf der Ehrentribüne ja runtergegangen sein wie Öl.«

Klempert sagte resigniert: »Weißte, Karl, ich hatte nicht den Eindruck, als ob die Volksgemeinschaft auf den Holzbänken anderer Meinung war als ihre Leithammel. Da ist kein einziger Arm untengeblieben, als Hitler seine Loge betreten hat.«

»Und deiner?«

»Sehr, sehr witzig, Karl! – Ich stand zwischen Randhubers SS-Begleitern!«

Selbstverständlich residierte Direktor Holtsen ebenfalls wieder im Haus, und auch Baron de Neva war noch vor der Eröffnungsveranstaltung angereist.

Karl hatte in einer Kammer hinter dem Büro des Kellermeisters Quartier bezogen, denn er und Lilo arbeiteten jetzt rund um die Uhr. Im Billardzimmer wurde ein großer Rundfunkempfänger aufgestellt. Ein Stenofräulein aus der Buchhaltung notierte alle Wettkampfergebnisse und gab sie an die Rezeption weiter. Karl, und wer von der Belegschaft dazu Gelegenheit hatte, schaute gelegentlich im Billardzimmer vorbei und hörte sich die Direktübertragungen aus dem Olympiastadion an.

»Wieder Gold!« Oskar Obier rieb sich die Hände. »Damit hat keiner gerechnet. Nach vier Durchgängen bloß auf Platz vier, und dann wirft der Kerl beim vorletzten Versuch den Speer fast 72 Meter weit.«

»Stöck?«

»Stöck!«

»Hat der nicht Bronze im Kugelstoßen gemacht?«

»Ja, gleich am zweiten Tag.«

Die Stenotypistin tippte Stöcks Daten vom Block ab. Sie drehte das Blatt aus der Schreibmaschine. »So, fertig! Das sind die Ergebnisse der letzten zwei Stunden. – Gehen Sie nach vorne, Herr Meunier?

»Ja, geben Sie den Zettel her.«

Im Lesesaal kam ihm Louis Adlon aufgeregt entgegen. »Ich suche Sie überall, Meunier. Haben Sie schon gehört?« Er trat dicht vor Karl und rieb sich die Hände. »Das ist seit Monaten die beste Nachricht für das *Adlon*!«

Karl fuhr sich mit dem Zeigefinger über den Nasenrücken und sagte irritiert: »Die Goldmedaille für Herrn Stöck muß ja eine echte Sensation sein, wenn selbst Sie, Herr Generaldirektor …« Ihm war bekannt, daß der Chef sich für Dressurreiten interessierte – aber Speerwerfen? *Was hatte Stöcks Sieg mit dem Adlon zu tun?*

»Goldmedaille? Quatsch, davon rede ich nicht. – Ah, jetzt begreife ich! Sie haben Klempert noch nicht gesprochen! Der weiß es nämlich bereits.« Louis Adlon strahlte über das ganze Gesicht. »Kassner verläßt uns!«

Karl mußte den Anblick eines Debilen abgegeben haben, denn Louis Adlon sagte lachend: »Nun machen Sie mal schön den Mund wieder zu, sonst denkt man, Sie sind aus Wittenau getürmt.«

»Pardon, Herr Generaldirektor. Aber das ist ja, das ist ja … !«

»Sehn Sie! Genauso muß ich gestammelt haben, als Kassner mir vorhin mitgeteilt hat, daß er am 1. Oktober im *Kaiserhof* anfangen wird. *Und ob ich ihn nicht vielleicht schon vorzeitig entbehren könnte!*«

»Das ist ja ein Geschenk des Himmels!«

»Das habe ich auch gedacht«, sagte Louis Adlon. Augenzwinkernd fügte er hinzu: »Er hat mich überreden können, ihn bereits kommende Woche gehen zu lassen. – War das nicht sehr kulant von mir?«

21. Kapitel
Tegeler Flußkrebse in Gemüsesud

Kassner nicht mehr auf Schritt und Tritt im *Adlon* zu begegnen, war nicht bloß für Karl eine Erleichterung. Nach seinem Weggehen kehrte eine gewisse Ruhe im Hause ein. Sie veranstalteten weiterhin einmal im Monat ihre Parteizellenabende im Kuriersaal, die erklärten Nationalsozialisten unter der Belegschaft, aber ohne den penetranten Anführer hielt sich ihre Agitation in Grenzen. Louis Adlon achtete peinlich darauf, daß keine überzeugten Pgs die Abgänge ersetzten, die es in jedem großen Hotel regelmäßig gab.

Erich Rahns Ju-Jutsu-Schule war weiterhin keiner NS-Organisation angeschlossen. Karl war mit zwei Trainingspartnern auf der Matte, als der Beauftragte des Reichssportbunds erneut kam. Der Mann wartete, bis sie ihre Wurfübungen beendet hatten. Im *Leuchtturm*, wo er mit ihnen ein Bier trank, fragte er Karl nach der Mitgliederzahl.

»Manchmal sind wir zu dritt, manchmal sind wir auch sechs«, sagte Karl ausweichend. »Wie wir so Zeit haben.«

Der Mann machte sich Notizen. »Sie treffen sich also quasi auf rein privater Basis?«

»Ja. Ein bißchen schwitzen nach der Arbeit. Andere spielen Skat oder gehen kegeln, wir raufen halt ein wenig.«

Der Mann erschien nie wieder im Übungskeller.

Seinen Freund Hajo sah Karl nur noch selten. Er bildete Piloten aus, soviel erfuhr Karl immerhin. Ob für die Legion Condor, danach fragte er nicht. Wenn sie sich trafen, wurde stillschweigend das Thema Politik ausgeklammert. Sie wären eh auf keinen gemeinsamen Nenner gekommen. Der Kontakt zu Hajo verebbte völlig, als er im Raum München stationiert wurde.

Dafür war Benno wieder da. Nach dem Wehrdienst bei der Marine war er in Eckernförde geblieben und hatte seine Rosi nachgeholt. Sie hatten in einer Hafenbar gearbeitet, er als Türsteher, sie als Barfrau. Dann hatte es Stunk mit dem Besitzer gegeben, weil der sich an Rosi heranmachen wollte, was dem Herrn Wirt einen gebrochenen Unterkiefer und längeren Krankenhausaufenthalt eingetragen hatte. Jetzt arbeiteten beide wieder im *Oriental*.

Mit Professor Blum korrespondierte Karl regelmäßig. Blums Sohn war mit der Familie nach Dänemark ausgewandert. Er betrieb in Århus eine kleine Gemäldegalerie.

Vater Binder hatte den Zeitungskiosk abgegeben. Er ging täglich mit Theo Höhne angeln. Theo war noch immer arbeitslos.

Mutter Binder bereitete abends den Fang zu. War Aalsaison, gab es *Aal grün* mit Gurkensalat und Salzkartoffeln; Karpfen, alldieweil meistens moderig, wurden erst einmal in die Regenwassertonne gesetzt und dann in Biersoße gekocht. Aber oft waren es bloß kleine Weißfische, die angebissen hatten und bei denen es sich nicht lohnte, sie auszunehmen. Mutter Binder wälzte die Fische in Mehl und Salz und briet sie in tiefem Fett knusprig aus. Alle aßen den Kopf und die Gräten mit.

Nach dem Training brachte Karl häufig Benno mit zu den Binders. Ein oder zwei unvorhergesehene Münder bei Tisch brachten Mutter Binder nie aus der Fassung.

»Vermißt du den Zeitungsstand nicht?« Karl leerte den Aschenbecher, Vera spülte, Benno spielte mit Mutter Binder und Theo Höhne Mau-Mau.

Es hatte Möhrensuppe mit glatter Gartenpetersilie gegeben, Krebse in Gemüsesud (Vater Binder und sein Freund kannten eine Stelle im Tegeler See, die sie zweimal im Jahr »aberntenten«), dazu Pellkartoffeln mit Salz.

Vater Binder schnitt ein daumenlanges Stück von einer *Fehlfarben* und stopfte sich die Pfeife mit dem Zigarrenstummel.

»Nee, Karl. Das hat mir überhaupt keinen Spaß mehr gemacht, nur noch diese Nazipostillen zu verkaufen. Ich hab' ja immer geklebt. Damit, und mit dem, was ich für den Kiosk gekriegt habe, läßt es sich auskommen.«

»Apropos ›auskommen‹ – mal wieder wat von Doris jehört?« Benno drehte sich zu Vera um. »Jöbbels hat doch diese neue Flamme, die Baroova, die er überallhin rumschleppt.«

»Du bist dran!« kommandierte Mutter Binder.

Benno schaute gehorsam in die Karten und bediente.

Vera goß das schmutzige Abwaschwasser in den Ausguß. »Sie hat regelmäßig kleinere Filmrollen und kann sich ein Kindermädchen leisten. Am Hungertuch scheint sie also nicht zu nagen.«

Vater Binder erhob sich und nahm ein Geschirrhandtuch. »So, den Rest erledige ich. Hock dich mal zu deinem Karl!«

Benno sagte: »Eijentlich wär' ick ja mal mit 'm Abwasch anner Reije jewesen, aber ...« Er ging zur Küchentür, wo sein Mantel neben Karls Lodenjacke hing, und stellte eine Flasche Kümmel auf den Tisch. »... aber vielleicht kann ick ma heute damit auslösen.«

»Gestattet!« sagte Mutter Binder. »Und jetzt setz dich wieder, und – schaut mal her!« Ein Herz-As klatschte auf die blaukarierte Wachstuchdecke. »Mau-Mau, meine Herren! – Los, Theo! Du gibst die nächste Runde!«

Veras Vater schmunzelte. »Tja, wenn die Mutter Karten drischt, drischt sie Karten. Da kann sonst wat passieren.« Er verteilte die Schnapsgläser.

Es bimmelte an der Gartentür. Vera öffnete das Küchenfenster. Es waren die Nachbarn. Sie hatten einen Blechkuchen gebacken: Bienenstich.

»Rein mit euch!« sagte Vera.

»Schnäpperken?« fragte Vater Binder und wartete die Antwort nicht ab, sondern schenkte einfach ein. Als Rosi noch auftauchte, mußte sie auf dem umgedrehten Waschkessel sitzen. Auch sie war nicht mit leeren Händen gekommen, hatte eine Schüssel Vanillepudding mitgebracht.

»Mensch, Karl«, sagte Theo Höhne. »So stell' ich mir das Essen im *Adlon* vor: Suppe vorweg, Fischgang, Nachtisch, Kuchen und Verdauungsschnaps.«

Karl griff nach der Puddingschüssel und kratzte sie aus. »Im Adlon hätten die Leute die Krebsscheren mit extra Krebsgabeln ausgepult, anstatt die Finger zu benutzen, und wären dabei fast verhungert, so mühsam ist das Vornehmsein.«

Rosi lachte. »In Eckernförde kam jeden Tag so ein feiner Pinkel zu uns, der hatte einen goldenen Sektquirl. Damit hat er den Champagner durchgerührt.«

»Nich zu fassen, wat? Da zahlt man'n Vermöjen, damit det Zeuch richtich perlt, und so'n Heini quirlt die Bläschen raus!« Benno schlug sich auf die Schenkel. »Na, Rosi, nich blöd, sagt ›Süßer, det kann ick doch für dich machen!‹ und tauscht die Champagnerjläser immer jejen 'nen ordinären Weißwein aus, wenn der Kerl jerade wegglotzt. Aber meent ihr vielleich, der hätte wat jemerkt?« Benno kicherte. »Keene Spur! Immer runter mit'm Weißwein, und Benno süffelt wochenlang Champagner zu zwanzich Mark die Pulle!«

Karl hob sein Glas. »Auf das einzigartige und unnachahmliche Hotel von Mutter und Vater Binder – immer geöffnet!«

»Auf die Krebse!«

»Uff den Bienenstich!«

»Auf den Pudding und den Schnaps!«

»Und die Suppe!«

Vera kraulte Karl zärtlich den Nacken, denn sie wußte, daß ihr Karlchen es ehrlich gemeint hatte.

22. Kapitel
Sturmzeichen

Das Kindergeplärre in der Wohnung über ihm war eine herbe Zumutung. Wenn Karl im Morgengrauen von der Nachtschicht nach Hause kam, war oben bereits der Teufel los. Frau Müller war auf das Mutterkreuz aus, denn obwohl das dritte Kind gerade erst laufen gelernt hatte, stolzierte sie schon wieder mit einem dicken Bauch umher. Karl erwog ernsthaft den Gedanken, in eine ruhigere Wohnung umzuziehen.

Trotz Schwangerschaft und Nachwuchsaufzucht fand Frau Müller Zeit zum Fahnenschneidern. Selbst wenn keine Beflaggung angesagt war, hingen vom Balkon drei Swastika-Banner mit handgestickten Goldlettern: *Die Saar ist deutsch. Das Rheinland kehrt heim. Wiedervereint mit Österreich.*

Nun bastelte sie an einer vierten Fahne: *Sudetenland ist Heimatland.*

Herr Müller, Träger des goldenen Parteiabzeichens, grüßte nach dem Einmarsch der deutschen Truppen in Karlsbad als einziger im Haus auch privat mit dem Deutschen Gruß.

Eines Tages geschah ein Wunder. Ein Möbelwagen fuhr vor, und die Müllers zogen aus. Von seiner Mutter erfuhr Karl später, daß sie in der ehemaligen Praxis von Doktor Nußbaum wohnten. Doktor Nußbaum war, solange Karl zurückdenken konnte, der Hausarzt der Familie Meunier gewesen.

Frau Meunier war erschüttert. »Als dein Vater im Sterben lag, kam er täglich vorbei und hat nach ihm geschaut. Und nun darf er nicht mehr praktizieren, bloß weil er Jude ist!«

»Die Binders sind auch seine Patienten. – Ist er noch in Berlin?« Frau Meunier wußte es nicht.

Vera traf ihn zufällig auf der Paßstelle. Ihr Reisepaß war abgelaufen, und sie mußte ihn verlängern lassen, weil sie sich wieder mit ihrem Bruder in Kopenhagen treffen wollte.

Karl wartete in einem Café in der Badstraße auf sie. Er war der einzige Gast. An der Art, wie sie ihre Handtasche auf den Boden warf, sah er sofort, daß sie sich aufgeregt hatte. Er ließ die Zeitung sinken. »Was ist?«

»Doktor Nußbaum. Er war auch auf dem Paßamt. Er geht zu seiner Tochter in die Staaten. Als wir auf der Straße waren und niemand in der Nähe war, hat er mir seinen Paß gezeigt. Auf die erste

Seite war ein großes ›J‹ gestempelt. ›Schauen Sie mal, Fräulein Binder, wie ich jetzt heiße: *Israel* Helmut Nußbaum.‹ Ihm haben die Tränen in den Augen gestanden. ›Sie müssen nicht denken, Fräulein Binder, daß ich wegen *Israel* traurig bin. *Israel* und *Sara*, das sind schöne Namen. Nein, ich weine, weil der Paßbeamte eben vorgegeben hat, mich nicht zu kennen. Er hat sich mit seinem Kollegen sogar über mich lustig gemacht.‹ Und dann, Karl, hat der alte Mann gezittert. Ich habe ihn zu trösten versucht. Er hat meine Hände genommen und sie fest gedrückt. ›Der Paßbeamte, Fräulein Binder – er heißt Alfons Herler – ich habe ihn und alle seine Geschwister zur Welt gebracht!« Vera rüttelte Karl am Arm. »Karl! Warum macht denn keiner was gegen diese Verbrecher! Wo waren denn die guten Deutschen, als die Synagogen gebrannt haben und die Kaufhäuser verwüstet wurden! »

Karl sah Vera an und schwieg.

»Verdammt, sag doch was, Karl!«

Karl hob die Zeitung.

Deutschland und die Sowjetunion hatten einen Nichtangriffspakt geschlossen.

»Nein«, sagte Vera entsetzt. »Nein, das darf nicht wahr sein!«

»Doch«, sagte Karl leise. »Es ist wahr. Gerade als du vorhin zur Tür raus warst, kam ein Telegramm von Klempert. Der russische Botschafter gibt ein Galaessen für das Auswärtige Amt. Ich werde heute im *Adlon* schlafen.«

Gegen Mitternacht rief Vera im Hotel an. Karl ließ sich das Gespräch in Obiers Büro stellen.

»Ja?«

»Benno konnte heute nicht zur Arbeit kommen. Rosi war bei ihm, als die Polizei sie wachgeklingelt hat. Er ist schon auf dem Weg nach Eckernförde. – Muß angeblich zu einer Reservistenübung!«

»Das überrascht mich nicht«, sagte Karl. »Bei uns fehlen auch zwölf Leute, und alle sind in seinem Alter.«

23. Kapitel
... denn heute gehört uns Deutschland ...

Vor Louis Adlon lagen der Dienstplan des kommenden Monats und ein blaßgrünes, postkartengroßes Blatt. Die leitenden Hotelangestellten saßen schweigend am runden Tisch im kleinen Konferenzraum. Louis Adlon wartete, bis seine Frau neben ihm Platz genommen und Küchenchef Fliegenwald ihr Feuer gegeben hatte. Hedda Adlon führte die silberne Zigarettenspitze an die Lippen und starrte in die Luft. Der Generaldirektor räusperte sich.

Das *Adlon* hatte in den letzten Wochen ein Kommen und Gehen von Politikern und Diplomaten gesehen, wie selten in seiner Geschichte. Daß die Delegationen aus Italien, Japan und Spanien nicht über Kulturaustauschprogramme mit der Reichsregierung berieten, ließ sich unschwer erraten: Die Hälfte aller Delegationen bestand aus hohen Offizieren, die abends in Begleitung von deutschen Generalstäblern die Bar und das Restaurant bevölkerten. Das Hotel war ausgebucht wie stets, aber die ausländische Prominenz, die sonst den Sommer in Berlin verbrachte, fehlte fast völlig. Seit Hitlers Einmarsch in die Rest-Tschechoslowakei traute man dem Frieden in Europa nicht mehr so recht.

Deshalb war im Grunde auch niemand im Konferenzraum sonderlich überrascht, als Louis Adlon seine Rede mit den Worten eröffnete:

»Meine Damen und Herren, die Reichsregierung hat die Zwangsbewirtschaftung für Nahrungsmittel verfügt. Wer ab morgen bei uns speist, muß im Besitz einer Lebensmittelkarte sein. – Das gilt auch für das Personalessen.«

Die blaßgrüne Karte ging von Hand zu Hand.

»Wie Sie sehen, gibt es Abschnitte für Fett, Fleisch, Eier, Brot und so weiter.«

Henry, der Chef-Mixer aus der *Adlon*-Bar, schüttelte ungläubig den Kopf. »Aber wenn Herr Professor Sauerbruch abends mit einem Kollegen an der Bar einen Schoppen trinkt und dazu ein belegtes Brötchen bestellt, dann muß ich ihn doch nicht nach seiner Lebensmittelkarte fragen, oder?«

»Das müssen Sie sogar unbedingt, mein lieber Henry!« Hedda Adlon richtete die Zigarettenspitze auf den Bar-Chef. »Die Strafen für Mißbrauch und Nichtbeachten der Bestimmungen sind drastisch.«

»Sie gestatten, Herr Generaldirektor?« Obier griff nach dem Dienstplan. Halblaut zählte er die durchgestrichenen Namen auf der Liste. »*Einundzwanzig*. Gestern waren es noch siebzehn. Ich glaube, wir ahnen alle, was das bedeutet.«

Nur Karl sprach es aus. »Ja«, sagte er. »Es gibt Krieg.«

Teil III

Krieg

1. Kapitel
Ribbentrops Einquartierungen

Vor dem Linden-Eingang des *Adlon* warteten Limousinen des Auswärtigen Amts auf die Angehörigen der Französischen und Britischen Botschaft, die seit Kriegsbeginn im Hotel eine Art Ehrenhaft verbracht hatten.

Als letzter trug ein Dolmetscher der englischen Botschaft, Lawrence C. Teasdale, ein kleiner agiler Mann, mit dem Karl manchen Abend in der Bar verplaudert hatte, seinen Koffer zur Rezeption. Unter den wachsamen Blicken von Burmeisters Leuten verabschiedete er sich von Louis und Hedda Adlon. Dann reichte er Karl die Hand. »I am convinced you didn't want that damned war – and I didn't want it either. Take care, Mister Charles!«

»Thank you, Lawrence.« Karl begleitete Teasdale zur Drehtür. Pleschke, der Portier, nahm ihm den Koffer ab.

Draußen wartete der Schweizer Geschäftsträger und zeigte Pleschke, in welchem Wagen Teasdale fahren würde. Karl ging zum Rezeptionstresen zurück. Die Fahrzeugkolonne setzte sich in Bewegung.

»Fahren die jetzt direkt zur Schweizer Grenze?« Karl griff nach dem *12-Uhr-Blatt*. Am dreiundzwanzigsten Tag seit Beginn der Kampfhandlungen hatten die deutschen Truppen Warschau eingenommen. Die spöttische Schlagzeile lautete: »Gab es überhaupt einen Krieg?«

»Soviel ich weiß, geht es erst einmal nach Bad Nauheim und von dort aus weiter in die Schweiz.« Klempert rückte sich den Krawattenknoten zurecht. »Was ist eigentlich mit den Journalisten. Werden die auch ausgetauscht?«

»Keine Ahnung, aber ich vermute schon. Schließlich haben wir ja ebenfalls Berichterstatter in Paris und London.«

Klempert prüfte den Sitz seines Jacketts im Spiegel, korrigierte nochmals den Schlipsknoten. »Kleidung soll es bald auch nur noch auf Karte geben.«

Karl blätterte in der Zeitung und verzog das Gesicht. Burmeister erschien in der Drehtür. Er trug einen weichen Hut in der Farbe seines Kammgarnanzugs. »Auf die neueste englische Mode wird der auch demnächst verzichten müssen – selbstredend nur, bis England in großem Stil erobert worden ist.«

Klempert sah Burmeister im Spiegel und drehte sich um. »Der schon wieder. Man könnte glatt meinen, er gehört zum Hotel.«

Burmeister grüßte und steuerte auf Hedda und Louis Adlon zu, die in der Lobby von einem Reporter der *New York Times* interviewt wurden. Hedda Adlon hatte am Vortag in der Halle ein monströses Aktgemälde aufhängen lassen, auf das sie von Zeit zu Zeit deutete. Der Reporter machte ein Foto von den Adlons und verabschiedete sich mit Handshake. Die Adlons gingen zum Fahrstuhl.

Burmeister versank in einem Clubsessel unter dem Aktgemälde und behielt den Eingangsbereich im Auge.

Karl nahm das Gästebuch aus dem Schuber. Direktor Holtsen hatte sich angekündigt. Zur gleichen Zeit würde eine zehnköpfige russische Handelsdelegation im *Adlon* wohnen. Er schaute in das Fach, wo die Aufträge für die Hausdruckerei steckten. Die Russen hatten am kommenden Mittwoch den Bankettsaal ganztägig belegt. Küchenchef Fliegenwalds Auftrag lautete auf fünfzig doppelseitige Menükarten und auf Tischkarten mit den Namen der Gäste. Der erste auf der Namensliste war Randhuber.

Ein Herr trat aus der Drehtür und ging auf Klempert zu. Karl sah, wie Burmeister sich erhob.

Der Herr stellte sich als Geheimrat Gautier vom Auswärtigen Amt vor und bat, Herrn Adlon zu sprechen. Ein Page eilte mit der Visitenkarte des Geheimrats davon, Klempert griff zum Telefon. Burmeister kam zur Rezeption und schüttelte Gautier die Hand.

Klempert legte auf. »Der Herr Generaldirektor erwartet Sie in seinem Büro. Ein Page wird Sie führen.«

»Nicht nötig«, sagte Burmeister. »Ich kenne den Weg.«

Als sie den Fahrstuhl bestiegen, sagte Karl: »Wer war der andere?«

»Auf der Karte stand: Leiter vom Sprachendienst, Auswärtiges Amt.«

»Das könnte sehr wohl im Zusammenhang mit der russischen Handelsdelegation stehen, daß dieser Herr hier auftaucht.«

»Schon – aber Burmeister?«

»An den werden wir uns vermutlich gewöhnen müssen.« Karl griff in das Ablagefach unter dem Rezeptionstresen, wickelte eine gelbe Nelke aus nassem Zeitungspapier, betupfte sie mit einer Serviette und steckte sie ins Knopfloch. »Wenn jemand nach mir verlangt, ich bin im Lesesaal.«

Als Fritzchen in der Tür vom Lesesaal erschien, stellte Karl gerade die Hesse-Romane aus der unteren Regalreihe in die Lücke zwischen Hamsun und Goethe. Wer immer auch die Ganghofer-Gesamtausgabe entwendet haben mochte – einen entsprechenden Ausleihzettel gab es nicht – hatte sich eine schwere Last aufgebürdet, literarisch und gewichtsmäßig.

»Was gibt es?«

»Der Herr Jeneraldirektor möchte Sie sprechen, Herr Meunier.«

»Ist er im Büro?«

»Ja, Herr Meunier.«

»Sind die Männer auch noch bei ihm?«

»Ja. Der ... der Polizist und eener, den ick im Hause noch nie jesehen habe.«

»Danke, Fritzchen, geh' vor und sag, ich käme sofort.« Karl klappte den Karteikasten mit den Ausleihzetteln zu. Auf dem Weg zum Büro traf er Lilo. »Jemand hat den ganzen Ganghofer mitgehen lassen. Schau mal nach, ob noch was fehlt. Ich muß jetzt zu L. A.«

»Einen Moment, Karl!«

Die Nelke drohte aus dem Knopfloch zu rutschen.

»Ich glaube, der Stiel ist zu kurz«, sagte Karl.

»Das haben wir gleich!« Lilo zog eine Stecknadel aus ihrem Rocksaum und steckte die Blume fest. »So, jetzt biste wieder präsentabel!«

*

»Wenn der gesamte Sprachendienst des Auswärtigen Amtes zwei Wochen im *Adlon* hermetisch von der Außenwelt abgeschirmt werden soll, dann kann man bald mit einer politischen Überraschung rechnen.« Karl trat neben den Generaldirektor ans Fenster. »Und ich fürchte, es wird keine angenehme sein. Der Sprachendienst ist für die Übersetzungen von Hitlers Reden zuständig. Seltsam, daß sie das jetzt bei uns machen wollen. Eine undichte Stelle bei Ribbentrop?«

Ein uniformierter Chauffeur hielt Gautier die Wagentür auf und salutierte. Burmeister stieg nach dem Geheimrat ein.

Louis Adlon runzelte die Augenbrauen. »Sie meinen, ob es im Auswärtigen Amt einen Spion gibt? Wer weiß! – Ich kann jedenfalls bloß noch konstatieren, Meunier, daß ich nicht mehr Herr in meinem eigenen Haus bin!«

»Was wird aus den Gästen, die bereits für die dritte und vierte Etage reserviert haben?«

»Ich werde ihnen anbieten, im *Continental* zu wohnen. Mehr kann ich nicht tun.«

»Ich sehe es gar nicht gerne, wenn demnächst Gestapo-Techniker an unserer Telefonanlage herumbasteln.« Karl ging zum Schreibtisch, hob den Telefonhörer ab und drehte die Sprechmuschel heraus. »Rasch ein paar Drähte ausgetauscht, und schon hat man eine Abhörvorrichtung.«

»Sie werden bemerken, Meunier, daß mir die Begeisterung darüber ins Gesicht geschrieben steht. Aber Sie haben ja gehört, was

Randhuber gesagt hat: ›Aus Sicherheitsgründen müssen die Leitungen zum dritten und vierten Stockwerk unterbrochen werden‹.« Louis Adlon stampfte mit dem Hacken auf. »Leibesvisitation bei Zimmermädchen und Etagenkellnern, immer wenn sie den Bereich betreten oder verlassen! Sogar die Speiseaufzüge und die Rohrpostleitungen werden versiegelt! Das ist doch ...! – Wer nimmt eigentlich die Leibesvisitation bei den Frauen vor? Diese Gestapo-Banausen?«

2. Kapitel
Mit der Taschenlampe durch das vorweihnachtliche Berlin

Sie klopften sich gegenseitig im Treppenhaus den Schnee von den Mänteln und gingen sofort in die Küche. Vera ließ die Fensterläden herab. Dann erst knipste sie das Licht an. Die Luftschutzwarte verstanden keinen Spaß. Selbst das Anzünden einer Zigarette im Freien brachte eine Verwarnung ein. Busse und Autos hatten Filzkappen über den Scheinwerfern, in die schmale Schlitze geschnitten waren. Motorisierter nächtlicher Straßenverkehr in Deutschland bedeutete Schrittempo. Taschenlampen durften benutzt werden, wenn man das Glas mit blauem oder rotem Papier beklebte. Aber Taschenlampen waren Mangelware. Um gesehen zu werden, behalfen sich die Fußgänger deshalb mit Leuchtknöpfen an den Mänteln. Überzeugte Parteimitglieder trugen sie als ein phosphoreszierendes Hakenkreuz arrangiert.

Karl spaltete Kleinholz mit dem Küchenbeil. Vera behielt den Mantel an und setzte Teewasser auf. »Oh, ich glaube, das war das letzte Streichholz!« Sie wärmte sich die Handflächen über dem Wasserkessel.

»Egal. Aber laß bitte das Gas brennen, bis der Ofen richtig zieht.

Ich mach' bei dem Schneetreiben möglichst keinen Schritt mehr vor die Hütte.«

Sie hatten ein Paket vom Postamt abgeholt. Hans schickte regelmäßig Lebensmittel, und Mutter Binder sorgte dafür, daß die Familien der ermordeten Kameraden von der Millionenbrücke ihren Anteil bekamen. Seit Kriegsausbruch wurden Auslandssendungen scharf vom Zoll kontrolliert. Das Paket war geöffnet und durchwühlt worden, aber es fehlte nichts.

Nach dem Überfall auf Dänemark und Norwegen blieb Vera nur noch der briefliche Kontakt zum Bruder. Sie, und auch ihre Eltern, hatten einen Reiseantrag ins neutrale Schweden gestellt, der aber ohne Angabe von Gründen abgelehnt worden war.

Karl zerknüllte Zeitungspapier und stopfte es in den Ofen. Seit es nur noch Klopapier gab, mit dem man ohne weiteres eine Metalltür abschmirgeln konnte, kaufte auch Karl den *Völkischen Beobachter.* Auf das Papier schichtete er Holz, darauf vier Preßkohlen. Er riß einen Streifen von einer Zeitungsseite ab und hielt ihn in die Gasflamme. Marschall Henri Philippe Pétain fing Feuer.

Vera kramte im Paket. Plötzlich jauchzte sie auf. »Mensch, Karl! Brüderchen hat uns wieder mit englischem Tee bedacht!«

»Toll! Selbst im *Adlon* gehen die Vorräte langsam zur Neige. Und Hitler sehe ich noch lange keine Reden in *Speaker's Corner* schwingen, wenn ›Herr Meier‹ so weitermacht. – Wir beziehen neuerdings Ware aus Grusinien.«

Göring hatte großspurig verkündet, er wolle ›Meier‹ heißen, wenn nur ein einziges feindliches Flugzeug in den deutschen Luftraum eindringen sollte, um ein Ziel im Reich zu bombardieren. Jetzt baute die Organisation Todt vor dem *Adlon* einen mehrstöckigen Tiefbunker mit Notausgängen, die bis in den Tiergarten reichten. Die Grüße der Royal Air Force fielen mittlerweile immer regelmäßiger auf die Reichshauptstadt. Auch der *Kaiserhof* bekam unterirdische Schutzräume.

Der Ofen zog schlecht. Karl rollte einen Fidibus aus dem Zeitungsrest. Rosenbergs Lebensraum-Thesen verbrannten ungelesen. Endlich bullerte der Ofen.

Vera brühte den Tee auf und schaltete den Volksempfänger ein. Radio Leipzig spielte Marschmusik. »Wie spät ist es?«

»Noch fünf Minuten.«

Karl wusch sich die Hände, Vera knöpfte den Mantel auf und goß den Tee um.

»Stell es leiser«, sagte Karl und rückte zwei Stühle vor den Volksempfänger.

Vera drehte am Lautstärkeknopf, dann suchte sie die BBC London. Karl stellte zwei Tassen neben das Radio.

»Deutsche Hörer!« Thomas Manns Stimme klang verzerrt. Die Störsender im Großraum Berlin waren leistungsstärker geworden.

»Im *Adlon* haben sie alle Skalen in den Empfängern ausgetauscht. London kriegt man damit nicht mehr rein.«

Sie waren ständig im Hause zugange: Burmeisters Truppe, die Techniker vom Propagandaministerium, Bautrupps der Organisation Todt, und auch die Rothaarige war wieder aufgetaucht.

»Verstehst du, was er sagt?« Vera hielt das Ohr gegen den Lautsprecher.

Karl schüttelte den Kopf. »Ich höre es eigentlich bloß noch pfeifen.«

»Mist, mit einer großen Antenne wäre es besser.«

»Selbst wenn wir nur eine kleine Richtantenne auf dem Balkon anbringen würden, die nach Westen zeigt, ich schwöre dir, wir würden uns in Null-Komma-Nichts in der Prinz-Albrecht-Straße oder in Oranienburg wiederfinden.«

Vera schaltete das Radio aus. »Mutter sagt, sie haben einen aus der Kühnemannstraße verhaftet, weil er in der Kneipe einen Gandhi-Witz gerissen hat. – Kennst du den Unterschied zwischen Indien und Deutschland?«

»Nein, erzähl mal!«

»Nun: In Indien hungert einer für Millionen, in Deutschland hungern Millionen für einen.«

»Im *Adlon* erzählt niemand mehr laut politische Witze. Die Gestapo sperrt jeden Tag ein paar Zimmer, und wenn die Techniker gegangen sind, kann man sicher sein, daß sie wieder ihre Abhörvorrichtungen installiert haben. Mal hinter'm Schrank, mal unter'm Bett. Kurz vor dem Molotow-Besuch haben sie sogar Kabel in den Bunker gelegt.«

»Und was hat die Rothaarige mit allem zu tun? Du sagtest irgendwann, sie sei wieder bei euch gewesen.«

»Sie geht neuerdings ständig ein und aus. Sie kommandiert die zwei Drachen, die Leibesvisitationen bei den Zimmermädchen vornehmen, wenn Staatsgäste bei uns logieren oder der Dolmetscherdienst uns beehrt. – Sie heißt übrigens auch Burmeister.«

»Ist es seine Frau?«

»Nein, seine Schwester. Klempert hat es rausgekriegt.«

»Ein reizendes Geschwisterpaar!« Vera schaltete das Radio wieder ein.

Der Deutschlandsender kündigte Weihnachtssonderrationen an. Für Kinder war eine Extrazuteilung in Form von Schokolade oder Bonbons vorgesehen. Dann wurde *Stille Nacht, heilige Nacht* gesungen. Karl lauschte mit zusammengebissenen Zähnen. Vera erstarrte.

Stille Nacht, heilige Nacht,
Alles schläft, einsam wacht
Adolf Hitler für Deutschlands Geschick,
Führt uns zu Größe, zu Ruhm und zum Glück,
Gibt uns Deutschen die Macht

»Manchmal möchte ich das Radio zertrümmern!« Vera riß den Stecker aus der Dose. »Diese Schweine!«

3. Kapitel
Der *Adlon*-Bunker unter dem Pariser Platz

Karl stand auf und bot dem jungen Mann seinen Sitzplatz an. Der Mann trug eine Leutnantsuniform der Panzertruppen. Er dankte und setzte sich. Die Krücken lehnte er gegen die Abteilwand. Die S-Bahn fuhr in den Tunnel. Das Gesicht des Mannes spiegelte sich in der Fensterscheibe. Es war schmal und faltig. Dem jungen Mann fehlte ein Bein. Zwei Frauen im Waggon waren schwarz gekleidet. Sie waren in Veras Alter. *Gefallen für Führer und Vaterland* – Die Todesanzeigen in den Zeitungen füllten Seiten.

Den Blitzkrieg im Westen hatten viele als eine Art Spaziergang wahrgenommen. Braungebrannte Helden waren nach der Kapitulation Frankreichs durch das Brandenburger Tor marschiert. Und die Berliner hatten ihnen begeistert zugejubelt. Karl hatte die Siegesparade vom *Adlon* aus beobachtet. Unzählige Kassners hatten sich heiser geschrien: »SIEG HEIL! SIEG HEIL! SIEG HEIL!«

In den Kneipen tauchte Cognac auf, Marc de Champagne, Chartreuse. So manche Fabrikarbeiterin trug zum ersten Mal in ihrem Leben kostbare Seidenunterwäsche. Niemand fragte, woher der Champagner stammte, den der Sohn, der Vater oder Onkel zur Familienfeier mitbrachte. Hitler hatte gewonnen, die Schmach von Versailles war getilgt. – Hatten die Leute gejubelt, weil sie glaubten, der Krieg wäre nun bald aus?

Jetzt standen Rommel in Nordafrika und deutsche Truppen vor Moskau. Tee aus Grusinien gab es auch nicht mehr, das verhinderte die Rote Armee hartnäckiger, als es vom Oberkommando der Wehrmacht eingeplant worden war. Bisweilen gelang es Louis Adlon, über einen Kanal in der Japanischen Botschaft Chinatee zu kaufen, *Lapsang Souchong*. Aber der kräftige Rauchtee schmeckte den wenigsten. Überall wurde gesiegt, aber die vielen Invaliden im Stadtbild bezeugten, daß Rußland sich besser zu wehren wußte als Polen oder Frankreich. Es gab nichts zu beschönigen.

»Der Kampf ist hart und bitter«, mußte sogar der *Völkische Beobachter* eingestehen. Die Fahrgäste lasen mit versteinerten Gesichtern. Am Vortag hatte Karl die *Frankfurter Zeitung* gekauft: »Wir haben es mit dem schwierigsten Gegner zu tun, dem wir bisher gegenüberstanden.« Bei den Todesanzeigen war ihm aufgefallen, daß häufig das »Für Führer« fehlte.

Der Zug rollte langsam in den Tiefbahnhof der Station *Unter den Linden* ein. Karl, der in Rußland gekämpft hatte, dachte: ›Das Oberkommando der Wehrmacht muß aus einem Haufen von Irren bestehen. Die Weite des Landes und *General Winter* haben bisher alle Invasoren besiegt.‹

Selbst das kleine Malta hielt stand.

»HMS-St. Angelo versenkt!« hatte der OKW-Sprecher in einer Sondermeldung in den Frühnachrichten gemeldet. Karl hatte laut lachen müssen.

»Was ist?« Vera hatte Karl erstaunt angeschaut.

»HMS heißt Her Majesty's Ship. St. Angelo ist kein Schiff. St. Angelo ist ein Fort, solider Fels!«

Der Leutnant im Zug schloß die Augen. Seine Hände massierten den Oberschenkel. Karl stieg aus.

Der Pariser Platz, die Ost-West-Achse, viele markante Straßen und ein Teil der Gewässer waren mit Tarnnetzen überpannt worden, um den amerikanischen und englischen Bombern die Orientierung zu erschweren. Am 11. November 1942 hatte Hitler obendrein den USA den Krieg erklärt, und das *Adlon* hatte aufgehört, *das* Hotel der Amerikaner zu sein. Der Austausch der Diplomaten und Journalisten wurde wieder von der Schweiz organisiert. Der Presseclub tagte weiterhin regelmäßig in der Bar: Journalisten der Achsenmächte und Berichterstatter aus neutralen Staaten.

Als Karl das *Adlon* betrat, hörte er schon die melodischen Gongschläge. Bei Fliegervoralarm liefen Pagen durch das ganze Haus und schlugen mit Filzklöppeln gegen bronzene Klangscheiben. Sie erinnerten Karl jedesmal an die Klangkörper im Buddhistischen

Haus in Frohnau. Voralarm bedeutete, daß die Hotelgäste Zeit genug hatten, um ihr Notgepäck zu packen und ohne Eile in den Tiefbunker zu gelangen.

Bernardo Mattezze, der italienische Korrespondent, war stets einer der ersten, die sich im Bunker einfanden. Als er durch die Halle zum Treppenhaus stürmte, rief ihm ein deutscher Kriegsberichterstatter, der gerade erst aus Nordafrika zurückgekommen war, spöttisch nach: »Aber Herr Kollege! Wohin so eilig? Lassen Sie uns noch eine Zigarette rauchen, unten ist es verboten!«

Der Kriegsberichterstatter grinste Karl an. »Flitzen, das können die Itaker, und wir müssen den Karren aus dem Dreck ziehen.«

Karl setzte sich zu dem Mann, akzeptierte die von Mattezze verschmähte Zigarette.«Wie sieht es bei Rommel aus?«

»Gemütlich war es nicht, das kann ich Ihnen versichern, aber der Wüstenfuchs wird es schon schaffen.« Er blies den Rauch in die Richtung des davongeeilten Mattezze. »Auch ohne diese Brüder!«

Den Bunkereingang erreichte man durch den Friseursalon im Souterrain, man passierte eine Gasschleuse und bekam dann einen Raum zugewiesen. Der Bunker war dreistöckig. Im obersten Geschoß und in der Mitteletage waren die Aufenthaltsbereiche der Gäste und des Personals. Ursprünglich hatte es Zimmer für Prominente gegeben, ausgestattet mit bequemen Sesseln, Teppichen, Radioapparat, aber da auch aus den umliegenden Gebäuden viele Menschen den *Adlon*-Bunker aufsuchten, war die Unterteilung weitgehend aufgehoben worden. Ein Großreeder saß neben einem Koch, ein Bankier neben einem Zimmermädchen.

Karl fand sich neben Küchenchef Fliegenwald wieder. »Ich hoffe, dir brennt nichts an, Heribert!«

»Mach' keine Scherze, Karl! Ich hab' tatsächlich was im Ofen. Zwei Pasteten, für den *jour fixe*, na, du weißt ja!«

Jeden Mittwochabend lud Ribbentrop Diplomaten, Politiker und gelegentlich auch ausländische Prominente ins *Adlon*-Restaurant ein.

Karl entdeckte Holtsen und Randhuber in einer Ecke. Sie unterhielten sich angeregt. Randhuber rauchte, was eigentlich verboten war. Stanner, der Bunkerwart, ein Arbeiter aus der Hausdruckerei und einer von Kassners Anhängern, übersah geflissentlich die glimmende Zigarette. Randhuber trug neuerdings die Uniform eines SS-Obersturmbannführers.

Fliegenwald sagte leise: »Wenn ich Schwede wäre, würde ich mich jetzt nicht in Berlin rumtreiben. Er und Randhuber sind heute übrigens beim *jour fixe* auch dabei. Das heißt, die letzte Flasche Aquavit von Obier geht drauf.«

»Dafür gibt es kübelweise geharzten Wein aus Griechenland.«

Fliegenwald schnitt eine Grimasse. »Haste mal versucht, Huhn in Retsina zuzubereiten? Ich ja – schmeckt wie Gockel in Terpentin!«

Burmeister, gefolgt von zwei Gestapo-Leuten, verschwand im Treppenschacht, der zur untersten Bunkeretage führte.

»Was ist da eigentlich?« flüsterte Fliegenwald.

»Dort sind die Notausgänge. Als sie den Bunker fertiggestellt haben, war ich einmal mit Burmeister drin. Es sind mehrere unterteilte Räume wie hier, nur etwas niedriger. Ich schätze mal, daß es auch Verbindungstunnels zu den anderen Bunkern hier in der Gegend gibt.«

»Du meinst, bis zur Reichskanzlei?«

»Wer weiß! Umsonst bewachen sie das Untergeschoß nicht, als ob es der Goldkeller der Reichsbank wäre.«

Fliegenwald nickte. »Wenn die Essen kriegen, müssen die Lehrlinge die Töpfe auf der obersten Treppenstufe abstellen. Einer von Burmeisters Leuten trägt sie dann nach unten.«

Das Telefon auf Stanners Tisch klingelte. »Hier *Adlon*-Bunker, Bunkerwart Stanner.« Er nickte in den Hörer und nahm militärische Haltung an, sagte »Jawohl, Herr Major« und legte auf.

»Das war eben die Entwarnung, meine Herrschaften. Sie können ins Hotel zurück.«

4. Kapitel
Ein Admiral, ein Großmufti und ein Baron begeben sich unter dem Pariser Platz in Klausur

Wallensteins Heerlager nannten die Kellner das Restaurant. Eine Gruppe hochdekorierter Jagdflieger war auf Fronturlaub. Sie hatten für die beiden beleibten SA-Führer, die mit ihren Freundinnen am Nachbartisch tafelten, nur verächtliche Blicke übrig. Hedda und Louis Adlon unterhielten sich mit Wilhelm Furtwängler und Professor Sauerbruch. Etwas später gesellten sich noch Gustaf Gründgens und Elisabeth Flickenschild zu ihnen.

Eine japanische Militärdelegation stimmte zu Ehren ihres Gastgebers vom OKW, einem General der Luftwaffe, ein deutsches Volkslied an, sang mit getragenen Stimmen. Von den Japanern sprach nur ein Hauptmann verständliches Deutsch, aber alle konnten den Text – und zwar *alle* Strophen! Ein Abteilungsleiter aus dem Propagandaministerium, der mit Bernardo Mattezze und anderen italienischen Korrespondentenkollegen eine Pressekonferenz vorbereiten wollte, schaute pausenlos entrüstet zu den Japanern hinüber.

Holtsen hatte Karl und Emil Klempert zum Essen eingeladen. Sie saßen am Tisch hinter den Söhnen Nippons. Karl bemerkte, wie ein Lächeln über das Gesicht des Luftwaffengenerals flog, als er auf den erbosten Zivilisten mit dem goldenen Parteiabzeichen aufmerksam wurde. Seine und Karls Augen trafen sich. Irrte Karl, oder hatte der General ihm zugezwinkert? Die Japaner sangen die letzte Strophe der *Lorelei* und tranken dann auf das Wohl von »Leichsukanzurer undo Fireru Adorufu Hitureru, Shigu Hairu!«

»Sehr sangesfreudige Samurai haben Sie als Gäste.« Holtsen grinste. »Die könnten glatt im *Oriental* auftreten, ohne daß die gestrengen Zensoren eingreifen würden. – Was bietet eigentlich ein Nachtclub in diesen Tagen, wo ich gehört habe, daß die meisten Künstler zur Truppenbetreuung eingesetzt sind?«

»Das *Oriental* existiert weiterhin, aber das Programm läuft auf Sparflamme«, sagte Karl.

»Musikveranstaltungen machen wir hier auch noch«, sagte Klempert, »aber natürlich ohne Tanz. Mehr Klassik und ernste Musik.«

»Wagner?«

»Ja«, sagte Klempert. »*Überwiegend* Wagner.«

Zwei Marineoffiziere betraten das Restaurant. Ihnen folgte Admiral Canaris. Louis Adlon ging ihn begrüßen. Ein ergrauter Oberkellner wurde herbeigerufen. Canaris wünschte in einem Séparée zu speisen. Louis Adlon verließ mit Canaris das Restaurant.

Die männliche Belegschaft des *Adlon* bestand nur noch aus den ganz jungen Lehrlingen und Pagen und aus älteren Männern. Fritzchen war in Rußland, Henry, der Barmann, kämpfte irgendwo auf dem Balkan. Faß-Rüdiger war in Norwegen gefallen. Auch in der Ju-Jutsu-Schule von Erich Rahn war es ruhig geworden. Benno schwamm auf einem Schnellboot vor der holländischen Küste. Der Weiße Riese war in englischer Kriegsgefangenschaft. Es wurde in der Bahnhofstraße noch trainiert, aber selten waren mehr als drei, vier Leute auf der Matte.

Wieder betraten drei Männer das Restaurant. Der Oberkellner eilte ihnen entgegen.

»Wer ist das?« Holtsen betrachtete interessiert die seltsame Gruppe.

Der Mann in der Mitte trug ein arabisches Gewand und als Kopfbedeckung ein Beduinentuch. Sein Profil erinnerte an die Judenkarikaturen im *Stürmer*. Er wurde von zwei ebenfalls sehr semitisch aussehenden Recken flankiert, die deutsche Offiziersuniformen trugen und den Kopftuchträger mit größter Ehrerbietung behandelten.

»Das ist der Großmufti von Jerusalem, ein Todfeind der Engländer«, sagte Karl und sprach langsam und deutlich weiter: »Wir haben die Ehre, ihn im *Adlon* beherbergen zu dürfen.«

»Er heißt mit vollem Namen Mohammed Hadschi Amin Al Hussaini und ist so eine Art muslimischer Bischof«, sagte Klempert.

Holtsen zog die Augenbrauen hoch. »Sieh an, der Großmufti von Jerusalem hier! Na, dann ist er ja in Sicherheit. Auf diesen Herrn haben die Briten ein stattliches Kopfgeld ausgesetzt.«

Einer von Canaris' Adjutanten erschien, der Großmufti und seine Begleiter folgten ihm.

Holtsen blickte in die Runde. Es war lauter geworden im Restaurant. Die Jagdflieger tranken französischen Schaumwein. Alkohol war teuer, aber nicht rationiert, und der Weinkeller des *Adlon* war noch immer gut gefüllt.

Das Dessert wurde gebracht, als der Gong ertönte. Bernardo Mattezze war wieder einer der ersten, der sich in Richtung Bunker aufmachte.

»Am liebsten würde er rennen«, sagte jemand.

Karl drehte sich um. Es war der Kriegsberichterstatter, den er in der Halle getroffen hatte. Ein Fliegerleutnant machte eine wegwerfende Handbewegung.

»Wir können noch aufessen«, sagte Karl. »Das ist bloß die Vorwarnung.«

Bis auf den *Gazzetta del Popolo*-Korrespondenten verzehrten alle den Nachtisch.

Die Flieger hatten die Sektflaschen in den Bunker mitgenommen. Sie standen im Mittelgang und tranken aus Wassergläsern, die ihnen ein Kellner aus der Behelfsküche im Prominententrakt gebracht hatte. Canaris, der Großmufti und deren Gefolgschaft stiegen die Treppe zur untersten Bunkeretage hinab. Bunkerwart Stanner salutierte zackig.

Holtsen hatte Randhuber entdeckt und gesellte sich zu ihm. Karl saß neben Obier auf einer schmalen Holzbank hinter der Gasschleuse. Der vordere Teil der Bunkeretagen war spartanisch eingerichtet, um möglichst viele Leute aufzunehmen.

Burmeister führte einen Nachzügler durch die Schleuse.
»Mensch, Karl, das ist doch der Baron!« flüsterte Obier.
Baron de Neva und Burmeister schlängelten sich durch die Gruppe der Jagdflieger.
»Ich glaub', ich spinne, Oskar!« Karl stand auf. Burmeister führte de Neva an den beiden Gestapowachen vorbei zum Treppenschacht. Karl setzte sich wieder.
»Wohnt der bei uns?«
»Nee«, sagte Karl. »Das würde ich wissen.«
Ein leichtes Vibrieren ging durch den Bunker.
»Das war nicht weit weg«, sagte Obier.
Die Beleuchtung, eine nackte Glühbirne über ihnen, begann zu flackern. Die Vibrationen wurden stärker.
»Guck mal, Oskar!« Karl reckte das Kinn.
Bernardo Mattezze befingerte einen Rosenkranz.

5. Kapitel
Hajo erzählt

Ein einzelner Gast saß am Tresenende der *Adlon*-Bar. Karl traute seinen Augen nicht: Hajo!
Der Freund wirkte um Jahre gealtert. Vor ihm stand ein Cognac-Schwenker und eine halbvolle Flasche *Courvoisier*. Er starrte ins Glas und hatte Karls Eintreten nicht bemerkt. Am Hals baumelte ein Ritterkreuz. Er war jetzt Oberstleutnant. Ein müder Oberstleutnant mit dunklen Augenrändern, einer, der wochenlang zu wenig geschlafen und zu unregelmäßig gegessen hatte.
Der Hajo in Karls Erinnerung war ein drahtiger Athlet, der Oberstleutnant Galgon vom Jagdgeschwader Kesselring war ein ausgelaugter, dürrer Mann, der zu träumen schien.
Karl legte ihm die Hand auf die Schulter. »Hajo!«

Hajos Reaktion war langsam, als er nach hinten schaute. Dann sprang er auf. »Mensch, Karl!«

Sie umarmten sich.

Karl tippte auf das goldene Verwundetenabzeichen. »Schön, daß es dich noch gibt!«

Hajo verzerrte das Gesicht, als er wieder auf den Barhocker kletterte und dabei mit der Schuhspitze gegen den Tresen stieß. »Es war knapp. Drei Zehen vom rechten Fuß sind in Rußland geblieben.«

»Scheiße«, sagte Karl.

»Ja, Scheiße«, sagte Hajo, »aber immer noch besser, als die Radieschen von unten zu betrachten. Ich bin sogar schon wieder geflogen.«

Es klang in Karls Ohren wie eine Entschuldigung. Er zog einen Barhocker heran. »Mensch, Hajo, erzähl! Seit wann bist du in Berlin? – Wohnst du im *Adlon*?«

»Ja, bleibe für zwei Tage hier, und angekommen bin ich vor einer Stunde. Ich hatte an der Rezeption für dich hinterlassen, daß ich da bin.«

»Ich war im Keller«, sagte Karl. »Wir kriegen einen zusätzlichen Schutzraum. Ich mußte aufpassen, daß die Arbeiter keinen Wein wegfinden.«

»Ist euer Lager immer noch so gut bestückt?«

»Die Vorräte nehmen ab, aber wir können noch so manchen edlen Tropfen bieten. – Jetzt erzähl du endlich! Wie ist es dir ergangen?«

Hajo zeigte auf den Barmann. Er polierte am anderen Tresenende Gläser.

»Der ist schwerhörig«, sagte Karl. »Luftmine.«

An der Wand mit dem Flaschenregal hing ein Fernsprechapparat.

»Telefon?«

»Das ist koscher.«

Hajo schenkte sich nach. »Du auch?«

Karl winkte ab.

Hajo nahm einen Schluck. »Es sieht total schlecht aus. Der Krieg im Osten ist mehr oder weniger verloren. Ich komme gerade aus Rußland. Vorher war ich in Afrika, da lief es auch beschissen. – Und das ist gut so.«

Karl zog die Augenbrauen hoch. »Das aus deinem Munde?«

»Ja«, sagte Hajo. »Wir haben es nicht besser verdient.« Er sprach leise, und falls er wirklich die halbe Cognacflasche allein geleert haben sollte, so war es ihm nicht anzumerken. »Karl, was in Rußland passiert, spottet jeder Beschreibung.« Er lachte. Kein echtes Lachen. Die Karikatur eines Lachens. »In Tobruk habe ich gleich zu Beginn des Afrikafeldzugs einen Infanteriemajor getroffen, der mich an unseren Hauptmann Blum erinnert hat. Er war von Anfang an dabei. Polen, Dänemark, Norwegen. Was er mir über die Säuberungskommandos hinter der kämpfenden Truppe in Polen erzählt hat, war so haarsträubend, daß ich es nicht glauben mochte, bis ich ...« Seine Stimme stockte. »Bis ich ...« Hajo kippte den Rest Cognac aus seinem Glas hinunter. »... bis meine Staffel den Befehl erhielt, eine Schlucht zu bombardieren. Es war ein Nachteinsatz hinter unseren Linien, weil dort angeblich starke Partisanenverbände konzentriert sein sollten. Wir bekamen exakte Positionsangaben und griffen in drei Wellen an. Es war eine mondlose Nacht.« Die Stimme wurde tonlos. »Ich bin am nächsten Tag zufällig über das Gebiet geflogen und mußte ziemlich tief runter, weil mir auf meinem Kurs zwei von unseren schweren Transportmaschinen entgegenkamen.«

Karl schaute seinem Freund in die Augen.

Hajo wich dem Blick nicht aus, aber er sah durch Karl hindurch. Es waren Augen, die das Grauen gesehen hatten. »Wir hatten ein riesiges Gefangenenlager bombardiert, Karl.« Er atmete schwer. »Und das war kein Versehen, Karl.«

Karl griff nach Hajos Glas, schenkte sich ein, trank.

Hajo schwieg.

Karl schwieg.

Unvermittelt sagte Hajo: »Vera, was ist mit Vera? Geht es ihr gut? Seid ihr noch zusammen?

»Ja«, sagte Karl.

»Ist sie in Berlin?«

»Nein, aber nächsten Monat wieder. Sie ist zur Zeit auf Tournee in Frankreich, Truppenbetreuung.«

Hajo rieb sich die Augen. »Geht es ihr wirklich gut?«

»Ich denke, doch. Du kennst sie ja. Es muß schon sehr hart kommen, bis man ihr was anmerkt.«

»Grüß sie herzlich von mir, wenn ihr euch wiederseht. – Was macht deine Mutter?«

»Als es mit den Bombenangriffen immer schlimmer wurde, ist sie zu ihrer Schwester nach Bernau gezogen. Ich fahre sie besuchen, so oft ich kann. Veras Eltern sind auch weg, zur ältesten Tochter, aufs Land, irgendwo in Thüringen. In das Wohnhaus neben der Laube ist eine Brandbombe gefallen.«

»Deine Bude steht noch?«

Karl nickte. »Ich bleibe aber meistens im Hotel, wenn Vera nicht in Berlin ist. Es ist so eine Sache mit der S-Bahn. Die Gleise sind oft zerbombt. Man repariert sie zwar so schnell wie möglich, aber das kann schon mal einen Tag dauern.«

»Von oben sieht Berlin pockennarbig aus. Und ich sage dir, das ist erst der Anfang. Unsere Luftwaffe hat völlig versagt. Der oberschlaue Generalfeldmarschall Meier und sein Führer bauen Bomber, Bomber, Bomber, dabei fehlt es an allen Ecken und Enden an Jägern. Und die, die wir haben, werden zum Panzerknacken in Rußland verheizt. Udet hatte das alles klar vorausgesehen und auch offen ausgesprochen, trotz alledem konnte er sich gegen Göring nicht durchsetzen.«

»Es hieß, er sei bei einem Flugunfall ums Leben gekommen. Es gibt indes Gerüchte ...«

Hajo lachte trocken. »Die Gerüchte stimmen! Udet hat Selbstmord begangen.«

Karl nickte. »Ein Nazi war er nicht.«

Hajo sagte bitter: »Er war ein blinder, technikbesessener Idiot wie ich, Karl. Aber er hat den Wahnsinn früher durchschaut.« Hajo bot Karl eine Zigarette an, gab ihm Feuer. »Was treibt unser krimineller Goldfasan? – An der Rezeption war er nicht, als ich ankam.«

»Kassner? Der arbeitet jetzt im *Kaiserhof*. Das heißt, er hat dort gearbeitet, bis die Air Force das Hotel zu einem Trümmerhaufen zerlegt hat.« Karl berichtete von Kassners Gestapo-Machenschaften.

»Ich hoffe, dem Schwein ist der dickste Balken auf den Kopf geknallt.«

»Ich muß dich enttäuschen. Er ist davongekommen. Jemand hat ihn gesehen.«

Hajo knöpfte seine Uniformjacke auf. »Blum?«

»Er lehrt in Ankara.«

Gongschläge ertönten.

»Was ist das?«

»Wir müssen in den Bunker«, sagte Karl. »Fliegeralarm.«

Der Page, der mit der Klangplatte die *Adlon*-Bar betrat, trug weiße Handschuhe.

Hajo lächelte das erste Mal. »Das gute, alte *Adlon*, stilvoll wie eh und je! – *Gongschläge bei Fliegeralarm!*«

Im Bunker ließ sich Hajo auf ein Feldbett fallen und schlief sofort ein.

*

Hajo verschlief einen der schwersten Luftangriffe, den die Hauptstadt bislang erlebt hatte. Tausende von Gebäuden wurden beschädigt oder zerstört. In der folgenden Nacht brauchten die »Scouts« der Briten, wendige Mosquito-Fighter, keine Zielleuchten abzuwerfen. Berlin brannte immer noch. Die Bombenschützen trafen auch ohne »Christbäume«, wie die Berliner die farbigen Leuchtmarkierungen nannten, die vom Himmel schwebten.

Louis Adlon rief aus Neu Fahrland an. Karl konnte ihn beruhigen. Das *Adlon* hatte nichts abbekommen.

»Wenn der Schutzraum im Weinkeller fertig ist, soll an der Fassade eine Betonmauer bis zum ersten Stock hochgezogen werden«, sagte Karl. »Das hat mir soeben der Bauleiter eröffnet.«

»Wie bitte? Ich glaube, ich höre nicht recht, Meunier. Eine Betonmauer bis zum ersten Stock? Ja sind die denn völlig wahnsinnig geworden! Dann können sie ja gleich das ganze Haus einbetonieren.«

»Der Bauleiter hat mir erklärt, die Briten haben einen neuen Bombentyp entwickelt, der eine immens starke horizontale Druckwelle erzeugt. Das Erdgeschoß ist bei dieser Bombenart besonders gefährdet. Wir kriegen auch eine extradicke Stahltür vor den Haupteingang. – Hallo? Sind Sie noch dran, Herr Generaldirektor?«

Karl legte auf. »Die Leitung ist unterbrochen«, sagte er zu Klempert.

»Es ist ein Wunder, daß überhaupt noch etwas funktioniert. – Ein Oberstleutnant Galgon ist übrigens im Café, soll ich dir von ihm ausrichten. Er scheint dich gut zu kennen.«

»Wir waren zusammen in Frankreich, er als blutjunger Leutnant und ich als sein Führungsoffizier. – Emil, ich scha'u mal rüber ins Café. Falls der Bauleiter mich sprechen will, schick ihn dorthin.«

Hajo sah besser aus als bei seiner Ankunft im *Adlon*. Er hatte eine neue Uniform an und war frisch rasiert. Er aß ein Stück Butterkuchen. Die Augenränder waren blasser geworden. Er hatte offenbar auch in seiner zweiten Berliner Bombennacht einigermaßen gut schlafen können.

»Wo? Unter Meiers Luftfahrtministerium. Aber ich will dir sagen, wenn ich jetzt gleich nach Sizilien in Marsch gesetzt werde –

man holt mich jeden Augenblick hier ab –, dann mache ich drei dicke Kreuze hinter Berlin.«

»Du gehst nach Sizilien?«

»Ja. Malta ist ein verflucht harter Brocken für die Italiener, seit Kesselring und seine Stukas wieder in Rußland sind. Ich bin als Verbindungsoffizier bei der Regia Aeronautica vorgesehen.«

»Vor ein paar Tagen war ein Malteser hier im *Adlon*, ein Baron de Neva, ein strammer Mussolinianhänger. Er scheint sich mit Canaris getroffen zu haben. – Ich war eigentlich fest davon überzeugt, daß er bei Kriegsbeginn noch auf Malta war.«

»Es passieren überall merkwürdige Dinge«, sagte Hajo. »Es gibt zum Beispiel eine Flugbootstaffel in Neapel, die direkt der Abwehr untersteht. Ein Dornier-Flugboot kann sogar bei ziemlichem Wellengang noch wassern. – Auch vor Malta.«

Ein Ordonnanzoffizier betrat das Café.

»Das ist mein Fahrer. Meine Maschine geht in einer Stunde von Tempelhof – falls uns die Amis nicht beehren.«

Karl begleitete den Freund zum Wagen. Er winkte ihm nach. Als er durch das Brandenburger Tor fuhr, heulten die Sirenen.

6. Kapitel
Ein dubioser Schutzraum und zwei platte Reifen am *jour fixe* des Reichsaußenministers

»Mein Vater hat wirklich große Voraussicht bewiesen, als er das Haus mit eigenen Generatoren ausgestattet hat.« Louis Adlon betastete die Holzverschalung der Schutzmauer. »Ich traf vorhin den Direktor vom *Kempinski*. Nach dem letzten Angriff war der Kurfürstendamm für acht Stunden ohne Strom. Sie haben sich, so gut es ging, mit Kerzen beholfen.«

Ein Dutzend Arbeiter war damit beschäftigt, eine zentimeterdicke Stahltür einzupassen.

Louis Adlon trat durch die mannshohe Öffnung in die Vorhalle. Karl folgte dem Generaldirektor. »So viele Kerzen, wie wir brauchen würden, um die Halle vierundzwanzig Stunden lang zu beleuchten, könnte man in Berlin nicht mehr auftreiben, von der Bar und dem Restaurant mal ganz abgesehen. – Der Schutzraum im Weinkeller ist übrigens gestern fertiggeworden.«

»Bunker, Betonmauer, Schutzraum«, knurrte Louis Adlon. »Fehlt bloß noch, daß sie uns eine Flakbatterie aufs Dach setzen.«

Klempert kam auf sie zu. »Der Sekretär vom Herrn Reichsaußenminister ist am Apparat und läßt anfragen, ob der *jour fixe* wegen der Bauarbeiten wie gewöhnlich stattfinden kann.«

»Ja. Vor dem Restaurant steht die Mauer bereits. Ich sehe also keinen Grund, warum nicht.«

Klempert eilte zur Rezeption zurück.

»Mein Gott«, sagte Louis Adlon. »Heute ist ja wieder Ribbentrop-Mittwoch. Ich habe das Gefühl, Meunier, die Zeit rast nur noch so dahin.«

»Ich empfinde es umgekehrt. Besonders jetzt im Winter. Kaum wird es hell, schon ist Sonnenuntergang und Verdunklung angesagt.«

»Wahrscheinlich eine Frage des Alters, dieses unterschiedliche Zeitgefühl, aber lassen wir das Philosophieren. Ich will mir ansehen, wie der Weinkeller verschandelt worden ist.«

»Es hält sich in Grenzen«, sagte Karl. »Der Schutzraum ist nicht sehr groß. Obier hat übrigens einen Teil der italienischen Rotweine im Küchenvorratslager untergebracht.«

Durch die Regalreihen mit den Moselweinen konnten Karl und der Generaldirektor beobachten, wie zwei Gestapoleute den Eingang des Schutzraums verriegelten. Sie entfernten sich, laut mit einem Schlüsselbund rasselnd, in Richtung Küchentrakt.

Der Schutzraum war rechtwinklig in die Nordecke des Kellers gesetzt. Karl schätzte die Fläche auf weniger als zwanzig Quadratmeter. Eine schwache Glühbirne beleuchtete die Tür: *Zutritt nur mit Berechtigungsausweis.*

»Was soll der Mist?« sagte Louis Adlon.

Karl zog eine Taschenlampe hervor. Die beiden grauen Betonmauern glänzten feucht. Er hob das Vorhängeschloß an. In das Metall waren eine sechsstellige Nummer und zwei Buchstabenreihen eingestanzt. Karl beleuchtete das Schloß: »*Materialstelle Reichssicherheitshauptamt.* – Was immer hinter den Mauern sein mag, als Personenschutzraum ist das nicht gebaut worden, sonst wäre das Schloß von der *Materialstelle Organisation Todt.*«

»Der Hauptabwasserkanal vom Pariser Platz läuft an der Außenmauer des Weinkellers entlang«, sagte Louis Adlon.

Karl knipste die Taschenlampe aus. »Also ein Fluchtweg für Ratten, denn es gibt keine Schutzräume ohne Notausgang.«

Louis Adlon zuckte resigniert mit den Achseln. »Uns werden sie es bestimmt nicht verraten, wohin der Notausgang letztlich führt.«

Karl bekam es dennoch heraus.

Ein Hausarbeiter hatte früher bei den Wasserwerken gearbeitet. Jetzt war er für die Pumpe und den Tiefbrunnen vom *Adlon* verantwortlich.

»In einijen vonnen Kanälen sind wa mit Kähnen rumjeschippert. Wenn sich da eener auskennt, steigt er am Alex ein und kommt am Belle-Alliance-Platz wieder nach oben. Inner Röhre unterm Pariser Platz kann man locker uffrecht stehn.«

Das Telefon klingelte. Der Arbeiter nahm ab. »Ja, er ist hier, soll ich? ... Nein? ... Jut, denn richt ick's ihm aus!« Er hängte ein. »Det war der Herr Klempert. Sie möchten zu ihm hoch.«

Ribbentrops Diplomatenrunde war zur angesetzten Stunde noch lange nicht vollzählig. Die meisten Botschaften hatten sich in den weniger bombengefährdeten Vororten niedergelassen und ließen nur ein absolutes Minimum an Personal in Berlin. Die Anreise der Diplomaten zum *jour fixe* im *Adlon* gestaltete sich oft zu einer zeitraubenden Slalomfahrt durch zerstörte Straßenzüge.

»Doktor Ören hat von der Telefonzelle am Rosenthaler Platz angerufen, ob du ihn abholen könntest. Sein Jaguar hängt fest. Gleich zwei platte Reifen. Ein Schutzmann hat versprochen, sich um das Abschleppen zu kümmern, aber ein Taxi konnte er nicht auftreiben.«

»Ist denn ein Wagen da?«

»Mit einer gültigen Nachtfahrtgenehmigung nur Obiers Fiat.«

»Geht klar, ich mach' mich auf den Weg.«

Karl mochte den zuvorkommenden Doktor Ören. Er war ein leitender Botschaftsrat in der türkischen Vertretung, der in der ganzen Welt herumgekommen war. Seine Fremdsprachenkenntnisse waren frappierend, sein Deutsch makellos. Karl hatte ihm einmal eine kleine Gefälligkeit erwiesen und war daraufhin zu einem Empfang in der Botschaft eingeladen worden. Es hatte ein orientalisches Buffet gegeben, und ein Sänger hatte sich auf einer Saz zu anatolischen Liedern begleitet. Karl hatte für ein paar kurze Stunden vergessen können, daß Krieg war.

»Wirklich, das nenne ich perfekten *Adlon*-Service, Herr Meunier!« Doktor Ören stieg ein. Sein Fahrer blieb beim Jaguar. »Der Polizist ist so nett und wartet, bis der Abschleppwagen kommt. Ali spricht nämlich überhaupt kein Wort Deutsch.«

»Der Wachtmeister hat sich nicht mal meine Papiere zeigen lassen.«

Doktor Ören lächelte. »Bisweilen wirkt ein Diplomatenpaß Wunder.«

»Durchaus!« sagte Karl. Als er anfuhr, salutierte der Polizist.

Karl fuhr im Schrittempo. Jede kleine Taschenlampe leuchtete heller als die Lichthalbkreise, die durch die Scheinwerferschlitze auf den Straßenbelag fielen. In der Burgstraße waren mehrere Häuser eingestürzt. Stangen, mit weißer Leuchtfarbe bestrichen, markierten die Trümmerhaufen auf der Fahrbahn.

»Mittwoch vor zwei Wochen standen die Gebäude noch«, sagte der Türke.

»Hier sind seitdem viele Luftminen niedergegangen.« Karl steuerte den Fiat über den Bürgersteig der Gegenfahrbahn, folgte weißen Leuchtpfeilen.

»Die Universität steht?«

»Es gab Treffer, aber offenbar keine schlimmen.«

»Erwähnte ich Ihnen gegenüber eigentlich, daß mein Sohn in Ankara studiert?«

»Ich meine mich nicht zu erinnern, Herr Doktor.«

»Er kommt sehr nach mir. Das werden viele Väter behaupten, aber es stimmt in Ünals Fall. – Er liebt, wie ich, Fremdsprachen.«

»Das freut mich für Sie.«

Ein Bombentrichter Unter den Linden war nur behelfsmäßig zugeschüttet worden, der Fiat schaukelte.

»Ich bin vorige Woche in der Türkei gewesen, deshalb war ich auch nicht beim letzten *Jour fix*.«

»Ist es mir gestattet, Sie um diese Reise zu beneiden?«

»Es ist, Herr Meunier.« Er seufzte. »Keine Verdunklung, keine Luftschutzkeller und Alarmsirenen. – Frieden ist ein kostbares Gut. Man lernt es erst richtig schätzen, wenn man wieder durch Ruinen fährt.«

»Ich bin früher viel herumgekommen, war aber leider nie lange in der Türkei.«

»Es ist ein Land mit vielen Gesichtern, Herr Meunier, ein spannendes Land. In Zentralanatolien gibt es noch Nomaden, die wie ihre Vorväter leben, während in Ankara und Istanbul die Studenten über neueste Strömungen in der amerikanischen Literatur reden oder mit französischen Exil-Literaten diskutieren – wie mein Sohn.«

»Ist Ihr Herr Sohn Romanist?«

»Ja«, sagte Doktor Ören. »So sehr ich auch geflucht habe, als die Panne eben passiert ist, sie hat mir doch meine Mission um einiges erleichtert.« Er lächelte Karl an, entblößte die Zähne unter dem imposanten Schnurrbart. »Mein Sohn promoviert bei einem gewissen Professor Blum, und ich habe einen Brief für Sie dabei.«

7. Kapitel
Völkisch getarnte Döblins und französische Oliven

Karl saß hinter der Stellwand mit den deutschen Klassikern und blätterte im *Faust*. Fräulein Polzin wartete, bis der letzte Kunde die Buchhandlung verlassen hatte, dann drehte sie den Schlüssel in der Ladentür um und ging nach hinten ins Packzimmer. Sie kam mit einem in Zeitungspapier eingeschlagenen Päckchen zurück. Zwei Marineoffiziere klopften gegen das Schaufenster. Die Buchhändlerin bedeutete ihnen, daß Mittagspause sei, und trat hinter die Stellwand. Karl hatte, als er das Klopfen gehört hatte, vorsichtig um die Ecke geschaut.

»Ihr naht euch wieder, schwankende Gestalten«, sagte er und lachte. »Natürlich habe ich nicht Sie damit gemeint, sondern die beiden Blauen Jungs eben!« Er steckte das Päckchen in die Aktentasche. »Was bin ich Ihnen schuldig?«

Fräulein Polzin nannte den Betrag. »Ich erschrecke jedesmal, wenn ich einen Uniformierten in das Geschäft kommen sehe. Neulich war ein Polizist hier und hat gefragt, ob wir verbotene Bücher verkaufen. Eine ziemlich dämliche Frage übrigens, denn wer antwortet darauf schon mit Ja? Ich habe ihm vorgeschlagen: ›Bitte sehen Sie sich um, was wir haben, ist politisch und weltanschaulich absolut unbedenklich!‹ – Das hat er wohl in seinem Sinne interpretiert, hat einen kurzen Blick auf den Ladentisch und die ledergebundenen Ausgaben von *Mein Kampf* geworfen und ist wieder abgezogen.« Sie kicherte. »Oder finden Sie etwa Thomas Mann weltanschaulich inkorrekt?«

»Keineswegs, keineswegs!« beteuerte Karl. »Auch das Päckchen Döblin in meiner Aktentasche ist politisch höchst unbedenklich.«

»Erschrecken Sie bitte nicht, wenn Sie die Schutzumschläge sehen! Rosenbergs *Lebensraum* hatte zufällig die gleichen Abmessungen wie die Döblin-Bände. – Seit der Polizist hier war, sind wir nämlich vorsichtiger geworden.«

Karl nickte. »Einer aus der Schweizer Botschaft versorgt mich regelmäßig mit Seiten aus der *Times*. Er steckt sie in die *Frankfurter Zeitung* und läßt sie im Schreibsaal liegen, wenn er sieht, daß wir alleine sind.«

Fräulein Polzin brachte Karl zum Hinterausgang. »Grüßen Sie bitte Fräulein Binder herzlich von mir. Oder ist sie wieder auf Tournee?«

»Nein, allerdings ist sie bloß noch heute in Berlin. Morgen geht es dann nach Dänemark.«

*

Vera war ganz zu Karl gezogen. In der Laube wohnte eine Familie aus Pankow, die ausgebombt worden war. Vater Binder hatte im Garten einen behelfsmäßigen Unterstand gebaut, der vielleicht Schutz gegen Granatensplitter bot, aber keiner Handgranate standhalten würde. In der Florastraße gab es immerhin einen gemauerten Luftschutzraum mit Durchbrüchen zu den Nachbarkellern.

Karl stellte das Notköfferchen und die Stablampe neben den Nachttisch. Vera saß auf der Bettkante und packte ihren Reisekoffer.

»Magst du ein paar Oliven?« Sie hielt ihm die Untertasse hin.

»Lieber ein Stück Camembert.«

Veras Mitbringsel aus Frankreich stellten Delikatessen dar, die es in Berlin lange nicht mehr gab. Nach Stalingrad war die allgemeine

Zuteilungsmenge an Lebensmitteln spärlicher und spärlicher geworden. Karl war durch seine Arbeit im *Adlon* davon weniger betroffen als die meisten Berliner. Küchenchef Fliegenwald sorgte für anständiges Personalessen, denn Ribbentrops Diplomaten-*jour fixe* garantierte gut gefüllte Vorratskammern. Es fiel immer etwas ab. Die Elite der Nazis kannte keine Einschränkungen. Sven Hedin, der bei Göring zu Besuch gewesen war, hatte Klempert die üppige Tafel in Carinhall beschrieben: »Das Mahl war lukullisch. Es gab Butter und echten Schweizer Käse, Kaviar, Hummer, frisches Spanferkel, Salate und Delikatessen aller Art.«

»Karl?«

»Ja?«

»Mir geht der Brief von Professor Blum nicht aus dem Kopf. Was meint er mit: ›Ein guter Bekannter wird gelegentlich bei Ihnen vorsprechen‹?«

»Keine Ahnung. Er hat den Brief ja bewußt sehr vorsichtig formuliert, keine Namen genannt. Selbst in der Anrede hat er ›Lieber Freund‹ geschrieben und nicht ›Lieber Karl‹, wie sonst. – Vielleicht wollte er Doktor Ören keinen allzu reinen Wein einschenken. Du mußt bedenken, das Couvert war nicht zugeklebt.«

Auf dem Nachttisch lagen die Döblin-Bände. Vera zog die Rosenberg-Schutzumschläge ab und zerknüllte sie. »Feueranmachpapier, Karlchen!«

Karl kickte die Papierkugeln in die Ofenecke. Er klappte eine flache Blechdose auf und warf Vera eine ovale Orientzigarette zu. Doktor Ören entrichtete seine Trinkgelder zur Freude aller Raucher neuerdings in Zigarettenwährung.

Vera gab sich und Karl Feuer. »Merkwürdiger Brief.« Ihre Hand strich über den Leineneinband von *Berlin Alexanderplatz*. »Es stand fast gar nichts drin.«

Karl öffnete die Ofenklappe und entsorgte die Schutzumschläge. »Vorsicht ist die Mutter der Porzellankiste. Was nicht bedeuten muß, daß er Doktor Ören mißtraut. Auch Diplomaten werden natürlich bespitzelt, was das Zeug hält. Als neulich die Spanische Botschaft zwei Militärattachés bei uns einquartiert hatte, haben Burmeisters Ratten in ihrer Abwesenheit die Zimmer gefilzt. – Aber selbst wenn dieser Brief der Gestapo oder der Abwehr in die Hände gefallen wäre, sie hätten wenig damit anfangen können. Der Brief enthält weder einen konkreten Hinweis, wer ihn wo geschrieben hat, noch an wen er gerichtet ist. Im Grunde genommen besagt er nur: Jemand wird bei Gelegenheit mit jemandem Kontakt aufnehmen. Lassen wir uns also überraschen!«

Vera inspizierte den Inhalt ihres Reisekoffers. »Ob da auch so ein Sauwetter herrscht?«

»Kopenhagen ist nicht unbedingt für seinen Märzsonnenschein berühmt, meine Teuerste. Es dürfte ähnlich sein wie hier.«

»Also wetterfeste Klamotten mitnehmen – soweit vorhanden!« Vera öffnete den Kleiderschrank. »Karlchen, kann ich deinen dicken Pulli haben? Die Hotelzimmer in Frankreich waren oft nicht richtig geheizt. Das wird in Dänemark kaum anders sein.«

»Nimm mit, was du willst.« Karl schaltete das Radio ein. Der Deutschlandfunk meldete eine dichte Wolkendecke über Mitteleuropa und Sturmflutwarnungen für die Nordseeküsten. »Ein Gutes hat ja dieses Mistwetter. Wenn es so bleibt, kommen die Tommies nicht.«

Vera deckte das Bett auf. »Dann packe ich erst morgen früh zu Ende, Karlchen.«

8. Kapitel
Eine Überraschung an der Rezeption und nachmittäglicher Besuch in der Florastraße

Pleschke, der Doorman, hatte aus Norwegen geschrieben. Karl hatte den Ersten Portier des *Adlon* auf weitaus älter geschätzt. Nachdem Pleschke sich mit den Worten: »Jetzt bin ich fällig!« von ihm verabschiedet hatte, war Karl in die Buchhaltung gegangen. Fräulein Schulte hatte die Personalakte auf dem Schreibtisch gehabt. »Herr Pleschke ist Jahrgang 01. Herr Obier wird uns ebenfalls verlassen.«

Karl nickte. Oskar rechnete täglich mit seiner Einberufung.

Pleschke zog ein gutes Los. Er wurde Etappenhengst bei der Marineverwaltung in Oslo: »Mein Aufgabenbereich ist ungeheuer wichtig. Ich bereite den Endsieg vor, indem ich wollene Unterhosen kontingentiere.« Der Brief war nicht durch die Militärzensur gegangen. Ein Kamerad auf Heimaturlaub hatte ihn bei Klempert abgegeben.

Anstelle von Pleschke stand jetzt einer der alten Kellner an der Stahltür. »Guten Morgen, Herr Meunier.«

»Morgen, Edmund. Und gut insofern, als daß der Nebel immer dichter wird.«

Edmund trat zur Seite. In der Vorhalle stapelten sich Koffer. »Die italienischen Journalisten reisen heim. Sie werden durch neue Berichterstatter ersetzt.«

Bernardo Mattezze hockte auf einer Reisetasche und knabberte Nägel. »Er kann es kaum erwarten«, flüsterte Edmund. »Fragt alle zwei Sekunden, wann denn endlich der Wagen kommt.«

»Signore Mattezze!« sagte Karl und strahlte den Italiener an. »Sie wollen uns verlassen? Ein Jammer! Aus sicherer Quelle habe ich erfahren, daß unsere neuen, hypermodernen Jäger in den nächsten Stunden über der Reichshauptstadt den amerikanischen Fernbombern eine Lektion erteilen werden, die sich gewaschen hat! – Und

Sie wollen dieses kriegsentscheidende Ereignis verpassen! – Aber vielleicht haben Sie *fortune*, und sind direkt vor Ort für eine zündende Reportage, sozusagen *in aero*. Sie fliegen doch in Kürze ab Tempelhof, nicht wahr? – Natürlich nur, wenn der Nebel sich lichtet!«

Mattezze antwortete nicht, kaute intensiver Nägel.

»Stimmt das mit den Jägern?« flüsterte der Portier.

»Bei *dem* Wetter?« sagte Karl.

Als er aus der Drehtür trat, traute er seinen Augen nicht. Kassner stand hinter der Rezeption!

»Der Tag beginnt ja ausgezeichnet! *Sie*?«

»Guten Morgen, Herr Meunier!« Kassner grinste. »Die Freude ist ganz meinerseits. – Der Herr Generaldirektor wünscht Sie übrigens zu sprechen.«

»Ich kann erraten, was Sie fragen wollen, Meunier.« Louis Adlon setzte die Brille ab und rieb sich die Augen. »Aber ich konnte mich nicht wehren. Randhuber hat alle Hebel in Bewegung gesetzt. Wer im *Kaiserhof* nicht *kv.* war, ist jetzt bei uns untergekommen. Der Herr Reichsaußenminister hatte sich schon neulich wegen unseres reduzierten Personalbestands kritisch geäußert.«

Karl stützte sich mit den Handflächen auf den Schreibtisch. »Da ist Ärger vorprogrammiert. Ich weiß aus sicherer Quelle, daß Kassner im *Kaiserhof* wieder mit seinen krummen Geschäften angefangen hatte. Jegliche trinkbare Form von Alkohol erzielt auf dem schwarzen Markt Höchstpreise. Wenn Herr Obier eingezogen wird, fürchte ich um unsere Kellerbestände.«

»Ich habe dem gleich einen Riegel vorgeschoben, Meunier. Die Hausmitteilung finden Sie in Ihrem Fach. Diebstahl an Lebensmitteln oder Getränken im *Adlon* ist ab sofort gleichzusetzen mit Hochverrat. Ribbentrops Sekretär hat es mir unterschrieben.«

»Man wird sehen, Herr Generaldirektor.«

Zu Karls Verwunderung schien Kassner nicht mehr der alte zu sein. Er tat seine Arbeit und agitierte nicht mehr. Lilo und Klempert hielten ein wachsames Auge auf ihn. Er redete mit kaum jemandem im Haus. Ab und zu ging er zu Stanner in die Druckerei oder zu der Plinz in die Telefonzentrale. Im Weinkeller ließ er sich nie blicken. Karl blieb skeptisch.

»Vielleicht ist ihm ein Licht aufgegangen, als der Kaiserhof zerstört wurde. Es soll Stunden gedauert haben, bis die Räumtrupps sich zu den Notausgängen vorbuddeln konnten«, hatte Lilo gemutmaßt.

»Er hatte an dem Tag frei«, hatte Klempert eingeworfen.

»Ich glaube nicht an seine Läuterung«, hatte Karl gesagt. »Er riskiert vermutlich keine dicke Lippe mehr, weil er in gewissen Kreisen zur persona non grata geworden ist. Vera hat Doris getroffen – ihr wißt schon, die mit dem unehelichen Kind vom B. v. B. Kassner hat gewissem Herrn ja noch andere Damen zugeführt. Das war ein zweischneidiges Wissen geworden, nachdem Hitler sich als Schlichter in die Goebbels'sche Ehekrise eingeschaltet hatte.«

»Ich erinnere mich an das Foto in der Morgenpost. Hitler, Joseph und Magda. Nur Hitler hat gelächelt. Danach war's aus und vorbei mit den Filmsternchen für Joseph.«

»Warum macht sich dann noch Randhuber für ihn stark?« hatte Lilo gefragt. »Er begrüßt ihn stets wie einen alten Kameraden.»

»Na, das wiederum liegt doch auf der Hand«, hatte Klempert geantwortet. »Randhuber ist Ribbentrops Mann. Ribbentrop und Goebbels: Das ist wie Hund und Katze.«

*

Veras Brief kam überraschend schnell. Sie war nicht mehr in Kopenhagen, sondern bereits in Århus. Sie schrieb: »Allem Anschein nach soll es von hier aus nach Norwegen gehen. Tingeltangel für Landser mit Polarkreiskoller.«

Über Berlin schien seit Tagen die Sonne. Mit dem Wetterwechsel kamen die Fernbomber wieder. Nachts die Briten, tagsüber die Amerikaner. Sie kamen pausenlos. Karl schlief kaum noch in seiner Wohnung und auch selten in dem kleinen Raum hinter Obiers Büro. Das Leben im *Adlon* wurde mehr und mehr zu einem Leben im *Adlon*-Bunker.

Hamburg war schwer zerstört worden. Fliegende Festungen hatten mit Phosphorbomben ein Inferno ungekannten Ausmaßes entfacht. Hitler versprach Rache und Geheimwaffen. Gab es sie, diese ominösen Wunderwaffen, so entlasteten sie Berlin nicht. Die Hauptstadt erbebte unter bis zu siebzehn Angriffswellen pro Tag. Besonders wenn Hitler- oder Goebbelsreden im Rundfunk angekündigt wurden, wußten die Berliner, daß es Zeit war, wieder die Keller aufzusuchen. Pünktlich mit Sendebeginn trafen die Bomber ein.

Nordafrika war verloren, die Alliierten hatten Sizilien genommen, waren auf dem Weg nach Rom. Im Osten sah es schlimm aus. Obier war dorthin in Marsch gesetzt worden, irgendwo in den Raum Smolensk. Der Name der Stadt fiel ständig in den »Sondermeldungen«.

Küchenchef Fliegenwald hatte, die mahnende Hausmitteilung ignorierend, vom *jour fixe* Schweinebraten abgezweigt. Pro Personalessen lagen zwar nur zwei hauchdünne Scheiben auf dem Teller, aber immerhin!

Klempert faltete das *12-Uhr-Blatt* zusammen. »So oft ich eine Zeitung aufschlage, erringen wir neue Siege!« Er schüttelte den Kopf. »Dabei sind das eindeutig Rückzugsgefechte. Man braucht bloß einen x-beliebigen Atlas aufzuschlagen, dann weiß doch jeder, was los ist.«

»Begradigung der Frontlinien klingt auch besser als Zurücklegung der Truppen.« Karl las den *Stürmer* und beobachtete dabei Kassner aus dem Augenwinkel.

Kassner ließ sich nicht anmerken, ob er zugehört hatte. Er hielt sich aus allen politischen Diskussionen heraus. Im Kuriersaal saß er bei den Mahlzeiten für sich oder mit dem Bunkerwart an einem Ecktisch. Stanner war der letzte aus seiner Naziriege, der noch im Hotel tätig war. Die anderen kämpften und fielen für Führer und Vaterland. Die meisten männlichen Zivilisten, die das *Adlon* im wehrpflichtigen Alter sah, waren Burmeisters Leute oder ausländische Hotelgäste. Sie kamen weiterhin, trotz Bombenhagels, trotz teils abenteuerlichster Anreise: der Geschäftsmann aus Madrid, der Bankier aus Portugal, der schwedische Gleitlagerkonzerndirektor. Randhuber war dann stets zur Stelle.

Kassner und Stanner verließen gemeinsam den Kuriersaal.

Karl bat Klempert um das *12-Uhr-Blatt*, steckte es mit dem *Stürmer* in die Aktentasche. »Ich muß in der Florastraße nach dem Rechten schaun.«

»Ich bleibe hier«, sagte Lilo. »Ich traue dem Luftschutzraum bei uns im Haus nicht.«

»Es soll nachts wieder Nebel geben. Da darf man hoffen«, sagte Karl. »Außerdem brauche ich dringend frische Wäsche.«

»Unter meinem Spind liegt noch ein Stapel Zeitungen, falls du heizen willst«, sagte Klempert.

Rund um den S-Bahnhof Pankow-Nord waren die Fensteröffnungen mit Pappe vernagelt. Karl traf eine Hausnachbarin, die einen Handwagen mit Preßkohlen zog.

»Ich dachte schon, Sie wohnen nicht mehr bei uns im Haus, Herr Meunier.«

»Ich denke das auch manchmal.« Karl zeigte auf die zugenagelten Fenster. »Luftmine?«

»Auch Brandbomben. Hinten in der Steegerstraße sind zwei Häuser völlig zerstört. Es gab zehn Tote.«

»Und bei uns?«

»Da sind bloß die Scheiben und ein paar Türen draußen. So wie hier.«

›Mist!‹ dachte Karl. ›Wo krieg' ich jetzt auf die Schnelle Pappe her?‹ Er half der Frau beim Ziehen. »Wissen Sie, wer Pappe hat?« Er hob die Aktentasche. »Pappe gegen Schnaps.«

»Sie haben es gut, Sie sitzen im *Adlon* an der Quelle! – Was haben Sie denn?«

»Doppelkorn, einen halben Liter. Beste Qualität.«

»Ich habe Pappe«, sagte die Nachbarin.

»Pappe und Nägel«, sagte Karl.

»Nägel habe ich auch.«

Es war nicht ganz so tragisch, wie er befürchtet hatte. Die Druckwelle der Mine hatte nur die Scheiben an der Straßenfront zerspringen lassen. Karl heizte in der Küche, setzte Teewasser auf und fegte im Wohnzimmer die Scherben zusammen. Dann suchte er nach dem Hammer. Er fand ihn im Werkzeugkasten auf dem Balkon.

Der Hauswart trieb Pfähle vor die Kellerfenstergitter in den Rasen und häufte Erdreich davor. Karl hörte, daß er sich dabei unterhielt. Mit wem, konnte er nicht sehen.

Während er die Pappe mit einem Ausbeinmesser auf dem Balkontisch zuschnitt, klopfte es an der Wohnungstür.

»Moment!« Karl hatte die Pappe mit dem Hammer beschwert. Ein Regalbrett diente als Lineal. Karl führte den Schnitt zu Ende und ging zur Tür. Es klopfte erneut.

»Bin schon da!« Er öffnete.

Vor der Tür stand ein Mann in seinem Alter. Karl bemerkte sofort das Parteiabzeichen am Revers. Er war einen Kopf kleiner und trug einen langen, schwarzen Ledermantel. »Spreche ich mit Herrn Meunier?«

»Ja«, sagte Karl.

Der Mann hatte die Hände in den Manteltaschen. Sein Blick fiel auf das Ausbeinmesser in Karls Faust.

Blitzschnell stellte er den Fuß in die Tür. Karl schaute in eine Pistolenmündung. »Lassen Sie das Messer fallen!«

Karl gehorchte.

»Und jetzt gehen Sie langsam rückwärts und heben die Arme. – Langsam!«

Karl tat wie ihm befohlen. Der Mann zog die Tür hinter sich zu und schob mit dem Schuh das Messer unter die Flurgarderobe. Karl ließ die Arme fallen.

»Hoch mit den Armen!«

Karl schaute dem Mann in die Augen und lächelte. »Wer immer Sie sein mögen, von der Gestapo sind Sie jedenfalls nicht!«

Der Mann streckte den Arm mit der Pistole. »Die Arme hoch!« Karl ignorierte die Aufforderung und machte eine einladende Handbewegung.

»Gestapoleute haben keine Brownings. Und falls doch, dann wissen sie, daß sie erst den Sicherungshebel herunterdrücken müssen, bevor sie jemanden umlegen wollen. – Kommen Sie mit in die Küche, ich habe Tee gekocht.«

Auf dem Küchenschrank lagen Döblins *Berlin Alexanderplatz* und Zweigs *Ungeduld des Herzens*. Vera hatte den Roman von Stefan Zweig auf einer Hollandtournee antiquarisch in Amsterdam erworben.

Der Mann ließ die Pistole sinken. »Sie scheinen wirklich Karl Meunier zu sein. Entschuldigen Sie mein martialisches Auftreten. Das Messer hat mich irritiert.«

»Schon in Ordnung – Sie werden der Besuch sein, den Professor Blum angekündigt hat.«

Der Mann nickte. »Wir brauchen Ihre Hilfe.«

»Wer ist *wir?*«

»Das ist im Moment ohne Bedeutung, Herr Meunier.«

»Keineswegs. Sie tragen den Bonbon am Aufschlag. Sie kleiden sich wie diese Gestapo-Schergen. Sie haben durch Zufall erfahren, daß Professor Blum mit mir bekannt ist. – Sie könnten mir auch bloß eine geschickte Falle stellen.«

Der Mann wollte etwas sagen, aber Karl schnitt ihm das Wort ab. »Ich glaube Ihnen, daß Sie mich nicht verhaften wollen, sonst hätte ich Ihnen spätestens im Flur die Pistole aus der Hand getreten. – Außerdem kommen die von der Gestapo immer zu zweit.«

Der Mann setzte sich wortlos an den Küchentisch. Er steckte die Pistole in die Manteltasche und schob den rechten Ärmel bis zum Ellenbogen hoch. »Genügt Ihnen das?«

Karl sah die eintätowierte Nummer auf dem Unterarm und sagte: »Jude?«

»Ja«, sagte der Mann. »Ich konnte aus Oranienburg flüchten. Wir, das ist eine Gruppe Gleichgesinnter. Wir versuchen, jüdischen Kindern zu helfen, die sich in Berlin versteckt halten. Richard, der Enkel von Professor Blum, wohnt bei einer Familie in Charlottenburg, die ihn als einen entfernten Verwandten ausgibt, dessen Eltern beim Angriff auf Hamburg ums Leben gekommen sind.«

»Ich dachte, Blums Sohn ist mit der Familie in Dänemark.«

»Sie haben versucht, nach Schweden zu fliehen. Das Boot wurde von der Küstenwache beschossen. Richards Eltern sind tot. Der Junge war auf einem anderen Boot, das entkommen konnte.«

»Und warum ist er nicht in Schweden?«

»Das Boot ist vom Kurs abgekommen und mußte nach Seeland zurück.«

»Woher wissen Sie das?«

»Ich hatte die Flucht organisiert. – Ich war auf Richards Boot.«

»Ich verstehe.« Karl reichte dem Mann eine Tasse und holte die Teekanne. »Was kann ich tun?«

»Richard ist gerade fünfzehn geworden. Es würde auffallen, wenn er den ganzen Tag zu Hause bliebe. Zwei Jungs im Haus sind in der HJ. Sie haben ihm schon merkwürdige Fragen gestellt.«

»Was hat er gesagt?« Karl goß dem Mann ein.

»Richard ist sich der Gefahr seiner Situation bewußt. Er hat sich geschickt herausgeredet. – Am besten für ihn wäre, wenn er schnell Arbeit finden würde. Professor Blum ließ uns wissen, daß Sie im

Adlon in leitender Position sind. Richard würde einen guten Pagen abgeben. Die notwendigen Papiere kann ich beschaffen – einschließlich Ahnenpaß der Eltern, falls erwünscht.«

Karl pulte zwei Stückchen Würfelzucker aus einer verklebten Papiertüte. »Wollen Sie auch eins?«

»Ja, bitte!« Der Mann rührte seinen Tee um.

Karl holte seine Tasse aus der Spüle. Die Wasserleitung war intakt. Er wusch die Tasse ab und trocknete sie nachlässig mit einem Geschirrhandtuch. Dann setzte er sich dem Mann gegenüber an den Küchentisch. »Der Junge soll morgen um Punkt elf am Wirtschaftseingang des *Adlon* in der Wilhelmstraße sein. Er soll nach mir fragen. Ich werde ihn abholen und unserem Direktor vorstellen. Einen Pagen können wir gut gebrauchen, wir haben kaum noch welche. Sie fangen jetzt an, schon Siebzehnjährige einzuziehen.«

»Ich danke dir«, sagte der Mann. »Nenn mich Gad.«

»Ich heiße Karl. Und, Gad, du mußt mir nicht danken. Ich weiß, was man in Polen mit Juden macht. Ein Freund, ein hoher Offizier, hat es mir mit Erschütterung erzählt: Man vergast sie wie ...«

»Sprich es ruhig aus!« sagte Gad mit zusammengepreßten Zähnen. »Wie Ungeziefer.«

» Ich konnte es kaum glauben.«

»Es geht vielen so, die davon aus zweiter Hand erfahren«, sagte Gad. »Richard ist bei einem Eisenbahnerehepaar untergekommen. Der Mann war ein strammer Nazi – bis er einen KZ-Zug nach Auschwitz fahren mußte: offene Viehwagen im Winter bei minus zehn Grad.«

»Leute wie der Eisenbahner sind die Ausnahme«, sagte Karl. »Sie riskieren alles. Hier im Haus kenne ich allein schon fünf Leute, die sofort bei der Polizei wären, wenn jemand nur einen politischen Witz reißen würde.«

Gad nickte. »Denunzianten gibt es zuhauf. Wir versuchen so vorsichtig zu sein, wie es nur geht.«

Karl deutete auf die Manteltasche. »Du scheinst keine Erfahrung mit Waffen zu haben.«

»Wegen des Sicherungshebels?«

»Ja.«

Gad lächelte und griff in die andere Manteltasche. »Den Browning hier sichere ich jetzt mal lieber.«

9. Kapitel
Kassners neue Nebentätigkeit

Vera bückte sich und langte unter den Kohlenkasten. »Zwei für Richard und seine Familie und eine für dich.« Sie zählte drei Brotkarten ab und gab sie Karl.

»Mein Gott, das sind ja mindestens zehn!« Karl ging zum Küchenfenster. Er legte die Karten ins Sonnenlicht auf das Fensterbrett. »Wo hast du die denn aufgetrieben?«

»Birgit kennt jemanden, der damit handelt.«

»Sind es echte?« Er holte seine Brieftasche, verglich.

»Ich denke, ja. Oder kannst du einen Unterschied erkennen?« Vera schob den Kartenstapel wieder unter den Kohlenkasten.

»Die müssen ein Vermögen gekostet haben, Vera!«

»Was soll's? Eine goldene Armbanduhr kann man schlecht essen. Das war es wert.«

»Ich habe nie gewußt, daß du eine goldene Armbanduhr besitzt.«

»Die Armbanduhr ist von Gad. Er holt sich die Karten heute abend im *Oriental* ab. Er braucht sie für seine Kinder.«

»Bestell ihm, daß ich einen weiteren Pagen im *Adlon* unterbringen könnte.«

»Soviel ich weiß, sind die Kinder dafür noch zu klein.«

Karl schaute auf die Uhr. »Es wird Zeit für mich.«

»Nimm das auch noch für Richard mit.« Vera steckte eine Büchse dänisches Frühstücksfleisch in Karls Aktentasche.

»Das ist Schweinefleisch«, sagte Karl.

»Quatsch, das ist Frühstücksfleisch!« sagte Vera. »Er muß essen. Die Lebensmittelrationen werden ja von Tag zu Tag lächerlicher. Sag ihm einfach nicht, was es ist, sag ihm nur, es ist von mir.«

»Keine Bange, ich richte es ihm aus. Er wird es essen, wenn du es anordnest.« Karl lächelte.

Richard vergötterte Vera. Er war ein ruhiger, umsichtiger Junge, der sich im *Adlon* schnell zurechtgefunden hatte. Selbst Kassner nörgelte kaum an ihm herum, was er bei den anderen Pagen ständig tat.

Karl küßte Vera auf die Stirn. »Meine Bahn fährt in zehn Minuten – falls sie fährt.«

»Die Leute beim Bäcker eben sagten, sie hätten keine Bomben gehört.«

Karl und Vera hatten in der Nacht eine Stunde im Luftschutzkeller verbracht. Der Hochbunker Humboldthain hatte für ein paar Minuten den Himmel mit Leuchtspurgranaten durchpflügt. Die tastenden Finger der Suchscheinwerfer vom Lichtbunker waren ununterbrochen an der Wolkendecke entlanggeglitten und erst erloschen, als gegen Mitternacht Entwarnung gegeben wurde.

»Ich schlafe heute wieder bei Birgit.«

»Das ist vernünftig«, sagte Karl.

Birgit wohnte in der Budapester Straße. Bis zum großen Zoo-Bunker lief man nur ein paar Minuten. Der Zoo-Bunker galt als unzerstörbar.

Karl traf im Flur auf die Briefträgerin. »Das war direkt mal eine einigermaßen ruhige Nacht.«

»Ja, haben Sie denn noch keine Nachrichten gehört?«

»Nein.«

»Die Alliierten sind in Frankreich gelandet.«

*

»Du mußt mal mit dem Hauptmann in der Bar sprechen, was an der Ostfront passiert, oder mit seinem Leutnant.« Klempert verstummte und händigte einem Sanitätsoffizier den Zimmerschlüssel aus. Im *Adlon* wohnten kaum noch zivile Reisende. Erst als er in der Drehtür war, redete Klempert weiter: »Und unser geliebter Führer hockt in der Wolfsschanze und feuert einen fähigen General nach dem anderen. Wenn das so weitergeht, haben wir in ein paar Monaten die Rote Armee zu Gast.«

Karl nickte grimmig. »›Wollt ihr den Totalen Krieg?‹ – ›Ja, ja, ja!‹«

Das Telefon klingelte. Karl nahm ab: »Guten Tag, hier ist das *Hotel Adlon* ... in zwanzig Minuten etwa? ... Gut, ich veranlasse augenblicklich Voralarm.«

»Geht es wieder los?« Klempert drückte auf den Pagenknopf.

Karl rief Bunkerwart Stanner an.

Als der erste Gongschlag ertönte, stieg Kassner aus dem Fahrstuhl.

Klempert stieß Karl an. »War der nicht eben noch nebenan in der Telefonzentrale?«

Richard verschwand mit der Klangscheibe im Lesesaal. Die ersten Hotelgäste verließen das Restaurant und den Wintergarten. Kassner folgte ihnen ins Treppenhaus.

»Ich lauf' mal noch schnell durch den Weinkeller«, sagte Karl. »Nach dem letzten Alarm hat schon wieder eine Kiste *Mosel* gefehlt.«

Im Souterrain strömten die Leute zum Frisiersalon. Karl sah Kassners Glatze zwischen den Uniformmützen. Stanner stand in der Türöffnung des Salons und zählte die Eintretenden. Als er Kassner sah, winkte er ihm und nahm ihn beiseite. Kassner nickte – und eilte los. Niemand wunderte sich. Besonders bei Nachtangriffen mußten einige Gäste förmlich aus den Betten gerissen werden, weil sie den Gong überhört hatten.

Karl stutzte erst, als Kassner an der nächsten Treppe zum Obergeschoß vorbeilief. Das Gangende konnte Karl nicht einsehen: Der Flur machte einen Knick. Dahinter gab es Verbindungstüren zum Putzmittellager, zur Hausdruckerei und zum Hausmeisterbüro, aber keinen Zugang, durch den man in den Weinkeller gelangen konnte.

Die Hotelgäste stauten sich jetzt vor dem Frisiersalon. Karl folgte Kassner bis zum Knick und spähte um die Ecke.

Kassner schloß die Tür des Druckereikellers auf. Karl kehrte um und half Stanner, die Leute einzuweisen.

Im Bunker ließ er die Gasschleuse nicht aus den Augen. Wo blieb Kassner? Klempert und die Pagen kamen als letzte. »Alles klar, Stanner, oben ist keiner mehr! Sie können dichtmachen.«

Stanner schloß die Stahltür.

*

Das Haus mit der Kneipe war wie durch ein Wunder unversehrt geblieben. Karl wich den Absperrungen aus und stieg über einen Stapel verkohlter Balken. In den Gebäuden rechts und links von der *Sonne* hatte es in den oberen Stockwerken gebrannt. Die Straßenzüge rund um den Savignyplatz ähnelten mehr und mehr den Bildern, wie sie die Wochenschau aus den russischen Großstädten zeigte.

Opa Giesecke öffnete nur noch zwei Stunden am frühen Abend, länger reichte das Bier nicht. – Sofern man das labberige Gebräu, das jede Woche nach anderen Ersatzstoffen schmeckte, überhaupt noch Bier nennen konnte. Deutschland trank Ersatzkaffee, strich Kunsthonig auf feuchte Brötchen, deren Teig mit Rübenschnitzeln oder noch Undefinierbarerem gestreckt worden war; selbst Schreibtinte mußte man sich mit einem übelriechenden Pulver der Firma Pelikano anrühren.

Die Berliner, die noch im Sommer zuvor in Scharen die

Schwimmbäder und Seen der Stadt besucht hatten, waren zu bleichgesichtigen, unterernährten Kellerbewohnern verkommen.

Karl fand das Bier ungenießbar, aber die Kneipe war dennoch gut besucht. Die *Sonne* bot den Leuten der Umgebung für kurze Zeit eine kostbare Illusion: die Illusion von Normalität inmitten all der Trümmerhaufen, eine Illusion, die spätestens wieder beim Aufjaulen der Sirene auf dem Dach der Kaiser-Friedrich-Schule abrupt zerstob.

Vera tauschte mit einem Artistenkollegen Neuigkeiten aus, als Karl sich zu ihnen an den Tisch setzte.

»Lange nicht gesehen, Friedel!«

»Tach, Karl. Bin auch bloß auf Stippvisite.« Er senkte die Stimme. »Morgen geht's nach Breslau. Habe die Ehre, in einem von diesen bescheuerten Durchhaltefilmen mitzuspielen. – Entschuldigt mich für 'nen Moment, aber wenn ich nur daran denke, muß ich augenblicklich ganz schrecklich dringend aufs Klo. – Hier, damit ihr euch während meiner Abwesenheit nicht langweilt!« Er schnitt eine Grimasse, warf das *12-Uhr-Blatt* auf den Tisch und beugte sich tief zu ihnen herunter. »Bei mir überlebt er nicht!«

Vom *12-Uhr-Blatt* fehlte die Titelseite, die Hitler, Mussolini und seine ihm ergebenen Paladine vor der zerstörten Lagebaracke der Wolfsschanze zeigte.

»Breslau«, sagte Vera. »Als Doris noch bei den Venduras war, sind wir oft im *Prinzenpalast* aufgetreten.« Sie schüttelte sich. »Jetzt soll dort ein Lager für polnische Zwangsarbeiter sein.«

Die großen Berliner Häuser, der *Wintergarten*, die *Scala* und *Carows Lachbühne*, existierten auch nicht mehr. Außer im *Oriental* gab es in der Hauptstadt kaum noch privates Kleinkunstprogramm, und die ersten Gerüchte gingen um, daß Goebbels bald alle Vergnügungsstätten zumachen würde.

Ein Mann betrat das Lokal. »Das ist er«, flüsterte Vera. Karl las plötzlich aufmerksam das *12-Uhr-Blatt*.

Birgit, die sich mit Opa Giesecke am Tresen unterhalten hatte, erhob sich und kam an den Tisch. Vera gab ihr ein verschnürtes Päckchen. Der Mann bestellte ein Bier und verschwand im hinteren Gastraum. Birgit folgte ihm.

Vera sagte leise: »Ist was?«

»Später«, flüsterte Karl. »Er darf mich nicht erkennen.«

Karl schien in die Lektüre vertieft, als Vera sagte: »Jetzt kommt er wieder.«

Der Mann trank hastig sein Bier am Tresen aus und bezahlte.

»Jetzt geht er«, flüsterte Vera.

Birgit trat in den Schankraum, nickte Vera zu und setzte sich zu Opa Giesecke.

»Es hat geklappt«, sagte Vera. »Zehn neue Brotkarten. – Wieso durfte er dich nicht erkennen?«

»Das war Fretzel«, sagte Karl. »Und ich ahne auch, von wem er die Karten hat.«

»*Fretzel*? Das eben war *Fretzel*?«

»Ja«, sagte Karl. »Morgen weiß ich mehr.«

Kassner hatte Rezeptionsdienst, Stanner seinen freien Tag. Karl vergewisserte sich, daß niemand im Hausmeisterkeller war, dann öffnete er mit dem Generalschlüssel den Druckraum. Er schloß hinter sich ab und schaltete das Licht an. Er mußte nicht lange suchen.

Stanner hatte vergessen, die Kiste mit den Papierresten unter der Schneidemaschine zu leeren. Allein das Vorhandensein von millimeterbreiten Papierstreifen in der Stärke und Farbe der Brotkarten würde ausreichen, um ihn und Kassner an den Galgen zu bringen.

Das Versteck der Druckplatte fand er auch. Richard führte ihn durch eine zufällige Bemerkung auf die Spur.

»Ist Fräulein Plinz mit Kassner ... verlobt?«

»Wie kommst du darauf?«

»Er ist neuerdings ständig bei ihr in der Telefonzentrale.«

Die Plinz verwahrte die Druckplatte in einem Eimer mit Löschsand.

10. Kapitel
»Ich befehle: Es ist in den Gauen des Großdeutschen Reiches aus allen waffenfähigen Männern im Alter von 16 bis 60 Jahren der Deutsche Volkssturm zu bilden.«

Die Adlons blieben häufiger in ihrer Villa in Neufahrland und kamen nur noch sporadisch ins Hotel. Die Macht im Haus war völlig an diverse militärische Organisationen übergegangen, die Berlin gegen die anrollende russische Feuerwalze verteidigen sollten. SS, Volkssturm, Marinesoldaten, reguläre Infanterie, Ukrainer des General Wlassow in Wehrmachtsuniform und Burmeisters Truppe hatten Quartier im *Adlon* bezogen. Die Rothaarige war auch wieder da. Sie trug einen soldatischen Haarschnitt. Über ihrer Schulter hing lässig eine MP.

Das Haus Unter den Linden Nummer Eins war das einzige große, unzerbombte Gebäude in der Nähe der Reichskanzlei, in dem die Zentralheizung noch funktionierte und es Strom und Wasser gab, wo noch regelmäßig warme Mahlzeiten serviert wurden. Den Volkssturm, das finale Aufgebot an Kanonenfutter für Marschall Schukow, organisierten die NSDAP-Parteifunktionäre.

Kassner hatte vom Büro des Generaldirektors Besitz ergriffen, saß im Schreibtischesssel von Louis Adlon und las halblaut die Namen der *Adlon*-Bediensteten vor.

»Dann wären da noch die Pagen: Ulf, Bernhard, Richard ...« Kassner schaute von der Liste hoch.

»Richard ist noch keine sechzehn«, sagte Karl, streifte die Armbinde über und nahm ein Gewehr in Empfang, das ihm Stanner zusammen mit der Munition und drei Stielhandgranaten übergab. Eine Pistole bekam er auch. Er quittierte den Erhalt der Waffen in einer Kladde.

»Danke«, sagte Kassner. »Aber er heißt auch nicht Blummer.«

Karl erbleichte. Stanner grinste.

Kassner sagte genüßlich: »Er heißt Blum und ist ein dreckiger Judenbengel, einer aus der Sippschaft von deinem Scheiß-Professor.«

Karl zwang sich, ruhig zu bleiben.

»Wer Juden versteckt, verrät die Volksgemeinschaft«, sagte Stanner. »Derzeit fackelt man nicht lange: ab ins KZ oder an den nächsten Baum, eher letzteres, schätze ich mal.«

»So ist es!« Kassner fuhr sich mit dem Zeigefinger um den Hals.

»Er heißt Blummer«, sagte Karl.

Kassner lachte und hob mit spitzen Fingern ein Blatt Papier in die Höhe, wedelte damit. »Was haben wir denn hier Schönes? Eine Geburtsurkunde! – Und was steht da? – Richard Blummer!« Er holte eine Lupe aus einer Schreibtischschublade. »Und nun wollen wir mal alles durch ein starkes Vergrößerungsglas betrachten! – Oh, was sehe ich? Nein, so was aber auch!« Kassner säuselte süßlich: »So ein Mißgeschick! – Dem Schreiber muß nach dem ersten ›M‹ die Tinte ausgegangen sein!«

Stanner ging zu Kassner hinter den Schreibtisch. »Tatsächlich. Man sieht genau, wo er die Feder wieder angesetzt hat. Er hat sie sogar gewechselt, Otto! Der Strich ab dem zweiten ›M‹ ist deutlich dünner!«

›Sie wollen etwas von dir‹, dachte Karl, ›sonst hätten sie ihn schon längst bei Burmeister gemeldet.‹

Kassner faltete die Hände und sagte mit honigsüßer Stimme: »Tja, was machen wir denn da?«

»Red nicht so lange um den heißen Brei herum! Sag, was du willst!«

»Ein Agreement unter Gentlemen«, sagte Kassner. »Du bist doch mehr oder weniger für den Weinkeller verantwortlich. Ein gütlicher Vorschlag: Blummer bleibt Blummer, und du läßt dich nicht im Weinkeller blicken, wenn dir einer von uns Bescheid gibt.«

»Die Bestände, die Ribbentrop eingelagert hat, werden in unregelmäßigen Abständen von einem Buchhalter aus dem Auswärtigen Amt überprüft.«

»Das ist dein Problem«, sagte Kassner.

»An den Endsieg scheint ihr mir nicht so recht zu glauben«, sagte Karl.

Stanner und Kassner lachten.

»Die Bewegung wird überleben, selbst wenn die Russen Berlin einnehmen sollten. – Woran du sie natürlich mit aller Kraft hindern wirst.«

»Wieso ich?«

»Befehl vom *Verteidiger von Berlin* – der Führer hat heute Doktor Goebbels diesen Ehrentitel verliehen. *Alle ehemaligen Offiziere sind, ihren Fähigkeiten entsprechend, von den NSDAP-Kreisbevollmächtigten des Volkssturms* – und das bin hier ich – *zu verwenden.*«

›Sie wollen sich absetzen‹, dachte Karl. ›Und sie sind sich offenbar verflucht sicher, daß sie es auch schaffen!‹ Karl ließ das Magazin aus der Pistole gleiten. Es war nur halbvoll. »Was bedeutet das in meinem Fall?«

»Ruhm und Ehre!« sagte Kassner spöttisch. »Ich ernenne dich zu meinem Stellvertreter. Du wirst sofort mit der Schußwaffenausbildung beginnen.«

»Diese alten Knarren gegen Stalinorgeln?« Karl lud die Pistole durch und richtete sie auf Kassner und Stanner.

»Mach' keinen Scheiß, Karl!« stammelte Kassner.

»Ihr hört mir jetzt ganz aufmerksam zu, ihr Ratten!« Karl nahm Richards Geburtsurkunde und steckte sie weg. »Ich lasse mich auf das Geschäft ein. Ihr könnt den Keller plündern, aber dem Jungen wird kein Haar gekrümmt – und zum Volkssturm kommt er auch nicht!« Er wedelte mit dem Pistolenlauf. »Solltet ihr es euch anders überlegen und ihn doch anschwärzen, garantiere ich euch, daß ihr baumelt. – Bei gefälschten Lebensmittelkarten hört auch bei Burmeister der Spaß auf. – Oder falls ihr mit ihm irgendwie unter der Decke stecken solltet: Ein Anruf im Propagandaministerium, und ihr seid geliefert!«

Kassner und Stanner schauten sich an.

»Du Schweinehund«, knurrte Kassner. »Ich ...«

Karl sicherte die Pistole und ließ sie in die Manteltasche gleiten. »Nee«, sagte er, »wirst du nicht! Außer mir wissen noch ein paar Leute, was ihr in der Druckerei treibt. Nützt dir gar nichts, mich ...«

»Daran denkt doch keiner«, unterbrach ihn Stanner hastig. »Mit Richard, das geht klar, keine Sorge!«

Kassner ballte die Fäuste.

»Mit Richard, das geht klar, Herr Meunier«, wiederholte Stanner mit devoter Stimme.

»Dein Kumpan hat den Ernst eurer Lage besser kapiert als du, scheint es.« Karl griff blitzschnell über den Schreibtisch. Er zog Kassner am Krawattenknoten dicht vor sein Gesicht. Stanner griff nicht ein.

»Sind – wir – uns – einig?«

»Ja«, röchelte Kassner.

11. Kapitel
Die Flucht der Goldfasane beginnt

Als der Nachtclub *Oriental* seine Pforten schließen mußte, stellte man Vera vor die Wahl, in einer Revolverdreherei zu arbeiten oder Hilfskrankenschwester zu werden. Sie entschied sich für den Sanitätsdienst in der Charité. Birgit verschlug es als Luftwaffenhelferin in den Zoo-Bunker. Ruella reiste nach Spanien. Rosi hatte sich schon vor dem Verbot, Berlin zu verlassen, nach Norden abgesetzt: Bennos letzte Karte war aus Kiel gekommen.

Im hinteren Teil des *Adlon*-Kellers, in dem sich das Weinlager mit dem kleinen Schutzraum befand, sowie im Bunker hatte die Gestapo das alleinige Sagen. Zwei Türen, die in den Weinkeller führten, wurden zugemauert, die verbliebene dritte wurde, bis auf eine Kriechöffnung, von Burmeisters Leuten mit Sandsäcken verbarrikadiert und ständig bewacht. Den Frisiersalon begann man in ein Notlazarett umzuwandeln. Im Bunker suchten immer mehr Leute Schutz; das unterste Stockwerk blieb trotzdem für die Allgemeinheit nicht zugänglich. Von dort gab es mit Sicherheit Verbindungsgänge zu den anderen Bunkern in Berlins Mitte.

Einmal sah Karl Bormanns Privatsekretär, SS-Standartenführer Zander, Doktor Morell – Hitlers Leibarzt –, Randhuber und zwei Reichsbankdirektoren die Treppe zur mittleren Bunkeretage emporsteigen. Sie speisten dann im Restaurant, das dank der Ribbentrop'schen Vorräte noch ein Drei-Gänge-Menü zu servieren vermochte.

Klempert bemerkte: »Die Küche im Führerbunker scheint den Herren nicht zu gefallen. Wo Goebbels jetzt dort auch noch hausen soll, werden sie vermutlich nur die Wahl zwischen hauchdünnen Brotscheiben und vegetarischer Führer-Kost haben.«

Die Russen hatten die Seelower Höhen genommen. Die Amerikaner standen an der Elbe. Armeen mit klangvollen Namen, die Berlin befreien sollten, blieben Geisterarmeen. In der Reichshauptstadt begann die Flucht der Goldfasane, wie der Volksmund bissig vermerkte. Lange Wagenkolonnen des Außenministeriums, der Reichsbank, des Reichsluftfahrtministeriums verließen Berlin. Im Süden und Westen der Stadt war der Belagerungsring noch nicht vollständig geschlossen.

Während eines Tieffliegerangriffs traf Karl Holtsen wieder. Ein gepanzertes Halbkettenfahrzeug und eine Mercedes-Limousine waren auf dem Pariser Platz überrascht worden. Der Mercedes suchte hinter einer Panzersperre Schutz. Die Insassen des Halbkettenfahrzeugs rannten auf das *Adlon* zu, unterdessen zerpflügten Geschoßgarben den Rasen vor der Akademie der Künste.

Die Flugzeuge jagten über das Brandenburger Tor und kamen im Sturzflug zurück. Die Flak auf dem Reichstag hatte sich eingeschossen: Ein Flugzeug fiel brennend auf die Linden. Die anderen drehten ab. Holtsens Spurt war rekordverdächtig. Er stolperte keuchend durch die Stahltür in die Vorhalle. Randhuber folgte erst einige Sekunden später.

»Das war knapp«, sagte Holtsen und warf sich in einen Sessel.

Randhuber sah aus, als würde er jeden Moment kollabieren.

»Ich befürchte, wir sitzen fest«, sagte der Fahrer, ein Unteroffizier der Waffen-SS. »Die Vorderräder hat es erwischt.«

»Wir müssen unbedingt weiter«, röchelte Randhuber. »Meunier, Burmeister soll sofort herkommen! Das ist ein Befehl!«

Karl legte die kurzläufige italienische Maschinenpistole, die er gegen den sperrigen Karabiner getauscht hatte, auf den Rezeptionstresen und rief im Bunker an.

»Halt, Meunier! Sagen Sie ihm, er soll von unten gleich über die Direktleitung ein Ersatzfahrzeug anfordern«, sagte Randhuber. »Einen Lastwagen!«

›Sieh mal einer an!‹ dachte Karl. ›Eine Direktleitung! Und wohin geht die?‹

»Wir könnten den Mercedes beschlagnahmen. Er scheint nichts abbekommen zu haben«, sagte der Fahrer.

»Unmöglich, damit kriegen wir die Ladung nicht weg.« Randhuber zitterte, als er sich eine Zigarette anzündete.

Der SS-Mann zuckte mit den Achseln.

Holtsen sagte: »Requirieren Sie den Wagen trotzdem!«

Der Fahrer schaute Randhuber fragend an.

»Von mir aus, schaden kann es nichts.«

Der Fahrer rannte zur Stahltür.

Als Burmeister in die Vorhalle trat, war Randhuber wieder einigermaßen bei Atem. Er inhalierte tief den Zigarettenrauch. »Und, haben Sie etwas erreicht?«

»Leider, nein, Herr Obersturmbannführer.«

»Ja, verdammt noch mal! Haben Sie es auch in der Reichskanzlei versucht? Da gibt es noch Panzerspähwagen.«

Burmeister schüttelte energisch den Kopf. »Bedaure, Herr Obersturmbannführer! Ich habe überall herumtelefoniert. Es gibt keine freien Fahrzeuge.«

»Dann werfen Sie mal einen Blick auf diesen Befehl!« Randhuber zog ein Schreiben aus seiner Brusttasche und zeigte es Burmeister.

Der nahm Haltung an und sagte. »Ich probiere es noch mal.« Er rannte zur Telefonzentrale.

»Wir müssen uns beeilen, sonst ist der Panzerzug weg«, sagte Holtsen sichtlich nervös. »Wir nehmen den Mercedes.«

»Warten wir, was er sagt.« Randhuber sog gierig an seiner Zigarette.

Burmeister mußte wieder bedauern. »Die Leitung zum Standartenführer ist gestört. Ich könnte einen Melder durch den Tunnel schicken.«

›Standartenführer?‹ dachte Karl. ›Standartenführer – *Zander*?‹

»Das dauert zu lange«, sagte Holtsen.

»Er hat recht«, sagte Randhuber. »Uns bleiben knapp fünfzehn Minuten bis zum Güterbahnhof.«

Randhuber trat die Zigarette auf dem Teppich aus. »Also gut! Wir nehmen den Mercedes! Ich benötige fünf, sechs Männer, um umzuladen. Burmeister – was nicht mitgeht, darum müssen Sie sich kümmern!«

»Zu Befehl, Herr Obersturmbannführer!« Burmeister bellte Kommandos ins Telefon. Was weiter geschah, erfuhr Karl nicht. Burmeister ließ von seinen Leuten Vorhalle und Lobby räumen.

Karl unterwies die Volkssturmabteilung *Gruppe Adlon* weniger in der Handhabung der dürftigen Waffen, als in der Kunst zu überleben. Er übte mit den Leuten, wie man sich tarnt und die kleinste Deckung ausnutzt.

Kassner machte sich weitgehend unsichtbar. Um so martialischer gebärdete er sich, wenn er die Truppe inspizierte. Seine Ratschläge gegen die russischen T 34 waren einfach: »Panzerfäuste immer gleich in Serien abfeuern, oder, alter Infanterietrick, meine Herren: Panzer kommt, sich flachlegen und überrollen lassen, dabei eine Haftmine anbringen!«

Die Männer nickten, sagten »Jawoll!« und dachten sich ihren Teil. Es gab weder Haftminen noch ausreichend Panzerfäuste. Nach seinen kurzen anfeuernden Auftritten zog sich Kassner unverzüglich zurück, angeblich, um mit den anderen *Adlon*-Verteidigern in seinem »Stabsbüro« Kriegsrat zu halten. Aber jedesmal, wenn jemand etwas von ihm wollte, war das Büro leer. Karl bat Richard herauszufinden, wohin Kassner nach den Appellen verschwand.

»Er trifft Burmeister im Wirtschaftsflügel, und sie gehen dann die Treppe zum Weinkeller runter. Weiter habe ich mich nicht getraut, Karl. Manchmal steht im Treppenaufgang einer mit einer Maschinenpistole.«

Karl setzte die Ausbildung fort, indem er den Männern zeigte, wo man am besten die Waffen versteckte, wenn die Russen das Hotel stürmen sollten. Von Zeit zu Zeit verzog er sich in Obiers Büro, öffnete behutsam spaltbreit eine Durchreiche und beobachtete das Treiben im Weinkeller. Die Durchreiche war vom Keller aus schwer zu erkennen. Ein Stapel leerer Fässer verdeckte sie weitgehend. Burmeister legte offenbar ein Vorratslager an. Einmal schleppten er, Kassner und Stanner mehrere Holzkisten in den Schutzraum, die Blei zu enthalten schienen; auch die kleinste Kiste mußten sie zu zweit tragen.

12. Kapitel
Das Lazarett im *Adlon*

Karl hatte nur noch zwei Wünsche: Vera zu sehen und zu schlafen.

Die Gongs waren verstummt; die Alliierten hatten ihre Bombenangriffe eingestellt, um die russischen Kampftruppen, die Meter für Meter auf das Stadtzentrum vorrückten, nicht zu gefährden. Gezielte Abwürfe auf die letzten Trutzburgen des Dritten Reichs im Regierungsviertel gelangen auch nicht mehr: Der Himmel über Berlin war eine einzige Rauchwolke.

Als Vera mit einem Verwundetentransport eintraf, bestand die »Festung Berlin« nur noch aus einem schmalen Areal, das von der Havel bis zur Spree reichte. Die Charité hatte einen Teil ihrer Schwerverletzten im *Adlon*-Bunker untergebracht. Jeder verfügbare Keller- oder Büroraum des Souterrains wurde zu einem Krankenzimmer für sogenannte leichtere Fälle umfunktioniert. Leichtere Fälle waren, zum Beispiel, amputierte Finger und glatte Durchschüsse durch Arm oder Bein. Im Friseursalon operierten die Ärzte pausenlos. Medikamente gab es kaum mehr. Karl ließ die Leichen in den Goethe-Garten schaffen.

Artilleriegeschosse schlugen auf dem Pariser Platz ein. Die Quadriga war von einem Tiefflieger duchlöchert worden. Die Innenstadt war ein endloser, qualmender Trümmerhaufen, die Wilhelmstraße eine Steinwüste. Es grenzte an ein Wunder: Das *Adlon* stand. Karl und Emil Klempert machten einen Rundgang durch das ganze Haus. Nicht eine Fensterscheibe war zerbrochen!

Zwei Granaten entfachten einen Brand im Dachstuhl, der aber schnell gelöscht werden konnte.

Ein Hitlerjunge verteilte gerade den *Panzerbär*, Goebbels letzte Lügenpostille mit markigen Durchhalteparolen, als ein Krad-Melder in die Halle stürmte. »Die Russen sind mit Stalinorgeln am Alex!«

Bis auf Burmeisters Leute und den *Adlon*-Volkssturm zogen die Bewaffneten ab. Die SS-Trupps marschierten zum Führerbunker und Reichstag, die Wlassow-Soldaten nach Moabit. Das Gemisch aus Marine, französischen Freiwilligen, schlesischen Partisaninnen und fanatischen Hitlerjungen wurde in Richtung Alexanderplatz in Marsch gesetzt. Die Hitlerjungen sangen, als sie sich vor dem *Adlon* formierten. Der *Panzerbär*-Verteiler war unter ihnen.

»Wie Schlachtvieh«, sagte Klempert. »Wo ist Kassner eigentlich?«

Karl schickte Richard in Louis Adlons Büro. Kassner und Stanner waren verschwunden.

»Wir müssen das Zeug jetzt oder nie loswerden, Karl!«

Sie verscharrten die Waffen unter den Leichen im Goethe-Garten.

Karl behielt seine Maschinenpistole. »Für alle Fälle, Emil! Die fliegenden Feldgerichte fackeln nicht lange, wenn sie meinen, jemand wäre desertiert. Ich habe keine Lust, an einem Laternenpfahl zu enden.«

Klempert nickte. »Hast recht!« Er grub seine Pistole wieder aus. »Wenn was sein sollte, sie klemmt hinter dem großen Blumenständer im Wintergarten.«

»Ich verstecke die MP in Obiers Büro. Sie liegt unter den Matratzen von den Franzosen.«

Klempert nickte. Er hatte am Morgen mit Karl und zwei Sanitätern die Leichen der beiden französischen Waffen-SS-Soldaten in den Goethe-Garten getragen.

Karl schulterte die MP. »Und jetzt sag den Männern, wer will, kann sich verdrücken.«

Die *Adlon*-Volkssturmeinheit löste sich stillschweigend auf.

Burmeister schien es egal zu sein. Er war mit einem tragbaren Funkgerät in der Prominentensuite zugange, schien auf irgendeinen Befehl zu warten. Seine Männer bewachten weiterhin die Stahltür in der Fassadenmauer, den Eingang zum Weinkeller und die Treppe zur untersten Bunkeretage.

Karl schloß die Bürotür hinter sich ab und schob die Maschinenpistole unter die blutdurchtränkten Matratzen der Franzosen. Dann löschte er das Licht und öffnete die Durchreiche einen Spaltbreit. Auch im Weinkeller funktionierte die Stromversorgung noch.

Was er sah, war so absurd, daß er seinen Augen nicht zu trauen glaubte: Kassner, Stanner, die Rothaarige und zwei Wlassow-Soldaten saßen vor der geöffneten Schutzraumtür auf Sherryfässern im Kreis um eine Baulampe – *und nähten*!

Karl fand Vera in der Bar, wo sie einem Oberleutnant mit Bauchschuß eine Morphiumspritze gab. Offiziere durften in der *Adlon*-Bar sterben. Er berichtete ihr von dem Nähkreis im Weinkeller.

Vera sagte müde: »In der Charité haben wir zwischen den Toten Mensch-ärger-dich-nicht gespielt.«

Karl sah sie an.

»Das ist normal, Karl. Irgendwann wird man einfach verrückt. Die einen nähen, die anderen springen aus dem Fenster.«

Der Sterbende stöhnte.

Vera gab ihm eine weitere Injektion. »Das war meine letzte Ampulle.«

»Sie sahen mir gar nicht wie Leute aus, die verrückt geworden sind«, sagte Karl. »Sie planen etwas.«

»Ich muß hier raus«, sagte Vera. »Hast du noch Zigaretten?«

Auch in der Halle lagen jetzt überall Verletzte und Sterbende. Sanitäter versorgten sie mit Wasser. Viel mehr konnten sie nicht tun.

Ein Arzt rief Vera zu sich. Er wechselte einem wimmernden Hitlerjungen den Kopfverband. »Auf der Ost-West-Achse sind zwei JUs gelandet, die noch welche ausfliegen wollen. Der Zoo-Bunker hat versprochen, einen Krankenwagen herzuschicken, um wenigstens die Kinder abzuholen. Ist da«, er machte eine Kopfbewegung zur *Adlon*-Bar, »noch jemand, bei dem es sich lohnt?«

Vera schüttelte den Kopf. »Von denen überlebt niemand die nächste Stunde.«

Karl und Vera standen in der Stahltür und rauchten. Der Krankenwagen kam nicht, dafür erschien ein Motorrad mit Beiwagen. Der Beifahrer sprang ab. Er trug eine unförmige Fliegerjacke und eine dunkelgetönte Schutzbrille. Burmeisters Türwache ging mit der MP im Anschlag auf ihn zu. Der Luftwaffenoffizier, ein Oberst, herrschte ihn barsch an und gab ihm ein Schriftstück. Der Gestapomann salutierte und rannte an Karl und Vera vorbei zum Rezeptionstelefon. Der Fahrer lenkte das Motorrad dichter an die Schutzmauer.

Der Oberst nahm die Brille ab. Er sah Karl und Vera in der Türöffnung und starrte sie an, als sehe er Phantome. Karl und Vera verharrten reglos: Vera hielt ihre Zigarette zwischen den Lippen, Karl war gerade dabei, seine zum Mund zu führen.

Dann fielen sie sich mit einem Aufschrei in die Arme und redeten alle gleichzeitig.

Karl fand als erster die Fassung wieder. »Ja, bist du denn wahnsinnig, Hajo!«

»Vermutlich. Ich soll einen verwundeten General der Waffen-SS hier abholen. – Ich steh' mit einer *Ente* am Großen Stern.«

»Die Dinger fliegen noch?«

»Was Besseres gab's nicht.«

»Ein SS-General, sagst du?« Vera schüttelte den Kopf. »Hier im Lazarett ist keiner. – Hast du die Jus gesehen, die die Verwundeten ausfliegen sollen? Stimmt es, daß sie auf der Ost-West-Achse gelandet sind?«

»Ja, aber sie sind schon wieder weg. Sie sind mir über der Havel begegnet. – Dieser SS-General, wieso soll ich ihn hier abholen, wenn ...«

Der Gestapomann kam von der Rezeption zurück. »Herr Oberst!

General Lehmann wird in wenigen Minuten eintreffen.« Er bezog wieder an der Tür Posten.

Sie gingen in die Halle. Das Gestöhne und Wimmern der Verletzten war entsetzlich. »Laß uns nach vorne zurück, bis er da ist«, bat Hajo.

»Man wird ihn durch die Gänge herschaffen«, sagte Karl. »Unten im Bunker gibt es Tunnels nach fast überallhin.«

Zwei Männer von Hitlers Leibwache in Begleitung von Burmeister stützten den General, als er durch die Drehtür kam. Einer hielt eine Infusionsflasche. Sie setzten ihn auf ein Sofa und gingen wortlos wieder mit Burmeister in die Lobby. Die Infusionsflasche rollte auf den Teppich. Der General machte noch eine reflexartige Bewegung, sie zu greifen, dann sackte er in sich zusammen. Dem General fehlten beide Hände. Vera hob die Flasche auf.

»Ja, wie, verdammt noch mal, soll ich denn den in diesem Zustand ...«

»Nimm Vera mit«, sagte Karl. »Ohne ihre Hilfe krepiert er, bevor ihr am Flugzeug seid.«

Vera beobachtete den Tropf. »Nein«, sagte sie. »Ich bleibe!«

Hajos Fahrer stürzte an der Gestapo-Wache vorbei. »Schnell, Herr Oberst! Sie schießen mit schweren Mörsern!«

»Flieg mit Hajo«, sagte Karl. »Bitte!«

»Nein«, sagte Vera. »Was wird aus dem Jungen?«

»Ich weiß nicht, wovon ihr gerade redet, aber Karl hat recht!« Hajo und der Fahrer griffen dem General unter die Achseln und hoben ihn hoch.

»Bitte, Vera! Um den Jungen kümmere ich mich. Sowie der erste Rotarmist hier eintrifft, erkläre ich, wer er ist. Ihm wird nichts passieren. So viel Russisch kann ich. Das verspreche ich dir.« Karl umarmte Vera und sagte zärtlich: »Bitte, Vera, flieg mit Hajo!«

Der Fahrer drängelte: » Herr Oberst, wenn das Feuer dichter fällt, kommen wir nicht mehr weg.«

»Vera!« schrie Hajo. »Das ist jetzt eine Bitte *und* ein Befehl. Du kommst mit!«

Das Motorrad umfuhr die Granatentrichter im Slalomkurs. Vera saß hinter dem General im Beiwagen, hielt die Infusionsflasche hoch.

Richard stellte sich neben Karl. »Wo fährt sie hin?«

Karl legte den Arm um den Jungen und drückte ihn an sich.

13. Kapitel
Kommissarin Rita

Die Gestapowachen in der Vorhalle waren weg. Die Stahltür stand offen. Der Pariser Platz war menschenleer. Karl wagte einen Schritt nach draußen. Vor dem Brandenburger Tor hatten sich zwei Panzer ineinander verkeilt. Sie brannten. Wo war die Frontlinie? Karl kehrte ins Hotel zurück. Niemand trug die Toten mehr in den Goethe-Garten. Es waren zu viele. Sie blieben liegen, wo sie gestorben waren: in der Bar, in der Halle, auf den Fluren.

Zwei norwegische SS-Soldaten kamen aus dem Lesesaal und liefen zum Treppenhaus. Karl versteckte sich hinter einem Pfeiler.

Ein russischer Stoßtrupp, der Minuten vorher ins *Adlon* gestürmt war, hatte das Lazarett in der Halle gesehen und war wieder umgekehrt. Was wäre passiert, wenn der Stoßtrupp bis zum Lesesaal vorgedrungen wäre? Die Norweger waren wandelnde Waffenarsenale. Einer hatte fünf Stielhandgranaten im Gürtel stecken.

Karl gelangte über eine Dienstbotentreppe in die erste Etage. Die Stille dort war gespenstisch. Er betrat die Prominentensuite. Burmeisters Funkgerät war unbrauchbar gemacht worden. Auf dem Reichstag wehte eine rote Fahne. Ein T 34 rollte durch zerschossene Straßensperren vor die Ruine der Französischen Botschaft, gepanzerte Mannschaftswagen folgten. Ein Dutzend Rotarmisten kletterten aus den Luken. Sie teilten sich in zwei Gruppen. Eine Gruppe rannte auf das *Adlon* zu.

Karl rannte auch. Er hatte Richard eingeschärft, sich in Obiers Büro einzuschließen, bis er ihn abholen würde.

Richard öffnete auf das verabredete Zeichen hin. Aufgeregt flüsterte er: »Karl! Drinnen haben sich alle umgezogen, die Frau auch. Jetzt haben sie Russenuniformen an!«

Karl hockte sich neben Richard und spähte durch den Schlitz. Das einzige Licht im Keller kam von der Baulampe. An der Mauer des Schutzraums lehnten Kalaschnikows. Die Rothaarige trug die Uniform einer Kommissarin, die Männer Kampfanzüge der Infanterie. Sie schulterten die Maschinenpistolen und verschwanden, angeführt von Stanner, im Schutzraum. Jeder hatte Sturmgepäck auf dem Rücken. Die Rothaarige blieb im Weinkeller.

»Wo ist Burmeister?« flüsterte Karl.

»Er ist vor ein paar Minuten mit Kassner weg.«

Der Eingang des Weinkellers war von der Durchreiche aus nicht zu sehen. Karl hörte, wie die Tür ins Schloß fiel. Wenig später traten Burmeister und Kassner mit einem Mann in den Lichtkreis. Der Mann wandte Karl den Rücken zu. Alle drei zogen sich hastig um. Burmeister schlüpfte in eine Hauptmannsuniform.

»Die Leute sind schon vorgegangen«, sagte die Rothaarige. »Wir haben Glück. Es hat in der letzten Woche nicht geregnet. Wir brauchen die Faltboote vermutlich erst am Landwehrkanal.« Sie gab ihm eine Taschenlampe und griff nach einer Kalaschnikow.

»Wo sind die Platinbarren?« fragte der Mann.

»Jeder hat drei Stück im Tornister«, sagte Kassner.

»Meine Schwester wird Sie jetzt zu den anderen bringen«, sagte Burmeister. »Kassner und ich müssen noch den Laden hier abfackeln. – Wir treffen uns in spätestens fünfzehn Minuten bei den Faltbooten.«

Als der Mann sich den Tornister umschnallte, drehte er für einen Moment das Gesicht zur Durchreiche. Karl stockte der Atem.

»Bei der ersten Leiter fehlen Sprossen«, sagte die Rothaarige und knipste ihre Taschenlampe an.

Bormann nickte, holte sich seine Kalaschnikow und folgte ihr in den Schutzraum.

Kassner schleppte einen Blechkanister Richtung Kellertür, Burmeister trug ihm die Baulampe mit der Kabeltrommel nach.

»Wer war das, Karl?«

»Still!«

Auf dem Flur vor dem Büro wurde gesprochen. Nordische Laute. Karl tastete nach der MP unter den Matratzen und entsicherte sie. Die Stimmen wurden leiser. Karl legte das Ohr an die Türfüllung. Plötzlich fielen Schüsse.

Jemand rannte den Flur entlang. Es war einer der Norweger. Karl hörte, wie er seinem Kameraden etwas zurief.

»Siehst du Kassner und Burmeister?« flüsterte Karl.

»Nein, sie müssen jetzt vorne an der Tür sein.«

»Schieb die Luke ganz auf und schau vorsichtig, was sie machen!«

Der Schußwechsel auf dem Flur verstärkte sich.

›Scheiße!‹ dachte Karl. ›Wir sitzen in der Falle!‹

»Burmeister verbarrikadiert die Tür mit Sandsäcken. Kassner gießt was aus dem Kanister über die Weinkisten.«

»Geh mal weg!«

Kassner und Burmeister arbeiteten fieberhaft im Schein der Lampe.

»Meinst du, wir könnten vor ihnen im Schutzraum sein, Richard?«

»Wenn wir leise sind ...«

»Paß auf! Ich krieche zuerst durch.«

Karl gab dem Jungen die Maschinenpistole. Vorsichtig zwängte er sich mit den Füßen voran durch die Öffnung. Er kam auf einem Faß zu stehen und zog den Oberkörper nach. Richard reichte ihm die MP. Karl richtete sie auf die Männer an der Kellertür. Der hintere Teil des Weinlagers, in dem er sich befand, lag völlig im Dunkeln.

»Jetzt du!« flüsterte Karl.

Richard schaffte es ebenfalls geräuschlos.

Sie tasteten sich Zentimeter für Zentimeter durch den Keller.

Als sie den Schutzraumeingang erreichten, entzündete Kassner ein Streichholz.

Epilog

»Niemand vermochte zu löschen. Die Schreckensrufe: »Feuer – es brennt!« trieben alle Insassen auf die Straße ... Inmitten des grausamen Geschehens ertönten plötzlich Signale, Kommandos erschallten, Kraftwagen fuhren vor und luden Geräte ab: die russische Wochenschau filmte das brennende Hotel. Objektive und Scheinwerfer richteten sich auf den lodernden Dachstuhl und die glühende Fassade, auf die Verwundeten vor dem Eingang und auf die Leichen unter den Trümmern.

So entstanden die letzten Aufnahmen des Adlon. Sie zeigten das Sterben des weltberühmten Hotels inmitten des Infernos der Reichshauptstadt ... Das Haus brannte, das Feuer loderte, bis der ganze Komplex des stolzen Gebäudes ausgebrannt war. Doch als die Flammen sich verzehrt hatten, stand immer noch das Gerippe des Hotels, ein mächtiges Skelett aus Eisenträgern und Marmorquadern.«

Hedda Adlon in:
Hotel Adlon – Das Berliner Hotel, in dem die große Welt zu Gast war

Personenregister

Karl Meunier, Hoteldetektiv im *Adlon*
Anna Meunier, seine Mutter

Vera Binder, Artistin, Karls Geliebte
die Geschwister Vendura (Birgit, Vera und Doris), Artistinnen
Herr Fröschl, Fotograf
Benno Hofmann, Freund von Karl, Rausschmeißer im *Oriental*
Rosi, seine Freundin
Ruella, Besitzer vom *Oriental*
Friedel, ein Artist und Schauspieler
Hassan, Trommler
Berta, Garderobenfrau

Hans Binder, Veras Bruder
Siegfried August Binder u. Ottilie, Eltern von Vera und Hans
Theo Höhne, ein Nachbar

Opa Giesecke, Kneipier
Erich Rahn, Ju-Jutsu-Trainer von Karl und Benno

Louis Adlon, Hotelier
Hedda Adlon, seine Frau

die *Adlon*-Belegschaft:

Otto Kassner, Kellermeisterassistent
Toni Fretzel, sein Nachfolger
Oskar Obier, Kellermeister
Hannes Schneider, Kollege von Karl
Lilo Fleischer, Kollegin von Karl und Hannes
Hannelore Plinz u. Fräulein Plötz, Telefonistinnen
Chauffeur Mirow
Erwin Mandelbaum, Oberpage
Fritzchen, Page
Henry, Barmann
Heribert Fliegenwald, Chefkoch
Fraulein Schulte, Buchhalterin
Rüdiger Schöffler, Heizer
Emil Klempert, Rezeption

Herr Pleschke, Doorman
Waldemar Stanner, Drucker in der Hausdruckerei

Harms und Söhne, Weinlieferanten des *Adlon*
Fräulein Schwandt, Sekretärin bei *Harms und Söhne*

Doktor Bruno Randhuber, NSDAP-Wirtschaftsfunktionär, SS-Obersturmbannführer
Doktor P. Dinkel, SA-Führer
Baron Gianni de Neva, maltesischer Politiker
Per Wilhelm Holtsen, Bankier aus Göteborg
Tron-Herman, sein Diener
Doktor Sven Hedin, Asienforscher
Ernst Udet, Kriegsheld
Admiral Canaris
Doktor Ören, türkischer Legationsrat
Mohammed Hadschi Amin Al Hussaini, Großmufti von Jerusalem
Hans-Joachim Galgon (Hajo), ehemaliger Offizierskollege von Karl, Oberst der Luftwaffe

Professor Herbert Blum, Romanist, Karls ehemaliger Hauptmann
Anna Blum, seine Frau
Thomas Blum, Sohn von Professor Blum, Maler
Richard Blum, Professor Blums Enkel

Jakob Asher von *Asher u. Co.*, Buchhändler
Gisela Polzin, Buchhändlerin

Heinrich Himmler
Goebbels, Joseph und Magda
Göring, Hermann und Emmy
SA-Chef Röhm
Joachim von Ribbentrop
Martin Bormann
SS-Standartenführer Zander, sein persönlicher Sekretär

ein finnischer Taxifahrer mit deutschem Paß
Harry und Rita Burmeister, Gestapo
Bernhard Weiß, Polizeivizepräsident von Berlin
Bernardo Mattezze, Journalist der *Gazzetta del Popolo*
Gad, hilft jüdischen U-Boot-Kindern

Ohne die Hilfe und Anregungen von Christine Heinrich, Dietger Pforte, Frank Goyke, Franz Hector, Gert Liebner, Gisbert Haefs, Gisela Polzin, Hans Klappert, Harald Ross, Harold Nebenzal – sein großartiger Roman Café Berlin *war eine Quelle der Inspiration –, Hartwig Schulte-Loh, Henner Löffler, Jürgen Hofmann, Karl Michael Stöppler, Karlheinz Knöss, Liz Jokisch, Martina Eichner, Percy Adlon, Stephan Opitz, Susanne und John Horkulak, Ulf Mailänder, Ulrich Janetzki, Vincent Klink, Volker Schirner, Wolfgang Galgon und ohne das Stipendium der STIFTUNG PREUSSISCHE SEEHANDLUNG wäre* Unter den Linden Nummer Eins *vermutlich ein vierseitiges Exposé geblieben. Danke!*

Jürgen Ebertowski
Berlin im März 1997

Jürgen Ebertowski:
AIKIDO SPEED

Kriminalroman, BERLIN CRIME 10
Broschur, 192 Seiten, ISBN 3-89602-014-5

Nach ihrer Rückkehr aus Japan hat die Ordensschwester und Gymnasiallehrerin Vera Veltheim in Berlin eine Aikidogruppe für Schüler aufgebaut. Der Zuspruch ist groß, die Kampfsportarten boomen. Gerhard Schellkowski allerdings, Inhaber eines Körperstudios, hat sich verspekuliert. Um seine Schulden abzutragen, bietet er seinen Kunden nicht nur Übungen an, sondern auch Aufbaumittel und Pillen, die die Leistungskraft steigern. Der Berliner Drogenmarkt ist in fester Hand, als sich eine Gruppe von holländischen Händlern anschickt, die Claims neu zu verteilen. Schellkowski ist der erste, den sie von der Konkurrenz loszueisen versuchen. Der Lehrerin Vera fällt bei einigen ihrer Aikidoka eine Verhaltensänderung auf: Sie erkennen ihre Grenzen nicht mehr, übertreiben bei den Übungen maßlos,02111 scheinen schmerzunempfindlich zu sein. Dann wird bei einer Schulfete ein Schüler erstochen. Der Junge war mit Schellkowski bekannt.

»Eine gelungene Kombination aus spannender Story und Kulturreport«
Die Tageszeitung

»Ein Krimi, der anschauliche Einblicke verschafft in die Organisationsstruktur der Drogenschieber und in die Motive der User, der dopenden Sportler: Die Sache war gut eingespielt und alle verdienten daran.
HNA/Hessische Allgemeine

»Wie in einem japanischen Haiku: Da ist alles drin.« *Berliner Zeitung*

»Der Autor kennt sich aus mit den japanischen Sitten: er war acht Jahre lang am Goethe-Institut in Tokio. Und hat man mit diesem Buch einmal angefangen, kann man es kaum mehr erwarten, die nächste Seite umzublättern.« *Münchner Merkur*

Jürgen Ebertowski:
BERLIN ORANIENPLATZ

Kriminalroman, BERLIN CRIME 18
Broschur, 192 Seiten, ISBN 3-89602-014-5

Nach Aikido Speed nun Jürgen Ebertowskis zweiter Krimi bei BERLIN CRIME: Die kosmopolitischen Elemente des Berliner Großstadtdschungels als Folie für eine Kette von organisierten Verbrechen internationalen Kalibers; die Fäden aus Japan, Holland und Polen laufen im Himmel über Berlin zusammen. Dazu ein Stück japanischer Kultur, repräsentiert durch die martialischen Kampfkünste, mitten in Berlin – zwischen Alexanderplatz, Charlottenburger Kiez und Oranienplatz werden Aikido und Karate zum Bindeglied in dieser spannenden Kriminalgeschichte, in der es um Autoschieberei, Geldwäsche, Drogenhandel, sich bekämpfende Mafia-Gangs und ganz nebenbei um drei Morde geht. Die obskuren Hauptdarsteller: japanische Mafiosi, ein mysteriöser holländischer Speditionsunternehmer und sein angeblicher Neffe, polnische Autoknacker, Typen aus der Kreuzberger Szene, ein kahlköpfiger Möchtegern-Al Capone aus dem Savignyplatz-Milieu, Promis aus dem Charlottenburger Kiez, ein Herr Müller aus der Versicherungsbranche – und kein ermittelnder Kommissar.

Diese Rolle übernimmt der Japanspezialist Hofmann, der nur einen wahren Vertrauten hat: seinen eigensinnigen Katzenkater. Hofmann, der Weltenbummler, kehrte zuvor völlig pleite nach Berlin zurück: Der letzte Ausweg ist ein Sekretärsposten in einem japanischen Kulturzentrum, wo es jedoch nicht in erster Linie um die schönen Künste geht. Unfreiwillig gerät Hofmann in ein scheinbar undurchdringliches Netz aus Korruption und Kapitalverbrechen. Plötzlich beginnt er, sich für diese Scheinwelt mit der ehrenwerten Fassade zu interessieren.

»Jürgen Ebertowskis Krimis werden immer besser. Neben Spannung und Witz hat dieser hier auch eine Portion Hintergründigkeit. Etwa wenn die Japaner über die hiesige Arbeitsmoral klagen: faules Pack, diese Deutschen.« *Kieler Nachrichten*

Frank Goyke
DER KLEINE PARISER

Die ersten beiden Dietrich Kölling Romane
352 Seiten, Broschur, 12,5 x 20 cm
ISBN 3-89602-066-8
28 DM / 205 öS / 27 sFr

In Leipzig, dem Chicago des Ostens, hat ein Mann den Ratten den Krieg erklärt. Die Ratten, das sind die Menschen, die das Ordnungsempfinden des Mannes stören: die Schwulen vor allem. Bevor der Mann sie tötet, legt er ein Dossier über sie an. Penibel notiert er Lebensgewohnheiten, Vorlieben, Stammkneipen, Liebschaften. Die Dossiers, die er Vorgänge nennt, sind die Grundlagen und die Begleiter des Verfahrens. Die Krönung des Verfahrens sind Urteil und Hinrichtung. Die Krönung der Dossiers ist das Hinrichtungsprotokoll. Der Mann ist ein Soldat, der seine Pflicht erfüllt, sorgfältig, systematisch und geschickt. Den Jungen, den sie in der schwulen Subkultur den kleinen Pariser nennen, hat er seit langem im Visier. Der erste Tote liegt Hauptkommissar Dietrich Kölling, dem Westimport aus Hannover, noch schwer im Magen, da wird einem weiteren Mann die Kehle durchgeschnitten. Immer legt der Mörder die Toten in schwer zugänglichem Gelände ab, so daß sie erst Tage nach dem Mord gefunden werden. Und immer fehlen ihnen die Schuhe.

Daß Frank Goyke die Optik auf die Umtriebe südlich des Bauchnabels seiner Figuren scharfstellt, hat Methode und geht in Ordnung, denn Goyke schaut etwas genauer hin. Psychologisch stimmige Figurenlage, harte filmische Schnitte, atmosphärische Dichte des Milieus. Eine erzählenswerte Story wird präzise und handfest dargeboten. *Kreuzer*

»Kommissar Kölling, aus dem Westen nach Leipzig versetzt, jagt einen wahnsinnigen Killer, der es als Ordnungshüter und Scharfrichter in eigenem Auftrag auf Schwule abgesehen hat. Dabei lernt er, und der Leser mit ihm, die Stadt dies- und jenseits der Gürtellinie kennen.« *Der Spiegel*

»Rattenjäger« im eigenen Auftrag, doch der kleine Pariser wehrt sich. Die ersten beiden Fälle des Dietrich Kölling.

Frank Goyke:
RUF DOCH MAL AN

Der vierte Dietrich Kölling Roman
Kriminalroman, BERLIN CRIME 9
Broschur, 192 Seiten, ISBN 3-929139-19-7

Ein Schockanrufer hält Eltern und Kinder im Ostberliner Bezirk Hohenschönhausen in Atem. Der Mann ruft in den Nachmittagsstunden Kinder an und zwingt sie unter Drohungen, sich selbst Gewalt anzutun. Dieser Fall tangiert Dietrich Kölling nicht. Er weiß von ihm nur aus dem Polizeibericht; das ist Sache der Polizeidirektion Sieben, und dort soll der Fall gefälligst auch bleiben.

Doch unversehens wird er auch zu Dietrich Köllings Angelegenheit. Der elfjährige Schüler Paul Hagedorn wurde in einem Maisfeld aufgefunden, nackt und erdrosselt. Der Tatort befindet sich in unmittelbarer Nähe des Neubaugebietes Hohenschönhausen.

Wenige Tage, nachdem Dietrich Kölling und sein Team die Ermittlungen aufgenommen haben, bleibt ein zweiter Junge auf der Strecke. Kurz vor seinem Tod hat er telefoniert.

»An diesem knurrigen Kommissar hätte Chandler seine helle Freude gehabt.« *Die Welt*

»Da stimmen die Örtlichkeiten und die Strukturen bis ins letzte Detail, die Sprache bis in die feinsten Untertöne.« *Neue Zeit*

Ein elfjähriger Junge erdrosselt im Maisfeld. Ein Zwölfjähriger stirbt nach einem Telefonat. Dietrich Köllings vierter Fall.

Frank Goyke:
TEGELER TRAUERSPIEL

Der fünfte Dietrich Kölling Roman
Kriminalroman, BERLIN CRIME 13
192 Seiten, 14,80 DM, ISBN 3-89602-017-X

Hauptkommissar Dietrich Kölling, Chef einer Berliner Mordkommission, weilt zum Genesungsurlaub bei seiner hochbetagten Mutter in Hannover und langweilt sich zu Tode. Jeder Strohhalm ist ihm recht, um nach Berlin zurückzukehren. Aber seine Kollegen Becker und die Oberkommissarin Blissow sind nur mit Routinesachen beschäftigt; die einzige Abwechslung ins Einerlei bringt eine junge Frau namens Anita Regorius. Die Frau behauptet, ihr Lebensgefährte sei in der Haftanstalt Tegel ermordet worden. Das widerspricht den Ermittlungen der Staatsanwaltschaft, die von Selbstmord ausgehen. Die Akte ist geschlossen, der Leichnam eingeäschert. Es gibt keinen Grund, den Fall noch einmal aufzurollen. Doch Dietrich Kölling trifft sich unter konspirativen Umständen mit Anita Regorius. Wenige Stunden danach wird sie in ihrer Wohnung erschlagen.

Frank Goyke gelingt es auf eindringliche, spannende Art, den Leser in wechselnden Erzählperspektiven in Denken und Handeln seiner Akteure zu versetzen. *Freie Presse*

Ein versehentlicher Toter im Tegeler Knast, ein knurriger Kommissar und ein verstimmter junger Mann. Der fünfte Fall.

Frank Goyke:
DUMMER JUNGE, TOTER JUNGE.

Der sechste Dietrich Kölling Roman
Kriminalroman, BERLIN CRIME 18
192 Seiten, 14,80 DM

Den Berlinern steht der Heilige Abend bevor, aber für Hauptkommissar Dietrich Kölling ist das kein Grund zum Feiern: Im Keller einer Weddinger Realschule wurde der sechzehnjährige Schüler Stanko Poljic aufgefunden, an den Armen aufgehängt und aufgeschlitzt.

Die Tatumstände deuten auf einen Ritualmord hin, aber es gibt noch andere Spuren. Da ist der Schulhausmeister Winter, vor etlichen Jahren wegen brutaler Raubüberfälle verurteilt und mit hohen Schulden belastet, und dem Ermordeten fehlt das Portemonnaie. Da ist der fünfzehnjährige Mitschüler Dennis Garbowitz, der sich häufig mit Stanko Poljic geprügelt hat, angeblich wegen eines Mädchens. Schnell kommt heraus, daß Garbowitz und sein türkischer Freund die Schule mit Drogen versorgt haben.

Der Fall wird immer komplizierter, als auf dem Platz vor der Schule ein erstochener Penner aufgefunden wird. Nichts paßt mehr zusammen. Der fünfzehnjährige Dennis Garbowitz, unter Mordverdacht stehend, flieht aus Deutschland. Aber auch die Familie des ermordeten Stanko Poljic ist nicht mehr aufzufinden.

Und die Toten häufen sich.

Ausgezeichnetz mit dem MARLOWE, dem Preis der Raymond-Chandler-Gesellschaft für den besten deutschen Krimi des Jahres 1996.

Tote am Heiligen Abend bevor, aber für Dietrich Kölling
kein Grund zum Feiern. Der sechste Fall.

Maria Gronau
WEIBERWIRTSCHAFT

Roman

320 Seiten, Broschur,
ISBN 3-89602-058-7
28 DM / 205 öS / 27 sFr

Lena Wertebach ist Kriminalhauptkommissarin, Leiterin einer Mordkommission und lesbische Mutter. Sie ist ständig auf der Jagd: nach den Alimenten für ihren Sohn, nach Mördern und Totschlägern, nach Anerkennung durch ihre männlichen Vorgesetzten. Nur nach Männern jagt sie nicht, weil die sie nicht mehr interessieren, und nicht nach Frauen, denn sie ist in festen Händen. Susanna, ihre Lebensgefährtin, liegt in ständigem Clinch mit dem zwölfjährigen Jim, der lieber wieder einen Vater hätte anstelle einer zweiten Mutter, aber auch mit Lena, weil die die lesbische Emanzipation nicht ernst nimmt.

In einem FrauenHaus wird eine Frau vermißt, aber Verschwundene gehen Lena nichts an, für sie ist eine andere Dienststelle zuständig. Aber dann wird die Vermißtensache doch zu ihrem Fall. Am Ufer der Havel wird ein weiblicher Torso entdeckt, wenig später der dazugehörige Kopf in einer Mülltonne. Die Leiche ist rasch identifiziert, es handelt sich um die Vermißte aus dem FrauenHaus. Lenas Kommissariat bekommt die Leichensache übertragen.

Als schließlich auch ihre Geliebte Susanna verschwindet, wird für Lena aus der Suche nach dem Serienkiller ein privater Feldzug.

Eine lesbische Kommissarin mit Geliebter und besten Kontakten in die linke Szene hat der kleinen deutschen Krimiwelt noch gefehlt. »Weiberwirtschaft« ist ein Fest der Dialoge: milieuerfahren und tongenau am Nerv der Zeit. *Der Spiegel*

Chauvis wie Emanzen bekommen ihr Fett weg und Maria Gronau teilt mit viel Wortwitz sowohl nach rechts als auch gegen linksautonom aus. *ORB*

Ein nervenzerreibener Krimi, der dank seiner schnoddrigen Sprache und dem ewigen Konflikt zwischen den Geschlechtern immer wieder amüsante Pausen zum Luftholen bietet. Ein Schmöker für schlaflose Nächte.
Lift Stuttgart

Maria Gronau
WEIBERLUST

Roman
352 Seiten, Broschur,
ISBN 3-89602-116-8
28 DM / 205 öS / 27 sFr

Maria Gronau (Pseudonym), geboren 1962 in Hildesheim. Mutter Kommunalpolitikerin, Vater Arzt. Seit ihrem zwölften Lebensjahr schon Dauerausreißerin, brennt Maria Gronau mit 17 endgültig von zu Hause durch. Lebt in Hannover in besetzten Häusern und schließt sich der Punkszene an. In dieser Zeit häufige Reisen nach Berlin, bis sie sich Anfang der 80er Jahre endgültig in Kreuzberg niederläßt. Verschiedene Hilfsjobs, unter anderem im Buchhandel und in der Gastronomie. Politische Arbeit im Hausbesetzerrat und in Lesbengruppen, erste Schreibversuche. Während der Anti-Reagan-Demonstrationen 1982 von der Polizei festgenommen, verbringt sie 3 Monate in Untersuchungshaft. Die Hauptverhandlung vor dem Landgericht endet mit einer Bewährungsstrafe. Heute ist Maria Gronau die Chefin einer renommierten Berliner Werbeagentur. Weiberlust ist nach ihrem gefeierten Debüt Weiberwirtschaft der zweite Roman um die Kriminalkommissarin Lena Wertebach.

Maria Gronau darf sich zu Recht als härteste Thriller-Frau Deuschlands vermarkten lassen. Sie hat einen echten »page-winder« geschrieben – spannend bis zur letzten Seite. *Buchreport*

Maria Gronau ist etwas geglückt, was nicht häufig ist: ein spannendes, unterhaltendes, vor allem aber ein kluges, vielschichtiges Buch, dessen Zutaten weit über das hinausgehen, was das Genre sonst zu bieten hat. *Märkische Allgemeine*

Die Story ist dicht, aufregend, dramatisch und hochpolitisch, entbehrt aber keineswegs gehöriger Ironie und Selbstironie. Die einzige Person, vor der die Kommissarin einen Kniefall machen würde, ist – und damit wird das letzte aller denkbaren Klischees in der Sparte »lesbischer Schwanzab-Roman« gebrochen – Sohn Jim, eine zwölfjährige frühreife, aber liebenswerte Intelligenzbestie. *Neues Deutschland*

Liebe Leser,

in diesem Buch sind einige Worte geschwärzt. Dies beruht auf einstweiligen Verfügungen, die das Landgericht Hamburg auf Antrag von Frau Ilse Werner gegen den Verlag und den Autor erlassen hat und in denen verboten wird, Frau Ilse Werner in der 1. und 2. Auflage des Buches veröffentlichten Form in weiteren Auflagen des Romans zu erwähnen.
Diese Rechtsstreitigkeiten bilden den Gegenstand von zwei Prozessen, von denen der Verlag und der Autor die Aufhebung der einstweiligen Verfügungen erhoffen.

Berlin, 20.10.1997

Jürgen Ebertowski
Autor

Oliver Schwarzkopf
Verleger

Jürgen Ebertowski
Unter den Linden Nummer Eins
Der Roman des Hotel Adlon
ISBN 3-89602-115-X
1. Auflage März 1997
2. Auflage April 1997
3. Auflage Oktober 1997
Originalausgabe • Copyright © 1995 by
Schwarzkopf & Schwarzkopf Verlag GmbH
Kastanienallee 32, 10435 Berlin
Umschlagbild: Ulrike Haseloff, Berlin
Gesetzt aus der Garamond
Druck und Bindung:
Westermann Druck Zwickau GmbH